时光蝶影

人民日报2017年散文精选

人民日报文艺部 主编

人民日报出版社

图书在版编目（CIP）数据

人民日报 2017 年散文精选 / 人民日报文艺部主编
. -- 北京：人民日报出版社，2018.6
ISBN 978-7-5115-5554-0

Ⅰ．①人… Ⅱ．①人… Ⅲ．①散文集－中国－当代
Ⅳ．① I267

中国版本图书馆 CIP 数据核字（2018）第 129840 号

书　　名：	人民日报 2017 年散文精选
主　　编：	人民日报文艺部
出 版 人：	董　伟
责任编辑：	宋　娜
封面设计：	秦志超
出版发行：	人民日报出版社
社　　址：	北京金台西路 2 号
邮政编码：	100733
发行热线：	（010）65369527　65369846　65369509　65369510
邮购热线：	（010）65369530　65363527
编辑热线：	（010）65369521
网　　址：	www.peopledailypress.com
经　　销：	新华书店
印　　刷：	大厂回族自治县彩虹印刷有限公司
开　　本：	710mm×1000mm　1/16
字　　数：	370 千
印　　张：	23
印　　次：	2018 年 6 月第 1 版　2018 年 6 月第 1 次印刷
书　　号：	ISBN 978-7-5115-5554-0
定　　价：	58.00 元

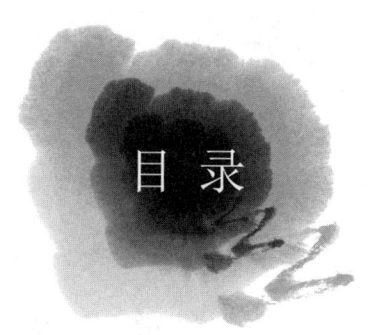

目 录

军旗飘扬

徐贵祥	红军为啥打胜仗 / 003	
丁晓平	照金：风景这边独好 / 009	
吉米平阶	萨让的"老黑牛" / 016	
李 鑫	永不磨灭的光彩 / 021	
荆永鸣	走进铜鼓的细节 / 026	
朱金平	一棵小白杨 / 030	
冯金彦	生命的雕刻 / 034	
高洪波	军歌嘹亮 / 038	
周大新	军营记忆 / 041	
黄传会	三个军礼 / 044	
孙晓青	戎装在身 / 048	
李 迪	军号声声 / 051	

故　事

阿炉·芦根	指路经 / 057
陈荣力	送给小赞一个赞 / 061
杜卫东	四个人的牧场 / 064
韩小蕙	那条幸运的木舟 / 069
何　频	襄县三顿饭 / 073
黄传会	辽宁舰，五岁了 / 076
黄咏梅	写在水上的名字 / 083
刘庆邦	井下新宫 / 089
刘群华	桃花医 / 094
刘亚荣	村里的川妹子 / 097
尚书华	改　衣 / 100
晓　寒	城市里的菜地 / 104
徐伟军	守着花一样的芬芳 / 107
许　锋	回乡记 / 109
许金龙	在鲁迅光辉的照耀下前行 / 115
	——大江健三郎的文学人生侧记

| 周华诚 | 稻田里的等待 / 121 |
| 周亚鹰 | 送电影 / 124 |

展　痕

阿　来	一起去看山 / 131
陈世旭	未来之翼 / 139
陈志泽	侨乡楼语 / 144
范晓波	余干的气质 / 147
何　申	塞北的集 / 151
和　谷	将军山遐想 / 155
胡美英	在黑山顶上看见时间 / 158
李青松	苔藓笔记 / 162
刘亮程	斯古拉 / 165
梅桑榆	鹤鸣湖泛舟 / 170
彭　程	目光里的松阳 / 172
任林举	大美如斯长白山 / 178
沙　爽	南　山 / 182
沈　洋	城子的生命力 / 185

盛文强	岛上人家 / 189
斯　雄	琅琊山记 / 191
苏沧桑	时光蝶影 / 194
王必胜	光泽走笔 / 199
王巨才	湘潭看莲 / 202
武　歆	你知道百望山吗 / 207
肖克凡	他乡遇故知 / 211
熊红久	当雄浑的天山打开自己 / 214
阎　志	川行记 / 219
叶　辛	到佛子岭去 / 223
邹　园	富阳这张纸 / 228

随　想

初国卿	竹生日 / 237
董小酷	茶心如雪 / 240
董　阳	东北话为何如此"魔性" / 243
胡　同	稻花米花 / 247

贾飞黄	城市里的修补匠 / 250
李丹崖	草木恩典 / 253
刘克定	读书寂寞事 / 255
陆　梅	礼敬和激活 / 257
马笑泉	"出镜率"同样在考验作家 / 260
舒　翼	开学季，说"文庙" / 262
凸　凹	思想的微光 / 265
文紫啸	聊聊"油腻"的中年 / 268
吴画成	不灭胸中万古刀 / 271
邢照允	留住浓浓的年味 / 274
叶廷芳	废墟之美 / 277
赵　畅	读书是一种"遇见" / 281

心　香

邴　正	地质宫的灯光 / 287
贺捷生	父亲的军刀 / 293
简　梅	高文雄笔论天演 / 300

李存刚	枫林坞不朽 / 304
李 镇	艺术为了人民 / 307
罗大佺	忏悔的水冬瓜梨 / 311

忆 旧

鲍尔吉·原野	金子的心 / 317
储劲松	竹 / 321
李 汀	豆兄弟 / 325
梁 衡	何处是乡愁（外一章）/ 329
刘 云	下谷子的雨 / 335
于保月	虾亦不可貌相 / 339
张金豹	关于村庄的话题 / 343
张金凤	乡村树事 / 350
张瑞田	看 字 / 354
张胜友	故乡的土楼 / 358

军旗飘扬

红军为啥打胜仗

◇徐贵祥

一

红军之所以称为红军，是南昌起义10个月以后的事。1928年4月间，朱德率领的南昌起义部队和毛泽东率领的秋收起义部队在井冈山会师，合编为"工农革命军第四军"。此后不久的5月25日，中共中央发出《中央通告》，规定"在割据区域所建立之军队，可正式定名为红军……"至此，"工农革命军第四军"就成了"红军第四军"。值得注意的是，有了第四军，前面还有没有第一、二、三军？后面还有没有第五、六、七、N军？当时还不清楚。福建文史专家傅柒生在《军魂》一书中解释说，因为南昌起义的主体来自于国民革命军第四军，这支部队"北伐"时期战功赫赫，被誉为"铁军"，朱、毛部队沿用"铁军"番号，表明继承"铁军"的传统基因。发扬"铁军"优良的战斗作风，是红四军战斗力旺盛的精神基础。

1929年，朱德、毛泽东率主力离开井冈山，实施外线作战，途中打了一个大胜仗，在长汀制作了四千套军服，这也是中国红军第一次统一着装，"一

颗红星头上戴,革命的红旗挂两边",就是从那个时候开始的。当时,周边都是国民党军和军阀部队,相继投入兵力数十万人"会剿"。奇怪的是,红四军不仅没有被消灭,反而越打越强,先后击毙反动军队的旅长郭凤鸣,活捉国民党军师长张辉瓒,抵抗了刘和鼎、蒋光鼐、金鼎汉等部接踵而至的进攻。

　　一个典型的战例是,1928年8月下旬,国民党军趁红四军外线作战欲归未归之际,对井冈山根据地发起"会剿"。朱、毛红军下山时,带走了主力部队,唯一的迫击炮因为打不响留给了看家的部队。后来彭德怀做过一个保守的比较,当时敌我兵力对比大概是30∶1。8月30日晨,敌军两个团加强一部,向黄洋界哨口发起进攻,留守部队以区区两个连的兵力,凭险据守,连续打退多次攻击。打到下午,红军子弹所剩无几,最后关头,战士们把那门破炮找出来了,仅有的三发炮弹,前两发都是哑炮。就在绝望之际,一个战士不甘心,又把第三发炮弹填入炮膛,奇迹就在这个瞬间发生了,第三发炮弹不但响了,还正好落在敌军指挥部,上山之敌以为红军大部队杀回来了,连夜逃之夭夭。

　　解读这个战例,我们不难看出,人少不是问题,枪破不是问题,天寒地冻也不是问题。那么,红军为什么能打胜仗,为什么能以少胜多,为什么能以弱胜强?事实上,毛泽东在战斗结束之后写的那首诗词,就给出了答案:早已森严壁垒,更加众志成城。众志成城,就是红军能打胜仗的根本原因。不仅众志成城,连那门破炮在关键时刻也幽了一默,真是恰到好处,有如神助。

二

　　红军初创时期,打了很多胜仗,也打了一些败仗。当然,若依实力对比和伤亡对比论成败,红军即使打了败仗也是胜仗,用俗语说,干掉一个够本,干掉两个赚一个。但是,在毛泽东的眼里,这个"赚"要不得,够本不行,小赚不行,大赚也不行,要特别大的赚才行。

　　星星之火,必须燎原,这就要求年幼的红四军,必须尽快成为一支比纯金还要纯、比钢铁还要硬的队伍。毛泽东和他的战友们,了解麾下这支刚刚从农民和旧军队脱胎的军队,虽然名称变了,但是很多旧的习气还有待改造,拢到一起就是一块钢,拢不到一起就是一盘沙。早在秋收起义之后不久,部队就进行了三湾改编,克服大而无当,把一个师缩编成一个团,把手掌攥成拳头。当然,最重要的是"支部建在连上",坚持党指挥枪的原则,对官兵进行组织管理和思想教育,逐步建立主动革命的思想基础。

或许,就是从三湾改编开始,一个课题就在毛泽东的脑海里酝酿了,培养信仰,首先就要解决为谁打仗,为谁扛枪的问题。三湾改编的另一个原则就是官兵一致,建立士兵委员会,内部实行民主。官兵很快就有了感情认同,这支部队是自己的,为自己扛枪,为老百姓打仗,为子孙万代打天下。这个认识激活了强大的战斗力。

如果说,三湾改编还处在马克思主义同中国革命实践相结合的摸索阶段,那么,到了1929年12月,红四军召开古田会议,则明确把思想建党、政治建军作为我军的灵魂。决议第一部分第一条,就是纠正单纯的军事观点。这是一个伟大认识,认识这个真理是红军的伟大转折。一方面讲,没有政治信仰的军队,即便实力再强,装备再好,技术再精,可是,不知道为谁打仗,不知道为什么打仗,最终的出路,第一是成为反动政府的御用军队,第二是成为军阀的个人军队,第三是落草为寇。从另一方面讲,没有政治信仰的军队,当兵为了吃粮,为了升官发财,势必见利忘义,可以随时倒戈,随时"城头变幻大王旗",上个世纪初的军阀混战便是典型的例子。"红军是一个执行革命任务的武装集团,绝不是单纯打仗的,而是为了宣传群众、组织群众、武装群众和建设革命政权"。一言以蔽之,红军打仗是为了崇高的信仰,这同军阀的雇佣性质有着根本的区别。克服单纯的军事观点正是为了军事上的真正强大,是思想和精神动力的强大。为信仰而战,是红军能打胜仗的根本保障。

三

　　红军为啥打胜仗，红军白军不一样。红军打仗为信仰，白军打仗为吃粮；红军砍头风吹帽，白军风吹两边晃；红军住宿上门板，白军过境如虎狼；红军官兵亲兄弟，白军敲诈又克饷……这是上个世纪红军文艺宣传队创作的一首歌谣，虽然在艺术上略显粗糙，却一定程度揭示了红军能打胜仗的奥秘。

　　除了思想和制度的先进，红军还比国民党军多了一支重要的队伍，就是宣传队。古田会议决议里专题阐述了红军宣传工作，具体到宣传队的规模结构，"军及纵队直属队均各成一单位，每单位组织一个中队"。宣传队把共产党和红军的各项政策、纪律、主张等等，通过印发报刊、张贴布告、文艺演出等形式，艺术化、形象化、通俗化地展现给红军官兵，对于坚定信念、激励士气，产生了很大的作用。同时，古田会议把监督执行纪律也纳入宣传队的工作职责，宣传三大纪律和六项注意，团结了下级官兵和民众；宣传废止肉刑和不许虐待俘虏，争取了落后官兵和敌对阵营的官兵。以不杀逃兵为例，以往抓住逃兵，多数枪毙，后来发现，杀了一个逃兵，其他逃兵再也不敢回来了，只能孤注一掷，跟红军死拼到底。红军领导人分析认为，逃兵是旧军队留下来的家常饭，甚至可以说是底层百姓的一种特殊生存方式，今天逃了，明天还可以争取回来，信仰要慢慢培养。为此，红军宣传队还将废止肉刑、转化逃兵的故事编成节目，广泛宣传，教育感化部队，从而使逃兵现象逐步减少，而国民党军的士兵受到红军的感化，拖枪倒戈则渐成风气。到了解放战争时期，解放军的兵员，有很多是从国民党军里面投诚或者逃过来的。

　　宣传队的另一个重要任务就是宣传并监督执行"三大纪律、六项注意"。毛泽东在1928年1月宣布的"三大纪律、六项注意"，后六项全部是为了争取民心的，具体到"上门板，捆铺草，说话和气，买卖公平，借东西要还，损坏东西要赔"。1929年2月，红四军在瑞金城外大柏地同国民党军作战，当地群众不了解红军，多数跑到山里藏了起来。红军饥肠辘辘，只好动用群众家里的食物，并按略高于市场的价格留下欠条。仅仅一个月后，红军在长汀打土豪筹集了一批款子，毛泽东派人送大洋到大柏地还款，这件事情对群众影响很大。红军爱民的故事通过传单、标语和文艺演出，在人民群众中传播很广。军民同心，其利断金，人民群众的倾力支持，是红军能打胜仗的又一重要保障。

四

红军为什么能打胜仗，还有一个说法，是因为蒋介石写诗写不过毛泽东。我曾经看过一篇文章，说毛泽东写出《沁园春·雪》之后，蒋介石召集了一帮文人墨客，试图写出一首更有意境、格局更大的作品，可是写来写去，还是自愧不如，只好偃旗息鼓。或许这是传说，但这个传说引起了我们的思考，会写诗和会打仗之间有没有必然联系？换句话说，统帅的个性和胸襟同战争胜负有没有关系？这是一个值得研究的课题。

红军成立之初，部队吃不饱穿不暖，每天都面临着生死存亡的考验，毛泽东依然谈笑风生。1928年8月底，黄洋界鏖战之际，毛泽东率部正在返回途中宿营，一觉醒来，传来胜利的消息，毛泽东哈哈大笑，一首词冲口而出——山下旌旗在望，山头鼓角相闻。敌军围困万千重，我自岿然不动……

几年之后，中央红军从江西战略转移，头上有飞机，地下有大炮，吃的是草根树皮，走的是雪山草地，诗人照样高视阔步，念念有词：红军不怕远征难，万水千山只等闲。五岭逶迤腾细浪，乌蒙磅礴走泥丸……

再过几年，红军到达陕北，诗人站在黄土高原上，俯瞰苍茫大地，诗兴大发：北国风光，千里冰封，万里雪飘……江山如此多娇，引无数英雄竞折腰……俱往矣，数风流人物，还看今朝。

这是什么气派，什么胸怀，什么格局！其实，那个时候的红军，刚刚摆脱国民党军的围追堵截，刚刚有了几孔窑洞作为立足之地，刚刚喝上小米稀饭，但是诗人已经预见了中国革命的未来，那些风云人物都成了过眼云烟，"数

风流人物,还看今朝"。

今朝是什么状况?

今朝的中国,已屹立于世界民族之林,中国人民站起来了。2014年10月,习近平总书记亲自决策召开的新的古田会议——全军政治工作会议,研究解决新的历史条件下党从思想上政治上建设军队的重大问题,号令全军,紧紧围绕实现中华民族伟大复兴的中国梦,为实现党在新形势下的强军目标而奋斗。

今朝,我们从古田再出发!

照金：风景这边独好

◇丁晓平

一

太阳快下山了。阳光洒在沟底的河面上，波光潋滟，明晃晃地闪着。他苏醒过来了，他不知道自己昏睡了多长时间。他想伸伸手，黏黏的，好像与衣服粘在了一起。哦！他这才想起来，自己受伤了。他抽出压在身子下的手，鲜红的血已经凝固成绛紫色。他顺手揉了揉眼睛，想爬起来，身子却怎么也不听使唤。他只好放弃，一只手捂着隐隐作痛的伤口，一只手支撑着疲惫的身体吃力地向前爬……

口渴极了！嗓子里像着了火一样。这是失血过多的生理反应。那时候，他当然不懂这些，只觉得饥渴难耐。他爬呀爬，爬到了小河边，用手掬着喝了几口水。真甜！心里舒服多了。他洗净手上的血，又接着喝了几口。这时，他看了看河面，静静的，阳光灿烂，有蓝天有白云，还有高山和树林，倒影下的河流就是一幅美丽的山水画。可是他的心情却并不美丽。

静静地伏在大地上，他依稀还能回想起身后连珠炮似的枪声，还有吵吵嚷

嚷地喊叫声："抓活的，抓活的……"他飞快地跑，两脚不沾灰。这时，路没有了，前面是一条大沟坡。他想也没有想，就顺势滚了下去……紧追着他的是敌人乱打的一阵枪声。就在昨天，作为陕甘边特委委员、特委军委书记、团特委书记和游击队总指挥部政治委员的他，和黄子文同志一起，从陕甘边党政机关驻地薛家寨来到党家山革命委员会政治保卫队驻地，准备带领政治保卫队到薛家寨东南十多里外的北梁开会，并顺便在附近征收驮运粮草。这天大清早，他就带领政治保卫队二十多人由党家山出发到了房村。正在吃早饭，他忽然发现东面陈家坡南边的山梁上有四五个人影在晃动，形迹十分可疑。陈家坡是照金革命根据地的交通要道，坡陡沟深。他敏锐地感到危险在悄悄降临……

紧急集合！他放下饭碗，集合队伍，作了简短动员："提高警惕，听从指挥，随时准备战斗！"随后，队伍兵分两路，他和黄子文率领一队直上陈家坡，保卫队长王金宝带一队绕道陈家坡北面。谁知，队伍行进到半坡时，埋伏在坡顶的敌人开火了。敌人居高临下，人多势众，火力很猛。他果断做出决定，让黄子文带领队伍迅速撤离，并命令一班长金启明带领一班同志随他留下狙击敌人。

古人云：受命之日忘其家，临阵之日忘其身。关键时刻，谁也不想临阵而退。他焦急地对黄子文说道："情况紧急，没有时间推让了，你赶快带大家走！"黄子文刚刚离开，已经逼近的敌人在七八米远的土崖上开枪了。

"嗡"的一声，他忽然感觉被闷棍狠狠地拦腰打了一下，来不及喊叫一声就倒了下去。担任尖兵的游击队员黄金荣赶紧跑过来，抱起他，只见子弹击中了他的腰部，鲜血染红了衣衫。黄金荣要搀扶着他一起撤退。他声色俱厉地说："不要管我，你们赶快钻梢林。"话音未落，他突然感到一阵眩晕，四肢无力，只听见"交枪！交枪！"的吆喝声围拢而来，敌人已经将他们包围了。

他负伤了。被捕了。他被敌人押着走，浑身酸困无力，血流不止。慢慢地，他落到了后面。押解他的是国民党地方民团的一个小头目，看上去很和善，一边走一边好奇地问他："我看你是一个大官。"

"我是一个平头老百姓，政府派的粮款逼得没办法，才来当红军。"他不慌不忙地回答。

"不！你是个大官。你姓什么？哪里人？"

"我姓焦，富平人。"说着，他从口袋里掏出六块银元递给这个小头目。

小头目接过银元，退了三块给他，不紧不慢地说："我知道你是大官，我放你跑。"

听了这话，他看了他一眼，不知是真还是假。不管这些了，他瞬间忘了疼痛，鼓起劲朝沟外跑。其实，这个小头目他听说过，叫周致祥，对红军有同情心，向往革命，曾经写信要投靠共产党。因为无法核实清楚身份情况，没有答复他。

听完这段曲折的战斗经历，不禁想起伟人毛泽东也曾经历过一次相似的被捕故事。那是1927年9月，秋收起义的时节。在美国记者斯诺笔录的《毛泽东自传》中，他回忆说："当我正在组织军队而仆仆往返于安源矿工及农民自卫军之间时，我被几个民团捕获。那时常有大批赤化嫌疑犯被枪毙。他们命令将我押解到民团总部，要在那里杀死我。不过，我曾向一个同志借了几十块钱，我想用它贿赂护送兵来放掉我。那些士兵都是雇佣的兵，他们并没有特殊的兴趣看我被杀，所以他们同意释放我。但是那个解送我的副官不肯答应，因此我决定还是逃走，但是一直到我距民团总部二百码的地方才有机会。在这个地点，我挣脱了，跑到田野里去。我逃到一块高地，在一个池塘的上面，四周都是很长的草，我就躲在那里一直到日落。士兵们追赶我并且强迫几个农民一同搜寻。好几次，他们走到非常近的地方，有一两次近得我几乎可以碰到他们，可是不知怎样地没有发现我，虽然有七八次我抛却希望，觉得一定再要被捕了。最后，到了薄暮的时候，他们不搜寻了。我立即爬越山岭，走了整夜。我没有鞋子，我的脚伤得很厉害。在路上我碰到一个农民，他和我很要好，给我住宿，随后又领我到邻县去。我身上还有七块钱，拿它来买了一双鞋子、一把伞和食物。当我最后安抵农民自卫军的时候，我的衣袋中只有两个铜元了。"

是啊！那一代共产党人，就是这样"把脑袋拴在裤腰带上干革命"的。

人民日报2017年散文精选

视死如归，舍我其谁。

　　和毛泽东一样，他非常幸运。他抬头看看天空，晚霞漫天。现在，他知道他是真的跑出了敌人的包围了。他勉强站了起来，趔趔趄趄着身子，慢慢地顺着河流向前走去。他知道，在河道沟口的柳林庄有一位贫农叫郑老四，游击队员们都叫他"郑四哥"。他感到脚步越来越沉重，在梢林里找了一根枯树枝作拐杖，一步一步蹒跚着前进。暮色降临，他终于到了郑老四家。这对憨厚朴实的农民夫妇赶紧用土方为他消痛止血，给他擀面条、做菜汤。可是，伤口依然血流不止，开始溃烂，身体发烧。几十年后，他还记得那个夜晚："这天晚上，他就把我送到南边四五里的一个地方。由于一路上我两手捂着流血的伤口，在河里喝了些冷水，近十天时间大便不下来，头比碌碡还大，那时多亏年轻，要不就没命了。"

　　是啊，年轻真好！

　　那是1933年。他还不满二十岁。

　　他的名字叫习仲勋。

二

　　那天晚上，郑老四把习仲勋送到了庵子村。先期撤退的黄子文和陕甘边革命委员会主席周冬至等已经在这里会合。重伤中的习仲勋见到生离死别的战友，格外欣慰。由于伤势严重，高烧不退。黄子文、周冬至组织群众用担架把他送回薛家寨营地，在第二道寨子的一孔石窑住下，医疗枪伤。特委还专门指定红军医院一位叫陈守印的医生为他疗伤。

　　这年中秋节的晚上，刘志丹南下作战返回照金后，第一件事就是来看望习仲勋。见到刘志丹同志，习仲勋激动得不知说什么才好。他们紧握着双手，眼里涌出泪花。

　　这次见面，让习仲勋想起一年前第一次见到刘志丹的情景。那时，他向刘志丹详细讲述了自己搞学生运动、搞两当兵变和开展农民运动屡遭失败的情况，内心感到十分沉重和迷茫。刘志丹拉着他的手说："干革命哪有不失败的时候？失败了再干嘛！我失败的次数比你多得多呢！"刘志丹亲切质朴的话语照亮了他的心，温暖和畅。

"你的情况我都知道，两当兵变你还是队委书记吧？"刘志丹接着若有所思地说，"几年来，陕甘地区先后举行了大大小小七十多次兵变，都失败了。原因何在呢？依我看，最根本的原因就在于军事运动没有同农民运动结合起来，没有建立起革命根据地。如果我们像毛泽东同志那样，以井冈山为依托，搞武装斗争，建立根据地，逐步发展扩大游击区，即使严重局面到来，我们也有站脚的地方和回旋的余地。现在最根本的一条就是要有根据地。"

遗憾的是，受"左"倾教条主义的影响，在习仲勋养伤的日子里，中共陕甘边特委、红二十六军、游击队总指挥部在这年6月17日召开的联席会议上，没有采纳刘志丹等人坚持开展游击战争、巩固和发展陕甘边根据地的正确意见，硬性通过了红二十六军南下渭华的错误主张，惨遭失败，导致一百余名官兵血洒疆场，饮恨南山。

8月14日，习仲勋带病在陈家坡村主持召开了陕甘边党政军联席会议，检讨肃清了"左"倾机会主义路线，决定仍以创造和扩大陕甘边苏区为中心，制定了不打大仗打小仗，积小胜为大胜，集中主力，广泛开展游击战争，开展深入的群众工作的战略方针。历史已经证明，这次会议是恢复与扩大红二十六军的关键性会议，它为日后西北红军主力的重建和军事斗争形势的改变，对于加强党对红军和游击队的统一领导，对巩固和扩大陕甘边区革命根据地的建设起到了非常重要的作用。

陈家坡会议后，照金苏区军民齐心协力，以崭新的战斗阵容打败了国民党军队和民团的多次围攻。10月4日，南下的刘志丹在人民群众的掩护下，辗转回到了照金，回到了薛家寨。战友重逢，习仲勋紧紧握着刘志丹的手。看见在炮火硝烟中九死一生的刘志丹消瘦了许多，但革命意志更为坚定，精神更

加抖擞,没有一点灰心丧气的样子。刘志丹关切地问他:"你的伤好了吗?这次我们又上了机会主义的大当,又吃了一次大亏。"他向刘志丹汇报了陈家坡会议的情况,刘志丹兴奋地说:"这下好了,陈家坡会议总算排除了错误的主张,回到正确的路线上来了。现在把部队集中起来,统一领导统一指挥。我们重新干起来,前途是光明的。"

红军在照金苏区的节节胜利,引起了国民党高层的震惊。蒋介石多次电令西安绥靖公署派重兵"围剿"照金苏区。大兵压境,兵寡力孤,情势危急。当时国民党的《西京日报》公开发布了"蒋(介石)再电邵(力子)杨(虎城)肃清薛家寨残匪"的消息。10月12日,考虑到敌我力量悬殊,为了避敌锋芒,当地红军主力离开照金,转入外线作战,牵制敌人,减缓照金苏区压力。同时决定习仲勋、张秀山、吴岱峰等继续带领照金各游击队坚守根据地斗争。13日,国民党军队开始进攻薛家寨,几门大炮轮番轰炸。15日晚,国民党军队在叛徒陈克敏的带领下,利用夜色进入薛家寨埋伏,致使游击队腹背受敌,不得不撤出阵地,分路突围。

在红军主力和游击队撤离根据地后,善于做群众工作的习仲勋,根据特委决定继续留在照金苏区搞革命活动。在这段时间里,他得到了一位王姓农民老大娘的掩护和悉心照料。他回忆说:"她半夜里把我从山林里叫回来,在她家里给我吃米饭,做猪耳朵肉,有时还把白糖也给我送来。"习仲勋一辈子都感激王大娘的照顾,亲切地称她为"干妈"。

三

八十四年后。2017年6月,应中国作家协会之邀,我参加全国现实题材创作出版研修班时第一次来到了照金,来到了薛家寨。如今,这里已经是国家级丹霞地质公园。丹霞地貌罕有独特,隋炀帝杨广曾巡游至此,赞叹不已,称"日照锦衣,遍地似金"——照金因此名传天下。相传唐朝薛刚曾屯兵于此,薛家寨因此而得名。北宋画家范宽深得照金山岳之精髓，创作了中国美术史上的经典之作——《溪山行旅图》。作为陕西桥山山脉南段的主峰之一，薛家寨海拔一千六百多米，形似葫芦，东、南、西三面峭壁陡立，层峦叠嶂，沟溪纵横，密林如海，气势磅礴，既有"华山之险"，又有"南山之秀"。从远处眺望，薛家寨整个山体如斧削刀劈，壁立千仞，形如天然城堡；从山脚仰望，薛家寨见首不见尾，细看才发现一条长达两公里的奇险的丹霞岩槽，易守难攻，历来成为兵家构筑的军事要塞。这里进可夺取渭北，威胁国民党在西北的统治中心西安；退可据险固守，是个得天独厚的游击战活动区。1933年，刘志丹、谢子长和习仲勋等率领陕甘边党政军领导机关进驻薛家寨后，就是利用丹霞岩槽中四个天然的岩洞，修筑了红军支队驻地、被服厂、红军医院、军械厂，与敌人顽强战斗，被人民群众誉为"红军天梯"。照金是老一辈革命家在西北创建的第一个山区革命根据地——陕甘边革命根据地，在中国革命史上写下光辉绚丽的篇章。

进入"红军天梯"，一开始觉得并不神奇。只身探幽寻胜，曲曲折折，时宽时窄，宽处可容几十人，窄处一人通过也得弯腰爬行。再向前走进一段，前面蓦地一亮，豁然开朗，习习凉风扑面而来，令人精神一振。拾级而上，只看那群峰嶙峋峭绝，苍翠秀润，移步换景，或壮观，或魁伟，或俊秀，或雄奇。站在"红军寨"前，谁能想到这里曾经是兵戈相接、刀光剑影、枪林弹雨……独立峰巅，群山拥戴，杜甫的愿望"会当凌绝顶，一览众山小"，我也一样有。瞧！阳光灿烂，蓝天白云，当你正在饱览这美好的景色，忽然一阵风来，"荡胸生层云"，转瞬间就是"云海四茫茫"。今天的照金，已发生了翻天覆地的变化，这个美丽的小镇，贫穷已不见踪影，人民群众正迈步在小康生活的大道上。

"东方欲晓，莫道君行早。踏遍青山人未老，风景这边独好。"伫立"天梯"，浮想联翩，我的脑海中也不禁发出伟人毛泽东的慨叹——江山如此多娇，数风流人物，还看今朝！

萨让的"老黑牛"

◇ 吉米平阶

前往西藏阿里地区采访之前,一位老朋友委托我办件事情:到阿里的札达县,为设在拉萨的中国首家牦牛博物馆拍摄一张"老黑牛墓地"的照片。

札达,老黑牛,便在采访日程上安排出来。

在地区所在地狮泉河采访完成,说起准备去札达寻访老黑牛,地委领导对老黑牛的故事很熟悉,说老黑牛的故事发生在波林边防连,就在札达县的萨让乡,并建议我们到萨让乡所在地看看,说萨让乡固边兴边和军民共建的事迹很典型。于是,第二天天没亮出发,午饭前就赶到了札达县城。

拜访县领导,说明来意,县里安排宣传部派人员陪同,但没有陪同车辆,此时我们对萨让还完全没有概念,说有同志陪同,我们就自己去,采访完晚上就回来,阿里这个季节晚上十点也不会天黑,时间来得及。

县领导一听,当即就乐了:你们自己去肯定不行,道路不熟悉,还是得找同行的。正好萨让乡党委书记在县里办完事,刚往回返,被领导电话召回来。我们在县里的主街上见面,书记是一位精干的军转干部,刚从内地休假回来。因为去年雪大,他在乡里被封闭了七八个月,直到暮春才从萨让"解脱"出来,回内地轮休。书记说当时从乡里到就近的两个村民组,不到几公里的距离,蹚着一两米深的积雪得走十多个小时,乡里出了一个重病号,还是新疆军区派直升机接出去的。

说着闲话，同志们买好了干粮，临出发的时候，书记看看天色说，但愿不要下雨，要不天黑之前赶不到。

看着一碧如洗的蓝天，我有点犯迷糊，这样的天气会下雨？何况现在离天黑还有八九个小时呢！

萨让乡，在距札达县城一百八十公里的中印边境。去萨让的道路，当地人都叫它"阿里的天路"，言其险峻。阿里，在我们平常的印象里，就是道路艰险的代名词，"阿里的天路"会是什么样子？很激发人的想象。

驱车上路向西，一路土林丹霞地貌，奇峻崔嵬，持续爬坡以后，进入连绵的大山，在一个山路分岔处，拐进一座整齐的军营，这就是波林边防连。看上去乡书记跟部队很熟悉，在军营门口办完手续，连长指导员热情地把我们迎进营房。

营房院里戳着"波林连4620米"的牌子，无声地提醒我们这里的海拔高度。营房的窗台上，用方形罐头盒种植的绿色植物在阳光下舒展着小小的枝叶，给房间里带来盎然生机，不大的四个罐头盒上写着"能打胜仗"。

听说我们要了解老黑牛的故事，战士们七嘴八舌，都很踊跃，连长说这件事汪老兵最清楚，但他带兵进城采购去了，明天有车队进萨让，又让宣传员去准备材料。书记见状说：今天就是带着来认认门，还得赶紧上路，怕天黑之前赶不到乡里。看来连长指导员知道这条道路的艰险，也不挽留，只是说把材料准备好，到时候请汪老兵好好讲讲。

离开波林连，又一头钻进大山，这回开始真切体会到"阿里的天路"是什么样的内涵了。同行的伙伴都已默不作声，只听见车胎和地面的摩擦声以及刺耳的刹车声。路上，我们的车还遭遇一次爆胎，幸亏是在平缓的路上。这次爆胎使后来的路途提心吊胆，因为在乡里无法补胎，我们也不可能把乡里的备胎带上，如果再遇上一次爆胎，只好在大山里等候波林连的运输队了。

按说，这么些年在西藏行走，走过的路经过的山也算不少，但往萨让去的道路，真可以算是惊险，尤其翻越"之"字形的底加木沟，从谷底到山顶，落差有上千米，"之"字形的山路几十道拐弯，有的悬崖拐弯处，越野车掉头

都得来好几把倒挡，不是一个车轮孤悬崖外，就是连续向后打滑，想着波林连的大卡车要小心翼翼地驶过这样的险境，强烈的震撼冲击着我的内心。这些险情，对于萨让的边防军人、党政干部和群众来说，再普通不过，可在我们看来，为了坚守国土，他们随时都可能献出宝贵的生命。

这样一路行来，向晚七八点钟，远远看见一面山腰上的萨让乡，在夕阳的余晖下，绿树环抱，远看只有篮球场大小，下到山脚再爬上去，看见有十几户人家散落在山坡上，中间有几排两层的小楼房，便是乡政府所在地和乡干部们的住所了。

在乡里的食堂吃晚饭，有十来个年轻人，都是这两年分配的大学生，乡长也是刚从县机关派来任职的，也很年轻，有这样一群生龙活虎的青年，使这遥远的边境乡也显得不再寂寥。晚上跟乡里的年轻人聊天，了解他们的日常工作生活，在这个边境小镇，他们除了肩负着守土固边、兴边富民的任务，还要与边防战士一道，保卫祖国边疆。与内地的同龄人相比，他们的人生，他们的角色、职责，显得那么别具一格。

因为要再去拜访波林边防连，第二天天还没有大亮，整个萨让乡还在静静的沉睡中，我们的越野车轻轻打火，离开乡政府前小小的水泥操场，行驶上了砂石路面。再见了，萨让，这个小小的边境乡，也许连内地的一个村民小组也赶不上，也许我们很难再一次到这里来，但它却如此深刻地印在了我的心里。再见了，萨让的年轻人！

可能是早起气温较低，感觉汽车行驶起来要轻快得多，不知不觉间就到了波林连驻地。营地院落整洁，也是绿色环抱，但不是树，这里海拔太高，树木不能成活，绿色的是草坪，还有塑料大棚，种着蔬菜和一些瓜果。连队官兵知道我们今天要返回，都有了准备，用甘甜多汁的新疆西瓜招待我们。

大部分战士已经在进行军事科目训练了，指导员、几位干部和宣传干事给我们介绍情况。萨让乡一直到上世纪六十年代末都有外逃的叛匪回窜，敌情一直比较复杂，波林连肩负着很重的巡逻、战斗任务，有时在巡逻的路上，前面不知路有多远,必须做好最坏打算。白天,拉着马尾巴,踩着齐腰深的积雪,一步一步往前蹚,饿了,啃干粮;渴了,捧口雪。夜晚,在避风的山崖下,用石头垒个窝,生堆火,大家缩成一团休息。远处,饿狼的嚎叫声,让谁也睡不着觉……在这样艰苦的环境中,波林连涌现了许多先进模范。说到这里,官兵们不约而同提到了那个特殊的模范——老黑牛。

"哎,快把汪老兵叫来,老黑牛的故事,咱们这里就他熟悉。"指导员说。

一会儿来了一位一米八几着作训服的老兵,黝黑脸膛,说话口音很重,一听就是东北沈阳一带的人,不善表达,问一句回一句,完全没有东北老乡的口若悬河。最后是宣传干事拿来一份老黑牛生平事迹的简单文字材料,才算给他解了围。

老黑牛于1982年来到波林边防连编外服役,那时候连队吃水困难,全靠人背马驮往返于距连队六百米远的泉眼,给连队生活带来巨大不便。战士们开始调教老黑牛,几个月后,这个通人性的老黑牛独立承担起了为全连官兵运水的任务,它每天驮四个水桶,装水的战士只要在它背上轻轻一拍,它会准确无误地依次把水送到各个班排,战士不从它身上取下水它不走,任务不完成从不吃路边草,每天驮水往返十多趟甚至二十趟,直到完成任务方才休息。

上世纪八十年代中期,一位记者了解老黑牛的情况后,向上级进行了反映,1986年11月,南疆军分区授予老黑牛三等功一次。此后,老黑牛的名声大振,《解放军画报》《解放军报》都曾登过它的事迹。

后来老黑牛年老体迈,波林连安排人照顾它的生活,但它从不在军营闲逛,每年老兵复员转业时,离队的战士都要与老黑牛合影留念,老黑牛不知送走了多少个离队战友,一晃二十余年,老黑牛成了波林连新老战士亲密的编外战友,被连队官兵叫做"编外功臣"。2002年元月5日,与官兵朝夕相处的老黑牛,因年老体衰,心脏病突发,经连队军医抢救无效去世。

老黑牛去世后,波林连按军人的礼遇为它举行了隆重葬礼,大力掀起学习"黑牛精神"的活动,学习它吃大苦耐大劳,默默无闻奉献高原的精神。波林连为老黑牛在营房边的山坡上建了一个墓,每年新兵到来,会在墓前接受入

伍教育，每年老兵退役，会到墓前跟老黑牛告别，献上洁白的哈达。

遵照老朋友所托，我请汪老兵带我去看老黑牛的墓碑，老黑牛的墓在离营房几十米的山坡上，虽然距离不远，但在这样的高海拔，依然令人气喘吁吁。墓是大卵石堆砌，墓碑上部，被战士们敬献的哈达包裹了起来，"老黑牛之墓"几个鲜艳的大字，看得出是不久前新描的。一到墓地，汪老兵就忙着将滚落的石头整理好，我从不同角度，将这座独特的墓，包括正在精心修葺墓地的汪老兵收进相机。

连队对面的山坡上，用白石头砌着几个大字——"发扬光大黑牛精神"。从老黑牛去世到现在，已经过去十几个年头，十几年里，铁打的营盘流水的兵，这里迎来送往，轮换过多少军官士兵，"黑牛精神"激励着一轮又一轮边防官兵无私奉献守卫边防，真正践行着当代革命军人核心价值观。

波林边防连远离乡镇，在这万山环绕之中，信息闭塞，条件艰苦，生活单调、枯燥。但像汪老兵这样的老兵，没有半点怨言，用自己的双手塑造了一个完美的团队，十几年如一日，草皮干枯了再植，一次次长达两三天的边防巡逻，没有泯灭他身上的激情，正是这样的"黑牛精神"延续，诠释着波林连官兵们对祖国和人民的无限忠诚。

回县里的路上了解到，老兵姓汪名洋，是波林连的三级士官，在部队已经服役十多年，在波林连资格最老了。波林连现任的连长，是他带过的兵；陪着我们下来的县委宣传部干部小肖，是他带过的兵；札达县的各个单位，还有许多他带出来的兵。小肖告诉我，汪老兵今年面临一个选择，或者晋升四级士官，或者退役。他在波林边防连十多年，精通部队的所有事务，但对地方生活却有太多的不适，这十几年一直待在阿里，家属也在阿里，老家反倒很陌生了，很希望能继续留在部队或者在阿里就业。我真心祝愿他的愿望能够实现。

回到拉萨后，老朋友看了照片，问我一个问题：老黑牛到底是牦牛还是其他品种的牛？这个问题我还真没有细问，但我想，是什么品种的牛，真的不重要。

写这篇文章时，通过乡党委书记了解到，今年，汪老兵已经光荣晋升四级军士长。我们祝福他，也祝福波林边防连的所有官兵！

永不磨灭的光彩

◇李 鑫

肖旋凯是我在北京飞往成都的航班上认识的一位士兵。因为与他的邂逅，我感受到了他的心正忍受着何等的煎熬。

那一天是 2008 年的 5 月 14 日。就在 40 多个小时之前，肖旋凯手机上显示出母亲的来电。让肖旋凯想不到的是，这个电话是母亲从大地震的废墟里给他打来的。

母亲的声音从来没有这么焦灼和孱弱："儿子，快来救我！"

这一天，是肖旋凯 22 岁的生日。

数日前，他父母就商量着去附近的寺庙为千里之外的儿子烧香祈福。可哪能想到，他们赶上了"5·12"大地震！一时间，正在举香祭拜的母亲被砸在废墟之下，父亲也不幸受了重伤。

接到母亲的电话，肖旋凯心中虽焦灼万分，但他还是极力安慰着母亲，并判断着她大概的位置。

在战友和领导的帮助下，肖旋凯联系上了当地的 110。

肖旋凯将救援人员已开赴庙宇的消息告诉了母亲。母亲说，她也听到了废墟上面的呼喊，但不管她如何回应，对方却无法听到。

此时暴雨如注,生与死就这样近在咫尺,却又被命运相隔。

从电话中,肖旋凯得知母亲腿部受伤。他不可能为母亲亲手包扎,唯有将军人常用的自救方法告诉母亲。母亲撕下衣服,用布条扎住了不断流血的伤口。

时间一分一秒地过去了,最让肖旋凯纠结与焦虑的,是母亲手机电池在逐渐消耗。那就像是母亲的生命一样,一旦电池耗尽,母亲就会音讯全无……

最让肖旋凯担心的事情还是发生了,13日凌晨五点多钟的时候,母亲的手机没有了信号。

此时的肖旋凯和我并排坐在北京飞往成都的飞机上,他已经与母亲失联有几十个小时了。

肖旋凯的母亲现在也许还活着,只是没了音信。我望着肖旋凯,想找一句话来安慰他,却见他冲我淡淡地一笑,这个笑容给了我极其强烈的震撼,我说不透它所表达的是一种礼貌还是一种无奈,但我知道,他是一个特别在乎别人感受的青年,他不想让自己过于悲伤的经历让别人也感到痛苦。多少年过去了,那个表情依然让我无法忘记。

从一个年轻战士那里,我知道不是所有的悲痛都是用撕心裂肺的哭声表达的。

从见到肖旋凯的第一眼,我就对他有一种似曾相识的感觉。后来我终于想起来了,他与多年前我认识的另外一个"士兵"的相貌有些重叠。

那个"士兵"叫陈国昌,是我1987年到云南宣威80次列车颠覆现场认识的。陈国昌和肖旋凯虽然长相相近,但性格却截然相反,肖旋凯性格里多有儒气,而陈国昌身上则有不少猛劲儿。

在我认识陈国昌的时候,他应该已经不能算是真正的士兵了,因为此时部队正派人将其押解回家。

陈国昌原是云南边防某部三连的战士,他因个性太强,在一次外出时一怒之下将一个他认为是"二混子"的青年打伤致残,违犯了群众纪律而被部队除名。陈国昌没想到自己在还没有服满役期的时候就离开部队。他知道,被人押解着返乡,父亲绝对不能接受。因此,在搭乘上80次列车后,陈国昌就一直设计着逃跑计划,他想,先逃出去,在外打几年工,挣些钱再考虑回家,也许不失为上策。

80次列车穿过繁星低垂的乌蒙山,大多数人在摇摇晃晃的车厢内都进入了梦乡,陈国昌却似睡非睡。突然,他听到一声巨响,列车像被斩断的长龙,一节又一节车厢冲出了铁轨,有的还滚下了山涧……

陈国昌从昏迷中醒来,发现自己已被甩到车厢之外的山坡上,头底下竟然还枕着一个装满钱的提包;押送他的军官已不知去向。陈国昌脑海中闪现的第一个念头是:难道这是天意?

但很快他就被深夜里一片凄惨的哭喊和寒冷的山风唤醒,责任感和使命感瞬间涌上他的心头。就听陈国昌冲着慌乱的人群大喊了一声:"大家不要惊慌,我是解放军!"

在突如其来的生死劫难面前,世界上还有什么比"解放军"这三个字更有分量?更能让人心中踏实?那些几近绝望的人们一下子感受到生之希冀,人们纷纷向陈国昌拥来。

陈国昌将现场的男人们组织起来,一部分照顾妇女儿童,一部分重回车厢抢救伤员。

生死关头,陈国昌在履行着一个军人为人民而奋不顾身的神圣使命,但人们并不知道,陈国昌此时已经不是军人,他军装上的领章、帽徽,早已被责令取下。

其实,真正了解军人的人,一定会明白,如果一个人生命中有过当兵的经历,那么在他的精神世界里,军人的情结是难以消失的,哪怕他已脱下军装。从这一点上说,军装已经长在他们身体上,融进血液里。

记得在2010年青海玉树发生地震时,我的同事曾对震区的民众做过一次问卷调查:当灾难来临时,你最先想到的人是谁?几乎百分之九十以上的人这样回答：解放军！

这个答案足以说明，在人民有难时，解放军奋不顾身的英勇行为，已成为人们心目中最深刻的记忆。

建军九十周年前夕，一位湖北嘉鱼籍的年轻战士来我们报社实习，闲谈时我问起他当兵的理由，他说，1998年夏天，一批抗洪战士从被冲得摇摇欲坠的房顶上救出了他们一家人的性命。参军，就是为了报答解放军的恩情。

小战士当兵的理由，让我不由想起十九年前在长江大堤上亲历的一些往事。印象很深的有一位扛沙袋的战士，他一天之内喝下五十多瓶矿泉水。可以想见，他在灼热的大堤上流了多少汗。后来，这位战士因扛包太重，造成腰脊严重损伤，痛得他直往江中跳。

还有一次，江边稻田里面的水位突然上涨，发生了管涌险情。部队迅速让几位水性较好的战士潜入江中摸排。战士们很快发现一个拳头大的管涌出口。管涌口吸力很强，若不及时堵上，极有可能酿成决堤之祸。水性较好的战士石秀峰见此险情，毫不犹豫地将身体贴上去，堵住了那个吸力强劲、不断扩大的管涌口。

战友们知道这样太危险了，纷纷上去拉他，他却打出了一个手势，让大家赶快浮上水面报告险情，他却在这里继续坚守。

一个军人的英勇行为大多不是在思考后产生的，往往是瞬间爆发的。这个扑向管涌吸口的战士，其行为不就如当年黄继光扑向敌人枪眼的那一刻一样吗？

在突如其来的灾难面前，士兵的血性与忠诚，总是淋漓尽致地彰显出来。我们的国家有着太多的灾难，就在我写作这篇稿子的时候，四川九寨沟又发生7.0级地震，值得国人欣慰的是，当灾难来临的时候，总有无畏的解放军和武警官兵挺身而出！他们的身影，他们的故事，虽然让我们的视线模糊，但在我们的记忆里，却是永远不会磨灭的。

——肖旋凯在成都双流机场和我分手后，就赶到那个已成为一片废墟的庙宇里去寻找他的母亲。然而，母亲却一直未有音讯；在肖旋凯回到都江堰的头一天，父亲也因伤势过重而不幸离世。突如其来的打击虽然过于沉重，但肖旋凯毕竟是个战士，他知道，在国难面前，还有更多的人等待着救援。他在埋葬了父亲之后，便随抢险部队奔赴了救灾一线⋯⋯

——"士兵"陈国昌在救下80次列车上的不少旅客之后，一直默默地守护着受伤的押解干部，他将捡来的提包交给了警察。鉴于陈国昌的表现，部队给他记三等功。陈国昌很想将功抵过，继续留在部队服役，但他并未如愿。纪律的约束与荣誉的彰显，对军人来说不可能会像化学反应那样轻易溶解。功和过就这样一起装在陈国昌的档案里。那天，当陈国昌与战友告别时，他望着战友的领章、帽徽，满眼热泪地敬上了最后一个军礼！

——石秀峰为部队封堵管涌赢得了时间。战友们为了救他，在他身上绑了绳子，用尽力气把他从强大吸力的管涌口拉了上来，看着他苍白的脸，他的团长扑上去一把将他紧紧抱住⋯⋯其实，大家所感动的不仅仅是自己的战友穿越生死之门的无畏，还有更为复杂的心情堵在心口。因为全团的官兵都清楚，他们这支部队将要面临整编，而从整编的历史看，往往没有功勋的部队更可能被定为裁减之列。用忠勇保住自己的部队番号不被撤销，成了许多官兵心底最殷切的期望。所以，才有像石秀峰这样不惜赴死的士兵，他们既为人民，也为荣誉⋯⋯当然，他们最终选择了服从大局：当他们从抗洪前线载誉归来，部队的番号还是从人民解放军的序列中消失了。

作为一名从业几十年的军事记者，我数不清见到过多少优秀的军人，更数不清因为他们的优秀而产生过多少次感动。本文所讲述的几位士兵，都是以挺立在灾难之中所表现的真情与勇敢给我留下深深的记忆。他们，让我想起一位作家的话：军人意识不是一种独立存在的东西，它只能在以整个民族、全体人民为背景时，才会生发出力量，只能是以人民的儿子的形象出现时，才能迸射出光彩。

走进铜鼓的细节

◇ 荆永鸣

清晨六点,我被体内的生物钟准时唤醒。窗帘没有打开,房间还是黑的。几秒钟后,我记起这是睡在大山深处的一座宾馆里。

前一天早晨,我和中国作协"纪念建军九十周年"主题采访团的同行们从南昌出发,驱车四个多小时,在一场骤雨初歇的正午抵达铜鼓。

这座隐于罗霄山脉北端的山城,比我想象的规模还小。从下榻的高楼上凭窗而望,一条狭窄的小城依山傍水,逶迤数里,在高天流云的雨后薄雾中,宛如一首朦胧诗,意味深长。

铜鼓历史悠久。有史料记载,铜鼓明设铜鼓营,清置铜鼓厅,1912年置铜鼓县。因城东有一巨石,色如铜,形似鼓,击之有声,故而得名。因此,铜鼓又是一首古老的歌。如今,在跳动着十四万个生命音符的铜鼓县,百分之七十的人口是淳朴、典雅的客家人。又因此,这里不仅流传着浓郁的客家习俗、美味独特的客家饮食,同时甜美动听的客家山歌,更是被誉为客家文化中的一朵奇葩。

采访途中,县委领导专门请来一位客家山歌的传承人,在半路跳上车,为我们唱了两首山歌。我听不懂客家方言,但那优美婉转的旋律,已超越了歌词的含义。让你觉得那是一种生命的原始力量,是一种自然的美的呼唤,如同天籁之音,萦绕于耳畔,经久不息。

地处湘赣边界的铜鼓,生态环境十分优越。极目所见,群峰叠翠,万木葱茏。据陪同者介绍,铜鼓县一千五百多平方公里的土地,森林覆盖率高达百分之八十七,居全国前列。此外,这里还有多处国家级森林公园和自然保护区,有绵延十余公里的丹霞地貌,有与《桃花源记》中高度契合的山川幽谷。与此同时,投资二十多亿元的汤里温泉也即将建成。铜鼓是长寿之乡,中国南方红豆杉之乡,江西省首批生态文明先行示范县,国家级生态县,国家重点生态功能区,同时还被誉为中国百佳"深呼吸小城"……一大串有关生态方面的荣耀,真是不错。

然而,我们此行的目的,不为铜鼓的"天然氧吧",不为它的"避暑胜地",而是为了走进一段红色的记忆。

众所周知,铜鼓作为新中国革命圣地,有着令人难忘的红色历史。战争年代,在铜鼓这片热土上风云际会,曾留下了毛泽东、彭德怀、滕代远、黄公略、罗荣桓、宋任穷等老一辈革命家的足迹。1927年秋天,在毛泽东"一脚踏两省"的运筹帷幄下,打出了第一面火红的军旗,发动了湘赣边界的秋收起义,从而拉开了中国共产党独立领导中国革命的序幕。

在短短半天时间里,我们首先参观的是秋收起义前敌委员会旧址和秋收起义阅兵广场。那油漆剥落的书桌、古老奇特的油灯和锈蚀的刀枪剑戟,引领我们走进一幕又一幕历史的记忆与细节。就是在萧家祠的油灯下,毛泽东写下了"秋收时节暮云愁,霹雳一声暴动"的著名诗句。我驻足铜鼓秋收起义阅兵广场,凝视纪念碑上的工农革命军的威武雕像,不禁进入遐想,耳边仿佛又闻惊雷声动,鼓角争鸣。让我深感震撼的是,也正是在那段飞扬激荡的岁月里,在铜鼓,先后有七万八千人献出了宝贵的生命,光有名有姓的烈士就有一万八千人。铜鼓,这块名副其实的红色热土,为中国革命做出的巨大牺牲,令我感到凝重。

浏阳与张坊镇交界处的排埠镇月形湾，潭水碧绿，溪流淙淙，山上长满了翠竹、灌木与茅草。如果没有史料记载，很少会有人想到，在这个普通的山湾，毛泽东曾经历过他革命生涯中唯一的一次被捕。1927年9月7日，毛泽东乔装成安源煤矿采购员，从安源出发，奔赴铜鼓，准备亲自领导秋收起义。一路上日夜兼程，绕过敌人重兵把守的萍乡，在9月8日进入浏阳张坊镇七溪村时，被张坊的团丁抓住。团丁要把毛泽东押到民团总部去处死。押送途中，毛泽东决定设法逃跑。在离民团总部不到二百米的地方，终于找到了机会。他急中生智，成功逃脱。后来在一个叫陈九兴的农民帮助下，毛泽东在吴家祠住了一夜，于9月10日到达铜鼓县城萧家祠。次日，在铜鼓大沙洲的永宁桥畔举行了阅兵仪式，发动了永载史册的秋收起义。从而为后人留下了一段景仰乐道的传奇史话。

一位陪同者告诉我，凡是到过此处的人，无不为毛泽东这一传奇经历庆幸地感叹：当年如果不是毛泽东机智地逃脱敌人之手，中国的革命历史就会改写。但"如果"毕竟不是事实。时光带走了岁月的风尘，近一个世纪的历史早已在这里凝固。如今，小小的月形湾，作为一代伟人的化险地，已构成了一道独特的精神风景。

这次采访，由于行程紧迫，我们在铜鼓只住了一夜。

入夜的山城十分宁静。窗外又落了雨，还伴有雷声。铜鼓的雨，似乎总是去了又来，下下停停。我扭亮台灯，翻开笔记，写下我需要记住的文字。在铜鼓，我们采访的最后一站，是大沩山下永丰村的"精准扶贫"。据镇党委书记介绍，永丰村是省级贫困村。近年来，他们实施靠山吃山、靠水吃水的脱贫策略，把峡谷溪水打造成"江西第一漂"，把高山荒地建成江西第二家野外高山滑雪场，同时把深山竹笋、杨梅、尖栗、板栗、山楂做成罐头，甚至把竹子做成电脑键盘、鼠标、小音箱等，远销各地。回想着永丰人在"旅游+扶贫"的致富路上满满的雄心与畅想，伴着窗外风雨之声，我渐渐进入了梦乡。

一觉醒来，打开窗帘，眼前的小城，依然雨雾迷蒙。这是我喜欢的样子。

在即将离开铜鼓的这个清晨,我走出酒店,独自来到了定江河边。我是想找一位当地人,最好是上了年纪的老人,聊一聊,做个简单的交流。然而,或许是山里的小城醒来晚,河边上却不见任何行人。只有定江河在默默地流着,穿城而过。我凝望着眼前幽深的河水,回想着在铜鼓的所见所闻,心中泛起阵阵涟漪。我在想,悠长的河水流走了岁月的泥沙,却流不走凝固的历史。而凝固的历史与流动的现实在这里交织,或许后者更需要我们的关注吧。

作为一个匆匆过客,我祈愿铜鼓的明天更加祥和美好——这是老区人民的福祉,也是历史最好的纪念碑。

一棵小白杨

◇朱金平

"一棵呀小白杨,长在哨所旁。根儿深、干儿壮,守望着北疆……"

一路听着这首耳熟能详的军旅歌曲,我们的越野吉普车向着西北边陲的小白杨哨所奔去。那个在歌声中被传唱了多年的北疆哨所,最标准的名称是:塔斯提边防连。

远远望去,矗立在一座山岗上的小白杨哨所,在逶迤高耸的雪山映衬下显得那么不起眼。

身着迷彩服的哨所四班长王克怀,见面就给我们敬了一个标准的军礼。他那身黄中显绿的色彩,亦如这北疆春天的山野。其黑里透红的脸庞,焕发着青春的光彩;扎扎实实的身板,折射着军人的刚毅。

十八岁那年,他就是唱着那首脍炙人口的《小白杨》,带着无限美好的向往来到这个哨所的。谁知,当时通往这个哨所的路是那么的艰难。

那也是一个春天,新兵训练刚结束,他就和十八位新战友乘坐一辆卡车离开营部,向边境线上的小白杨哨所驶去。哨所矗立在一座陡峭的山顶上,四周的积雪还没有融化,卡车喘着气怎么也上不去。大家下车使劲去推,车子还是爬不动,无奈之中他们又返回了营部。三天后,他们再次出发,谁知融化的冰雪在山下通往哨所的小路上划出一道七八米宽的口子，冰块和着泥水汹涌奔流，载着他们的卡车又打道回府了。一周之后，他们才终于越过一路坎坷，登上了哨所。

此时，连队在冬天里已被冻裂的水管还没来得及维修，他们上来做的第一件事就是到十里外的河里挑水回来用。洗脸、洗衣服，都是冰凉的雪水，小伙子们的手很快就被冻肿了。大雪封山，连队官兵吃不上新鲜蔬菜。面对这样艰苦的环境，王克怀起初一颗火热的心似乎被冰水浇凉了。

连队组织新兵来到那棵小白杨下进行革命传统教育，要求大家向哨所的前辈学习，以苦为荣、乐守边疆。指导员告诉大家，小白杨精神的内涵，是忠于祖国，扎根边疆，英勇顽强，视死如归；甘于寂寞，无私奉献，坚韧不拔，蓬勃向上，牢记嘱托，建功边防。王克怀当时也许还没能深刻理解这段话的含义，但看到那棵名闻天下、参天而立的小白杨，浑身上下又充满了力量。

打枪，是每个军人的基本功。但边防连主要的职责是站岗、巡逻、执勤，对打枪的要求并没有步兵连那么高。可王克怀不这么想：既然来当兵，就要当一个精武的兵。2014年5月，边防团组织各连进行步枪射击考核，全连官兵都要参加。那天，王克怀与六位战友进行一百米射击考核。随着一阵枪响，报靶员抑制不住内心的激动，举靶高喊："王克怀，五十环！"

这也就是说，他的每一发子弹打的都是十环。小白杨哨所自1962年组建以来，在正式考核时还没有人打出过五十环。考核组组长、团政委带人现场反复验靶，确认了这一成绩，当即给王克怀戴上了大红花，一片喜悦的红云飞过小伙子的脸颊。

作为一个班长，王克怀认识到"一花独放不是春"。他在不断提高自己射击成绩的同时，又把自己的射击经验耐心地教给班里的全体战士。他带领的四班在上级组织的一次次射击比赛考核中也一次次名列前茅。

俗话说："男大当婚，女大当嫁。"作为一名边防军人，王克怀的婚事成了家人的"心病"。一次，在乌鲁木齐工作的姐姐给他打电话，说她认识了一个

姑娘，人品、长相都不错，对军人很崇敬，愿意见见面。于是利用那年休假的机会，小伙子和姑娘约会了。

在边防哨所，一年到头连个女孩子的影子都见不着，未婚士兵的假期每年也只有二十天。见面吃完饭，小伙子直截了当问姑娘："你对我印象如何？"姑娘红着脸："不错啊！"两人约好保持通信联系。

远在甘肃的姑娘的父母对此事却有些犹豫：女儿本来就离家这么远，还要嫁给一个远在天边的军人，平时分居两地，连个照应也没有，有些担心。这时，心细的王克怀给女方寄来了一双休闲鞋，姑娘穿上很适合，感觉这个边防军人粗中有细，很能体贴人，于是决定到部队去看看，再决定关系的发展。

刚进十月，小白杨哨所矗立的山上已是一片枯黄，一片片雪花开始飞舞。姑娘就是这个时候千里迢迢来到王克怀身边的。此时这里并没有什么风景，王克怀便带着姑娘来到哨所旁那棵高大的白杨树下参观，给她讲这棵白杨及连队的荣誉史。姑娘的眼睛一下子就亮了："《小白杨》唱的就是这棵树呀！这里就是小白杨哨所？你怎么不早告诉我呀！"婚事，就这么定了！

2015年5月，王克怀当爸爸了。爱的牵挂，使妻子周娣不久就放弃了原先收入不菲的工作，带着孩子搬到离哨所六十多公里远的县城，与人合租了一套民房住下，为的是靠爱人更近一点。然而，部队管理很严，母子二人几个月才能和王克怀见一次面。

妻子每上一次哨所，王克怀都特别珍惜夫妻团聚的时光。他认为工作要干好，妻子也要照顾到。一岁多的儿子，也在不知不觉中，受到父亲和军营的熏陶，对哨所有种天然的亲密感，而且对连队的哨音特别敏感。一天早上，刚来哨所的儿子，听到起床的哨音，像爸爸一样，咚的一下跳下床，光着一双小脚就冲出门要跟着爸爸出操，妈妈再拉也不行。于是，在连队出操的队伍后面，跟着一根"小尾巴"，嘴里还喊着"一二一"的口令……

一年春节期间，电视播出了边防军人王克怀在部队训练与生活的专题报道。王克怀的父亲是一个从不流泪的铁汉子，当看到儿子在那样艰苦的环境里驻守边防的一个个镜头,不禁老泪纵横:"没想到过去在家里一句话不高兴就摔门而去的娃子,在部队里变得那么能干、那么有出息……还是部队锻炼人、出息人啊!"

王克怀在军营里并没有什么惊天动地的壮举,他的故事感动人,只是因为他在平凡的岗位上努力尽一名普通战士的职责而已。他是千千万万边防军人的缩影!

离开哨所前,我们去参观那棵小白杨。

1982年,连里一个战士探亲带回十棵小白杨,栽种在哨所旁,最终成活了这一棵。如今,这棵小白杨已经长成大白杨。其洁白的身躯挺立在天地间,一根根枝杈向上蓬勃地伸展着,显得那么伟岸、质朴、纯洁,亦如王克怀那样守边的军人。

这棵高大的白杨树旁,还生长着一棵个头稍矮的白杨。指导员说这是那棵白杨树根上冒出来的子母树。而旁边,更多的一棵棵子母小白杨也正在成长。

《小白杨》优美的歌声再次响起,我不禁脑海里突然冒出茅盾在《白杨礼赞》中的一句话:"那就是白杨树,西北极普通的一种树,然而实在是不平凡的一种树。"

生命的雕刻

◇冯金彦

山坡上的野花凋落在地上，依旧会长出来。可是生命不能。一个十八岁的孩子，他的生命掉在了地上之后，风捡不起来，我们也捡不起来。

而写在墓碑上的名字，风吹不吹，依旧是红色的。

在打光了最后一颗子弹之后，他被围在稻田里。北方泥泞的稻田是他生命的一个草地，他没有能够走出去，刚刚跑了几步，就被胡子抓住了。

在我们家乡，习惯把土匪称为胡子。

据说，这股胡子是村里一个叫李大肚子地主的把兄弟，知道李大肚子被镇压后，来寻仇的。他们不愿意看到在小村里点燃的新生活火光，要把它吹灭。

他们要把他的生命吹灭。

他被绑在村头的一棵梨树上，刺刀面对着他。

他们把刺刀当做一把钥匙，要打开他的信仰之门，让他交出那些名字，战友的名字，村干部的名字。

可是，一个十八岁的孩子，一个十八岁的军人，在死亡面前，在刺刀面前，把战友的名字咬碎了，把村里乡亲们的名字咬碎了。

于是，那些埋伏在草丛中的名字，春风一吹依旧飞。

于是，那些散落在街巷的星星之火，秋风一吹依旧燎原。

但是，他却倒下去了。

他的鲜血滴落在地上，他的鲜血滴落在石头上，他的鲜血滴落在花朵上，他的鲜血滴落在日历上。

而地上的红花，把他的每一滴鲜血都捡起来在头上顶着。而为了表达对他的怀念，那棵梨树，每年都用洁白的梨花给他笑一次。

疼痛，无论如何都太重了，一个十八岁的生命扛不动。于是，刀刺来的时候，他本能地用双手去阻挡着，他的手指被刺断了，掉在了地上。

父亲那个时候还小，目睹了这一切。记得父亲在我小时候给我讲这个故事时，十分肯定地说，刺了十八刀。

他的手指掉在了地上，一根，两根……十八刀之后，他的十根手指是折断的翅膀，不再和他一起飞翔。

十指连心，十根手指不仅连着他的心，而且连着战友们的心，乡亲们的心。

部队赶来的时候，胡子还没有走远。于是，部队就一路追赶了过去，在离开村子不远的一个小山沟，把胡子全部消灭了。那个胡子被消灭的山沟，村里人叫它死胡子沟，叫了八十多年，至今依旧这样叫。

不是医院的手术室，也没有白衣的身影。在朴素的农家院，善良的房东大娘，一个坐在他身边的老人，低下头去，用不止一次为他缝补过衣服的手，用为他缝补过袜的针与线，一针一针，细细地为他把十根手指缝上。

这个固执的老人，不听任何人的劝阻，就那么坐在阳光下，坐在他的身旁，一针一针，慢慢地把手指缝在他的手上，缝在她的心上。

慈母手中线，何止是游子的身上衣，也是游子的生命。

在他远去的这个午后，一个母亲用她的爱，一个村庄的爱，一个世界的爱与崇敬，让一个生命完整。

在那个夜晚，村边的小河一夜未眠，岸上的石头哭了一夜。

乡亲们也是。

村里的人记得这个从远方来的孩子，记得他走进每一座茅草房的背影，记得他南方的口音。尽管阳光谁也不能垄断，但是生活在贫苦之中的父老乡亲，常常与痛苦相伴。当这个年轻的生命和一支同样年轻的队伍，把地主与恶霸们垄断的阳光还给了村里人的时候，父老乡亲们把他们和新生活一起精心呵护着。

在我的童年和少年，他是离我最近的英雄，最亲的英雄。我想知道更多他的故事，工作之后，我去过相关部门，也查过资料，但是，找不到更多的关于他的描述。只是知道，有许多像他一样年轻的生命睡在了故乡的山水之中，许多人甚至连名字也没有留下。

寂寞的山坡上，风吹过，所有的小树在风中轻轻地抖动，像是低语，像是吟唱。我想起陆游的诗，王师北定中原日，家祭无忘告乃翁。当幸福的山花开满故乡的土地，我们也想把这个消息告诉他，告诉这个沉睡在山坡上的孩子。

终有一天，我也要到泥土中去。那时，尽管他比我年轻，无论他认不认识我，我都要拍着他的肩膀，叫他一声兄弟。

房东老人把他葬在了自己家的坟地里。别人怎么劝，老人都执意如此。老人说，他还是一个孩子，一个人睡在山坡上太冷清了。每逢年节，老人给他烧纸、点蜡烛，像对待家里逝去的亲人一样。

据说烈士陵园几次要把他迁走，乡里的干部也来做工作，老人不同意。老人的家人也习惯了把他当做亲人。

于是，孩子们叫他叔叔。

于是，孩子们叫他爷爷。

与我同去采访的一位女作家听说了他的故事之后，特意到他的墓地祭拜。临走时，她把脖子上的红纱巾解下来，系在墓碑上，远远看去像一团火。

在他离去了七十多年之后，在他的墓地，小草拱破七十年的岁月长出来，似乎在告诉人们，有许多东西不但野火烧不尽，岁月也烧不尽。

山坡上的鸟儿不读这些，亦读不懂这些，依旧在枝头上呢呢喃喃，相知相爱延续生命，在曾溅落弹壳的山坡上，平平仄仄一个和平的主题。在它们的目光里，这里只是一个家。

阳光依旧，风依旧，河的流水声依旧，只是多了一群飞翔的鸟儿，冰冷的墓碑仿佛一下子有了灵魂，有了生命。

历史久远了。但是，一个生命却依旧年轻，一个故事却依旧年轻，依旧在故乡的田野上被春雨擦亮。

而当我的生命年轮画满了五十五个之后，我才真正读懂了故乡，读懂了故乡和乡亲们为什么这样精心地把一个名字捧在手上、心上。

他们把脚下的土地看得和生命一样。因而，每一个呵护过他们脚下土地的名字，都被他们刻在故乡的每一个生命里，写在每一寸土地上。

一个故事，一个年轻生命的传奇，经历了几代人的传递，至今依旧温暖依旧明亮。作为一个传递者，我也找不出故事当年原原本本的样子，不知道哪个细节、哪句话是年轻烈士当年留下的，哪句话是后来人为烈士点燃的一个火把。

但是一个英雄的名字，一段英雄的故事，依旧在岁月中走来走去，在故乡的山坡上走来走去，在我的心中走来走去，踩得我满眼热泪。

军歌嘹亮

◇高洪波

我从来五音不全,唱歌的事能躲就躲,不为别的,怕虐待别人的耳朵。可有一个时期却心态放松,大唱特唱,或者说不是唱,是一个更生猛的字:吼。吼什么?军歌。

军歌军歌,顾名思义,军营之歌,军旅之歌,也是军队之歌。或者换个角度,说成青春之歌,热血之歌也行,因为我十七岁从北京入伍云南,曾为十载滇云客,也唱了十年军歌,军歌不悠扬也不绵长,斩钉截铁硬邦邦,可就是非唱不可,缺了不行。

行军走路唱军歌,绿胶鞋把红土地踏得尘土飞扬;集合出操唱军歌,几嗓子就喊得星飞云走;吃饭之前唱军歌,胃口大开狼吞虎咽;看电影前唱军歌,各个连队互相叫板,互相拉歌,比看电影本身还热闹。所以说无歌不成军,无军不唱歌,没有文化的军队是愚蠢的军队,而歌声则是文化的载体,更是一支军队士气的检测仪。

我从军时期流行十支革命老歌,譬如"说打就打,说干就干,练一练手中枪刺刀手榴弹",还有"日落西山红霞飞,战士打靶把营归",顶抒情的是"西边的太阳快要落山了,微山湖上静呀嘛静悄悄。弹起我心爱的土琵琶,唱起那动人的歌谣",这首歌让我们想起老电影《铁道游击队》,以及大队长老洪的爱情故事。除此之外全是"革命军人个个要牢记,三大纪律八项注意""向前向前向前,我们的队伍向太阳",阳光,阳刚,热情,奔放。唱军歌的我们,那些来自天南地北的战友们,无论你是城市兵还是农村兵,无论你是汉族兵还是少数民族兵,反正被军旅的旋律裹挟着,用各自的乡音和方言,放肆地唱着无比自信的青春之歌,歌声在军营里回荡,粗犷,粗放,甚至有点粗野,但这的确是地道的军歌。

十首革命歌曲中我最有感情的一支歌是《大刀进行曲》,作者是延安鲁艺的艺术家麦新,是我童年时期就耳熟能详的英雄,因为麦新于解放战争中牺牲在我的故乡内蒙古开鲁县,他当时是县委的组织部长和宣传部长,被土匪伏击而身中四枪牺牲,通讯员被他掩护活了下来。麦新是上海的知识分子,却在科尔沁草原流尽了最后一滴血,所以一唱《大刀进行曲》,我就格外大声,格外起劲,在唱出"大刀向鬼子们的头上砍去"时,我感受到遥远故乡的呼唤,感觉到麦新烈士的心跳,所以我在军歌中最爱的就是这首《大刀进行曲》,我甚至认定这不是一首普通的革命历史歌曲,它是一首历史地位与《义勇军进行曲》相等的歌,说"准国歌"也不过分!

唱军歌时我还不是诗人,仅仅是一个野战军炮团的战士,但毫无疑问,是军歌启蒙了我的艺术感觉,让我不知不觉中写起了诗,诗与歌自古有缘,所以在若干年后我写下了一首名为《致麦新烈士》的诗,现在我把三十多年前写下的这首小诗抄录下来:

我是在一首歌中认识你的。/你把自己的名字/镌刻在一把大刀上。/这大刀很沉重,很明亮/插在中国的历史里/插成一座刀碑!

父辈们传说:/麦部长的个子很小,/在土匪的伏击中/来不及跃上高大的战马。/父辈们传说:/你让通讯员驰走了,/自己留下来掩护,/这通讯员后来当了县长。

你是南方青年,/与科尔沁素来无缘。/你却把血洒在草原深处/洒在嘎达梅林/马蹄踏过的地方。/你的血掺着你的歌/开出蓝色的马莲花,/星星点点,/染遍了绿色草原。

那是在南方的军营,/我唱过你的歌子,/我手头没有大刀,/有一杆半自动步枪。

我看你站在连队里/挥着青春的手臂/指挥着千百条喉咙/纵情高唱!

从此我坚信,/只要冲锋号震响,/你就会一跃而起,/向每个来犯的鬼子头上/劈一道闪亮的刀光!

如果说军旅歌曲是广义军歌的话,狭义或标配的军歌在我看来只有两首:一首是前辈诗人公木即张松如先生作词的《中国人民解放军进行曲》,一句"向前向前向前,我们的队伍向太阳"就令人热血沸腾;另一首是《三大纪律八项注意》,这是每个军人必唱常唱的歌曲,它始于建军初期,由六项注意增加为八项,这个过程就是人民军队由小到大、由弱变强的过程,头一句就是点题的歌词:"革命军人个个要牢记,三大纪律八项注意。第一一切行动听指挥,步调一致才能得胜利!"没有过渡,没有商量,命令式和口令式的句式,明快简捷,入耳入心。所以我相信凡是当过兵的人,只要一听到上面两首军歌的旋律,马上会立正,齐步走,昂首出发,这已经成为听到军歌的条件反射了。

一位伟人诗人云:国际悲歌歌一曲,狂飙为我从天落。军歌不是悲歌,但也足以引发狂飙,所以我说,军歌铿锵,军歌阳刚,军歌中有血与钙,军歌中蕴铁与钢,军歌中有军魂驰骋,军歌里有军心昂扬。远去的军歌中有我的青春,军歌因此永远嘹亮。

军营记忆

◇周大新

自1970年入伍至今,我住过和进过的军营,已很难数得清了。

我住过的最小的军营,在渤海深处的一个小岛上。上世纪七十年代末的一个秋天,我随一个工作组从烟台上了部队的交通船,在海上航行了差不多一天,到日落时才登上了那个小岛,走进了仅有一个驻防连队的军营。营区位于小岛码头不远的山坡上,很小,只有几排平房。驻守的战士们除了在岸防炮阵地上值班,就是在这个小营区里活动。营区虽小,也有水泥的乒乓球台,有安了一个球架的篮球场,有十几畦菜地,有种在屋檐下靠雨水长大的几种花。站在营区里,可以看到无边无际的大海,可以听到海浪无休止撞击山崖的声响。就是在这个营区里,我第一次喝到了由小岛水井里打上来的那种不咸不淡显得苦涩的海岛水;当晚我用这水洗了头后,头发纠结成了一团,怎么也无法弄开。连队的指导员见状笑着告诉我:等头发干了才能慢慢理顺。两天的住留让我见识了小岛军营里的生活,体会到了海防战士们戍守海疆的艰辛。

我住过的最大军营在南方某地。那个军营里住着多个团级单位,营区里道路宽阔,树密成林,花草繁茂,办公区、训练区、军港、车场、宿舍区、接待区划分清楚。在宿舍区里,宿舍楼、俱乐部、餐厅、超市、储蓄所、幼儿园、

洗衣房应有尽有。上下班时间，营区里车流不断、人来人往，很像一个小城市。特别是清晨起床号响起的时候，各单位的官兵们冲出宿舍，迅速集合成队，龙腾虎跃般奔向各自的操场，口令声和呼号声此起彼伏，山呼海啸一般，极是壮观威武。

我走进过的氧气最稀薄的军营在青藏线上的唐古拉山口。那里的海拔高度达五千来米，氧气只有内地的一半。稀薄的氧气常使官兵们头疼和睡不安稳，食欲下降。缺氧还会迫使人的心脏变大以支持躯体的活动。在那座军营里，水烧到五十来摄氏度就开了，蒸馒头的面很难发开，蒸出的馒头又硬又黏，吃着毫无香甜之感。我在那儿吃饭如同嚼蜡，完全是为了给躯体运动增加能量，没有任何享受可言。可那里的官兵照样在乐观地进行工作和训练。

我住过的最寒冷的军营在漠河境内。我去的那两天那儿飘着大雪，气温在零下三十多摄氏度，穿着军大衣走到户外，转眼间就觉得如披薄纸。我随身携带的照相机，在那样的气温下竟拒绝工作正式罢工了。登上战士们戍守的哨所，我这个中原人已冻得瑟瑟发抖。那座军营给我留下的最深的印象，是晚间的室内暖气，好像是为了弥补我白天在室外受的风寒，晚上室内的暖气烧到了三十摄氏度，我可以穿着背心短裤在室内漫步。

我住过的最有特色的军营在一座名山脚下。那座军营与一座著名的寺院比邻。当我们军人在院墙的这边练刺杀、练投弹，研究步兵进攻战术和炮兵炮火准备方案怎样杀敌时，那边的僧人在大雄宝殿里念着经文，祈求着一个和平世界的到来，操练声与诵经声交汇在一起，显示了人间的多彩与奇妙。

我住过的野外隐蔽军营在山东省境内。上世纪七十年代初，我在一个野战炮兵部队工作，一次拉练途中，突然接到野外疏散隐蔽准备打仗的命令，我们一个炮兵团立即分散开赴到一个河滩里，迅速开挖沙石隐蔽车和炮，转眼之间，车辆与火炮便已隐蔽完毕。我们就住到隐匿在沙土和伪装网下的炮车上。我们不吃热食，不喝热水、不点灯火、低声说话，噤声工作，大小便都经坑道到远处解决并深埋。无论是白天还是晚上，你从河滩附近经过，你看到的只是沙土和树木、野草，你根本不知道这里藏着上千的军人和一百多辆汽车和几十门火炮。到了深夜上哨时，我悄步走出隐蔽处，在月光下望着寂无声息的野外军营，一种惊奇涌进心里。

我住过的战时军营在中越边境。那是一个高级别的指挥部，一座座木板房和帐篷排列在一个山坳里，电键的敲击声和电话机的铃声不断从那些木板房和帐篷里传出，一种紧张的气氛在山坳里弥漫。间或的，敌人打出的冷炮会在前沿阵地炸响，让我不能不心生一丝恐惧。进入夜间后，实行灯火管制的战时营地里只有夜色在游动。所有的路口都有持枪的哨兵把守，不仅有明哨，还有暗哨，哨兵们全都是刺刀张开子弹上膛，一旦有人口令对不上，他们即时就要开枪并准备使用刺刀。那儿离前沿不远，必须严防敌人特工队的偷袭。那是我此生第一次住在战时营地里，真切感受到了战争的氛围，闻到了战争的血腥味道。

军营里的生活，当然也有喜怒哀乐。训练结束、演习成功、出征回营、有人获得爱情、战友结婚生子，都会让官兵们欢喜快乐；外国军队挑衅，有人来犯领海领空和边境，会让官兵们怒上心头；训练出事故、出征失利、战友牺牲，会让官兵们伤心哀痛。军营里常有欢声笑语也时有叹息抽泣。那也是一个社会，不过成员是由军人与他们的亲人组成的罢了。

几十年间一直生活在军营里，让我对军营产生了深切的依恋之情，外出久了，就会不由自主地想念她。每当我由营外回到军营，一种安全感会让我卸下身上和心里所有的紧张，连睡觉也会踏实起来。我听惯了军营里的声响：军号声、军哨声、口令声、军歌声、跑步声、验枪声，听到这些声响心里就舒畅。我看惯了军营里的颜色：陆军的绿、海军的白、空军的蓝、火箭军的黄，军旗的红，看到这些颜色心里就安妥。我闻惯了军营里的气味，操场、训练场上的汗味，靶场、演习场上的硝烟味，运兵车、坦克、大炮上的铁器味，"八一"节会餐时饭菜的香味，闻到这些气味，我就开心。我与军营，已经分不开也不愿分开了。

三个军礼

◇ 黄传会

军礼，属于军人的一种礼节。四十五年军旅生涯，我记不清自己敬了多少军礼，又见过多少军人敬礼。但是，有三个军礼，却让我至今仍难以忘怀。

1969年初冬，我应征入伍。连队在福建连江黄岐半岛，那时被称为"福建前线"，隔海相望便是蒋军驻守的马祖列岛。指导员在欢迎新兵时说："同志们，现在全国能够称为'前线'的只有两个地方，一个是黑龙江的'珍宝岛前线'，一个就是咱们这里的'福建前线'。全军几百万军人，能够来福建前线当兵的有多少？百分之几嘛……"于是，我们将胸膛挺得高高的。

我分到观察班，带我的老兵姓曹，大家都管他叫曹老兵。1965年入伍，长条脸、细腰杆。军事技术过硬，好像长着一双火眼金睛，敌占岛上一只鸟、一棵树都休想逃过他的目光。曹老兵作风有些稀拉，敬礼的时候，右手随便往上一扬，像是与人打招呼。我们几个新兵偷偷在背后笑他：还老兵呢，这敬的哪门子军礼？曹老兵最大的毛病是爱发牢骚，总是抱怨。伙食不好，他会说："这饭菜，该拿去喂猪！"紧急集合次数多了，他会说："白天累死了，夜里还折腾？"他好几次叨叨："这个破连队我算待够了，恨不得立即打铺盖走人。"

转年深秋，老兵退伍的命令下达了，名单上有曹老兵。那几日，我发现曹老兵整个变了个样儿，背驼了，眼凹了，话没了。

老兵离队的那天清晨，大家到操场送行。曹老兵泪流满面，默默无语。战友们大声地喊着"再见""一路平安"。忽地，曹老兵一个翻身又从车上跳了下来，只见他一个一个给大家敬礼，那军礼敬得特别标准，特别深情。

当时，我还纳闷，你曹老兵不是说"这个破连队我算待够了"，怎么真让你退伍，你竟然这么舍不得？后来，在连队生活时间长了，我才慢慢理解了军营在军人心中的分量。

上世纪九十年代初，我赴宁波某潜艇支队体验生活，正赶上一艘远航的潜艇准备返航。政委告诉我，远航期间，这艘艇可谓是险象环生、惊心动魄。离开码头不久，空调系统便出了故障，艇员们愣是在五六十摄氏度的高温环境里生活了三天。在一次鱼雷攻击中，潜艇突然遭遇"掉深"（潜艇在水下航行时因海水密度突变造成的断崖式下坠），潜艇瞬间从三十米掉到了九十米。如果不是艇长措施采取得力，后果不堪设想。刚刚出了公海，不明国籍的侦察机便跟踪而来。返航途中，无线电联系中断了整整二十四小时，支队首长的心都提到了嗓子眼……

返航时刻终于到来了，中午，码头上站立着迎候的官兵和家属。

不知道是谁最先喊了声"来了"，只见远处的海面上出现了一个黑点子，慢慢地，黑点子变成了深灰色的舰桥。

潜艇靠上了码头，升降口打开了，艇员们鱼贯而出，在码头上列队。艇长刚刚向支队长报告完毕，这时候，让我惊奇的一幕出现了：按条令规定，两军人相遇时，下级应该先向上级敬礼，但此时面对出生入死远航归来的部属，支队首长破例了——所有的首长"哗"地冲进队伍里，率先向远航归来的舰员敬礼，那一个个军礼敬得激情四射。

当了四十五年兵，我记不清自己敬了多少个军礼，但一直记住分量最重的那个军礼。

2012年9月25日，中国海军第一艘航空母舰辽宁舰正式入列。辽宁舰，

弹拨着国人的心弦,背负着民族的期望,见证着中国海军百年追梦的旅程。

我登上辽宁舰,阳光特别明媚,舰艉旗杆上的八一军旗在猎猎飘扬。

站在飞行甲板上,一架架"空中飞鲨"分列两旁,尽显英姿。

激动、震惊、振奋、奔腾的情感,似八月正在涨潮的大海。

此时,想起了半个多世纪前,海军首任司令员肖劲光视察威海刘公岛,借租一艘小渔船。渔民一边摇着橹,一边有些不解地问:"你是个海军大司令,怎么还得租俺的渔船?"肖劲光神色凝重地对身旁的随行参谋说:"大家都要记住今天这个日子,海军司令员可是租用老百姓渔船视察刘公岛的!"

我又想起1980年5月,时任海军司令员刘华清将军率团访问美国。站在"CV—63小鹰"号航空母舰甲板上,刘司令员沉思许久。后来他对身边的工作人员说:"当时,我脑海中想的只有一个问题——什么时候,中国也有航母?"

"中国不发展航母,我死不瞑目!"将军这一誓言,成为一个民族的誓言。

这艘由苏联研制名为"瓦良格"号的航母,在经历了冷战结束后的巨大动荡后,本世纪初辗转进入中国,数年里,在大连造船厂悄悄进行脱胎换骨般的蜕变。

造舰重要,组建一支航母接舰部队更重要。

这是一次大海的推荐,这是一次祖国的挑选!要"有理想、有追求",选"特别想干、特别能干"的人加入接舰部队!要"有能力、有潜力",为航母事业选"中坚力量"和"种子人才"!要"高起点、高标准",全海军遴选,大范围考核,优中选优,选出精兵强将!

外电预测,即便中国的第一艘航母下水了,与之配套的舰载机仍然是个未知数。然而,2012年11月23日,我国自行研制的舰载机歼15首次着舰起飞的惊天大戏,便在渤海湾拉开大幕。

戴明盟第一个驾驶"空中飞鲨"升空,一转弯、二转弯,调整好姿态,瞄准甲板跑道,疾飞似箭的"空中飞鲨",滑行数十米后,平稳地停了下来。

紧随戴明盟之后，又有四位飞行员依次驾驶"空中飞鲨"，顺利完成了拦阻着舰和滑跃起飞。

万众共注目，一着惊海天！

该离舰了，我顺着舷梯回到了码头。注视着眼前这个钢铁巨人，慢慢移动视线，从舰艉到舰艏，我在注视着一段长达百年的历史……

我缓缓抬起右手，庄严地向辽宁舰敬礼！

戎装在身

◇ 孙晓青

北京正是盛夏，我却想到一个冰雪世界的故事，但愿能给酷暑中的人们带来一丝清凉。

2001年冬天，解放军某部机炮一连奉命开进帕米尔高原，在海拔四千三百多米的红其拉甫边防一线扎营。山沟里流淌下来的水冰冷刺骨，战士们每天早晨起床洗漱，头发沾水结冰，没几天手便皴裂了。可军装却不能不洗，巡逻执勤，摸爬滚打，作训服容易脏，洗起来手生疼。

连里有个新兵小吴，来自湖南省新晃侗族自治县一个侗族之家，个子不高，长着一张娃娃脸，小号军装穿在身上还嫌大。看到战友们为洗军装打怵，小吴不禁想到家乡人劳作时常戴的一种胶皮手套。十八岁生日那天，他给家里打电话，父母不在，电话是小姨接的。

"老二，今天是你的生日，想吃点什么好的，姨给你寄。"小吴在家排行老二，家人之间不称姓名，都这么"老二、老二"地叫他。

"小姨，部队伙食不错，别寄吃的，能不能给我寄点手套？"

小姨很敏感："是不是很冷？"

小吴把情况简单说了说，但是没提零下30摄氏度的事。他觉得，提也没用，家乡人想象不出那是个什么滋味。

小姨说："没问题，我马上给你买副皮手套寄去。"

"那倒不用，部队发了皮手套。"小吴说："我想要可以罩住半截胳膊的胶皮手套，就是你们干活儿时戴的那种防水的。"

小姨感到好奇："你们当兵的戴这种手套干什么？"

小吴解释说，山上很冷，洗衣服时先戴上线手套，再套上这种胶皮手套，手就不会皴了。小姨笑着答应了，但马上又被一个数字吓着了："九十双？你要那么多干什么？"

"如果太少，这个用那个用，很快就会坏掉，我想送给全连每人一双。"小吴的父母外出在广东打工，家里并不富裕。

小姨在电话那头沉默了一会儿，轻声说："老二，你长大了。"

十多天后，九十双胶皮手套加急寄到红其拉甫。

在连队，小吴最佩服黄排长。他有颈椎病，家里寄来的偏方草药，都是排长帮他敷；他的字写得不好，也是排长给他布置作业，让他每天端端正正写五百个字；排长不仅自学英语，还经常推荐好书，在排里发起"写日记、看好书"活动，要求大家利用训练执勤的间隙，学一点有用的知识，树立正确的世界观、人生观和价值观。在排长的影响下，小吴有了学习的紧迫感，自费订了四种杂志，打算退伍后继续上学，多学知识。

父亲得知他的这个想法后很高兴，来电话说："老二，你想念书我支持，我再去广东打工，给你挣出学费来。"小吴回答："爸，从当兵那天起，我就决定将来自己挣钱，自己攒学费。"父亲一愣，继而也像小姨那样，在电话上说了一句："老二，你长大了。"

当时，小吴的哥哥在湖南省怀化市上农校。为减轻家中负担，小吴当兵后，经常往哥哥的银行卡里打钱，哥哥很感激，不止一次地表示：将来我成功了，一定加倍补偿。小吴说："哥，补偿什么，我没有失去什么呀！"他把这事讲给黄排长听，排长同样表扬他说："小吴，你真的长大了。"

小姨、父亲、排长都这么说，这让陶醉于自己"长大了"的小吴很自豪。

当兵以来,他的身高从一米六三长到一米六六,可军装还是显得有点大,而且那张圆圆的娃娃脸,笑起来还是一副孩子样。我端详着这张纯真可爱又黑里透红的士兵面孔,仿佛读出了一名士兵成长的印记。

像小吴这样的年轻士兵,我在南疆边防见过许多。高原艰苦,斗争复杂,无论翻山越岭巡逻,还是爬冰卧雪潜伏,对他们来说几乎就是家常便饭;有时参加国防施工,一些三四十岁的精壮民工都不愿干的重活,却被这些看起来还是孩子的士兵扛在肩上。这不能不让我思索:他们的信念、意志、力量、勇气究竟从何而来?这些士兵,入伍前大多是农家子弟、青年学子,祖祖辈辈生活在一个山村、一片平原或者一座小镇上,尽管他们也知道国家这个概念,但是未必清楚自己与国家的关联。然而一旦穿上军装,来到边防,他们就像换了一个人,似乎一夜之间长大了,懂事了,成为和平生活的守望者,国家安全的保卫者。促成这种变化的,究竟是身份使然,还是职责所系?是军营的熏陶,还是军装的魔力?

同小吴这样的士兵接触多了,我似乎找到了答案。

军装确实有"魔力"。作为一种外在的身份标志,它让人威武、帅气、勇敢,但它更暗含某种责任,就像是军人与国家签订的一份"契约":一旦戎装在身,便意味着把自己交给国家,可以而且必须为了国家安全随时准备献出自己的一切。

这个理念,对于边防军人更为现实。面对一条条界河,一道道界山,一座座界碑,国家的概念不再抽象,领土、主权、人民、政府等构成国家的基本要素,都会实实在在地在眼前展开,他们的国家意识、领土意识、主权意识由此变得非常具体。人们经常挂在嘴边的爱国主义,在这里被具化为反越境、反渗透、反蚕食、反侵略等军人职责,融入到他们日常的巡逻、执勤、站岗、训练等各项任务中。风雪高原的磨砺,卫国戍边的实践,促使他们完成了一个重要的人生转变:从农民的儿子、工人的儿子、教师的儿子、干部的儿子、商人的儿子,成长为国家的儿子。

后来,我再也没有见过小吴,但我始终记得这个喜欢说自己"长大了"的可爱的小兵,记得他穿着那套有点大的军装努力做出成熟的样子。

军号声声

◇ 李　迪

哒哒哒嘀，哒哒嘀——

军号吹响。军号嘹亮。军号声声震四方。

虽然离开部队三十多年了，但激越昂扬的军号却时时在耳边响起，给我力量，催我奋进，让我难忘。

特别是前进号，哒哒哒嘀，哒哒嘀——

那是二十六种战斗命令号的排头号，也是我当兵时最难忘的号。

那年，我从云南驻军42师宣传队下连当兵，正赶上千里拉练。看上去班长嘴很小，一张开地动山摇："我是八班长张烨。有人认不得这个字，叫我张火华。张火华就张火华！你——"他瞪眼看着我，"大学生，我知道你是下来锻炼入党的，想从坏人变成好人！"

哈哈哈！老兵们大嘴乐成瓢。

哎哟喂，我算哪家大学生，冤死了。班长不管我冤不冤，啪地递过一杆大枪："好！你一来就赶上拉练。人在枪在！只要你不倒下，你还睁着眼，就不能丢了枪！听见军号响，跑步向战场！"

不等我回答，他又问："懂军号吗？"

"嗯,起床号,吃饭号……"

"你就知道起床吃饭!号兵,过来,给他吹吹战斗命令号!"

号兵跑步过来。军号闪亮,准备吹响。

班长说:"大学生,我军的军号从红军时期就吹响了,号谱一百零七种!你要学,你要懂,你要听号令。特别是二十六种战斗命令号,是军队的魂,军人的胆。我现在就教你!号兵,吹起来!第一声,前进号!"

哒哒哒嘀,哒哒嘀——

前进号吹响了!激越昂扬,热血沸腾。

二十六种战斗命令号,依次是:前进、冲锋、追击……

班长说:"你听,只有前进,没有撤退,这就是我军!"

我的当兵生活,就从军号声中开始了。

因为部队要拉练,训练就围绕拉练展开。一眨眼,出操号响了,全班沿营房前的公路奔跑。我才跑一半儿,五官就乱了营。

"怎么了?"

"肠子断了。"

"鬼!"班长一把拽起我,"跟上队伍,只有前进,没有撤退!"

最要命的是晚上紧急集合。睡前班长手把手教我,先把上衣脱下来叠好,再把裤子脱下来放在上衣上,最后把帽子放裤子上。穿的时候顺序相反。可是,半夜,集合号一响,我就乱了套,跳起来胡乱穿完就跑去拿枪,回手又抓挎包水壶,这才想起背包还没打!又放下枪打背包。一看老兵都跑了,我抱起被子就追。出门绊一跤,眼看摔个狗吃屎,一只大手铁钩般拽住我。抬头一看,正是班长!

这时,操场上传来连长的咆哮:"八班的,裹臭脚哪!待会儿你们都别睡了,给我跑公路去!"

后来,为了不拖累全班,我得知夜间有紧急集合就不脱衣服,把背包打好靠在床上等。忽然,身边坐下一个人,哦,是班长。

"我知道你为班里的荣誉,我来陪着你!"

"班长,你累一天了,你去睡吧。"

"那,你睡吗?"

"我……睡!"

"这就对了!训练为实战。这样做假,就算咱们班争得第一,又有什么意义?背包不会打就练!你不就是来锻炼的吗?要我说,写文章更难,咋没难住你?拉练一路肯定有很多东西值得写,你要发挥特长,拿起笔来写,也教教我。咋样?"

一席话,说得我霞光万丈。

几天后,拉练开始了。从文山拉到麻栗坡,行军千里,为期三月。行前,我向班长递交了入党申请书。

"班长,如果我经得住考验,请你做我的入党介绍人!"

班长没说话,就那样看着我。眼里是水,眼里是火。

好个千里拉练,翻不完的山,流不完的汗,晒不完的太阳,喊不完的累。走着走着下起雨,汗水雨水直往嘴里灌。身上衣,湿了干,干了湿;脚上泡,破了好,好了破。水壶喝干了扯一把草嚼嚼,肚子饿慌了恨不得抓土吃。枪越背越重,腿越迈越沉。到了宿营地,还要站岗。站着站着就能睡着。一路走来,脱胎换骨。别说我了,连老兵都累得皮塌嘴歪。

行军途中,就地野炊。找水的,挖灶的,捡柴的,还有的去串炮兵连。干吗?炮兵连有马有骡,趁人不备拔几根马尾。脚上走出泡,用马尾一穿,泡破了,流出水,就好了。这时候,班长把我叫在他身边坐下,一边给我穿脚泡,一边说:"秀才当上兵,有理讲得清。我说说班里的好人好事,你看哪个值得写,你就写。我也跟你学。"就这样,我俩一路走一路写,稿件不但上了昆明军区的《国防战士报》,还上了《解放军报》。

见报的得意很快被行军的疲惫吞吃。我终于扛不住了,发烧烧得赤橙黄绿青蓝紫。我咬牙不告诉班长,可两腿却不听使唤,再怎么想红军二万五千里

也没用,就是拉不开栓。好不容易盼到临时休息,我一下子瘫在地上。

"怎么,不行了?"

"行!"

班长两眼一瞪:"鸭子死了嘴壳硬!把枪拿来,我帮你背!"

话音刚落,远处传来汽车喇叭声。嘀嘀!嘀嘀!

咋这么熟?扭脸一看,果然是师宣传队的大卡车。男女队员们坐在车上,开往宿营地准备夜间的演出。哎哟喂,我正丢盔卸甲,他乡偏遇故知!

队员们发现了我,大呼小叫:"李大编剧,走不动就上车吧!"

我实在走不动了。一回头,班长正看着我。

"你真走不动了?"

我点点头。很惭愧,很真实。

"那你……上车!"

车上的队员们欢呼起来,个个伸手拉我。眼看我被拉上车,班长猛地叫起来:"慢着!"

我一回头,看见他瞪大的双眼。眼里是水,眼里是火。

"把枪留下!我们轮流背,让它走完全程!"

就在这时,突然——

哒哒哒嘀,哒哒嘀——

前进号吹响了!大部队出发了!

我心头一热,攥紧枪背带:"班长,号响了,只有前进,没有撤退!我……能走!"

"好,归队!"

军号嘹亮。步伐坚强。前进,前进,前进进!

就这样,千里拉练,我走完了全程。

回到驻地,我说:"班长,把申请书还给我吧……"

班长笑了:"我愿意做你的入党介绍人!"

故事

指路经

◇阿炉·芦根

"哪天能够走上干净平坦的水泥路去城里赶个集,那就比什么都强啦。"2012 年,老毕摩(彝语音译,指彝族的祭司)洛子达体用彝语这样说。

"我们从有路的地方来,去有路的地方去——梦想就是一条路,一条好路!"今天的老毕摩这样说。

路,循山势越来越宽,汽车熟睡般无声悠游,不知不觉中,已然泊靠在火草坪近午的阳光里。我自信满满,一面呼叫村民小组组长小欧,一面领头带着朋友们朝记忆中有路的方向走去。但是我错了,只见家家户户都由四通八达的连户路串联起来,处处有路可走。这些路变宽了、变色了,不是当年的土泥黑而是水泥白。这些路的切入位置更直接、更便捷,仿佛把以往曲里八弯的小路捋得又平又直,使天地扭转、空间错位,使背负着五年情感之别的冒失友人产生了可笑的错觉。

几个追嬉的村童跑来朝我咯咯笑,笑我这个一心按老路行事、不识变通的中年人,笑得好。

这个仅有四十户彝家人的寨子,原有这样一种路,它主要由畜禽粪便、泥泞、隐秘的尖石和荆棘构成,它以糨糊的形态,发挥着湿滑、使人烂脚、微

臭的功用；它盛产于高海拔，喜雨，喜欢那些为盐巴钱和学费而奔逐的畜蹄禽爪。它无所不至。

火草坪的彝家住户把这种路叫做泥粪路。

泥粪路这个名字在一段段彝家口头禅中横虐了百年之久，看似坚不可摧，冷冷地传唱："门前泥粪没双脚，屋内同住牛和羊——"

但这时，突然响起了一番深厚有力的汽车喇叭声，径直刺破颠簸于我头脑中的泥粪路。随着越野车的车轮呼呼划过，那金子般成色十足的从青山，还有家家两层小楼中反射而来的阳光，将那条记忆之路掩映得无影无踪。

小欧停好车，跑来了。只有我看出他的右脚在翻动步子时产生轻微的仄斜。小欧不小，比我大，比我"大"的部分正好经历过泥粪路上的摸爬滚打，比我"大"的部分受过泥粪路的沤泡，生过疮，烂掉了右脚的半截拇指，比我"大"的部分有点仄斜。

我们拥抱，以拥抱扶正他的仄斜，正解我的惊和喜。

小欧是火草坪修通公路之后第一批享受到"路"之利好的群体。他先是把邻家的高山土豆运去城里的农贸市场，然后把外地茶叶老板请到火草坪；他先是把火草坪的高山土猪远销城里城外，然后把高山土猪养殖合作社的合同签到全寨所有养殖户；他先是开着两轮摩托车，然后依次把三轮货车、四轮大货车、几十万的越野车开回家；他先是自己开车，现在带动大伙儿开。

"火草坪现在家家户户至少拥有一辆摩托车，近半数有三轮货车，小轿车的比例也不断飙升，在这么多车辆的追击和碾压下，泥粪路带着由它一手垒筑的土墙木屋、被它玩弄而摔倒的孩子的啼哭、被它沤泡而起的足疮和恶臭逃走了，一去不回了！"把小欧的话梳理一下，就是这个意思。

老毕摩知道我来，让孙子骑了代步三轮车把他带来了。我不胜感激感动，连道老人家辛苦。"现在辛苦啥！以前从这家走到那家，要走十几分钟，雨天还不敢轻易上那泥粪路，现在一两分钟就到了。"

老毕摩今年78岁了，但那久经诵念经文的喉嗓仍像拳击手的拳头一样余力过人。

我说老人家身体还扎实得很哦。

不行了，不行了，干不起事了，以前泥粪路上摔过一跤，老了就发作了，腰不好使了。

我哎了一声，大家也哎了一声。

如果还是那条泥粪路，我可来不了，见你哦——

老毕摩的话令人伤感。那条泥粪路差点毁了我和老毕摩一次珍贵的相聚——好路拉近人与人之间的距离，泥粪路为此设置障碍。

老毕摩几乎全程见证了混凝土掩埋泥粪路的变迁。他关心新闻，关心政策。自小欧拥有火草坪第一台黑白电视以来，直到如今火草坪家家户户看上大彩电，看电视、听新闻联播始终是老毕摩生活中雷打不动的大事，他说中央新闻联播好比毕摩的指路经，三天不看就好像得了近视眼，看不清前面的康庄大路，也看不清来时的泥泞小路——

"那时候，一个娃娃落地，脚板至少要烂十几次才算过关。"老毕摩的意思是说"门前泥粪没双脚"——由于孩子皮肉娇嫩，行走中难免"门前泥粪没双脚"，一旦脚上哪怕出现针眼般大小的口子，经泥粪多次沤泡，恶菌乘虚而入，使其感染，生疮恶化，直至长大，身体抵抗能力增强，才慢慢不被伤害。

"脚板生疮用什么治？"我问。

"用酒喷洗，用锅烟涂——"

"有用吗？"

"看天——"老毕摩摇头。

"那总得去看医生才稳当。"我试探性地问。

"看医生？酒都是大家凑钱买来共用。"

老毕摩朝小欧看了看，怜惜地眨了眨眼，似乎小欧走路微斜的右脚是他造成的。小欧低了头，看着右脚像踩烟头一样动来动去。他沉稳、内敛，能够驾驭机器和车队，但没有过多说辞，是个坚毅的开路者。

  临近下午六点钟,我的事情已经办妥,一是见了小欧,二是祝贺了小欧大女儿的婚嫁大喜,这才是此行的主要目的。明天一早男方就会开车到门口,把新娘又风光又轻松地接走,不用像以前一样"背新娘",蹚着泥粪路,翻山越岭,受尽苦头——我还无意中见到有意的老毕摩,他的气色很好,他一生为彝人念诵走向往生极乐和现世幸福的指路经,行着为人们消灾纳福的善事,也是开路者之一。

  临走时,老毕摩送我出新建的、涂饰着彝人所崇黑黄红三色的雄昂大寨门。

  "老人家,请回吧,再来看您。"

  "这就回,这就回——路好,我不担心你,你也不要担心我——"

  从海拔一千三百多米的火草坪回城,因为路好,二十分钟就到家了。

  路,有些是供双脚走路的,有些是供梦想回家的。路好,你不用担心我摔跤,我也不用担心你回不来家。

送给小赞一个赞

◇陈荣力

在淘宝上开网店,最在意什么?客户的"点赞"评分。所以初识宋小赞,十个人有九个会认作这是她的网名。及至宋小赞略带无奈地再三解释,我才相信这是她的真名。

其实这个作网名真的也挺好呀,大家都送你一个小小的赞。"我也不知父母当初为什么取这个名字,想来是同网店天生有缘吧。"宋小赞开心地笑。

确实有缘。这时候,江南四月天的阳光正从冷西村冷泉溪边茁壮的香樟树上斜射进来,给宋小赞"农村淘宝"小店内的电脑、货架、墙上的招贴画,包括一大排已打好包正待快递的草莓们,涂上了一层暖洋洋的气息。

开一家属于自己的小店,咖啡屋、花房、书吧、手工铺子……是很多女孩子都有过的梦想。这样的小店,可能不在乎赚钱的多少,只在乎在软软的阳光和碎碎的雨声中安度光阴。当然,我知道如果宋小赞开的真的是这样的小店,她肯定不会成为我这篇文章的主人公了。

四明山和天台山交汇处的浙东奉化尚田镇,因地有尚田畈得名。全镇山水相连,翠峰逶迤。而地处尚田镇长寿山末端的冷西村,万亩良田依山坡绵亘,一溪冷泉贯穿村落蜿蜒。像众多山村女孩一样,作为家中三个孩子的老大,宋

小赞从小就跟着父母在田地山林间耕种、劳作。

如果说耕种和劳作是农家儿女最直接也最深刻的生命启蒙的话,那么这种从小就切身感受的启蒙,植在80后大学生宋小赞心中的,除了对劳动的尊重,对土地的敬畏,更有对生于、长于冷西这片土地上的父老乡亲、兄弟姐妹们水乳交融的亲近和血肉相依的关切。这种亲近和关切,就像种子,到了春天终将拱土而出。因此当已在宁波生活了数年的宋小赞在一次回乡探亲时,看到已有近千亩大棚草莓的冷西村因销售不畅,大量草莓烂弃在田头,毅然决定辞去在宁波的工作,返村开"农村淘宝"小店。一切似乎都是那么顺理成章。

宋小赞的"返村"是如此成功,被多家媒体关注报道,成为农村淘宝讲师、阿里巴巴合伙人和宁波市80后人大代表之一。但她仍一直以城市和乡村之间的"搬运工"定位自己。这样的定位,很容易让人联想到一种叫工蜂的昆虫。如果勤劳和辛苦是工蜂采蜜注定的代价的话,那么宋小赞所要采撷的蜜,除了能让城里人享受原汁原味农产品的舌尖之美外,更要让那些提供花粉的农户享受到劳动应有的尊严和回报。唯其此,宋小赞"搬运"的勤劳和辛苦,才能升华于昆虫的工蜂而凸显其价值。

"你帮他们销了一点农副产品,他们会一直记在心上,蔬菜啊、时令的水果呀,都会塞给你,要让你尝尝。"宋小赞一边说着一边有点骄傲地比画。照到店里的阳光把她的身影投在背后的墙壁上,仿若一只刚脱蛹展翅的蝴蝶。我的心忽地一动。

"你开'农村淘宝',不会只是这一步吧?""你是说仅仅作物质的'搬运',不应是最终的目的?"我尚沉吟,宋小赞已递过来一本漂亮的小册子。其实,在"农村淘宝"小店风生水起的同时,宋小赞已经在开始实践另一种更有价值的"搬运"了。她正致力打造的集乡村旅游、鲜果采摘、农家餐饮、农产品出售于一体的农村青年创客平台——"冷西小栈"正日渐红火。

说话间,又有一拨村民挑着草莓来到店里,宋小赞一边招呼一边忙碌。望着放下草莓又急急回去的村民,我终究有点如鲠在喉:怎么都是些上了年纪的，很少见年轻人呀？"

"是啊，这几年在村里，我感触最深的就是'空心村'现象。即使在好山好水的尚田镇和我们冷西村，留着的也大多是老人和孩子了。像你刚才说的，现在要有个急难险重的事情，农村里很难再找到年轻人了。"

"我当初开农村淘宝的愿望，是要为农产品的销售，包括少数还留在农村的青年自立谋生，提供一个平台和可以借鉴的样本。后来我越来越明白，仅仅做这种物质的'搬运'，真的只是很浅的一步。乡村要有真正的发展和重生，年轻人的回归是最重要的。我创办'冷西小栈'，包括正在筹建的青农合作社，最终的目标就是想实现人的'搬运'——吸引众多城里青年的人力、智力返乡创业，返乡实现自己的价值。"

说这番话时，宋小赞放慢了语速，让人能明显感受到这番话在她心里的分量。想象得到宋小赞在实现这一"搬运"的过程中，将会有的遭遇和困难，将要付出的努力与辛劳，我不由得又在心里为她点了一个赞。

四个人的牧场

◇杜卫东

  汽车拐进海清坝牧场旁的土路，行不多远，便看到草原深处的一顶蒙古包，像是一朵美丽的蘑菇云，降落在一望无际的草甸子上。远处，蓝天如洗、白云飘飘，蓝天下有几处移动的黑点，那该是觅食的牛群和羊群吧？

  四木一指车的前方，说主人来迎接我们了。我收回目光，顺着他指的方向，见一个汉族装束的中年汉子正挥舞着双手跑来。他约摸四十来岁、身量不高，剪一个平头，肤色已被草原风吹得黝黑。四木停下车，探出头和他打招呼，那汉子向我们拱拱手，一脸灿烂的微笑。他的牙齿很白，双眸黑亮黑亮的，像一潭沉静的秋水，让人能感觉出他内心的纯净。

  四木告诉我，他叫谭立波，是海清坝牧场的男主人。

  谭立波转身一路小跑，搬开了牧场的栅栏门。然后又高举着右手，伟岸地引领我们的车开到蒙古包前。他的妻子和女儿们正在那里等候。

  这是一个有故事的男人。二十年前，他还是北京一家餐厅的厨师，手艺好却讷于言的那种。偶尔餐厅里的"美眉"和他开个玩笑，还会脸红。谁也没有料到，丘比特之箭偏偏就把他和一个蒙古族姑娘串到了一起。那女孩儿叫通力嘎，高挑个儿、长发披肩、唇红肤白，是个叫小伙子容易产生想法的美女，暗送秋波或者直接发动攻势的想来不少。可是通力嘎偏偏就把要执子一生的手伸给了这个只有初中文化、长相一般的汉族小伙儿。直到今天，问起他们怎么走到了一起，是谁先暗送的秋波？夫妻俩都含笑不语，只是深情地对望一眼。

那一眼被我捕捉到了：温柔、默契、欲语还羞。像是荷叶上的露珠，吧嗒一声融进了清澈的池水里。我还是第一次看到，一个过了四张儿的大男人会有这么多情的一瞥。相知相恋的过程有多么温馨、多么浪漫，抑或多么坎坷都不重要了。重要的是，两个人的心早已连在了一起，像重新捏过的两个泥人儿，已经你中有我，我中有你了。

其实，让我心醉的还不仅仅是两个人的牵手，牵手后小情侣的选择更是让人瞠目结舌。他们服务的饭店本来很红火，作为后厨的头牌和男孩儿追逐的店花儿，两个人的日子令多少进城打工的同龄人羡慕？上班时一个掌勺、一个传菜，闲暇时，逛逛故宫、赏赏红叶、看看电影、压压马路，兜里的钱包也足以支撑起这些美丽的时光，那时的北京天还是蓝的，没有令人逃无可逃的雾霾。可是，这一对小情侣却做出了一个出乎所有人想象的决定：回内蒙古草原去创建自己的牧场。

北京——内蒙古；繁华热闹——荒寂艰苦，这一切的反差实在太大了，天悬地隔。

那年月，还没有"创客"这个词，而他们应该是最先的创客。因为行色匆匆，我没有来得及深谈，不知道是什么点燃了他们心中创业的激情，或许是谭立波从饭店日益增多的客流上看到了人们对绿色食品的需求？因为他们饭店卖的羊肉都来自内蒙古草原。或许是通力嘎太思念那久违的奶茶了？总之，他们离开了北京，回到了内蒙古的巴林草原，用打工的积蓄创建了自己的牧场。

那个日子值得记取，是一枚镶进生命之册的金色书签。

由此，一篇感人的童话渐渐展开。偌大的牧场只有夫妻两个，纵马跑出几十里地，看不到一个人影儿。偶尔有一只鹰在天边掠过，就会引发他们心中好一阵激动——千里草原上不仅有他们在牵着青春奔跑，还有许多高贵的生命

与神同在。夜晚，躺在空寂的草原上仰望星空，他们更加浮想联翩：如果地上的一个人对应天上的一颗星，那么他和她在哪儿呢？牛郎和织女的爱情令人感慨，可是夫妻俩却不愿意站在天河的两边，一年才有一次难得的相会。他们要做两颗靠得最近的星，彼此能听得见对方的心跳、感受到对方的体温。在这篇童话中，孤独一转身，化作浪漫爱情的坚守；寂寞一声吼，变成超然物外的旷达。原来只要胸中有爱，冬日的雪花就是一首纷纷扬扬的诗；夏天的酷热也会成为一幅色彩斑斓的画呢！

　　童话中的王子和公主在巴林草原上搭起了那顶属于自己的蒙古包。它像一颗钻石，折射了他们青春的全部光华。前后二十个年头，两个人就在海清坝牧场用勤劳和汗水装点着自己的人生。后来，一对双胞胎女孩儿在草原上降生了。冬去春来，如今已长成了十六岁的大姑娘。姐妹俩随妈妈，眉眼俊俏、身材高挑，从小就能歌善舞，现在就读于市艺术学校。寒暑假和逢年过节，她们依然会回到生养她们的牧场，帮父母放牧牛羊。面对着草原上叫不出名字的那么多野花，也会幸福地回味起童年难忘的时光。

　　两口子创业的故事是浪漫的童话，也是愚公移山式的寓言。一望无际的草原上，有牛羊、有鲜花、有牧草、有清风、有夫妻对唱的情歌，也有狂风、有烈日、有冰雹，有狡猾的狐狸和凶悍的狼。日复一日、年复一年，羊肥了、牛壮了、牧草茂盛了，两个女儿也像天使一样长大了。那么，幸福是像云朵一样被草原风吹来的吗？望一望谭立波黝黑的面庞、瞅一瞅通力嘎粗糙的皮肤和脸上细碎的皱纹——当年，那可是像水仙花儿一样灵秀呀！你就知道收获的来之不易。我问谭立波，苦吗？谭立波用手揉着因生活的磨砺而有些凸起的骨关节，说习惯了。正值国庆，牧草略显泛黄、野花也开始凋零了，想一想即将走来的冬季呢？地冻天寒、大雪封路，夫妻俩要穿越风霜与寒冷，该付出怎样的辛劳？况且，已是二十年一如既往的穿越，这其中的酸甜苦辣怎是"习惯了"三个字可以概括了的！只是，他们天性达观，勤劳坚韧，所经历的艰辛和即将面对的艰辛，不经意间，就淹没在他们不时漾出的笑容里了。

四木是内蒙古有名的诗人。他的诗有温度、有悲悯，有情怀。同时，他也曾经是一位忠于职守的乡镇党委书记，人如其诗，对草原、牧民有着一种永远也扯不断的情缘。他告诉我，如今小两口儿的牧场有五百多头牛，两千多只羊。不算羊绒羊毛和农产品贸易的收入，仅牛和羊每年出栏一项就能有二三十万元的进账。说这话时，四木特别高兴，不大的眼睛嗖嗖放光，嘴笑得合不拢。喜悦之情像烧开的水，顶得壶盖盖也盖不住。

作为诗人，他当然会为爱情感动；作为书记，他更有理由为收获骄傲。

为招待我们，夫妻俩特意杀了一只羊。这是草原上最隆重的待客之礼：烤全羊。谭立波当过厨子，自然使出了浑身解数。羊烤的正是火候，表皮酥脆、肉色焦黄，在吱吱冒油的肉上撒一层孜然和细盐，还没吃呢，口水便要淌下了。我们用刀子切一块鲜嫩的羊肉，喝一口美味的奶茶，感到这里的生活已经被爱和诗意浸润。

不是吗？因为通讯信号不好，电视节目不清晰，每年春节，通力嘎会自编自演一台家庭春晚。妈妈唱歌，爸爸拉琴，姐妹俩翩翩起舞。勾得星星都要探头探脑地向蒙古包里张望，弯月也会含笑向这一家人送来祝福呢。

难熬的是谭立波外出谈生意的日子。通力嘎想丈夫了，丈夫想通力嘎了，要通个电话可不容易。通力嘎要拿着手机跑到老远的小山包上去接。她知道，哪个山包的信号强，哪个山包的信号弱。能听到丈夫的声音，跑几个山包都乐意。谭立波呢，在车水马龙的闹市听到了来自草原深处的问候，心里也像抹了蜜一样甜呢！再累，也不会感到疲惫。

夫妻俩照料我们享用烤全羊，他们的笑容像抑制不住的泉水，从心里咕嘟咕嘟冒出来，荡漾在脸上。

我说，合唱一首草原的歌吧。四木刚才爆料：通力嘎能歌善舞，谭立波的男高音也颇有磁性，这个小个子男人虽然不爱说话，但唱起歌来却很投入。谭立波望了一眼通力嘎，通力嘎笑着点点头。夫妻俩一点也不扭捏，谭立波唱低音部，通力嘎唱高音部，动听的《鸿雁》便在蒙古包里回响：

……鸿雁北归还/带上我的思念/歌声远琴声颤/草原上春意暖

真是琴瑟和鸣，夫妻俩的演唱令人动容。歌声里有不尽的乡愁，也有他们难忘的青春岁月。一壶酒，独对苍天；两个人，相依为命，寸心誓与长相守。想一想共同经历的那些日子，眺望一下明天即将升起的太阳，歌曲中蕴含的情感被夫妻俩演绎得悠远蜿蜒，直抵内心。

一曲未完，我的眼睛里已经含了泪水。

四木又提议，立波，你们的双胞胎女儿是学舞蹈的，请她们为北京来的客人跳个舞可好？正巧小姐妹进来献茶，在大家的掌声中，爸爸打起拍子，妈妈哼着曲调，姐妹俩跳起了欢快的草原舞，轻如飞燕、美若彩蝶。一时，我有点恍惚，竟不知置身何处。原来，枯燥寂寞的生活也可以过得这样有滋有味儿；天堂与俗世，并非隔着一条不可逾越的天河。两者的转换，有时只依人的心境而定。

盘桓半日，终要离开了。人生多有不舍，只是，春风杨柳离别路，毕竟车船留不住。

我们走出蒙古包，太阳正准备交班。它喷射着炫丽的余晖，一朵朵火烧云燃烧起来，弥漫了大半个天空，像是展开的一幅五彩锦缎。没有到过草原的人，真的很难想象夕阳下草原之秋的壮美与辽阔。谭立波和我们依依惜别，两个小姐妹站在爸爸的身后腼腆地看着我们，显出了少女的羞涩。通力嘎用"蒙普"——蒙古族普通话热情地招呼我们明年再来，说明年夏天的巴林草原一定更美。她把美字读成了一声，听上去充满民族风情，蛮有味道。

汽车启动了。我从后视镜里看到，一家四口站在那里一直冲我们招手。我们有我们的远方，他们有他们的牵挂。在他们的身后，是那顶绽放在晚霞中的蒙古包和一眼望不到边的海清坝牧场。

那条幸运的木舟

◇韩小蕙

西子湖，全中国最风姿婀娜的美女湖，国人无不知。

不知的是，同伺一条钱塘江，江左为西湖，江右还有一条比西湖大四点五倍的长条形美女湖，叫做湘湖，得名于"境之胜若潇湘然"。一江隔开吴国与越国，所以湘湖也有许多故事，比如馈鱼退敌、临水祖道、卧薪尝胆等等；还有大禹庙、越王城、越王祠、洗马池……我小时读吴越故事，印象最深的是越王勾践品尝吴王夫差的排泄物，类似这么明显的作伪秀，吴王竟然非但不提高警惕，反而放虎归山，可见上位者对阿谀逢迎是多么得享受！

后来越王雪耻后，心存明镜的范蠡带着西施远遁江湖，竟不知何往，成为代代年年、千人万人猜测的千古之谜。而此刻，我心中突然电光火石一击，豁然明了——他俩莫不是寻找那条船去了？

哪条船？什么船？

哎呀，就是跨湖桥的那条八千岁木舟呀。

嗨，嗨，嗨，错了吧，浙江文化哪有八千年？人人皆知的河姆渡文化是七千年，被公认为是江浙一带最早的人类文明活动，难道湘湖这边还能更早吗？若果真如此，可就是惊天动地的大轰动了！

最先摇头的便是历史学家和考古学家们。虽然，越王城畔，湘湖水下，两千五百年前是何样貌，待考；但已确知，到了宋政和二年（1112年），也就是范仲淹写下《岳阳楼记》的后六十五年，时任萧山一把手的杨时县令，依从民愿，率百姓筑土为塘，勠力同心地造出了一长十九里，周围八十余里，可灌溉九乡近十五万亩农田的人工湘湖，从此，杜绝了萧山百姓的旱、涝双灾之苦，致使其地人民至今感念这位有作为的闽籍官员。

又千年匆匆过去。到了上世纪下半叶，湘湖面积仅剩下原来的三分之一弱。上世纪七十年代，沿湖兴建起七家砖瓦厂，每天昼夜施工，挖泥取土，一时成为财神爷。

1990年5月，一位叫郑苗的电大学生，把从砖瓦厂工地拾起的三十多件残碎石器、木器、骨器、陶片……交到时任萧山市文管办施加农主任手中，引起这位湘湖本地籍文物工作者的高度重视。第二天他就带人跑到工地上去细细寻觅，并就此开始了筚路蓝缕的一系列工作……

湘湖应当记住，从此刻起，萧山文明史改写。江浙文明史改写。中华文明史改写。

一路波波折折，坎坎坷坷，流汗，流泪，流血。1990年秋冬，一支小队伍对遗址进行了第一次挖掘，出土了一百五十多件可以编号的文物，经过碳十四的年代测定，报告有八千年历史，石破天惊！可叹没有人相信，只道是做错了，挖掘小队撤走，只发了一个低调的简报。施加农心里在流血，最痛心的是现场未被列为文保单位，任由砖瓦厂日日夜夜、抓紧时间——毁！

十年零七个月，三千八百六十天，时间在煎熬中慢悠悠晃过。就在这些因怀疑而被"冷冻"的日子里，跨湖桥遗址第一次发掘现场已然遭到彻底破坏，考古学家们纵有回天之术，也找不回来这个无比珍贵、无与伦比的远古人类居住区！哭也没用，毁了，毁了！

2001年5月，施加农又说服来萧山做另外课题的省考古专家蒋乐民队伍，来砖瓦厂现场做第二次发掘。预算费十二万元是时任副区长周红英拨的款，有多少人笑掉大牙："中华文明才五千年，你萧山能有八千年？"沉默，沉默，沉默。坚持！坚持！坚持！结果，跑来报告的人激动得都结巴了："有那么多，那么多，那么多……"文化堆积层有1米多厚，单陶片就有上万件，还有灰坑、黄土台、残存墙体等建筑遗迹等等。再测碳十四，北京大学等五个不同的权威机构，分别测出的数据达二十八个之多，得到的结论却是惊人的一致，还是八千年！高兴死了，激动，拥抱，热泪盈眶，涕泪横流……施加农心里一遍又一遍念叨：周副区长啊，没有你，没有我，遗址就毁掉了！

然而历史是严峻的。国内顶级专家论证会，仍有大面积质疑之声：湘湖挖出来的再多，然而都放不进河姆渡文化、马家浜文化之中，孤证难服众——现代人啊，大地上还有多少神秘故事为我们所不知？

2002年10月，不甘心的挖掘又小心翼翼地开始了第三期。这一回，广袤无垠的大地，厚德载物的大自然，以及各方看得见的大咖和看不见的神灵都动了容，感动于施加农们的顽韧坚持。不几日，现身啦，那条八千岁的木舟，这是迄今为止地球上出现最早的"世界第一古船"！有一年我在台湾，听兰屿岛作家夏曼·蓝波安讲述他的达悟族男人怎么造独木舟，然后怎么独自驾舟出海去叉飞鱼。是的，夏曼的独木舟与这条八千岁的独木舟何其相似乃尔，都是长长的，有六七米乃至更长；瘦瘦的，看上去像极了一条精灵般的飞鱼；船头尖尖，可以想见它冲风破浪时的勇毅；船尾也尖尖？可惜看不到了，被毁于挖泥机的利爪。幸运的是，万幸——大幸，与木舟同时出土的还有遗址层，包括木头、原土、隔梁等。有交通史专家指出，这也许是中国最早的码头……好事情来了就拦不住喽，不久，在附近地区又发现了与跨湖桥遗址同类型的下孙遗址。

这下，全国有关专家全都兴奋起来了。专事新石器时代考古、中国文明起源研究的"泰斗级"专家严文明一语定音："可以命名为'文化'了。"那一片遗址，正是在古湘湖的上湘湖与下湘湖之间，明嘉靖三十三年（1554）有一石桥被造出，横跨其上，俗名就叫跨湖桥。"跨湖桥文化"，正如这艘横空出世的八千年木舟，与此前江浙一带"河姆渡文化""马家浜文化"的内涵皆不

同，分明是一种独立的文化类型，故被称为"第三种力量"，它的重大意义在于，把江浙文明史提前到了八千年前的新石器时期，是江浙悠久历史和深厚文化积淀的重要证据，再次有力地证实了长江流域也是中华文明的发源地之一。

萧山的施加农们对着自己那颗文物工作者的丹心，欢笑过，也大恸过，当年独木舟出土之际，也是湘湖要重建、要GDP、要政绩之时。有领导当面朝他吼："几根烂木头，一条破船，给我搬掉！"官大一级压死人。县官不如现管。十根手指不一般齐，你向农民出身的基层官员要文保专家的高度，怎么可能？好在，苍天有眼，赐予萧山一个湘湖儿子施加农（在全国多地有这样一批赤胆忠心的基层文物工作者），横下一条心，就是死心塌地地护卫着这块遗址，长歌当哭，壮士断腕，风萧萧兮湘水寒！

在节骨眼上，时任浙江省委书记的习近平同志来了，分别于2005年4月8日和2006年4月14日，两次专程到跨湖桥遗址参观独木舟和出土文物。第一次到来时，博物馆还未建好，习书记对踩在遗址上拍照的记者们发了火，说拍照是小事，文物保护是大事。第二次，尽管已经参观过一遍，仍然专注地听讲解，并不时提出很专业的问题……

云开雾散！雾海晴空！萧山的文物工作者们巍巍然全长了行势，得令，看谁还敢拆、毁、搬、动？于是，才有了现在这座大船形状的跨湖桥遗址博物馆，供中国人和世界人，以及后人、后人的后人们一代代研读。

进入那座船形博物馆的时候，迎面撞来的五个巨大书法字"萧山八千年"，一下子就震慑得我噤了声。我看到，站在木栈道上往下俯瞰那沉思般躺在大玻璃房中的八千岁木舟，无人不息言敛气，唯恐惊扰了先人们的魂魄——是的，他们就在那里，劳作，生息，书写文明，创造历史。

我为施加农们请功！

襄县三顿饭

◇ 何　频

从许昌走出来的名家李佩甫，到省会郑州当专业作家差不多快四十年了，可许昌附近的几个县，老家的故土还牵着他的魂——襄城、禹州、郏县、长葛等等，不定时总要回去，"也没有具体任务和目标，就是去转一转。多年的老朋友，逮住谁是谁，喷一喷、看一看总是好的。"别人看他，早已功成名就了，可李佩甫还在不停地写，从来不把话说满。

小满节气前，叉鸡和布谷鸟双双开口叫了，5月中旬，豫中大地平展展的好麦子，一地厚实的麦穗正灌浆，显示出丰收的好兆头。这时，佩甫兄叫我陪他到襄县去一日，参加农民举办的西瓜节。襄县是襄城县的古称和简称，那里的尚庄村有千把口人，多年来搞大棚西瓜和菜辣椒种植，村民提前实现了小康。姓雪而不是姓薛的老支书，当初一块儿搞创作的，他比李佩甫年纪长，现在一边搞现代农业，一边还坚持着文学写作。尚庄西瓜节，被允许大大方方冠以县的名义，佩甫说，这个我要支持。

我俩头天下午过去，翌日下午返回，满共一天时间。料不到此行一日三餐，在县里打一枪换一个地方，三顿饭尽是豆腐、野菜、面，最家常又颇不寻常，让我这个豫北籍贯的同路人不仅仅开了胃口。

豆腐脑、豆腐、豆腐汤——我们住宿的小酒店，没有餐饭供应，早上由主人带着到县城的街头吃。小吃最讲究口碑，过路走了好远，慕名来到一连好几家组成卖早餐的一个方阵。许昌这一带豆腐、豆制品素来有名，早餐打头炮的虽然也是胡辣汤、豆腐脑和油条、包子组合，但此地的咸豆脑，并非一味地黄丸，不只是掺了胡辣汤吃，还有用油豆腐疙瘩打卤做浇头的，掌勺人大声说这是真正的襄县特色。

油豆腐疙瘩浮在黏糊糊的卤汁上面，貌似洛阳水席中的焦丸子，也像西安人早餐喝的素胡辣汤，汤锅上浮着一层珍珠丸子。勾芡制成的五香卤汁连油豆腐疙瘩，严丝合缝浇在白如玉的豆腐脑上似盖帽，咸淡搭配拿小匙舀着吃，于是，普通的一碗豆腐脑便有了嚼头。

而接风的夜饭，在另一家店里，开头就来个木桶豆腐，不是炒豆腐和蒸豆腐，非锅塌豆腐、麻辣豆腐，而是牛骨髓牛油炒成的好茶面，烧成面茶和粥一样，放时蔬青菜叶加碎豆腐，用小碗盛着喝，开胃顺气的。我猜其来路，它类似昔日救饥的菜豆腐和懒豆腐，菜叶子多而豆子豆腐少，两者掺和着吃，本意为节约。但推陈出新下一番工夫，旧瓶装新酒而滋味绵长。西瓜节中午的农家饭，则有一大盆豆腐汤，豆腐嫩的像豆腐脑一样，芡汁里放入了精心捣碎的石香菜末，羊脂玉衬着翡翠绿，别有芬芳和清香。石香菜即本土古香菜，尤其保存并流行于豫中一带，几位本地的诗人与作家，禁不住也直呼这豆腐汤味道正，好味难得。

野菜、树头菜——背靠着连绵的伏牛山，沙河与北汝河似两条彩带穿境而过，襄城人自豪地说："八百里伏牛山，牛头在首山。"首山不大，离县城不远，而尚庄村邻着过境的高速公路，正在首山南麓。远看首山，仿佛是个泊在码头的大船，面对着一望无际的黄淮海大平原。冈阜之上，村人在树林和果园里办农家乐，农家饭以满地新鲜的野菜为主打，为外来游客饱口腹、解乡愁。夏热初来，马齿苋才出来还来不及采食，而野苋菜品种多，好口味的也多，豫中人笼统把苋菜叫玉米菜。大名曰西风谷的绿叶野苋菜最好吃，刺苋、凹头苋、山苋菜、鸡冠花苋菜、银叶菜等等，分别是野苋菜不同的品种。客人入席就开席，先上个蒜汁调黄花苗即蒲公英，是祛火解毒的。接着烙馍卷菜，洋槐花炒鸡蛋，香椿炒鸡蛋，凉调灰灰菜等等，纸皮烙馍似宣纸一样透明，咬在口里醇香且筋道。唯一的大菜，是个胡辣味道的熬炒三黄鸡，满满堆起连着铁铛端上来，四边簪花一样插着排骨形状的现炸小油条。

面条、面片、葱花油馍——固然说"南米北面"，但人在南方，直呼吃饭就行了，不必说吃米，否则会闹笑话的。同样，河南人说吃面，就是面条的代名词。天热了，豫人好吃不放调和的甜面片，随锅涨（放）菜叶，白苋菜、红苋菜都好，最好是红苋菜，大瓷碗里的汤水和宽面片一色染成那胭脂红。佩甫兄好吃面是出了名的。前年，第九届茅盾文学奖颁奖给《生命册》，获奖的消息传来，他一连声说要请人吃烩面。这一刻在襄县的农家院，芝麻叶杂面条和鸡蛋捞面任选，他指名要大碗捞面浇蒜汁。又谈到在关中采风的趣事，那里的面条花样多，比河南多多了，有一样只是刀法和切面的功夫不同，店家便别出心裁起名，结果，让肚饱眼睛饥的他，勉强吃一点就连连摇头。

辽宁舰，五岁了

◇ 黄传会

你曾经是一个生不逢时的孩子，"瓦良格"是你的乳名。

感谢命运让你与一个东方巨人相逢，他用有力的大手牵引你走出尼古拉耶夫破败的船台。

你是共和国航母的长子，你真正的名字叫"辽宁"。

2012年9月25日是你的生日，那一天，整个中国都为你沸腾……

这是辽宁舰政委李东友为辽宁舰写的散文诗句。

五年前，辽宁舰横空出世、隆重登场！

辽宁舰，弹拨着国人的心弦；背负着民族的期望；见证着中国海军百年追梦的旅程。

首任舰长张铮，曾任护卫舰舰长、驱逐舰舰长，出任辽宁舰舰长，却感觉压力山一般重。他说：我干过的最大的战舰是六千吨，辽宁舰近六万吨，大了整十倍。它所带来的训练、作战、管理、安全等课目，都是崭新的，都是质的变化，要彻底改变思维惯式，一切从头开始。

一位士官坦言："上舰前三个月，我常常迷路，有一天夜里，值完更，我竟找不到自己的宿舍。"

是的，辽宁舰共有二十二层甲板、三百多个直梯、三千多个舱室，官兵们是从"认路"开始航母生活的。数以千人的吃饭问题怎么解决？衣服洗了晾晒在哪里？更重要的是几百个三级系统、几万套全新装备、数十万册技术资料、数以亿计的备品备件，需要掌握使用，需要消化吃透，需要学会管理。还有，战舰与飞机如何融合，岸舰如何衔接，也亟待解决。

"组建一支部队，创办一所学校，接好航母首舰，培育种子人才"。官兵们踏上追梦实干之路。

有段日子，机电长楼富强食不甘味、寝不安席，舰上锅炉的一个难题将他难住。向专家提出质疑，答复是："原设计就是如此，不能动！"

楼富强没有轻易相信这个"不能动"，更没有被这个"不能动"吓唬住。他带领部门的舰员们，没日没夜地奋战在机舱里，对图纸，查管线。一次次假设，一次次计算，一次次推倒重来……

楼富强成功了，成功地降低锅炉启动蒸汽压力，在提高装备安全性能的同时，也缩短启动时间。

专家们十分钦佩，说："蒸汽的气压这么低，锅炉依然能启动，作为研制者，我们都没有想到！"

辅机部门的刘辉，有一天，面对密密麻麻的管道，一个疑问爬上脑海：这么多机组产生的冷凝水，怎么只有一条管道、一个阀门？万一管道或阀门发生内漏，海水岂不进入炉水？

会不会是辅机冷凝水系统设计有问题？刘辉怕自己把管路图画错了，又钻进机舱，忙了几天，更坚定自己的疑问：冷凝水系统设计存在隐患。

刘辉发动战友集思广益，很快拿出一份改进方案。

就在这时，某号机组冷凝水系统发生海水渗漏，幸亏发现及时，才避免一场事故。场方专家根据刘辉他们的方案，改进冷凝水阀门。

凭着高度的使命感和责任感，辽宁舰百分之百的舰员通过了相关厂所和院校的各种接装培训考核，获得上舰资格认证。他们还先后向建造部门提出了数以千计的建议和方案。

2012年4月20日,作为全舰最复杂、最庞大的部门,机电部门的官兵全面接管前机舱,率先实现独立操纵装备。这标志着舰员们可以自己驾驭战舰驰骋在万里海疆上——而这一天,离接舰部队组建才刚刚两年半。

辽宁舰入列之初,很多专业人才缺乏。官兵们开玩笑说,骨干大多是"独生子",想找个"双胞胎"都难。

舰载机首次起飞时,合格的起飞助理只有陈小勇一人。如今,他已经带出数名徒弟,且均能独立上岗。"航母放鹰人"、二级军士长张乃刚,也带出好几名能够独立值更的起飞站操作员。

从最初的各专业"首席"身后,迅速形成一支多名骨干组成的"王牌团队"。

外电预测,即便中国的第一艘航母下水了,与之配套的舰载战斗机仍然是个未知数。然而,仅仅过了两个月,我国自行研制的舰载战斗机歼-15在辽宁舰一飞冲天。

早在辽宁舰入列前六年,舰载战斗机部队已提前组建并开始训练。戴明盟有幸成为第一批舰载机飞行员。

舰载机飞行员的风险系数是航天员的五倍、普通飞行员的二十倍;上世纪九十年代,某大国十年间就摔掉一百零五架舰载机,其中百分之八十的事故发生在着舰时;世界上飞行员数以万计,而现役舰载机飞行员只有两千余人……

如果没有玩命的勇气,没有拎着脑袋干事业的劲头,当不了一名舰载机飞行员。

戴明盟刚到舰载机部队时,歼-15尚未交付部队。戴明盟他们等不及了,便借用其他机种代练。说是代练,其实谁也不知道舰载机应该怎么飞,国外对这一技术封锁得像铁桶一般,一切只得从零起步。戴明盟曾经感慨地说:"别人说摸着石头过河,可我们连可摸的石头都没有,只能一步步蹚水前进。"

航母上跑道不及陆基机场跑道的十分之一,且处于运动状态,舰载机起降,有一套完全区别于一般战斗机的着陆操纵技术。陆基战斗机着陆是收油门减速，舰载机着舰却要推油门加速，准备挂索不成功时再次起飞逃逸。必须改掉原来已经形成的习惯动作，从头再来学习"反区操纵"。

歼-15终于交付部队，戴明盟知道，赋予舰载机生命和战斗力的，是飞行员。

没有教练员，人人都是教练员；没有教程和标准，所有的教程和标准都在飞行中摸索。

在两年多的舰载机适配性飞行中，戴明盟和他的战友们共进行了多达数千架次的起落，创造多项我军新机试验试飞的纪录。

如果把舰载机着舰比作"刀尖上的舞蹈"，舰载机飞行员无疑是"刀尖上的舞者"。航母虽然是个庞然大物，但驾机从空中看，却像海面上漂浮着的一片树叶。着舰区域就更小了，加上航母不断地纵横摇摆、上下垂荡，海上气流也不稳定，驾驶战机精确地降落在阻拦索之间，好比是百步穿杨。

第一次陆上大速度挂索试验。为了确保试验安全，指挥部决定滑跑时抬前轮，采用两点钩索的方式进行。

滑跑、加速，戴明盟驾机以两百余公里的时速向前冲刺。此时，试飞机场的模拟跑道刚完成，辅路尚未修通，跑道外尽是乱石堆。一旦操纵失手，后果不堪设想。

戴明盟轻轻按下旋钮，飞机放下尾钩，挂索！两秒钟，时速从两百公里瞬间减到零，他只觉得浑身的热血直往头部顶去，像是百米冲刺突然来了个急刹车，撞在了一堵厚厚的"棉花墙"上。"短暂失意"恢复后，他发现飞机已经稳稳停在了跑道上。

戴明盟第一次找到挂索着舰的感觉。

低空大速度、失速尾旋、模拟着舰试验……

人们常说"有压力才有动力"，何为压力？戴明盟回答："我们的航母事业刚刚起步，我们的歼-15尚未在辽宁舰着落，国人的目光在注视着我们啊！"

正是这种无形的压力，使得戴明盟与他们的战友们，有一种"等不及"

的紧迫感、"坐不住"的危机感、"慢不得"的使命感。是的,当超级大国的航母编队在我国南海海域游弋,当有人贪婪地企图将钓鱼岛揽入自己怀抱,所有的中国人都坐不住!

几年间,经过几千架次的起落,戴明盟和试飞员们终于迎来万众瞩目的这一天——2012年11月23日。

凭着惊人的胆魄和精湛的技艺,戴明盟驾驶歼–15在辽宁舰成功着舰、起飞,成为我国航母阻拦着舰第一人。

戴明盟说:"一个国家和民族要生存,不可没有雄风锐气;一支军队要打胜仗,不能没有铁骨血性。"

辽宁舰要形成战斗力,一个戴明盟不够,必须有更多的戴明盟。

戴明盟将接力棒传给张超和他的战友们。

每一次飞行都是一次战斗冲锋,每一次升空都是一次生死考验。

2016年4月6日,舰载机飞行员曹先建在训练中,身负重伤,腰椎多处多发性骨折、爆裂性骨折。

手术后,曹先建从昏迷中醒来,第一句话是问医生,"我还能飞吗?"

伤口刚刚拆线,曹先建缠着医生为自己制定康复运动计划。一步、两步……他试着慢慢行走;一下、两下……他慢慢蹲下,又慢慢站起。每做一个动作,伤口便撕裂般疼痛;每走一步,都要咬紧牙关……

两次成功手术;身体检查和心理测试完全合格。医学鉴定组专家一致同意曹先建归队参加训练。

海鹰复归海空。当曹先建钻入日夜思念的歼–15驾驶舱时,禁不住热泪盈眶。

把住院耽搁的训练补回来,曹先建与时间展开赛跑。陆基模拟着舰,他已练得得心应手,却依然不放过任何一个细节。为了突破一些技术难题,他把所有的节假日都放弃了。

今年初夏的一天——这一天距离身负重伤四百一十九天、距离第二次手术出院复飞仅仅七十天,曹先建驾驶歼-15,参加新的一批舰载机飞行员首次着舰飞行。

绕舰一转弯,二转弯,放下起落架,放下舰钩……曹先建驾驶战机,对照甲板跑道,以近乎完美的轨迹,稳稳地停在飞行甲板上。

这是一种战斗力的接力,更是一种精神的接力!

五年来,辽宁舰已经拥有一批我军自己培养的舰载机飞行员。

迎着风浪,辽宁舰不断向着深蓝延伸——辽宁舰的航迹,就是人民海军闯洋蹈海,迈向大洋的航迹。

2012年以来,中国海军先后六次与俄罗斯举行海上联合军演,两次参加环太平洋联合军事演习。2014年成功举办二十五个国家参加的西太平洋海军论坛年会。

2015年春,也门内战爆发,第十九批护航编队奉命前往撤侨。桅杆上猎猎飘扬的五星红旗和八一军旗,让身处险境的同胞和外国民众热泪盈眶。一周内,编队各舰连续奋战,先后辗转三国四港一岛,分五批将六百八十三名中国同胞和十五个国家的二百七十九名外国公民安全撤离战火纷飞的也门。

2017年4月26日,我国第二艘航母下水。它是第一艘国产航母,无论是吨位、性能、武备,都将大大超过它的"哥哥"。

五年来,海军军舰以"下饺子"式的速度增加,先后入列一大批新型舰艇、飞机、雷弹,基本形成了二代为主体、三代为骨干的主战装备体系。

2017年7月7日,香港维多利亚港湾烟云缭绕,正在执行跨海区机动训练任务的海军航母编队抵达香港,参加香港回归祖国暨中国人民解放军进驻香港二十周年庆祝活动。上午7时20分,编队七百余名官兵在辽宁舰飞行甲板上列队排成"香港你好"字样,以海军独有的方式向香港市民表示问候。

8日上午,辽宁舰第一次面向香港公众开放,一千八百多名香港市民登上辽宁舰,领略大国巨舰的雄姿。

在威武的歼-15战斗机前,一位耄耋老人眼中闪着泪花,逢人便说:"祖

国,真好!"得知辽宁舰赴港,他激动得好几夜没睡着觉,连夜排队领到了参观券。他说,零距离感受国家在国防和军队建设方面,特别是海军建设取得的巨大成就,加深了自己对国家的了解和认同。

一位中学生在雨中排了十小时队才领取到参观券。站在宽阔的甲板上,他激动地对记者说:"今天,我很自豪。希望国产航母能早日驶进香港,早日登上国产航母。"

维多利亚港湾曾经记载着中华民族的耻辱和泪水,今天,辽宁舰的到来,让港湾激情四射,澎湃着中华的声音!

五年来,与辽宁舰朝夕相处的官兵们,感受更是非同一般,请听听他们的心声:

李博(航空部门):有幸来到你的身边,用自己三十岁前最美好的青春,见证你最华丽的蜕变。

王强胜(航海部门):我不记得五岁的自己,但我见证了五岁时的你。在最美的年华,刚好遇见蓬勃的你,我这一生无愧。

蒋英超(舰务部门):你在我懵懂青涩的心灵里播下理想,我在你威武雄壮的身躯上挥洒汗水。五年,你从蹒跚学步的幼儿成长为朝气蓬勃的少年;而我即将从列兵成为中士。我已在憧憬着与你的第一个十年,让我们一起不忘初心,继续前进。

王义晓(通信部门):五年从无到有、从零到一。有人加入,有人离开;有人为你抛家舍业,有人为你燃烧生命。今天是你的生日,也是所有为航母事业奋斗的同志的生日,祝你、祝我们生日快乐!

辽宁舰,五岁了。祝福你,辽宁舰!

写在水上的名字

◇黄咏梅

对于游客来说，杭州这座城市的诗意，大多来自于他们所慕名而来的西湖、运河、钱塘江。江南水，的确是最能氤氲出诗意来的。杭州城区里大大小小三千多条河道，清水如带、风定波平、花树环绕，每一条河道都可以当成一种风景来欣赏。毫不夸张地说，就连河道上那艘窄窄的小船以及船上那个穿着橙色环保服的水上保洁员，游客们都会像欣赏一幅画，他们甚至将那个正撑着一根长长的竹竿，一左一右，一撇一捺地打捞着水上垃圾的场景视为一种优美。

"我碰到过有些游客，希望能坐到我的船上来，取景拍照。我告诉他们，这不是游船，是保洁船，我们是捞垃圾的。"在一艘保洁船上，张林祥笑着跟我说，好像我就是那个想要登船拍照的游客。这个看上去熊腰虎背、五大三粗的男人一笑，立即减少了些许威风感——五十岁不到，下门牙竟已缺了两颗，就像守城的将军缺席了两员。

在杭州，像张林祥一样干水上保洁的几乎都是外地人，尤其以绍兴人居多，大概就像张林祥说的，因为绍兴人撑乌篷船长大的，水性好，天生能干这个活。张林祥十八岁就离开家到杭州做航道养护工，在运河上漂了三十一年，因为出来的时间长了，绍兴口音已经依稀难辨，一口普通话里似乎什么腔都有。

最初，因为参加浙江省"剿灭劣Ⅴ类水文艺工作者赴基层"采访活动，

我在杭州市港航管理局航道管理处认识了张林祥。在管理处办公室的过道上，贴着张林祥几年前参加全国五一劳动奖章的颁奖会报道。我凑近去读那张报纸，图片上的张林祥，因为个子高大，在人群中显得鹤立鸡群，虽然镜头很小，但我还是能看清他脸上的笑容，双唇紧紧地抿着，下意识地想要掩盖着那缺失的两颗门牙。

听我再次提起"劳模"这个称号，张林祥显得很局促，摆着手，好像在推让一件不属于自己的东西。在他看来，自己再平凡不过，除了干得年头久一些，他并不比其他保洁员厉害，捞垃圾也能捞到个荣誉，老家人说张林祥在杭州找到运气了。不过，他的同事们却并不这么认为："老张真的是把运河看得比自己家还重要。"

运河是杭州市的一条大动脉，尤其从鸦雀漾到三堡这段十四公里的水路，既是主要观赏河道，更是主要运输航道。除了保洁养护，张林祥还要参加水上应急抢险，通常是狂风暴雨的半夜三更，张林祥被电话叫醒，十五分钟就能整装出发到达现场，速度之快每每让同事怀疑他时刻都在准备着，就连睡觉也不放松。没有抢险任务的时候，每天早上七点半，张林祥跟同事们一起，准时驾着保洁船出发，一直干到下午四点半回航上岸。

船是那种简易船，船舱里只放着六只塑料垃圾桶，张林祥顶着大太阳站在船头，身穿橙色救生背心，双手拉着一根近三米长的竹竿，竹竿的顶端是一只绿色的网兜。竹竿斜插向水里，随着张林祥手的力量，网兜在河面上翻转、扑捞，运河上的垃圾最后都终止了它们的旅途。当然，光靠网兜是不够的，有的市民不讲文明，图方便，将家里废弃的用品直接扔到运河里，他们只能把船停下，用手合力将它们打捞起来。最夸张的一次，张林祥捞起过两张破沙发。早年间，他曾经一天捞到过一百多吨的垃圾，机器捞和人工捞双管齐下，一天下来，腰像断了一样。

三十多年来，张林祥以船为家，与妻子结婚第一年就开始了分居生活，一个在杭州，一个在绍兴。结婚二十六个年头，虽然两地隔得并不太遥远，张林祥掰手指数数,每年回家不会超过十次。绍兴家里的老少家事,张林祥知之不多,都是妻子一个人承担,他甚至不知道妻子患了癌症,直到做手术需要家属签字的那一天,妻子才告诉他。那一次,匆匆从杭州赶回绍兴,等在手术室门外的几个小时,对于张林祥来说,刻骨铭心。工作几十年,他遇到过水上许许多多种险情,参与并成功解决过许许多多种危机,经验使他形成了一种淡定、从容的态度,而这几个小时,他却感到从未有过的无助、焦灼,因为,除了医生要求签字的那张表之外,他对妻子的病情一无所知。那一刻,一直以打工挣钱为理由、心安理得地在水上漂着的张林祥突然开始心虚起来,自责和愧疚不时会来敲着他的单身宿舍。好在妻子经过治疗,恢复得还算好,不然的话,"我死都不会原谅自己"。又好在妻子理解他,与其说理解,不如说是一种习惯,就像绍兴人习惯水的一切脾性,她习惯了张林祥把运河当成自己的第二个儿子。

刚点上一根烟,我问张林祥,还没老,怎么门牙就掉了?他惯性地弹了弹烟灰,迟疑了一阵说:"晚上收工在船上住,没事情,可能是烟抽多了。"我不知道抽烟跟掉牙齿之间是否真有关联,但我可以想象,在漫长的三十一年中,那些与水相依为命的日子,那些船上随波摇晃不定的日与夜,比疲倦更难忍受的是孤独。

对于同样长年在水上清理垃圾的李祝福来说,岸上那个熙攘的城区是陌生的,他只知道,从鸦雀漾段的运河道出发,进入的是杭州的主城区,拱宸桥、德胜桥、武林门、艮山门……这些几千年的历史名胜,在他看来似乎跟自己关系不大,只是他每天必经的一个地段名称。

李祝福是港航管理局航道管理处最年轻的保洁员,江苏淮安人,身形瘦小,看起来倒像个文弱书生,举着那根捞垃圾的长竹竿,他还没有一半高。就像这个简单的宿舍一样,李祝福活得非常简单,对这种简单到乏味的生活,年轻的李祝福却并没有感到不耐烦,他的理想很现实:"像我们这样的人,钱看得是比较重的,就是希望自己能存多些钱寄回家给老婆。"每天跟垃圾打交道,李祝福除了每月拿到手不到三千块的工资,没有任何生财之路,他存钱的唯一

方式就是省钱。每天，李祝福驾着保洁船在运河捞垃圾，中午，规定一个小时的吃饭午休时间，无论船停靠在哪段河岸边，他都会穿街过巷，步行到仓基新村的阳光食堂去吃快餐。因为这个地方，是李祝福唯一知道的便宜食堂。他的一顿午饭十一块钱，两份菜，一份半荤半素，一份全素或者一份汤。通常是，李祝福为了吃一顿便宜饭而牺牲掉整个午休时间。

节省下来的钱，统统寄给淮安的老婆。李祝福说，因为自己长年不回家，所以，尽量省多些钱给老婆。这是李祝福对家里唯一能贡献的东西。

在船宿舍的"客厅"角落，有一个小茶几，上边放着一台小电视机，这是李祝福和他的舍友们了解岸上世界的一个窗口。每天下班了，简单地做一顿晚饭之后，李祝福他们就围着这台小电视，边吃边看，看完新闻，接着看电视剧频道，直到被瞌睡虫啃咬。舍友们常常会咪点小酒，李祝福从不参与，他既不喝酒也不抽烟，认为这样能更好地省钱。

计算一下，李祝福在干这一行的时候才三十四岁，这个年纪找工作正当其时，他却偏偏上了水上保洁这条船，钱赚得不多，又辛苦，整天双脚都不踏地，发展前途渺茫，为什么还要干？李祝福回忆当初老乡介绍过来第一次上船工作的情景，一天干下来，自己就喜欢上了，相比起路上那些喧闹、拥挤，车水马龙，他更喜欢水上的简单、安静，水面蒸起的热气以及散发出的那股带腥的特殊气味，让他想起了家乡的童年生活。"我每天的工作就是保持河道清洁，跟垃圾打交道比跟人打交道轻松多了。"李祝福话很少，不知道是长期独自在河面上工作的原因，还是天性如此。看着这个沉默弱小的男人，我不忍去猜度，三十四岁踏上这条船之前，他不知道在岸上遭遇过什么跟人打交道的复杂情况，但我清楚地认识到，人世间的深浅，他一定是自知的，就如他对这些运河段的深浅一样，了然于心。

在保洁船的船舱里，存放着一捆不起眼的小纸片，用橡皮筋扎牢。这些是李祝福平时在运河上打捞到的。名片、健身卡、美容美发卡、面包店卡、电影卡、干洗店卡……不少卡片上边还写着名字和手机号码：房地产中介李成建、徐小姐的美容卡、王姓人氏的面包卡、老狼的健身月卡……这些被丢弃的"失物"无人认领,李祝福却认真地将它们收留下来。"肯定是人家不要的,收着就是好玩吧。"除了身边的几个保洁员同事,李祝福在杭州几乎没有什么朋友。大概这些从水上闯入李祝福孤单生活里的陌生人的名字,能像朋友一样安慰着他。面对日益清澈、洁净起来的运河,李祝福的心情也不错,这里边多少有自己的一份功劳,他觉得自己对这个城市多少有了归属感。

跟沉默的李祝福不一样,胖乎乎的杨刘宝总是显得一副开朗的样子。他是港航局保洁员里为数不多的杭州人。十年前,他从航运公司轮船师傅的工作下岗,其实有机会去做生意,但是,他一直干的是开轮船的工作,离开了水,他担心自己就像鱼离开水一样难以生存。杨刘宝最终选择留在水上,当水上保洁员。这份工作远远比开轮船辛苦。冬天的冷还能扛过去,最难熬的是夏天,只要气温升到三十五摄氏度以上,船上就有五十多摄氏度。捞垃圾是露天作业,烈日经由水的折射烤在身上,一天下来,皮肤像烧伤了一样,又辣又疼。最难过的是脚底板,因为长时间站着捞垃圾,脚踩在滚烫的船板上,很多时候,感觉鞋底已经融化了,像光着脚踩在船板上似的。胖乎乎的杨刘宝最怕热,说起夏天作业,头都大了。"我们夏天必备三宝,藿香正气水、清凉油、空调服,没有这三样东西,八小时在船上工作,心里都不踏实。"船一离开岸,发生任何危险情况,只能靠自己,这些防中暑的必备品,成为他们出船的"定心丸"。杨刘宝已经不记得自己有多少次中暑了,要是碰巧打捞上些腐烂的垃圾,散发出令人反胃的臭味,往往会加剧中暑的症状。那滋味令杨刘宝终生难忘。

在运河上干了十年保洁工作,除了捞垃圾,杨刘宝还"捞"过人。这事情在杭州的水上保洁员中传为佳话。2014年的夏初,杭州连日暴雨,运河水涨,杨刘宝驾保洁船到文晖桥一带,看到一个老人在离自己不到一百米远的岸边,不慎掉进水里,他奋力将船驶近老人落水处,跳入湍急的水流,将老人家救上了岸。因为抢救及时,老人从生死线上被拉了回来。"捞人"的杨刘宝一时成了名人。"这又没什么的,谁会见死不救?"事情虽然过去了几年,说起来杨刘宝还是觉得很开心,这大概是工作几十年来,他认为自己最"有用"的一次了。

跟着杨刘宝出船捞垃圾,是四月初的一个上午,阳光浅浅,微风荡漾,两岸万物生长。作为一个经验丰富的水上保洁人员,杨刘宝向我预告,今天垃圾不会很多,要是初八或者十五那几天来,就有的忙了。垃圾又不是庄稼,还有收获的时段?我以为杨刘宝在讲笑话活跃气氛,因为他开始担心身后那几桶逐渐增多的垃圾,散发出的臭气让我感到不适。没想到杨刘宝认真地告诉我,杭州的老百姓有到运河放生的习惯,初八或者十五,他们会从市场买活鱼放进运河,可是,多数养殖的鱼很难适应运河的水,很快就会死掉。最多的时候,他一天能捞到满满四船死鱼,实在是很可惜的。杨刘宝无奈地叹了口气。放生固然是人的一种慈悲精神,但是因为鱼对水域的不适应,反而将鱼放入了一条死路,也制造了更多的水上垃圾,这让杨刘宝很是哭笑不得。

作为土生土长的杭州人,杨刘宝比其他保洁员都更珍惜运河。从鸦雀漾到三堡这段水路,要经过二十多条桥,每一条桥,杨刘宝都能讲出典故来。这么些年来,他总是驾着船驶过这些景点,岸上四季的花开不断,梅花、迎春花、桃花、玫瑰花、杜鹃花……实在漂亮得很,可惜他在船上都是"走马观花"。杨刘宝说,再有两年他就退休了,他决定每天都到桥上走走,到岸边散步,凑近去闻闻花香。他已经计划好了自己的退休生活,打算花大价钱买一台专业的照相机,学摄影,将这美丽的河岸好好地拍一遍。这一切美好的愿景,都跟眼下这条运河的水清、风清有着唇齿相依的关联。

杨刘宝站在船头,迎着风,用那根三米长的竹竿去够不远处漂浮着的一团枯枝败叶,因为逆水,是需要花力气的。没过多久,他的脸上就冒汗了,气息也变粗了。毕竟,他还有两年就快退休成为一个老人了。他专注地打捞着垃圾,如同过去的每一天,竹竿划动着运河的水,左边一撇,右边一捺,脚下的水便随他手臂的运动泛起了涟漪,就像是他在水上写下了些什么,一边写,一边就随水流逝了。

井下新宫

◇ 刘庆邦

　　如同人的生命有限，矿井的生命也有限。矿井的生命似乎对应着人类的生命，一座矿井的煤炭储量所规定的开采年限，也就是五六十年，或七八十年，极少有超过百年的。一个人的生命结束之日，即烟消云散之时。一座矿井下的煤采完了呢，这座矿井就会报废、关闭。随着全球能源结构的调整和我国煤炭去产能政策的出台，被关闭的矿井越来越多。

　　我曾到一座破产关闭的矿井井口和井口工业广场看过。天轮被抽去了灵魂似的无极钢索，凝固不动。锅炉房早已熄火，人去房空。偌大的工业广场空旷寂静，只有一种灰鸟在不知名的地方叫上几声，像是在为报废的矿井唱挽歌。通往井口的铁轨还在，铁轨两侧和道心内，煤尘上面是灰尘，几乎把铁轨淹没了。我怀着一种追寻的心情，踏着积尘，向斜井的井口走去。粗钢管焊成的栅栏把井口封死了，透过栅栏的缝隙，我使劲往里看。里面黑洞洞的，什么都看不见，只有我所熟悉的、矿井共有的气息正徐徐地从井底涌出来。不难想象，曾几何时，井下是一派龙腾虎跃的生动景象，有多少矿工在这里献出了他们的汗水、青春乃至生命。然而转眼工夫，这里就成了废墟。我看见了残留在井口两侧墙壁上用红漆写成的大字对联，上联是"汗水洒煤海深处"，下联是

"乌金献祖国母亲"。这不禁使我的双眼突然涌满热泪。

让人欣慰的是，有的矿井虽然不再出煤了，却没有废弃，没有封井，而是因地制宜，成功转型。他们在地面建起了丰富多彩的矿山公园，把井下的巷道和工作面变成了供人们探秘游览的场所，在转型中获得了新生。这样的矿井，山西大同煤业集团的晋华宫矿就是一例。我以前长期在煤炭系统工作，曾去过晋华宫矿，对该矿的情况略知一二。晋华宫矿于1956年1月建成投产，出产的优质动力煤以低硫、低灰、高发热量广受欢迎。到2012年7月12日，晋华宫矿南山井送走最后一列车煤炭，这个矿累计为国家贡献了一点五亿吨煤炭。由于管理有方，成绩突出，这个矿还获得过诸如"全国煤炭工业双十佳煤矿""全国煤炭系统文明煤矿"等十多项荣誉称号。然而煤作为不可再生的一次性化石能源，挖一块，少一块，总有被挖完的那一天。每座煤矿作为一个产煤单元，资源也有枯竭的时候。资源枯竭以后怎么办？这是每座煤矿都必然面临的问题。晋华宫南山井的完美收官，华丽转身，对这个问题给出了很好的答案。

转变后的晋华宫矿，我听朋友们说起过，也看过一些的报道，但没有去实地踏看。全国各地的矿井我下过无数，包括一些开采条件十分落后的小煤窑。只不过我以前下过的所有矿井，都是煤浪涌动正在生产的矿井。把井下变成静态的展览馆的矿井，我从来没有看见过。一个愿望从心底升起，有机会一定去晋华宫井下看看。

得到机会是2017年的8月中旬，"发现新山西"作家采风活动的其中一站，就安排在晋华宫。行前我还以为不会安排去晋华宫，因为大同是历史文化名城，可看的名胜古迹太多太多，而晋华宫还鲜为人知。我甚至打算，如果此次活动内容不包括去看晋华宫，我宁可自己单独行动也要去。活动日程的安排，可说正合吾意，也表明活动主办方对晋华宫由工业文明转向生态文明的重视。

青山之上，"晋华宫国家矿山公园"九个红色的大字标牌格外醒目，我们远远地就看见了。据介绍，公园总面积四十多万平方米，拥有煤炭博物馆、工业遗址、仰佛台、晋阳潭、石头村、井下探秘、棚户遗址区七大园区，是发展矿山旅游、为世人留下矿业完整记忆的文化创意园，也是集环境治理与绿色矿山为一体的生态示范园。我们首先来到由过去的矸石山改建的仰佛台。矸石是煤的伴生物，有煤必有矸石，矸石山是矿山的组成部分。矸石山作为工业废渣的堆积山，上面寸草不生，只产生灰尘和毒烟，是影响空气质量的污染源之一。矿山公园的建设者们，拿出敢让黑山变绿山的劲头，对矸石山加以平整，整成一个平台，然后从别处拉来熟土，对矸石山进行全覆盖。创造好了种植条件，他们就开始在土壤层里栽种油松、国槐、银杏、桃树、山楂树、紫荆、刺梅、扶桑、月季等乔木、果木、灌木和花草。只四五年工夫，原来光秃秃的矸石山就变成了林木葱茏、鲜花盛开、莺歌燕舞的花果山。这个由矸石山建成的园林式平台，之所以被命名为仰佛台，因为站在观景台上，即可隔河眺望一处驰名中外的佛教圣地，那就是世界文化遗产云冈石窟。

看完了仰佛台，接下来面临两个选择，是下井？还是在地面参观煤炭博物馆？作为一个1970年到煤矿参加工作的"老矿工"，我当然要下井。我历来认为，煤在井下，采煤工作面在井下，井下才是煤矿的核心。只有下到幽深的井底，才能嗅到来自远古的煤香，才能进入暖湿而危机四伏的特殊氛围，体会迥异于太阳下面的生存况味。到了煤矿如果不下井，跟没到煤矿也差不多。可活动的组织者考虑到作家们大都已年过六旬，担心下井会给他们带来不适，并不主张作家们下井。在征求作家们的意见时，我生怕错过下井机会似的，第一个高高举起手臂，大声说："我下！"在我的鼓动下，好几位从未下过井的作家跟我一块儿下了井。

我们跟下井挖煤一样，穿上工作服，蹬上深勒胶靴，佩上自救器，戴上安全帽和矿灯，全副武装起来。南山井是一座斜井，我们沿着巷道一侧的石头台阶，一步一步往矿井深处走。走过一千多个台阶，四百多米长的斜坡，才下到了井底。我见同行的作家们个个神情新奇，还有那么一点紧张。而我如同回到阔别已久的青春岁月，一种久违的亲切感油然而生。井下巷道纵横，灯火通明，还是一座地下不夜城的样子。然而这里已不再生产原煤，它摇身一变，

变成了冬暖夏凉的地下展览馆。展览共分特种设备、矸石、地质、历史遗迹、化石、支护、五大地质灾害、古代采煤、近代采煤、现代采煤、通风十一个展示区。我们在每一个展示区都看得兴致勃勃。在支护展示区，我看到两位用塑钢塑成的年轻矿工，正用一根木头支柱在支护顶板。这让我想到，当年我在井下挖煤的时候，也是通过打眼放炮落煤，而后用木头支柱支护顶板。我不禁走上前去，轻轻拍了拍其中一位矿工的肩膀，打招呼说："哥们儿你好啊，忙着呢！"那位矿工正忙着干活儿，没有搭理我。但我仿佛看见，他像认识我似的，对我微笑了一下。

我曾在河南的新密矿区工作生活了九年，原以为对煤矿的一切都已经很熟悉。这次看了展览我才认识到，熟悉背后往往隐藏着陌生，越是自以为熟悉的东西，越要重新学习。比如在古代采煤展示区，我看到古代的矿工横躺在底板上，用镐头在煤层最下方掏槽，槽坑掏到一定深度，矿工就用镐头奋力击打悬空的煤层上部，使煤层脱落下来。这种原始的、被称为"刨根凿垛"采煤法，我以前就没听说过。古代矿工的智慧，启示了当代"厚煤层综合机械化掏底放顶一次采全高"采煤新工艺的产生，使采煤效率、资源回收率和安全系数大大提高。也是在古代采煤展示区，我看到采煤窝头上方挂着一只鸟笼子，笼子里有一只小鸟标本。这样的设置，当然不是出于矿工的闲情逸致。我猜想，矿工可能是利用小鸟的敏感嗅觉测量瓦斯的浓度。当瓦斯聚集到一定浓度，小鸟不堪忍受，会变得焦躁不安，在笼子里乱飞乱扑，急于逃走。如果出现这样的情况，矿工就得随着小鸟的意志为转移，赶紧从采煤窝头撤离。我的猜想还没说出来，讲解员却说了出来，讲解员的讲解跟我的判断是一样的。可讲解员接着提了一个问题，让我一时不能作答。讲解员问："矿工为什么用小鸟测量瓦斯，而不是用小兔小猫等其他小动物测量瓦斯呢？"这个这个，我脑子里没有转过弯来，没敢贸然抢答。我们得到的解释是，瓦斯是很轻的有害气体，生出来会浮在高处，瓦斯一旦在高处聚集，同样被安置在高处的小鸟会及时察觉。而其他小动物习惯生活在低处，难以收到及时报警的效果。原来如此，我又长了一个见识。

更让人过目难忘的是,我们在化石展示区巷道的顶板上看到一段树木化石。那段化石如一根树干横卧在顶板上,年轮可辨,纹路清晰,有着立体般的视觉效果。顺着这根树木化石展开想象,我仿佛看见,亿万年前这里是大面积的湖泊,沼泽,茂密的森林,活跃的恐龙。在地面和沼泽中堆积的腐殖物,由于地壳的不断沉降而埋入地下,长期与空气隔绝,并在高温、高压、缺氧的环境下,经过一系列复杂的物理、化学变化,便形成了煤。

总之,到晋华宫井下走了一趟,给我的突出感觉是,这里并没有停产,而是在继续生产。只不过他们不再生产煤,而是在生产煤文化、煤精神。比起物质性的煤炭来,煤文化和煤精神的力量也许更强大,更久远,更无限。

"山重水复疑无路,柳暗花明又一村。"把废旧的煤矿建成国家矿山公园,无论在我国,还是在亚洲,晋华宫矿都是具有开创意义的一家。开园五年来,到公园旅游的游客越来越多。目前,晋华宫国家矿山公园被国家旅游局评为4A级旅游景区,井下探秘游被中国科协命名为"全国科普教育基地"。

桃花医

◇ 刘群华

植物做药讲个季节，分上中下三时，不是想什么时候采撷就什么时候采撷的。采药也有诸多讲究，在春天采撷药，像金银花、油菜花、桃花之类，多选它蓄势最足之时的花苞。

桃花在村里又叫女儿花，具有活血、润便、养颜的功效，多是女人的专用药。《岭南采药录》说："带蒂入药，能凉血解毒，痘疹通用之。"《本草汇言》诠释道："破妇人血闭血瘕，血风癫狂。"

桃花是花，天下人都知道。桃花是药，很多人却不一定知道了。

村里原来有个老中医，对桃花的药用颇有心得。他在临近资水的润溪街上开医馆，碰上脚气、腰肾膀胱宿水及痰饮，则摊开处方，提笔在墨砚上点了点，刮一刮，写上："桃花一大升。"然后停笔又想了想，觉得少了些什么，便在药名后打一括号，注明捣为散。再抬头狡黠地瞅一眼患者，嘱道："温清酒和，一服令尽，通利为度，空腹服之，须臾当转可六七行，但宿食不消化等物，总泻尽，若中间觉饥虚，进少许软饭及糜粥。"病人听了，依他的话去做，其效多如他所言。

老中医的这个配方，乃《外台》中所载的桃花散，用药轻灵、简单，遵古服药,效果也奇。而《圣惠方》中的桃花散有所不同,它治产后大小便秘涩,用药则为:桃花、葵子、滑石、槟榔各一两。这个处方较之《外台》中的桃花散多了葵子、滑石、槟榔等三味药。初入行的伙计往往一听此桃花散就迷茫了,这时老中医会冲柜台上提醒他,喊:"此桃花散非彼桃花散,捣细,罗为散。"然后对患者嘱道:"每服食前以葱白汤调下二钱。"

老中医古文敦厚,运方自如。新中国成立前村里疟疾横行,他先以常山、草果为汤,熬好放在瓦檐上露一宿。服下后,禁食鹅毛豆等发物,等病好了个七八分,则用桃花为末,酒服方寸匕,调理气血。他治发背疮痈疽,桃花以酽醋研绞去滓,取汁涂敷疮上。

有一次,老中医的医馆来了个腰脊痛的患者,依现在的诊断应该是腰椎骨质增生或腰椎间盘突出之类的病,但病人苦不堪言,腰不能直,也不能随便转动。老中医摸了摸他的腰椎,又抚了抚自己的白须,下笔道:"桃花一斗一升,井华水三斗,曲六升,米六斗。"然后嘱咐道:"炊之一时,酿熟,去糟,一服一升,日三服,若作食饮,用河水,禁如药法。"

老中医用桃花治病,是药非食,是食非药。食者,桃花乃一味小吃,煮汤油炸盛盘皆可。药者,或以一味为单方,或以其为君药牵头,领臣使之诸药调理于体内,其广泛的适应症和有效性,举不胜举。

说到此处,不该漏了那一回的精彩。那一回,外村一个人患了不完全性肠梗阻,几经求医都束手无策。抬进老中医的医馆时,患者面萎而枯,围观者颇多,都看他施以何法何方。老中医望闻问切四诊之后,看到草坪上的一株桃树万花待放,抿嘴笑了,在处方笺上写:"鲜桃花一两,面三两。"

围观的人看了,索然无味,心想这两味平淡无奇的药要是能把这个沉疴治好了,也真是奇了怪了。于是就傻傻地等着看他的笑话。老中医自然知晓围观者的疑惑,嘱咐病家说:"以上二味药,和面做成馄饨,熟煮,空腹食之。"病家的人边哦哦哦地应着,边狐疑这两味药的效果,但事已至此,别无他法,也只好遵嘱了。

阳光从桃树的尖梢滑下，到了是日的下午，病人口服了中药馄饨之后，大约一个时辰，腹中突然席卷起狂风，接着电闪雷鸣，只见病人翻身起床，就匆匆跑进了左厢的厕所，泻下了不少的恶物。

此事一度在村里传为神话，见面均对老中医敬佩有加，戏称："活神医。"

活神医如今早已作古，他那老文人似的之乎者也的医嘱也付之空阔的云烟。只是村里的那株老桃树，如今繁衍出不少的小桃树，年年在春天里张狂而饱满地开放，开放出一山彩霞似的。

那株老桃树有多老？可能比老中医更老，也可能比他年轻些。但诸如此类的考证，并不困惑前来摘桃花的姑嫂们。这些花枝招展的年轻女人，不知从哪一年开始，很在意自己内在的调理和外在的容颜了。那些桃花入药的处方早已传遍全村。

初春的桃花正是含苞欲放之时，此刻的它们像一个个安静的婴儿，安详得花瓣都光滑、透明了，嫩得如胭脂一样娇羞、可爱。桃花在山头河岸之地明净地开放，从村头赶着趟儿开到村尾，与青山绿水点缀着古朴的鸟鸣。女人走出吊脚楼，踏上浅浅的露水，呼哧呼哧爬上了苍虬的老桃树，小心地采撷着那一束束的春风，像采撷着一棵棵茶树上的翠绿。

几天后，村里差不多各家都晒上了桃花苞。这时的桃花有的含苞待放，有的已经完全绽放，有的落英缤纷，隐隐约约孕育了青桃的毛茸。但采撷的桃花只能是最佳的桃花苞，像女人嘟着的嘴，萌萌的，还撒着娇。

女人采撷的桃花苞拿回家后不用水洗，那些露水便是与桃花相依的精灵，女人只要择出杂物即可，再阴干收藏备用。阴干的桃花颗颗紧凑，玉米粒那么大，像一盏盏灯笼，红彤彤的，却笼罩着朦胧的夜色。

故乡的桃树一旦被这些女人盯上，就没法停脚停手了，桃花、桃叶、桃树皮，甚至桃仁，味味是药，味味被春风裹着，飘散进她们的生活。

村里的川妹子

◇刘亚荣

拐过街角,就听到表姑家传出一阵欢笑声。进门洞,影壁,一丛盛开的秋秸花,花下立着一个俏丽的女人,如瀑的长发,黑漆染过一样。表姑说:"这是你嫂子九妹。"九妹正拿把红色塑料梳子梳理着她的秀发,慢慢地,阳光穿过斑驳的树影,照在她身上,一院子人盯着她,好像在看天上来的仙女。大嘴巴的表哥喜滋滋的,嘴角笑得几乎咧到耳垂下面。

表哥长得丑,大脑袋,罗圈腿,走路一晃一晃的,在当地找媳妇很难。活该九妹和他有缘分,吃了媒人如簧巧舌的亏,千里迢迢嫁了他。表哥心满意足,走路都挺着胸脯子。九妹接连给表哥生了两个花朵似的孩子,日子似乎因为孩子的到来有了些奔头。

表侄六七岁的时候,我去表姑家,正赶上九妹给小表侄理发。表侄不配合,小脸憋得通红,眼泪混着汗水滴滴答答地往裤子上掉,在推子下面扭来扭去,表姑帮着,都按不住他。我说:"干吗费这劲,到集上花几毛钱推推算了呗。""能省一个是一个吧。"九妹低声说。

这当口,表姑为了让小表侄止住哭声,拿来了镜子。没想到,小表侄对着镜子看了一下,大喊:"我不要这样的头!我不要这样的头……"一挥手,"啪叽!"把镜子摔到了墙角,粉碎的镜子在阳光下晃得人睁不开眼睛。九妹

把刚放下的推子操在手里,咬牙切齿地说了句:"龟儿子!敢打破我的镜子。看老娘给你理个好看的!"我忍不住笑了,这九妹自称老娘,可分明是一个唇红齿白的"小夜叉"。

九妹拉过孩子,坐在板凳上,两腿夹起孩子,几推子下去,孩子变成了小和尚一休哥的样子。我和表姑哭笑不得,小表侄哭得鼻涕吹起了大泡泡。更让我想不到的是,九妹还跷起手指弹了孩子脑门两下,说:"龟儿子!看你还捣不捣蛋?"表姑翻着白眼抱起孩子,边走边嘀咕:"哪有这样的亲娘。"

之后很久没见到九妹。有人说她去学理发了,有人说她过不下去回娘家了。表哥又变得蔫蔫的,像秋后经霜的茄子。没想到,九妹走了三年后又回来了,一头长长的乌发没了,短短的发梢还有些染过没褪尽的黄。

她指挥着表哥用带回的钱沿街盖了几间房子,两间做小卖部,套间里她开了理发馆。小卖部地理位置好,九妹又会说话,生意不错,年节的时候,来理发的人也是排着长队。村里人说,九妹家的钱是大风刮来的,九妹拿着耙子往家搂就行了。九妹听了咯咯大笑:"你们没看到我辛苦。"也是,九妹家院子里种啥菜吃啥菜,不吃反季菜,常年也不见油水儿。

有的川妹子嫁过来,随着这里不爱吃辣的习惯,渐渐地也远离了辣味。九妹不,她每年在院子里种上两畦辣椒,秋后穿成串挂在墙上。她炒菜没肉一味地狠放辣椒,炒的菜红彤彤的,别人看着都没法下嘴,怕辣的表哥倒逐渐适应了九妹的口味。打牌的人都说九妹的钱串到了肋板上,九妹不恼,自嘲说:"谁不知道肉好吃,不是要供孩子上大学么。"

眨眼九妹的两个孩子都读大学了,九妹还是说钱紧张,农闲时表哥被她支派着去了外地打工,她一个人理发,看顾小卖部,忙得团团转。有时候会看到九妹累得坐在理发的椅子上打瞌睡。我就想,唉,九妹或许是上辈子欠了表哥的债吧?不然,依她的姿色该找个好人来疼她。打牌的女人们有时候也拿这事嚼舌头,但说说也就过去了。

可九妹疯狂地追打村子里的一个"无赖",却被村里人看到了。那天晚上,人们听到九妹疯了似的骂人，还有人们听不大懂的四川话夹杂在里面，有好事的人起来看，发现九妹挥舞着一根棍子站在街口路灯下大骂。原来有人趁表哥和孩子们不在家想占九妹的便宜，便宜没占到，讨来一场好打好骂。我想，九妹的辣椒吃得真棒，骂起人来用上四川火辣辣的方言，村里人听惯了，像听小曲。一日九妹沉默，就像做饭没放盐巴，觉得生活没滋没味的。

一晃，九妹来我们村二十多年了，那黑黝黝的长头发早不见了。九妹的一腔四川话也失了真，只有骂人时还带有浓郁的川味。

街上流行歌曲《九妹》时，孩子们嘻嘻哈哈冲着九妹唱"九妹九妹可爱的妹妹"，九妹拿着笤帚追着笑骂："九妹是你们叫的吗？九妹是你们祖宗！"九妹这话也不差，她婆家在村子里辈分极大，年轻的她是很多人的本家奶奶。

我问九妹老家都有什么人。她说，爹，娘，兄弟姐妹都有。我说，也不见你回去看看啊。她眼望着西南方，说："回去一趟要很多钱，孩子要上学。"我一时找不到话劝她，很久才说："会好的，孩子们快毕业了。"

九妹人聪明，干啥都像回事，唯独包不好饺子。看她剁白菜，叮叮当当，利利索索，可是包的饺子，像孩子们过家家弄的泥饺子，没一个成型好看的。九妹自己会解嘲："饺子好吃在馅，样子难看吃到嘴里一样的味儿。咯咯……"惹得女人们一起攻击她，说她来河北这些年不会包饺子，心还在四川。

九妹眼里突然起了雾，汪着点什么。

一个中秋节，村里的懒汉二货赖在九妹家要买九妹的饺子吃，九妹不卖他，说自己家没开饭店，要吃饺子回家自己包去。二货掏出十元钱要买一碗，九妹不理，却要表哥把第一碗饺子给斜对门的孤寡老人三奶奶送去。二货斜着眼睛，说九妹傻，有钱不挣，把饺子送给孤老太婆。九妹把筷子摔得山响，敲着桌子骂："滚！滚！我的饺子，我愿意给谁吃就给谁吃！三奶奶一个人可怜巴巴的。你懒蛋一个，喂狗也不给你吃！"事后，九妹对我说，三奶奶像她远在天边的老妈。

院子里的秋秸花又开了，九妹笑盈盈地告诉我，女儿大学毕业找了一个四川同学，离她的老家很近，马上要结婚了。

改 衣

◇尚书华

朋友从美国寄来一件衬衫，肥肥大大，穿身上，人在衣中晃晃荡荡，稻草人一般。这衣服不重新加工一番根本穿不出去，必须得改。

于是，来到一家个体缝纫店。门面很小，不足十平方米，打理得倒是蛮像样，屋里屋外，干干净净，让人极易生出好感。

店主人是位四十多岁的女人，忙得连我进屋都没顾上抬头瞅一眼，正手弄针线，眼盯针脚，埋着头在缝纫机前全神贯注地干着活儿。

"坐吧。有什么活儿需要干？"她仍然没抬头，只是问我。

"您看，这衣服能按我的体型改改吗？"

她停下手中活儿，把衬衫接了过去，打量两眼，说："这衣服改起来比做件新的还麻烦，大小、肥瘦都得动，整个缩一圈。先拆，后裁，再缝，跟盖错了房子拆了重建一样，不但多费工，料还变得不顺手。"

我听得有点烦。心想：说这么多，不就是想多要点钱吗，直说不就得了。

"得多少钱？"我开门见山地问。

没想到她却说，"我建议你别改，有合适的朋友送人算了，太费劲。"

"那怎么行，这是远在美国的朋友跨洋越海一份心意，我怎么可以随便送人。你就说多少钱吧。"我说。

她稍思片刻说:"一百六十元。"

我听了,不禁脱口而出:"这件衣服还不知值不值一百六十元呢!手工费竟要这么多?"

谁知她接着说道:"大哥,你错了,这件衬衫即使在美国买也不会低于一百五十美元,这料子是现在最流行的高支纱纯棉面料,国内买至少要一千三百元以上。修宝马与修捷达是不一样的。"说完,便重新坐到缝纫机前忙活起来,不再理我。那意思是,该说的她都说了,改不改由我。

听她这么一说,我有些不太自在,但心里却隐隐佩服起这个女人来:懂的还真不少,看样子是个行家。

"得!一百六十元就一百六十元,改吧。"

"那好,一周后来取。"女人依然忙着活儿,侧脸说了一句。

一周时间很快过去了。我如期来到店铺,一进门,还没待我开口问衬衫改得怎样,女主人便满脸歉意地说:"真对不起,我家这两天有点急事,衣服还没来得及改,耽误您穿了。"我一听,顿时很不悦:"怎么能这样呢?做生意最重要的就是信誉。说好哪天让人来取衣服,就是不吃饭不睡觉也得给人家赶出来。"

"是,是。"女人一边在案板上用滑石片划着布料,一边直点头。

我的气仍没消,继续冲她发火:"你说说,我家离你这八九里路,坐公交车得半个钟点,搭钱费时不说,而且——"我话还没说完,她把话头儿抢了过去:"行了大哥,啥也别说了,我现在就干你的活儿,明天下午来取行吗?"她的语气里明显透着哀求,脸色也不好看,像是有很重的心事的样子。我还能再说什么,晃晃脑袋,无奈地走了。

可是,第二天下午再去的时候,店铺却锁上了门,连人都没见着。

第三天又去,仍然锁着门。

问挨着门做生意的左右邻居,人去哪了,都说不知道,连个电话也没留。

第四天是端午节,同样没人。我猜想,也许她家不在本地,提前几天回家过节去了。可无论如何,总该留下几个字或电话号码什么的。你说可气不可气,这叫什么人呀!

怕吃闭门羹,我接连三天没去,反正衣服也不等着穿。再去的时候,女人终于出现了。瞅着她,我气不打一处来,劈头盖脸训起来:"哪有你这样做生意的?说走就走,不贴通知,不留电话,害得我连来七八趟见不着人。"我故意夸大其词,恨不得找出最解气的话抱怨她。她倒是异常冷静,不争不辩,待我稍稍平静一些时,她轻声说:"大哥,我错了。本来你的衬衫已经改好了,可还没等你来取——"她话没说完,门开了,进来一个十六七岁的女孩,手里捧着一盒饭菜,穿一身校服,左臂上戴着黑纱。女孩进屋便对女人说:"妈,您吃口饭吧,不然会撂倒的。若真撂倒了,我可怎么办?"我心里一愣,莫非这家人家出了什么变故?

女人从孩子手中接过盒饭,问:"你吃了吗?"

"吃过了。"孩子心疼地瞅着妈妈。

望着母女两人脸上的神情,我脑海里瞬间一阵猜度——是女人的丈夫、孩子的爸爸出了事,还是女人的父母、孩子的姥姥、姥爷有了不幸?女人的店铺离学校这么近,会不会是特意为了照顾孩子念书,才在这儿租了门面?亦许女人的日子过得很艰难。我顿时动了恻隐之心,并有些自责:我不该冲她发脾气,甚至还跟她撒谎。其实我家离这里并不远,用不着坐车,溜达过来也就十多分钟;另外,最多我也就来过四趟,七八趟纯属挖苦人家。想到这里,我的脸有些发烫。

这期间,孩子走了。出门前还直嘱咐妈妈:趁热把饭吃了。

女人找出了给我修改好的衬衫,让我穿上试试。我穿上后,哪儿都不错,特别合身,忙夸她说:"手艺真不赖,活儿干得真好。"听了我的话,她扯动一下嘴角,勉强露出一丝苦笑,说:"其实这衣服原本什么毛病也没有,活儿做得特别精细,只不过是你不喜欢人家那种宽松、洒脱的样式,年轻人都很喜欢。"

我说:"对,对,是我不习惯、不适应,落伍啦!"边说边掏出两张百元钞票递给她,等她找回四十元。不承想,她只接过一张,说:"那六十元不收了,算我没有按时交工的补偿。这么远的路,让你空跑了那么多趟,太不好意思。"

我一时语塞,不知说啥才好。趁她转身整理衣服的工夫,我把另一张钞票悄然放在了案板上,然后便匆匆离开了店铺——生怕她撵出来,更欣赏她的刚毅与坚强。

城市里的菜地

◇ 晓　寒

河对面那一大片叫唐家洲，狭长的河洲，都用来种菜，绿色像织带子一样，编织着一年四季，新的绿，老的绿，高的绿，矮的绿，贴着地皮的绿。菜地太大了，要把它围起来，费人工，费材料，只能让它敞开在天空下，头顶一天的云，几千朵云，几万朵云。河岸是它的一扇篱笆，山是它的另一扇篱笆。依山傍水，云影山光水色一样不少，都凑齐了，这是菜地的福气，菜的福气。

早晚站在窗前，看种菜人在地里忙碌，翻地，播种，搭架，除草，施肥，我隔着长街，隔着一条河，隔着风和雨，和种菜人一起，经历一些温温火火的日子，参与另一种生活。河把土地分开，这边一块，那边一块，同时也把生活分成两种，河这边一种，河那边一种。我的窗成了这座城市的一面镜子，照天照地，照山照水，照一座小城，照出一片菜地的丰歉，种菜人寻常的朝朝暮暮，喜怒哀乐。

我是菜地里的常客，有闲了就去，不喊别人，喊过几回，理由经过一根电话线之后，变得无可挑剔，后来才知道，理由都是假的，不喜欢菜地才是真的，在城市里土生土长的人，有几个会像我一样惦记一片菜地呢？我算是又觉悟了一回，生活中最不值钱的就是理由，随便拿一个，就把我打发了。从那以后,我就一个人去,点一根烟,慢慢地走,边走边看,从这一畦到那一畦,黄瓜开花了,偷偷绕过巴掌大的叶子,高举在阳光中,泼辣辣的黄,做好了准备招蜂惹蝶。苦瓜开始显山露水,沟沟壑壑都在膨胀,一刻不停地忙着扩充自己的地盘。芹菜拱出来,挤眉弄眼,芽尖上的泥土还没来得及抖落干净。白菜的身子一天比一天肿大,不起眼的白菜,也学会了用夸张的比例来表现自己的憨态可掬。这些花朵,叶子,瓜果上,都挂着不同的节令,像超市里货物上贴着的标签。我一路走过去,邂逅不同的节令,惊蛰、小满、立秋、寒露,我不必一一去数,一一去记,菜地,已成为我另一本鲜活的日历。

有时候能碰到种菜人在地里忙碌,我停下脚步,递一根烟过去,问问收成怎么样。对方接过烟点燃,连吸几口,直到烟雾在黧黑的脸上盘盘绕绕才回答我的问话,还过得去,就是很累人。

我和土地打了半辈子的交道,从头到脚都散发着泥土的气息。来到这座小城以后,渐渐疏离了农事,把一片菜地当成风景看了。我像是被对方窥探到了心事,不好意思地跟着呵呵一笑,不容易,确实很累。然后赶紧把话题岔开,扯些不咸不淡的事情。攀谈过后,碰上运气好,还能从他们手中买一些即将上市的菜带回去,新鲜,水淋淋的,家里不时能吃到菜市场上买不到的蔬菜。

这片菜地,仿佛成了我家的菜园,事实上,它不仅仅是我家的,而是整座小城的菜园,菜熟的时候,种菜人把菜摘了,就地装进篮子,撮箕,蛇皮袋,搭船过河,这些菜就随着主妇们的双手,进入家家户户的锅碗瓢盆,养活了一座城市的胃。

有一次例外,是和母亲一起去菜地的。母亲很少来城里住,有什么事情都是匆匆打个来回,城市在她眼里,一身的毛病,你看你住那么高,抬起脑壳一看吓死人,夜里睡着都不踏实;一眼看过去,到处都是屋;街上车子打架,走条路都提心吊胆。我能理解母亲,她一辈子生活在村庄里,打开大门就对着田垄和山冈,到处撒满了稻子,瓜菜,花草树木,鸡鸭牛羊,往东一望是王家,往西一望是巫家,喊一嗓子就有人答应,这种敞亮和温情是城市里拿钱都买不到的。有年春天，儿子过生日，母亲破例来住了两夜。一天傍晚，我领她去菜地里看看。一路过去，母亲指指点点，这个菜栽得好，你看苗嫩葱葱的，以后肯定结得多。这块不行，要赶紧松土，放肥，还不搞就迟了。你看这人不能懒，人一懒，地也懒了。从这一头到那一头，母亲几乎没停过嘴巴，脸上的表情随着菜秧子的长势时起时伏，阴晴不定。母亲种了一辈子的菜，她不需要凭着刚出土的菜苗去虚构一根爬在藤上的黄瓜，或者一把长在苗上的四季豆，这些东西都定格在她的经验里。

一根藤蔓爬到沟里来了，母亲把它牵回架子上，一条虫子在叶子上爬，母亲把它捉了，母亲在不自觉中就把这些事做了。我提醒母亲，妈，这菜不是我家的，是人家的呢。母亲呵呵一笑，谁家的都一样。我听了哑然一笑，母亲的话没错，这菜地，不管是李家的还是赵家的，还真是一个样，气息都是一样的。泥土酥松，仿佛有了弹性，踩上去软绵绵的，一种温润在脚板底下流动，各种瓜菜，没有一样是闲着的，拔节的拔节，长个的长个，散发着不同质地的清香。蚂蚁和蚯蚓在地里爬，虫子时不时地叫几声。在里面走着，亲切，踏实，知道自己离土地最近，离庄稼最近，离根最近。

这个傍晚，母亲显得很高兴，大概是没有想到，城市里还有这样一处地方。不过，并没有因为一片菜地，使母亲改变对城市的看法，她还是像以前一样很少进城。只是我没想到母亲会牵挂着这片菜地，我回家去，母亲总会去菜园里摘些菜给我带走，每次摘菜的时候便会问我一声，河边那块菜地还好吧？我说老样子。过了几年，母亲再一次问我，河边那块菜地还好吧？我说好着哩。母亲不再说话，看样子她对我的回答很满意。

事实上，这时候那块菜地已经被推平，几条街道纵横穿过，一些商品房从上面拔地而起，菜地以另一种形式变得高耸幽深，生活不再分河而治，统一了版图，河这边和那边都变成了同一种生活。那些菜如今被埋在了城市的底下，人在上面走过，汽车从上面碾过，只有日子还在流转，雨仍然从天空落下。

守着花一样的芬芳

◇徐伟军

我在一个雨天走近它。墙角处,它红得清纯、干净而又安静。小小的,饱满的头颅昂扬在细细的草茎上,风一吹,沾着的雨水轻轻滑落,花骨朵柔韧地颤动几下。它的好看,不是惊鸿一瞥,也不是富贵斗艳,它的好看是淡淡的,不求人看到,却如大地的篱笆、乡村的炊烟,默默地、自然地,却又生命力非凡地在那平凡世界里盛开。

这花儿,倒让我想起那个常来我们小区收废品的人。她娇小、瘦削,五十多岁的样子,声音倒很洪亮,常骑着三轮车来我们小区转悠吆喝。那天,我把车库里堆放的水果箱、牛奶箱之类杂物一股脑儿往外扔,她说六毛钱一斤,我说你收去吧。我的本意是你拿走好了,她却很细心地把纸箱都拆了折叠好,找来一条尼龙绳四角缚住,杆秤钩子拉起这叠纸板。女人已经把脚跐得很高了,她的手臂拼命地往上提,脖子跟着吊起来,伸着头去看像是很遥远的"秤花",等整个身子稳住了,似乎看到她为了平衡屏了一会儿气,本来不大的眼睛眯得更细了,很快,她响亮地说出"七块八",紧接着,她又说:"给你八块钱吧!"我忖度了一下,估计钱是一定要给我的,我便说那就七元吧!她迅疾地补了一句:"都已经是七块八了",似乎觉得把八毛钱省去了很不好意思,又一边说

"你人真好",一边从三轮车的底座下取出钱来。我接过钱的一刹那,突然有一种异样的滋味从心头生起,是温暖,是感动,是敬意,抑或是生活的朴质?手掌上,棱角坚挺的五元纸币和两个锃亮的硬币静躺着,此时传递着我的手温,我显得笨拙极了,不知道该安放何处?

我迟疑的片刻,她又与我聊起我妈。我妈七十多岁了,隔三岔五要来屋边的一片菜畦里耕种,也不知是什么时候,她们就聊上了,很熟络的样子,有时,我在书房里,就传来两个女人絮絮叨叨、家长里短的腔音,一个是吴越老妪,一个是河南妇人,语言的交流上却一点没有沟壑。我突然想起"醉里吴音相媚好"的诗句,感觉那么温馨,那么投缘。她们究竟聊了啥,我没听清,但我听得出,每一次与我妈聊,她都很爽朗开心。在别处的城市、陌生的人群里,女人知道,除了三轮车上自己的吆喝声,她大多数时间是寂寞的,只是一个人穿行在城市的小区,在别家的灯火中念想着自己的家人,念想着幸福团聚的日子。所以,女人见我妈的身影没有在菜园里晃动,她就惦记起我妈来了。她说我妈身骨子真健,很善良,人好。在她眼里,我妈是她恩人似的,她说这话时,满心的喜悦写在脸上,仿佛有一阵又一阵的幸福掠过来。我莫名被眼前这样一个直性子女人感染,转眼又瞥见那朵墙角的无名花,灿灿然,润湿,光洁,红晕在娇小的花瓣上荡漾着,那么透亮。

夜色渐渐笼罩过来,女人已经把一天的收获都高高地堆向三轮车,她习惯地环顾一下"营地",俯下身,拾捡起草缝和石隙间的断绳、纸屑和破塑料瓶,甚至不是她扔的一个烟蒂……日暮苍山下,一个早已被纸板淹没的女人渐行渐远。

我想,我们每个人都会有梦,大多数人都在为自己的梦竭尽全力。尽管有时候并不招人注意,但坚守着花一样的芬芳和情操,不迷失不低落,自有生动摇曳之美。

回乡记

◇许　锋

一

火车开过来了，停在夏官营。火车只停两分钟，等我们上车，找到座位，放下行李，向车窗外的亲人使劲挥手时，火车已徐徐开动并渐行渐远。我看见站台上送行的亲人追着火车跑，我的父亲和母亲泫然泪下，我的眼泪也扑簌簌地在风里乱飘。

那是1975年的一次迁徙。那时候的火车是绿皮的，时速六十公里，车轮与钢轨的磨合与撞击声清脆而响亮。我第一次坐火车，与亲人离别的悲伤很快被兴奋与好奇所代替，车厢里的乘客南来北往，嘈嘈切切地说着各自故乡的方言。

夏官营是榆中的一个乡，夏官营车站是榆中的火车站。车站很小，"级别"很低，快一点的车都不停。祖祖辈辈栖息于此的乡亲有的一辈子都没坐过火车。那时坐火车便意味着出远门，要去很远很远的地方，甚至是天南地北，海角天涯。一次别离，再见可能是几年后十几年后几十年后的事情。1985年，

我跟随父母返回故乡时已经从一个幼童长成少年。我们从东北上车,在北京中转,到夏官营下车,用了三天三夜再加三天三夜。不同的是十年前出行一路坐的是硬座,返回故乡时好不容易买到了硬卧。

夏官营车站位于陇海线上,前后两头牵着很多车站,朝西迎风而立,前头的大站是兰州,后头的大站是西安。我在兰州工作时也曾坐着火车回榆中,早上从兰州站上车,到夏官营站下车,换"招手停"到县城时已是中午。即便如此,每逢学生寒暑假和春节前后,火车票也是一票难求,眼见车厢门口站着人,厕所里挤着人,座位下面塞着人,行李架上睡着人,其情形犹如"叠罗汉",人满为患。有时候人要从车窗进出,像一件包裹被人揉进去再被人推出来。

交通制约了故乡的发展。

我便盼望故乡通高铁。望眼欲穿之际故乡真的通了高铁,今年7月9日宝兰高铁开通,高铁途经故乡,站名叫榆中站,站址不在夏官营,在县城边上。母亲尝了鲜,她坐高铁去西安看望她的姑姑,从家里出发,十分钟到达高铁站,上了火车,一人一个座儿,不拥挤,不嘈杂,不颠簸,三个小时后到达西安,宛如平常一段歌,像平时随便走个亲戚那么简单。

今年暑期我回到兰州,专门去兰州西站乘坐高铁。高铁如卧倒的海豚蓄势待发。上了车我仍有些忐忑,似乎还在怀疑它是不是真的会驶向故乡。我想起四十年间一次次往来于故乡的经历和路径。高铁徐徐启动,眨眼间时速已是两百五十公里,可谓风驰电掣,故乡的山扑面而来,故乡的水扑面而来,故乡的田扑面而来,山花烂漫,树木葱茏……我拿着表掐算时间,五分钟、十分钟、十八分钟,火车如约而至,故乡到了。那天下着小雨,有些微微的冷,我出了车厢,走出站台,望着远处逶迤的群山,风扑面而来,雨扑面而来,我贪婪地嗅着来自故乡大地的气息,心潮起伏。

高铁的开通为故乡注入了一股鲜活的动力。故乡醒了。

二

那个村子叫许家窑,是我出生的地方。村子依山却不傍水。

村子以前没有井,只有一个洼,如一口炒菜的大锅。锅里的水是老天下的雨,老天下雨就有水,老天旱,锅就干了。

就算有水也是刚好漫过锅底儿。

锅没有盖子。天就是盖子。遇上沙尘天,大风吹起整个村庄动物的粪便,细菌在风中孤魂野鬼似地游荡,落入锅里,锅里的水就脏了。一眼看去,那水是浑浊不堪的,还漂浮着什么东西。到了跟前,你低下头就能清晰地看见水里浮游的生物。你用一个水瓢划桨似的摆动,微生物时而聚合时而分散,水会一时"清澈"起来,但水的本质不会发生丝毫的变化。二十年前,我曾蹲在"锅沿"边看锅里的水,我无法想象锅里的水被舀到真正的锅里然后进入人们的食道之后的结局。

不是乡亲不知道它脏,是没有选择。就那么一片"水泊",你若讲卫生就等着渴死。

不是那里没有地下水。但打一口井需要很多钱,这钱没人掏得起。要是有一口真正的井,建个泵房,修个水塔,铺设通向各家各户的管道,乡亲们都能喝上自来水。

村子有路,但都是土路。阳光晴好时,乡亲走过,"噗嗤噗嗤",脚下和身后冒起一缕一缕青烟,尘埃在阳光里萦绕盘旋,不停地往人的鼻孔里钻,呛得要命。下雨天路更难走,呱唧,一脚是泥,呱唧,又一脚还是泥,"土人""泥腿子"便是乡亲形象的写照。

村子没有电灯,更没有路灯,天一擦黑,整个村子就仿佛进入了原始社会,阒静僻陋,烟火稀疏。

村子离县城十二公里。出了村子有一条路通往国道,原来也是土路,坑坑洼洼,后来铺了沙子,硬化了路面,却很窄,一辆车可以通行,两辆车会车

时要靠边再靠边,小心再小心,两边是沟,搞不好会翻车。这点距离对于城里人算什么呢?一脚油门,几分钟的工夫,可对于乡亲便是一道鸿沟,是城与乡的一道坎儿,是贫与富的一道屏障。

我曾经很多次回到故乡,望着光秃秃的山,看着乡亲们的生活,不由得感慨,外面的世界变化这么快,日新月异,故乡怎么老是一潭死水,不变呢?

这一次回乡,我欣喜地看到铺路工人正在修理地基,准备铺路。有一段,冒着热气的沥青已经堆在路上。这是村口通往国道的路。

乡亲们早已不喝雨水,家家户户都通了水管子。我拧开水龙头,清澈冰凉的自来水哗啦啦地流淌。我在乡亲们的树上摘了一个苹果,用自来水洗净吃,和我在城里的厨房洗涤蔬菜水果一样方便、干净。

我也看见,一幢幢红砖瓦房拔地而起;很多乡亲的院子里停着卡车、小汽车、农用车。

一个晚辈说,到十月份,咱们村更会大变样。

故乡会变成什么样呢?

前几天,新当选的村民委员会主任许立东在微信里告诉我,在县政府的支持和乡亲们的努力下,"村村通"四点五米宽和"户户通"二点五米宽的水泥硬化路面已经修通,各家门口都安装了路灯,还建起了图书阅览室和群众文化室。生我养我的乡村不再是"白天不懂夜的黑"。

"你淡淡的乡愁会变成甜美的乡情"。村里正在筹建戏台。在几千里之外,我仿佛已经听到乡亲们正唱着秦腔,那高亢、粗犷、清丽、煽情的旋律在耳边经久地回响。

三

榆中县城离兰州几十公里。对故乡来说,这段距离仿佛是城与乡的分水岭。已经开通的高铁拉近了城乡之间的距离,正在逐渐抹平城与乡的差距,规划之中的兰州通往县城的地铁像一朵油菜花盛开在希望的田野上。

县城属于城中有乡，乡中有城。我回去的时候正是瓜果飘香的时节，白兰瓜、桃子、西瓜，不但好吃，特别甜，还特别便宜，一斤西瓜才几毛钱。乡亲们推着车，开着车，从田间地头拉着丰收的喜悦到县城叫卖，满街都是卖瓜、买瓜、抱瓜的人。应季的蔬菜青翠欲滴，乡下的亲戚到县城卖菜，路过母亲的住处时捎来土豆、辣椒、茄子、西红柿、豆角，一堆一堆的，够我们吃十天半月。

小城虽小，却有历史。秦始皇三十三年（公元前214年），嬴政派蒙恬到黄河流域"斥逐匈奴"，在黄河沿岸"因河为塞"，建立四十四县，榆中县即其中之一。

小城藏着宝，《四库全书》这个宝贝曾藏于小城。

《四库全书》是清乾隆皇帝组织编纂的中国历史上规模最大的丛书，分经、史、子、集四部，故名四库。后《四库全书》奉旨总共缮写成七部，分藏各处。但在其成书后的两个多世纪中，世道常不太平，战乱频仍，灾祸连连，内忧外患，致《四库全书》命运多舛，屡遭劫难。二十世纪六十年代中期，文溯阁《四库全书》调拨甘肃省图书馆收藏。1971年，文溯阁《四库全书》由军队秘密押送至榆中县，存放于占地面积三十亩，建筑面积两千多平方米的专库之中。

守护《四库全书》的人如今安在，住在县城一隅，离母亲的住处很近，叫刘永安。他清晰地记得在去省图书馆报到时老馆长亲口转述的周恩来总理说过的一番话，大意是，一座城市毁了，可以重建，但是《四库全书》毁了，就再也建不起来了。

对于《四库全书》的守护，组织上有纪律要求，《四库全书》是国宝，专库是保密之地，天机不可泄露。在很长一段时间里，刘永安的妻子不知道丈夫换了什么工作，具体工作内容是什么。有一次妻子去看望他，进了第一道大门，问刘永安你在这里干什么，他笑而不语。第二道门里就是《四库全书》，他没让妻子进去。

作为一名书生,刘永安何尝不想亲眼目睹《四库全书》的真面目?他多次进入藏书的密室查看保管情况,嗅着那一个个楠木、樟木盒子散发的迷人的香,他格外陶醉,但他一次都没有打开国宝。

多少个日日夜夜,刘永安都是在专库工作与生活的。正是在刘永安等人的精心守护下,《四库全书》没有发现潮湿、发霉、长毛现象,也无虫蛀、指印、唾液等污染。

问起刘永安当时的感觉,他说了两个字:寂寞,又说了两个字:光荣。

暮色四合,华灯初上。我站在四楼的窗口端详自己的故乡,路在变,街道在变,建筑在变,环境在变,尤其是最近几年,越来越多的兰州人和外地人移居于此。福建福州人柯学仁落户榆中已经有好几年时间,他在榆中娶了妻子,生了孩子,办起一所中西医医院,帮助榆中乡亲解决"看病难"问题。为了保护榆中农村的生态环境,家弟花了五年时间几乎倾尽家财研发成功低温电磁力垃圾裂解系统,我眼见他节能环保科技公司里的工人将生活垃圾、塑料、橡胶、医疗垃圾等填入系统,瞬间处理得一干二净,没有黑烟扶摇直上,没有刺鼻的气味四处弥散,让留住乡村青山绿水不再困难。

榆中县政府的工作人员对我说,不信你看,三五年之后,咱们榆中就是兰州的"后花园",会有越来越多的人到榆中安家落户。

小城在变。小城人在变。小城人的生活在变。但不变的是悠久的历史、文化和乡情,以及一城人对文化与一草一木的敬重。

岁月静好,而今迈步。

在鲁迅光辉的照耀下前行

——大江健三郎的文学人生侧记

◇许金龙

翻译和研究日本作家、诺贝尔文学奖获得者大江健三郎及其作品,是最近这十多年间我在中国社会科学院外国文学研究所的主要工作。大江先生于我来说,是一种亦师亦友的关系,而大江文学于我来说,更像是大百科全书一般的存在。这位日本文学的大文豪,对中国人民和中国文学有着深厚的感情和渊源。我曾与大江先生约定,中国翻译并出版的"大江健三郎小说全集"(全三十六卷)由我编排目次并交由大江先生最终认可,目前估计年内便可出版其第一辑。从其中收录的大江先生跨越半个多世纪的小说作品中,读者便可以清晰看出贯穿于其间的、中国新文学的源流之一——鲁迅精神的痕迹,亦可以看出作家大江在这将近六十年间的所思所想、在绝望中不断寻找着希望的挣扎。

吮吸着鲁迅文学的乳汁成长

2006年7月下旬,我和所长陈众议教授曾专程前往东京,与大江先生商量其9月访华时的日程安排。在首都机场候机期间,我对众议兄说,这次去东京，我带了三个猜想需要向大江先生求证，其中之一，就是大江先生儿时或少年时代应该读过鲁迅先生的作品，因为从他的初期作品群开始，随处可见来自鲁迅的影响。

在大江宅邸提起这个猜想时，大江先生似乎非常吃惊，表示自己从不曾认真想过这个问题，现在仔细回忆起来，情况还真就是这样，自己的确是从少儿时期、大致是从十来岁开始阅读鲁迅作品的。虽然已不记得是父亲的还是谁的藏书，也不记得那是佐藤春夫的还是井上红梅的译本了，但记得都是些短篇小说，自己尤其喜欢《社戏》，故事中充满童趣，因而自己特别喜欢。让自己最痛苦的小说莫过于《药》了。他回忆说，叔叔当年在中国东北做些小生意，回日本时就来探望我母亲和我们孩子，在家里做了东北大馒头当晚餐。吃完晚饭，叔叔问起自己最近在读什么书，听说读了鲁迅的《药》，叔叔便恶作剧地说道：你知道什么是馒头吗？今天晚上你吃的就是馒头，就是《药》里那种沾血的馒头。自己一听就吐了起来，拼命地呕吐，心脏感到剧烈绞痛，有生以来第一次感到那种生理性绞痛，好像自己吃了那血馒头一般。直至半个多世纪后，大江先生还极为清晰地记得这段往事，边说边用双手作出用力拧毛巾的模样，表示心脏的剧烈绞痛。

当然，这并不是少年大江第一次知道鲁迅其名其小说。据大江先生之后回忆，他与鲁迅文学的邂逅是在1944年11月。大江先生说，那是父亲在世的最后一天，自己陪坐在父亲身边和父亲聊天，便听父亲说起中国有个叫作鲁迅的大作家非常了不起。自己由此知道，父母曾于整整十年前的1934年经由上海去了北京，住在东安市场附近，小旅店老板娘的丈夫与父亲闲聊时得知眼前这个日本人喜欢阅读鲁迅作品，还曾读过《孔乙己》，便将作品里"'茴'字的四种写法"教给了父亲。就在这父亲在世的最后一天，大江先生听父亲介绍了鲁迅这位"中国大作家"和小说《孔乙己》，父亲还随手用火钩在火盆的余烬上一一写下四个不同的"茴"字，使得童年的大江激动不已，"觉得鲁迅这个大作家了不起，《孔乙己》这部小说了不起，知道这一切以及'茴香豆'的

'茴'字有四种写法的父亲也很了不起,遗憾的是自己现在只记得其中三种写法,却无论如何也记不得那第四种写法了。"

父亲的去世给家里的经济带来极大困难,但恰逢日本颁布并实施了《教育基本法》,令穷人的孩子也能读书了,童年的大江还得到了母亲的贺礼——《鲁迅选集》日译本。鲁迅连同着童年回忆和对父亲的追忆,一同深深镌刻在大江先生的记忆里,为其后进一步阅读和理解鲁迅文学创造了条件,更为其后承继"横眉冷对千夫指,俯首甘为孺子牛"的硬骨头精神打下了坚实基础。2009年1月19日,大江先生在北京大学讲演时,进一步讲述了在鲁迅文学的影响下写出自己第一篇小说《奇妙的工作》时的情景:

作为一名二十三岁的东京大学的学生,我已经开始写小说了。我在东京大学的报纸上发表了一篇短篇小说,叫做《奇妙的工作》。在这篇小说里,我把自己描写成一个生活在痛苦中的年轻人——从外地来到东京,学习法语,将来却没有一点希望能找到一个固定的工作。而且,我一直都在看母亲教我的小说家鲁迅的短篇小说,所以,在鲁迅作品的直接影响下,我虚构了这个青年的内心世界。

我回到了四国的森林里,把登有这篇小说的报纸拿给母亲看。我相信母亲一定会为此感到高兴的。然而,母亲却是万分失望:"你说要去东京上大学的时候,我让你好好读读鲁迅老师《故乡》里的最后那段话,你还把它抄在笔记本上了。我隐约觉得你要走文学的道路,再也不会回到这座森林里来了。但我还是希望你能成为像鲁迅老师那样的小说家,能写出像《故乡》的结尾那样美丽的文章来。你这算是怎么回事?怎么连一片希望的碎片都没有?"

就这样,"在鲁迅作品的直接影响下",大江健三郎这位学生作家走上了文学创作之路。诚如大江本人于2000年9月29日在北京所言:"很小的时候,

我就从母亲那里接受了中国文学的影响。可以说，我的血管里流淌着中国文学的血液，我的身上有着中国文学的遗传基因。没有鲁迅、郁达夫等中国作家及其文学作品，就没有诺贝尔文学奖获得者大江健三郎的存在。"

"鲁迅先生，请救救我！"

鲁迅及其文学几乎是大江先生每一次与我们见面时都必会谈及的话题，在大江先生于2009年1月中旬访华交流期间，有关鲁迅的活动照例是不可或缺的重要内容，或者说，此访几乎都是围绕鲁迅及其文学而安排的。

2009年1月16日下午，我们在首都机场将大江先生接上汽车后，先生刚在后排落座，就用急切的口吻述说起来：在接到中方邀请访华的函件之前就已经在与夫人商量，由于目前已陷入抑郁乃至悲伤的状态，无法将当前正在创作的长篇小说《水死》续写下去，想要到北京去找许金龙先生和陈众议先生，找莫言先生和铁凝先生等老朋友们相聚，自己的心情或许会好起来；到北京后还要去鲁迅博物馆汲取力量，这样才能振作起来，继续把《水死》写下去……

当大江先生发现众议和我为这种意外变化而吃惊的表情后，便放慢语速仔细告诉我们，之所以无法继续写作《水死》，是遇到了几个让自己陷入悲伤、自责和抑郁的意外情况。其中，市民和平运动组织九条会发起人之一、日本著名文艺评论家加藤周一先生于2008年12月7日去世——这个噩耗带来的打击太大了！这既是日本和平运动的巨大损失，也是日本文坛的巨大损失，同时还使得自己失去了一位可以倾心信赖和倚重的师友。比较直接的，是写作《水死》所需要参考的重要文献意外缺失，因而《水死》几乎已经无法再写下去了。在这接二连三的沉重打击之下，自己想到了鲁迅，想到要来北京向鲁迅先生寻求力量……

带着这些悲伤、自责和抑郁访华后发表的、题为《在不明不暗的这"虚妄"中》的专栏文章里，大江先生是这样表达自己心境的：

许金龙·在鲁迅光辉的照耀下前行

在随后访问的鲁迅旧居所在的博物馆内,我在瞻仰整理和保存都很妥善的鲁迅藏书和一部分手稿时,紧接着前面那句的下一节文章便浮现而出——"倘使我还得偷生在不明不暗的这'虚妄'中,我就还要寻求那逝去的悲凉飘渺的青春"。我仿佛往来于自己从青春至老年这不同时期对鲁迅体验的各种切实的感受之间。而且,我还在思考有关今后并不很远的终点,我将会挨近这两个"虚妄"中的哪一方生活下去呢?

其实,早在到达北京的翌日凌晨,大江先生很早就睁开了睡眼,站在国际饭店临街的窗前看着楼下的长安街。橙黄色街灯照耀下的长安街空空荡荡,遥远而黑暗的天际却染上些微棕黄,然后便是粉色的红晕,再后来,只见太阳的顶部跃然而出,将天际的棕黄和粉色一概染为红艳艳的深红。怔怔地面对着华北大平原刚刚探出顶部的这轮朝阳,大江先生神思恍惚地突然出声说道:"鲁迅先生,请救救我!"当回过神来意识到自己的话语及其语义时,大江先生不禁打了个寒噤,浑身皮肤起了一层鸡皮疙瘩。当天傍晚,他在对莫言和铁凝这两位老朋友说起此事时表示:"……在眺望太阳这一过程中,我情不自禁地祈祷着:鲁迅先生,请救救我!至于能否得到鲁迅先生的救助,我还不知道。"

怀着这种忐忑不安的心情,大江先生来到了此行的目的地之一、位于阜成门内的鲁迅博物馆。走进博物馆大门后,随行摄影师安排一行人在鲁迅先生大理石坐像前合影留念,及至大家横排成列后,原本应在坐像正面中间位置的大江先生却不见了踪影,大家转身寻找时,却发现这位老作家正埋头蹲在坐像右侧底部泪流满面……其后在孙郁馆长、陈众议所长等人陪同下参观鲁迅先生的书简手稿时,大江先生戴上手套接过从塑料封套里取出的第一份手稿默默地低头观看,很快便将手稿仔细放回封套内,却不肯接过孙郁馆长递来的第二份手稿，独自默默低垂着脑袋快步走出了手稿库。

当天深夜1点30分，住在大江先生隔壁的我的房门下塞入一封信函，用"北京国际饭店"的信纸拟就的内文里有这样一段文字："……我要为自己在鲁迅博物馆里显现出的'怪异'行为而道歉。在观看鲁迅信函之时（虽然得到手套，双手尽管戴上了手套），我也只是捧着信纸的两侧，并没有触碰其他地方。我认为自己没有那个资格。在观看信函时，泪水渗了出来，我担心滴落在为我从塑料封套里取出的信纸上，便只看了为我从盒子里取出的那两页，没有再看其他信函。请代我向孙郁先生表示歉意。"在后来向我讲述当时的情景时，大江先生表示泪水完全模糊了双眼，根本无法看清信纸上的文字，既担心抬头后会被发现流泪而引发大家为其担忧，又担心在低头状态下那泪水若滴落在信纸上将造成无法挽回的损失，如果继续看下去，自己一定会痛哭流涕，只好狠下心来辜负孙郁先生的美意……在回饭店的汽车上，大江先生嘶哑着嗓音告诉我：许先生，请你放心，刚才我在鲁迅博物馆里已经对鲁迅先生作了保证，保证自己不再沉沦下去，我要振作起来，把《水死》继续写下去。而且，我也确实从鲁迅先生那里汲取了力量，回国后确实能够把《水死》写下去了。

时隔整整十一个月后的2009年12月17日，长篇小说《水死》由日本讲谈社出版。翌年（2010年）2月5日，讲谈社印制同名小说《水死》第三版。该小说的开放式结局，在为读者留下想象空间的同时，也留下了弥足珍贵的希望。

稻田里的等待

◇周华诚

稻子们高傲地昂着头,稻穗挺立,捏一捏其中的一颗两颗三颗,依然是轻飘柔软,里面空空如也。天气渐渐转凉,本来稻子该是灌浆的时候了,再不灌浆,很可能意味着收成不佳。隔着一条田埂,邻家的杂交稻一丛丛的稻穗已经低下了头,清清爽爽,散开了谷粒,显得低调而又成熟,相比之下,我们的稻田就令人焦虑不已,像是没心没肺的浪荡少年。

周一那天,父亲问我:"我们的水稻不会灌浆,稻穗不低头,我担心可能没有产量。"

不会灌浆,对稻子来说,是一件严重的事情。好几亩稻田,如果都是空秕,这一年花在上面的汗水和心血都会白费。我想了半天,想不出什么言辞来宽慰父亲,只好说:"没有关系,我们就顺其自然吧,好好观察记录它的生长,就可以了。收成的事,也急不来,能收多少是多少。"

在种田这件事情上,我的经验是苍白的。我拿着稻子的照片,去请教水稻研究所的专家。专家说,问题不大——看起来,水稻才刚开过花,还没有到散粒的时候。

吃了一颗定心丸,我便也这样安慰父亲。父亲说:"那好的,只能等了。"

接下来,父亲每天都会去田间察看,并用手机拍下照片发给我。到周三,父亲终于又忍不住了,问我:"邻居家的杂交水稻已经垂下头,颗粒饱满,我把他们的谷粒掰开看了,浆水很多。我们的水稻还依然直立。开花的时间,我们的水稻还比他们要早两天,但我们的还没有浆……我担心,如同去年的黑糯稻。"

去年我们试种了一点新品种的黑糯稻,不知是缺乏种植经验还是品种原因,也是灌浆不良,最后半亩田的水稻收割起来,只得了二十来斤稻谷。因是试种,面积不大,但说起来,总归是不成功的例子,而汗水与辛劳的损失,就无从计算了。

周四清晨,父亲又去田间拍了照片,问我:"你觉得,有变化吗?"

我看了十几分钟。虽然稀稀拉拉有几株稻穗已开始散粒低头,可大多数依旧故我,真的像青春期里,那些不知轻重的孩子,只会执拗地挺着脖子,恨不得给他一下子。

"好像,还是差不多。"我过了好一会儿,弱弱答道。

沉默好久,我觉得有必要再说一些什么。今年的品种是我定的,我不能让父亲担心太多。我一字一句地斟酌:"爸爸放宽心,我们静观其变吧。对于我们来说,这样的风险和变化,或许会是一种更大的收获。"

这样的话,是我真实的想法,但对于父亲,能算得一种安慰吗?即便算得,这安慰也是空洞的。而且我还没有预计到,这对于父亲信心是否有打击,一个种了一辈子田的农民,有什么会比自己田里没有收成更令人沮丧的呢?

但我又不能问。好在,父亲过了一会儿,还是回复我:"好的。"

几天来,我居然开始默默祈祷。

和庄稼待久了,在田野待久了,开始有点迷信,或祈祷,希望丰收,因为知道有一些力量,是人力所不及的。农人常常觉得无力,因他所面对的是自然,自然是神秘的,也是无法预料的。比如干旱、洪涝、虫害、病害,以及其他农人眼里始料未及的状况,或许都会轮番出现。一群蝗虫,或许能让一片稻田颗粒无收；一场稻瘟，也会让连片水稻一夜焦枯。此外，稻子发棵多不多，开花好不好，授粉佳不佳，几乎都得听天由命——农人们在这些事情上，能够介入的程度相当有限。

我常常觉得，草木自有草木福，且由它们去吧。种田种久了，人的狂妄的自信心是会低下来的。低下来，得听稻子的话，听天的话。

我记得年幼的时光里，多少次陪着父亲母亲一起，守在田埂上，守护涓涓细流流进自家田畈；也曾拿着脸盆，在小小一方池塘里舀水入渠，为久旱的稻田送去甘露。当然更不会忘记，农忙时节割稻和插秧，怎样地挥汗如雨，累到像一条只会伸出舌头喘气的中华田园犬。然而，也正是在这样的劳作里，人变得敬畏。种田人常常不明白，这世上有些人的不可一世，是从哪里来的。

面对一块稻田，我和父亲都有变化。父亲慢慢理解我，知道我们期待的收成，其实不只是稻谷。劳作本身，即是收获。即使是一把空稻，对我来说，也是意义非凡的。我们每一次的尝试和创新，所需要承受的失败风险，不正是其应有之义吗？时间长了，种了一辈子水稻的父亲，终于慢慢学会用新的眼光来看待这一切。

会低头的水稻才有收成，今日我们离开城市回到水稻田，低下头，也是在用另一种眼光看待脚下的世界与生活。我们这一季的水稻品种，是沈博士研制的新品，一种长粒粳稻，与我们故乡南方历来种植的籼稻很不一样，首先生长时间就不一样——这也便是为什么，一埂之隔的邻居家的水稻已经散粒结实，而我们的稻穗还带着稻花，仍执拗直立——当然，我们是后来才知道这一点，因为时间一天天过去，我们家的水稻田的稻穗，终于也日渐一日地低下头来，慢慢地显出成熟与内敛。

秋天快到了，我们就在这样的时光里，耐心等待稻子成熟。

送 电 影

◇周亚鹰

赶到玉山县城已是下午四点，江西省玉山县电影公司经理罗华民早就候在那里了。罗经理从1984年起就在农村放电影，放了一辈子电影。从放映员到经理，他带领的电影公司曾被评为全国的先进单位，他自己也获得了全国农村电影放映工作先进个人的殊荣。他告诉我："我们两个放映队四个放映员中午就进山了，山高路远，要搭车，要过渡，要走山路，要挂屏幕，要拉电线，要架放映机，还要招呼山民，事可多着呢，不早去不行啊！"

四十分钟后，我们来到三清湖东北端一个叫大叶林场的地方。下车落脚处是个沙场。罗华民说："这里是紫湖镇地界，再往里就是三清山的深处和怀玉山的腹地了，我们现在改方向，往东，下湖，坐船，过渡，去凤叶村。"

机帆船孤寂地停在水边，开船师傅躲在机舱里避风。明天立冬了，这几天风吹得很是肆无忌惮，我都准备添衣加裤了。这里地处深山，湖面开阔，风很大，就更冷了。

很快，机帆船喘起粗气，发出粗重的"突突突突"的声音，高山阔水的静谧瞬间被打破了，水天一色的湛蓝霎时被搅出一圈圈巨大的涟漪与白浪来。我默默地打量着周边——深秋的山峦显得成熟而又稳重，泛黄和滴红的树叶虽然增加了山岭的色彩,但终究遮蔽不住群峰的老态,尤其是湖面上浩渺的水汽烟波,层林间氤氲的雾霭烟云,更让这熟透了的大山显得深邃与凝重。我忽然生出一股悲悯的情愫来——这么高的山,这么深的沟,这么宽的湖,这么隔绝于世的地方,这里边的人怎么过的啊?

容不得我多思细想,因为船靠岸了。岸上停着一辆本来可能是银灰色,但现在已经分辨不清是什么颜色的大篷车,老罗说这车被船运进山里后,就一直只活动在里面,再也没有出过山上过街,就跟这山里有些老人一样,一辈子都没有到过县城。我瞧了瞧这辆大篷车,对它起了钦佩,我很是佩服它的耐性,它一辈子待在这山旮旯里,真是耐得住寂寞啊。这时,一辆摩托车飞驰而来,似乎刹车不灵,直至大篷车跟前才"嘎——吱——啾——"的一声停了下来,车上下来一位面庞黝黑身材五短的五旬壮汉。老罗说他是村支书,叫单太洪,是从六七里外的瓦窑专门来接我们的。单支书一放下摩托车就使劲道歉:"对不起!对不起!来迟了!来迟了!"简单的介绍之后,老罗上了单支书的摩托车,他俩前头引路,大篷车紧随其后,沿着一条宽不过百米的山垄向大山的更深处驶去。

单支书把我们引到一个叫瓦窑的自然村,说在一农户家吃饭,吃完饭就去放映现场。吃饭前,单支书向我粗略讲了讲村里的情况,说这里叫凤叶村,由九个小村落组成,全部分布在这条长约十五里的山垄两侧的洼地里,最里边的村落叫龙潭,没住几户人家,再往深处就是浙江省常山县的地界了。从龙潭村往下,沿着垄地和溪涧,分别散落着凤岗岭脚、栗木坑、瓦窑、小叶、汪坞、青坞、道士坞、鲁家坞等八个村落,大约有一千余口人,但大多数人家都移居山外了,留在山里的只有几百人,大多是"703861部队"(老人妇女儿童)。说到汪坞,单支书忽然兴奋起来,他骄傲地说:"汪坞可是状元地啊,汪应辰就出生在这里。"汪应辰是南宋状元,我知道他是玉山人,也知道他是江西最年轻的状元,但我没有想到他就出生在这个山旮旯里。我被单支书的自豪感所感染,也激动起来:"可了不起啊!这么说这里可是个有文化的地方啊!"单

支书继续着他的骄傲:"可不是吗?就是现在,我们村也有几个博士硕士呢!"因为这个插曲,我对黑暗中的这片黑黢黢的山林充满了敬意:"是啊,有道是天子山状元地,没想到我脚踏的这片土地,竟是十八岁就中状元,官至吏部尚书御封端明殿大学士的汪状元的故乡,九百年前,曾有一颗巨星降落于此啊!""不过——"单支书话锋一转:"自从建设水库抬升了湖面之后,我们也就与外界隔开了,有些老人几十年都没有出去过。这里山太高沟太深湖太宽,信号也不好,一个电话得分几次打,人们的文化生活主要是看电视,很寂寞。幸好,罗经理他们每年会进山几次,会把电影送进来,大伙可高兴了,像过年一样高兴!"

单支书的话很快就得到证实。吃完饭后,我们坐上大篷车,来到第一个放映点,凤岗岭脚。我们到的时候,电影已经开始,是个场面十分震撼的功夫大片,叫《超级保镖》。观众并不多,放映机边上围着几个,宽银幕前坐着几个,溪桥的栏墙上坐着几个,马路边上坐着几个,面向银幕的两幢房屋门口聚集着几个,我转了一圈,准确地算出人数,二十九个。这里的放映员叫杨卫华和曾志良,杨卫华是个非常优秀的农村放映员,曾获全国文化技能大赛电影放映一等奖。他告诉我说,这里山垄太长,为了方便老百姓,分设了两个放映点,这里本来人就不多,这几天又忽然转冷,有些老人怕受凉不敢出来了。今天的片子好,是他们自己点的影片,上次来放映时他们说要看武打片,这回就配送了这个《超级保镖》。他得劲地说:"我们下午吆喝了好几遍,大伙都知道今天有电影的,还好,该来的差不多都来了吧。外面那个放映点村庄多,又有礼堂,人应该会多一些。"我环视了一下,人们看得很认真,也很投入。我挨着一位老人身边坐下,问他片子怎么样,他半晌没有理我,直到银幕换了镜头,从激烈的打斗变成舒缓的对白,他才扭过头歉意地说:"好看!真好看!"我问:"您老高寿啊?"他笑笑:"七十六了。"我又问:"天这么冷,您干吗不呆家里看电视啊?"他提高了声音:"那能一样吗?瞧这屏,多大!抵十几个电视了。瞧这人,好多,在家,就自己看自己的影子啊!再说,人家从外面又是山啊又是水的来一趟，多难得，再冷，咱也要来看这个！"我听了，心里不禁一热。

离开凤岗岭脚后，我们又坐着大篷车来到外面的小叶放映点。小叶生产队有个礼堂，礼堂里还有十多张长条木椅，小叶到周边的几个村落都近，所以，小叶放映点的人多得出乎我的意料，我粗粗算了一下，最少有六十个，真的不少了。这里放的片子是《我和红七军》。放映员名叫吴子斌和詹江明，吴子斌是个有着近三十年农村电影放映经历的老放映员。吴子斌感叹说："一晃就快三十年了，玉山县所有的地方我都踩过了，只要不下雨，我就没停过放映啊。"我问他累不累，他说："以前路差，设备重，确实很辛苦。现在路好，设备轻，两个人一抬，不累。"问他天天重复这么一件事烦不烦，他想也不想就说："不烦！你天天都能看到这些老乡的笑脸，听到孩子们的笑声，还有什么烦的？"我环视一周，黑暗中依稀笑脸灿烂，喧闹中依旧笑声爽朗。我想起十分火热的一句话：人民对美好生活的向往，就是我们的奋斗目标。是啊，只要他们开心快乐，只要他们觉得这就是美好的生活，我们就不能放弃，就算是只有一个观众，我们也要把电影送来，哪怕山高路远，哪怕溪深谷险。

晚上九点。我们坐着大篷车来到湖边，上了机帆船，准备出山了。单支书依依不舍地跟我们道别，一连声地说："一定要再来啊！一定要再来啊！"

屐痕

一起去看山

◇ 阿　来

有好些年没有去四姑娘山了。汶川地震前两年去过，地震后就没有去过了。加起来，是超过十个年头了。

但这座雪山，以及周围地方却常在念想之中。

这座藏语里叫做斯古拉的山，汉语对音成四姑娘。这对得实在巧妙。因为那终年积雪美丽的山确实是有着四座逸世出尘的山峰，在逶迤的山脊上并肩而立，依次而起，互相瞩望。后来又有了关于四个姑娘如何化身为晶莹雪峰的传说，以至于人们会认为这座山自有名字那天，就叫做四姑娘了。却少有人会去想想，一座生在嘉绒藏人语言里的山，怎么可能生来就是个汉语的名字呢？在这里，我不想就山名作语言学考证。而是想到一个问题，当我们来到一座如四姑娘山这般的美丽雪山面前时，我们仅仅是只打算到此一游——因为别人来过，我也要来上一趟，这确实是当下很多人出门旅游的一个重要原因——还是希望从长长短短的游历中增加些见识，丰富些体验？

有一句话在爱去看山登山的人中间流传广泛。那句话是："因为山就在那里。"

这句话是上世纪二十年代一位名叫马洛里的英国人说的。这个人是个登山

家,登上过世界好几座著名的高峰。然后决定向世界最高山峰珠穆朗玛挑战,如果成功了,他就是全世界第一个登上珠峰的人。那时,随队采访的记者老问他一个问题,为什么要登山?就像今天旅游的人要反问,我去一个地方为什么就该懂得一个地方?马洛里面对记者的问题总是觉得无从回答。一个人面对一座雄伟的山峰,面对奥秘无穷的大自然,感受是多么复杂,怎么可能只有一个简单的答案。一个内心里对着某种事物怀着强烈迷恋冲动的人怎么只有一个简单的答案。惟目的论者才有这种简单的答案。终于有一天,面对记者的老问题,他不耐烦了,就用不耐烦的口吻回答:"因为山在那里。"

　　确实,山就在那里。那样美丽,沉默不言,总是吸引人去到它跟前。看它,读它,体味它,如果能力允许,甚至希望登上山顶去看看那里是什么样子,从那样的高度眺望一下世界。杜甫诗说"荡胸生层云,决眦入归鸟",追求的就是这样一种雄阔的体验。四姑娘山最高峰海拔六千多米。我没有那么好的身体去追求这种极致的体验。但从低处凝视,想象,也是一种美妙的体验。想象自己如果化成一座山,或者如一座山一样沉稳,宠辱不惊,那是什么境界。

　　山有自己的历史。山的地质史。山化身为神的历史。如果要为这后一种历史勉强命名,不妨叫做地方精神史。山神的存在,在藏区是一个普遍现象。为什么每座山都是一个神?这当然是一部地方史的精神部分。没有精神参与,一座山就不会变成一个神。四姑娘山就是这样。本是一座山,在历史空间中,生活在周围的人因为它庄严,毫不动摇的姿态,软弱的人因此为它附丽了与其姿态相似的人格,并为这样的人格编织了故事。某个人为了保卫美丽的自然,保卫家园,自愿化身成一个地方性的保护神,担负起神圣的职责。四姑娘山的故事也是这样,但突破了故事模式的是,这座山是四个美丽姑娘所化。创造这个故事的人当然是受了自然的启发,因为四个山峰就在那里。那四个姑娘当然美丽,因为雪山本身就那么美丽。那四个姑娘当然也善良。美就是善,这是哲学家说过的话。

　　多山的四川有两座特别有名的山。一座是贡嘎山,一座是四姑娘山。一座是男性的,一座是女性的。一座是蜀山之王,一座就是蜀山皇后。这两座山我都去过多次。我在年轻时代的诗里就写过:"传说那座山有神喻的山崖,我背着两本心爱的诗集前去瞻仰。"亲近瞻仰贡嘎的历程略过不谈。这里只想谈谈四姑娘山。

上世纪八十年代,二十多岁的时候,一次从小金县城去成都。一大早起来,长途客车摇晃到口隆镇上吃早饭。冬天滴水成冰,石灰墙都冻得更加惨白。一车人围着饭馆里一只火炉跺脚搓手,再吃些东西,身体总算慢慢暖和过来。这才有了闲心四处打量。留给我深刻印象的是墙上好多面旗子,都是日本旅行团留下的。上面好多字,"四姑娘山花之旅""白色圣山之旅"等等,下面还有全体团员的签名。那时的想法是日本人跟我们也太不一样了。我们还在为坐汽车怎么不受冻而焦虑,他们却跑这么远,就为看一眼我们山里的花。那也是中国经济高速发展刚刚启动的年代。如今,我们也一天天过上了未曾梦想到的生活。从生下来那一天起,我生活经验里的出门远行的理由很少,机会更少。我一直到了二十岁,还没有去过离家一百公里以远的地方。1985年,我出公差,先从马尔康到小金县城,然后再经省城去苏东坡的老家眉山开会,已经是很远很丰富的一次旅行了。算算四姑娘山离我的老家距离不到两百公里,但我在小金县城出差这回,才第一次听说这座山的名字。记得是在县文化馆看一位画家写生的风景画,说画中的山是四姑娘山。那些雪峰,山谷,溪流,树,对我这双看惯了山野景色的眼睛也有很强的冲击力。那时,当地专门要到某地去看看特别美景的,也就是画画或摄影的人。所以,过两天经过四姑娘山下的日隆镇,在唯一国营饭馆里看见满墙日本旅行团的旗帜以及那些赞美雪山与花的留言时,心里想的还是,这些日本人出这么远的门,就为来看几朵花,也实在是太过奢侈了。虽然那些花肯定是非常漂亮,也是值得一看的。也是在那一时期,才知道有一种出门方式叫旅游。我们这一代人就是这么过来的。很多东西,刚听说时还是一个抽象的概念,不久也就成为我们的生活方式了。

很快,中国人也开始了初级旅游,大巴车拉着,导游旗子摇着,把一群

群人送到那些正在开发中的景点。四姑娘山也成了一个边建设边开放的景区。过几年再去,日隆镇上那个人民食堂已经消失不见。有了些为接待游客而起的新建筑。我自己就在一座临着溪涧的木楼里住了几宿,听了几夜溪流的喧哗。坐车去双桥沟,骑马去长坪沟。那是晚秋时节了。蓝天下参差雪峰美轮美奂。但四姑娘山的美其实远比这丰富多了:森林环抱的草地,蜿蜒清澈的溪流,临溪而立的老树,尤其是点缀在岩壁与树林间的一树树落叶松,那么纯净的金色光芒,都使人流连忘返。

去长坪沟的那天早晨,太阳从背后升起,把我骑在马上的身影,长长地投射在收割后的青稞地里,鸟们在马头前飞起来,又在马身后落下去。云雀的姿态最有意思。它们不像是飞起来的,而是从地面上弹射起来,到了半空中,就悬浮在头顶,等马和马上的人过去了,又几乎垂直地落下来,落到那些麦茬参差的地里,继续觅食了。麦茬中间,有好多饱满的青稞粒和秋天里肥美的昆虫,鸟们正在为此而奔忙。附近的村庄,连枷声声。这是长坪沟之行一个美好的序篇。山路转一个弯,道路进入森林,背后的一切就都消失不见了。落尽了叶子的阔叶林如此疏朗,阳光落下来,光影斑驳,四周一片寂静。而森林的寂静是充满声音的。那是很多很多细密的声音。岩石上树上的冷霜融化的时候,会发出声音。一缕一簇的苔藓在阳光下舒张时也会发出声音。起一丝风,枯草和落叶会立即回应。还有林梢的云与鸟,沟里的水,甚至一两粒滑下光滑岩壁的砂粒都会发出声音。寂静的世界其实是一个充满了更多声音的世界。都是平时我们不曾听过的声音。是让我们在尘世中迟钝的感官重新变得敏锐的声音。早晨太阳初升的那一刻,只要峡谷里的风还没有起来,那些声音就全都能听见。太阳再升高一些,风就要起来了,那时充满峡谷的就是另外的声音了。

这一天风起得晚,中午,我们在一块林中草地上吃干粮时,风才从林梢上掠过,用潮水般的喧哗掩去了四野的寂静。

那是我第一次去到四姑娘山下。

一个朋友带一个摄制组,来为刚辟为景区不久的四姑娘山拍一部风光片子，我与他们同行。山谷看起来开阔平缓，但海拔高度一直上升。阔叶林带渐渐落在了身后。下午，我们就是在那些挺拔的云杉与落叶松间行走了。还是有阔叶树四散在林间。那是高山杜鹃灌丛，绿叶表面的蜡质层被漏到林下的阳光照得发亮。

夕阳西下时分，一个现成的营地出现了。那是一间低矮的牧人小屋。石垒的墙，木板的顶。在小屋里生起火，低矮的屋子很快就变得很温暖了。天气晴朗，烟气很快上升，从屋顶那些木板的缝隙中飘散在空中。若是阴天，情形就两样了。气压低，烟难以上升，会弥漫在屋子中，熏得人涕泪交流。但今天是一个好天气。同伴们做饭的时候，我就在木屋四周行走。去看小溪，溪流上飘浮着一片片漂亮的落叶。红色的是槭，是花楸。黄色的是桦，是柳，还有丝丝缕缕的落叶松的针叶。太阳落到山背后去了，冷热空气的对流加剧，表现形态就是在森林上部吹拂的风。此时在林中行走，就像是在波涛动荡的海面下行走。森林的上层是一个动荡喧哗的世界。而在森林下面，一切都那么平静。云杉通直高大的树干纹丝不动，桦树的树干纹丝不动。吃过晚饭，天黑下来。大家都是爱在山中漫游的人，自然就谈起山中的各种趣闻与经历。爱在山中行走的人，在山中更是要谈山。就像恋爱中的人总要谈爱。于是，夜色中的山便愈发广阔深沉起来。爬了一天山，袭来的疲倦使得大家意兴阑珊时，就都在火堆边睡去了。我横竖睡不着，也许是因为过于兴奋，也许是因为太高的海拔地势。这时风停了，月亮起来了。用另一种色调的光把曾短暂陷落于黑暗的群山照亮。我喜欢山中静寂无声的光色洁净的月亮，就悄然起身，把褥子和睡袋搬到了屋外的草地上。我躺在被窝里，看月亮，看月光流泻在悬崖和杜鹃林和落叶松的地带。我花了更多的时间凝视一条冰川。那道冰川顺着悬崖从雪峰前向下流淌——纹丝不动，却保持着流动的姿态，然后，在正对我的那面几乎垂直的悬崖上猛然断裂。我躺在几丛鲜卑花灌木之间，正好面对着那冰川的断裂处。那幽蓝的闪烁的光芒真得如真似幻。我们骑乘上山的马，帮我们驮载行李上山的马，就站在我的附近，垂头吃草或者咕吱咕吱地错动着牙床。我却只是静静地望着那几乎就悬在头顶的冰川十几米高的断裂面，在月光下泛着幽蓝的光芒。视觉感受到的光芒在脑海中似乎转换成了一种语言，我听见了吗？我听见了。听见了什么？我不知道，那是一种幽微深沉的语言。一匹马走过来，掀动着鼻翼嗅我。我伸出手，马伸出舌头。它舔我的手。粗粝的舌头，温暖的舌头。那是与冰川无声的语言相类的语言。

然后，我就睡着了。

越睡越沉，越睡越温暖。

早上醒来，头一伸出睡袋，就感到脖子间新鲜冰凉的刺激。睁开眼，看见的是一个银装素裹的白雪世界！我碰落了灌丛上的雪，雪落在了颈间，那便是清凉刺激的来源。岩石，树，溪流，道路，所有的一切，都被蓬松洁净的雪所覆盖。一夜酣睡，竟然连下了一场铺天盖地的大雪都不知道！

那天早晨，兴奋不已的几个人也没吃东西，就起身在雪野里疾走，向着这条峡谷的更深处进发。直到无路可走。最漂亮的景色是一个小湖。世界那么安静，曲折湖岸上是新雪堆出的各种奇异的形状。那些形状是积雪覆盖着的物体所造成的。一块岩石，一堆岩石，雪层杜鹃花的灌丛，柏树正在朽腐的树桩，一两枝水生植物的残茎，都造成了不同的积雪形状。纹丝不动的湖水有些黝黑。湖水中央是洁白雪峰的倒影。这是我离四姑娘山雪峰最近的一次。她就在我的面前，断裂的岩层，锋利的棱线，冰与雪的堆积，都历历在目，清晰可见。

回来写过一篇散文《马》。不是写进山所见，是写那些跟我们进山的动物伙伴。还做了一件文字方面的事情，就是为这次拍的纪录短片配了解说词，在当时中央电视台一档叫"神州风采"的栏目中播出。也算是为四姑娘山的早期的宣传做过一点工作。

后来，还在不同的季节到过四姑娘山。

春天和秋天，不同的植物群落，会呈现出丰富多彩的色调。

春天，万物萌发。那些落叶的灌丛与乔木新萌发的叶子，会如轻雾一般给山野笼罩上深浅不一的绿色，如雾如烟。落叶松氤氲的新绿，白桦树的绿闪烁着蜡质的光芒。那些不同的色调对应着人内心深处那些难以名状的情感。从那些时刻应了光线的变化而变幻不定的春天的色彩,人看到的不只是美丽的大自然,而是看到了自己深藏不露的内心世界。美国诗人惠特曼的诗句"拂开大草原上的草,吸着它那特殊的香味,我向它索要精神上相应的讯息",说的就是这样的意思。

秋天,那简直就是灿烂色彩的大交响。那么多种的红,那么多种的黄,被灿烂的高原阳光照亮。高原上特别容易产生大大小小的空气对流,那就是大大小小的风,风和光联合起来,吹动那些不同色彩的树:椴、枫、桦、杨、楸……那是盛大华美的色彩交响。高音部是最靠近雪线的落叶松那最明亮的金黄。高潮过后,落叶纷飞,落在蜿蜒的山路上,落在林间,落在溪涧之上,路循着溪流,溪流载满落叶,下山,我们回到人间。其间,我们有可能遇到有些惊惶的野生动物,有可能遇见一群血雉,羽翼鲜亮,我们打量它们,它们也想打量我们,但到底还是害怕,便慌慌张张地遁入林间。

当然不能忽略夏天。

所有草木都枝叶繁茂,所有草木都长成了一样的绿色。浩荡,幽深,宽广。阳光落在万物之上,风再来助推,绿与光相互辉映,绿浪翻拂,那是光与色的舞蹈。那时,所有的开花植物都开出了花。那些开花植物群落都是庞大家族。杜鹃花家族,报春花家族,龙胆花家族,马先蒿家族,把所有的林间草地,所有的森林边缘,变成了野花的海洋。还有绿绒蒿家族,金莲花家族,红景天家族都竞相开放,来赴这夏日的生命盛典。

而这一切的背后,总有晶莹的雪峰在那里,总有蓝天丽日在那里。让人在这美丽的世界中想到高远,想到无限。记起来一个情景,当我趴在草地上把镜头对准一株开花的棱子芹时,一个日本人轻轻碰触我,不要因为拍摄一朵花而在身上压倒了看上去更普通的众多的毛茛花。我也曾阻止过准备把杜鹃花编成花环装点自己美丽的年轻女士。这就是美的作用。美教导我们珍重美。美教导我们通向善。

冬天，雪线压低了。雪地上印满了动物们的脚印。落尽了叶子的森林呈现一种萧疏之美。

写到这里，就想到我们很多主打自然景观的景区管理中比较疏失的一环，那就是对自然之美挖掘不够深入细致。旅游是观赏，观赏对象之美需要传达，需要呈现。自然之美的丰富与细微，必先有旅游业者的充分认知，然后才能向游客作更充分地传达。对游客来说，自然景区的观光也是一种学习。学习一些动植物学的、地质学的知识。更不要说当地丰富的人文资源了。游历也是学习，是游学。所谓深度游、专题游，我想就是在这种向学的愿望与兴趣的基础上产生的。自然景区旅游是欣赏自然之美的过程，是一种审美活动，需要景区进行这个方向上的引导。

前些日子，四姑娘山的朋友来成都看望我，多年不见的黄继舟也得以谋面。还记得当年他曾陪我游初夏的四姑娘山，一起去拍摄那些美丽的高山开花植物。黄继舟长期在四姑娘山景区工作，他是一个有心人，长期深入挖掘景区的自然人文内涵，有很多自己的发现。这次，他带来一本摄影集，都是他在景区多年深耕积累下来的作品，题材也关涉到景区的各个方面。寻觅美，捕捉美，呈现美，可以作为游客于不同季节在景区旅游的一个指引。我也相信，沿着这样的思路做下去，四姑娘山所蕴蓄的美的资源会得到更精准、更系统的呈现，游客依此指引，可以在景区作更深度的探寻与发现。

大美不言，可涤心养气；大美难言，仰赖审美力的提升，而自然界是最好最直观的自然课堂。如果站在这样的角度上思考景区的功能，四姑娘山自然就有需要不断前往，如今交通情况大幅改善，这个大都会旁的自然胜景，自然前途无量。

下次，我们可以带着这本书，去看四姑娘山。

未来之翼

◇陈世旭

暮色落下苏州城,深灰的城垣泛着浓艳的明丽。雍容典雅的贵妇,林下风致,深藏不露。青藤巷陌,绿柳石桥,护城河长长的流水,吴歌轻扬。牙板与丝弦的节拍,划出银弧。走过虎丘,想起夫差就葬其父阖闾于此;走过相城,想起伍子胥相土尝水,象天法地;走过姑苏,想起寒山寺夜半钟声到客船……想起西施垂泪于狼烟荒草;想起唐寅的风流和秋香的烂漫;想起董小宛的丹青和陈圆圆的琵琶……

苏州,一首悠远的古诗。无穷的竹简,无穷的书卷,堆积如山;无穷的旷世绝唱,无穷的百代华彩,浩若烟海。

而喧嚣奔流的现代大道,赫然伸展!

汽车风驰电掣。山峦一样连绵的楼群,扑面而来。没有过渡,没有余地,不由思索,不由分说,倏尔穿越千年,来到了世界的前沿。同一座城市,转瞬间恍如隔世。

时光隧道的两端,一端是传统,一端是现代;入口是厚重的历史,出口是灿烂的未来。

二十年前，当园区开发启动，在一片空寂的白地上打下第一根桩时，有多少人能预见，当时千千万万个中国"工业园区"中的"这一个"，会是一个如此惊人的中国神话：

森林般的城市，仿佛在一夜间拔地而起；巨额的财富，仿佛在睡梦中从天而降。八十万人，年产总值二千一百多亿元。人均收入超过全国最高水平，是全国平均水平的两倍。稳定的就业环境，全覆盖的城乡社保……

高耸云天的国际金融中心，像一个欣慰的农夫，挺直腰身，俯瞰着无垠的金鸡湖畔，密密麻麻的建筑，像沃土上的庄稼一样蓬勃成长。三百平方公里的苏州工业园区，是灯光、色彩、音乐汹涌的浩瀚海洋；是创新、时尚、活力驰骋的广阔天地。

到处是智慧的闪光：

园区从启动之初就摒弃了单一发展工业的模式，坚持产城融合，产业与城市同步推进，避免陷入"睡城"和"产业孤岛"的困境。不贪一时之功，不图一时之名，一茬接着一茬，科学规划，一张蓝图绘到底。精细、精致的理念落实到建筑、街道、管网、水景规划的每个环节，确保城市建设的水准和品质。地下管线与道路同步设计施工，避免了"拉链马路"；主干道不开口子，公交港湾式停靠，保障了车辆快速通行；地面整体填高，地下管廊纵横，海绵城市的排水系统让百年一遇的暴雨也形不成积水之害；邻里中心满足居民的日常需求，消弭了路边店、街边摊的城市顽疾；地下环路，水上巴士，空中廊桥，构成立体交通；苏州特有的园林艺术，在楼群间建立起景物和人的生动对话，随着季节的更移，变换不同的景观；横跨金鸡湖东西的大桥，桥身两侧悬挂着整面的巨大瀑布；蜿蜒穿行城市商贸中心的河流，在彩虹般的廊桥下流淌着千变万化的光影；生态公园，生态园林城区，高水准的污水处理、供热供气的循环型基础设施生态链……站在五百米长的LED天幕下，仰看苏州的前世今生，以及无可限量的明天，只能叹为观止。

到处是潮流的竞逐：

国内最高的水上摩天轮，荡气回肠，大千世界的繁华尽收眼底；月光码头的塔楼，月色迷离，拍婚纱照的男女流连忘返；欧陆风情的艺廊、餐厅、酒店及咖啡座，有历久弥新的老字号，更有风靡全球的经典美食、极限酷炫的个性酒吧；书店是恢宏的宫殿，山一样的书籍堆满了一重又一重楼阁。

水雾广场、主题景观、科幻夜景，诠释着苏州崭新的生活方式。3D互动体验馆的幻境迷宫颠倒空间；苏州文化艺术中心，临水而筑。国家大剧院的设计者保罗·安德鲁以一个巨大的半环环抱一颗巨大的出水珍珠，使其成为苏州体量最大、功能最全、设备最好的标志性艺术殿堂、国际化交流平台；文博中心推出一场场精彩演出：音乐会、儿童剧、绘彩灯、舞龙狮等表演，中国特有的苏绣苏雕，国际知名的咖啡红酒，在这里和睦相处，融汇出苏州夜生活的"现代天堂"。

城市共生体超越传统意义城市综合体概念。尊重土地的自然肌理，尊重城市的人文历史，尊重民生的真正需求，国际化、本土化相互渗透。政府大手笔建设城市绿化景观，在寸土寸金的地块建设生态"绿廊"，在具备金融商务、商业文化、居住休闲等多种功能于一体的苏州中心设置了空中交通系统。其裙楼屋顶通过精巧设计，在建筑群间构建起空中连廊，实现从城市CBD到国家级5A级景区不同生活场景的切换对接。行走在园区的商场、办公楼、公寓、酒店，时时可以感受到人、自然、建筑与城市的有机共融：CBD建筑与周边水岸开放空间的无痕联结，为钢筋混凝土林立的城市带来了清新的气息；数万平方米的空中花园，将绿化最大化，创造出苏式"悬浮园林"，赋予建筑物不同时节的苏州美感。

经济社会发展、城市发展、土地利用、生态环保多规融合，土地节约集约利用，城市一再更新，园区建设持续超前领先。苏州工业园区的建设者们，成功建造了具有世界影响的"创新之城、非凡园区"。

到处是诗意的弥漫：

信步在金鸡湖畔，心情像万顷湖水一样碧波荡漾。

园区建设者坚持碧水蓝天就是金山银山、保护生态环境就是保护生产力、改善生态环境就是发展生产力的理念，坚守以人为本、生态优先、绿色发展的底线，重拳治水、治土、治气，决不以牺牲环境为代价换取经济增长，严格执行规划，有序控制开发，强化环境保护，推动产城融合，使这里成为国家商务旅游的标杆。作为国家商务旅游高地，高端商务旅游要素在这里高度聚集。

开放、自然、现代，园区以其独特的气质与神韵，成为苏州旅游的新地标。

金鸡湖，上承太湖，下泄淞江，鱼肥水美。机遇的垂青成就了它得天独厚的明媚，昔日的渔场华丽转身成为巨大的城市湖泊公园。

湖滨大道、文化水廊、玲珑湾、波心岛，次第显现。万里晴空，云卷霓裳，木栈道铺出心灵的长廊，一下子熨平了情绪的褶皱。纵然是垂垂老者，也会有儿童般奔跑跳跃的冲动。重温远逝的岁月，曾经坠入港湾寻芳，不见了一弯冷月，几滴星雨。李公堤的水巷邻里，一座又一座拱桥起起伏伏，古典的庭院亭台，诉说着唐诗宋词的平平仄仄。人类梦想的诗意的栖居，正在这里成为现实。

聚力创新、聚焦富民，以创新引领转型升级，为富民而提升园区发展。尤其最近五年，园区大力推进生态优化行动计划，加快建设资源节约型、环境友好型社会。作为全国首批"国家生态工业示范园区"，综合发展指数、创新驱动效应、集约发展水平、质量效益指标居全国开发区前列。

如果说工业园区是一轴长卷，那么刚刚开始启用的苏州中心便是长卷最新的亮点。总建筑面积一百多万平方米，由七栋塔楼和一座大型商场及一座潮玩商场组成的苏州中心，涵盖商场、办公楼、公寓、酒店四大业态。这不仅是园区探索经济发展新动能、集约利用城市资源的重要举措，更为苏州打造城市新地标，为苏州乃至中国长三角地区商业扩容升级提供了创新样本。苏州中心既是商业项目，也是民生工程；是一个完善城市功能配套的商业载体，更是一个强化和提升该中心城区首位度的重要标志。该中心对于苏州，不仅是城市的建筑地标，同时也将推动区域服务型经济的加速发展，助力长三角地区商业扩容升级。

土地资源日渐稀缺，集约化开发是城市发展的命脉。苏州中心的开发建设便是对集约化发展的积极尝试，更将探索深入到了集约化发展提升效率的深层内核。从前期设计到运营管理，每一个环节都汇聚了顶级专业团队的心血。"国际化"基因使苏州中心成为园区国际合作的又一代表性作品，吸引世界目光的苏州地标。

苏州工业园区，古老苏州新时代的骄傲！

姑苏城与金鸡湖，是苏州的双面绣：一面是古老的斑斓，一面是现代的辉煌！

苏州，一首宏大的新曲。无穷的传说，无穷的奇迹，惊世骇俗；无穷的拼搏奋斗，无穷的心血汗水，感天动地。

苏州中心的采光顶，外观是神话中振翅奋飞的巨鸟的两翼，横跨整个街区，命名为"未来之翼"。

"未来之翼"！苏州腾飞之翼！中国腾飞之翼！怀抱山河大地，背负日月长天，带着中华民族伟大复兴的理想，抟扶摇而上者九万里。

侨乡楼语

◇陈志泽

一

在泉州一带侨乡,最引人注目的建筑风景莫过于那些三三两两耸立在乡村的大洋楼了。

这种大洋楼虽然十分壮观,但大多内里冷清。儿时,我家房东阿桂姆的大洋楼就一直只住着她一人。有时父亲差我到她的大洋楼送点什么,走进大楼,总觉得空荡荡的。众多的门窗像是没装好似的,风吹来哐哐直响,天黑下来后听了有点吓人。大洋楼幽暗,只有斜斜的阳光照见主人那岁月雕刻的面容,再就是来自南洋的"侨批"(民间汇款)跨过门槛时,大门内才亮一会儿。

洋楼大而高,众多门窗灌进海上吹来的风、"过番人"的梦呓,飘出观音瓷像前望夫归的妇人那缕缕心香……深居楼里的"番客婶"青丝扎成的小辫,何时变成了散乱的白发,静夜里如泣如诉的南曲游丝般泄出门窗的缝隙……

大洋楼是离乡背井的"番客"们用血汗和生命垒筑起来的。

哥特式建筑、古罗马式建筑、中西合璧式建筑……出洋的人见多识广,他们的构思与创造也格外奇特。雄伟壮丽之中有精细柔美的花鸟虫鱼,奇思妙想与闽南风土融为一体,神来之笔这里一撇,那里一捺——

大洋楼的中央设置"天井",家的天伦之乐融融,就是井水了,天井里盈满的空气与阳光也是井水。井上嵌着星月,浮游彩霞,飘过风云。井下蒸腾起地气,强盛家的人脉与呼吸。天与人合而为一的歌声在井里荡漾;

大门前的大石埕另一头建有戏台,高甲戏、梨园戏、木偶戏……大洋楼也有闲情逸致,随时的搬演,滋润着生命的枯干,锣鼓声填满心胸里的空旷;

窗是眺望世界的眼睛,为什么窗棂却竖立着粗大的石条?拒绝盗贼使然。为什么高耸的大洋楼建成枪楼?窗,成为对准邪恶的枪口!无须隐蔽的昭示:安宁的生活必须以武装来卫护。

一种敢苦敢乐的品格高高耸立。

二

不久前,我走进晋江一个叫"梧林"的乡村。只觉得一座座大洋楼向我飞来,撞击我的灵魂。

一座座大洋楼从海外游子的梦境里飞出,从下南洋的"唐山人"的双手飞出,从远离家乡,因了距离产生的美与渴望、智慧与创造里飞出。

这是飞越山山水水抵达家乡的寄托,是建在番客婶心上唯一的安慰,是在乡亲们面前凌空站立的荣光……

一根根高大的柱不就是坚忍不拔、奋勇拼搏的"番客"的骨骼吗?

那些红砖的、刻满闽南文化的墙,就是富有创造精神与传奇色彩的华侨的肌肤!

突然有座叫"德鑨楼"的大洋楼把我震撼,这座楼主体完工时,正值抗日战争爆发,蔡德鑨家族毫不犹豫地放弃了大洋楼的后期装修,将大量钱财投入抗日救亡运动。

无独有偶,还有一幢人称"旧学堂"的大洋楼,原是想要建造成为海外

华侨与本地侨眷提供书信投递和货币汇兑服务的"批馆"的。但大楼开始内部装修时，因日寇侵华，楼主蔡顺意同样将准备用于装修的钱银拿去支持抗战。新中国成立后，蔡顺意家族还慷慨地将该楼借与乡民兴办学堂，于是人们习惯称这座大洋楼为"旧学堂"。

两幢耸立在我们眼前的大洋楼都显得少见的粗糙暗淡，却让我们看到爱国华侨赤子之心的通红透亮。

三

小小的一个梧林村，大洋楼与另一种华侨回哺家乡的闽南官式"大厝"竟然多达九十九幢！

成群结队站立，顶天立地站立，这就是我们可亲可敬的海外游子的巍然身姿。

虽然时光终究要浸软坚固壮丽的大洋楼。它蛊惑楼畔日益繁茂的大榕树挤压大洋楼，差遣风雨雷电摧残大洋楼。老一辈华侨在时光中老去。大洋楼因为主人的远去而哀伤，衰老也是自然而然的了。但乡亲们谁也不想将大洋楼拆建成新的建筑，只尽力卫护与维修。而大洋楼身后的华侨史更是铭刻在人们心中……

到梧林之后我又到阔别的磁灶走了走。我熟悉的房东阿桂姆那栋大洋楼依然耸立，但和许多大洋楼一样，水泥的墙和大圆柱也已满是皱纹、满是黑斑，多处钢铁的筋脉都暴露出来。阿桂姆已过世多年，大洋楼人去楼空——她的儿子事业有成，早已住进自己的别墅。

当我拐进一条红土的道路来到邻近的大埔村，放眼望去是一片片气势轩昂的崭新别墅群。蓝天白云下，绿树丛中，这一片片新时代的侨乡楼群富丽堂皇地耸立。它们以勃勃英姿与深刻蕴含，吟诵着时代的巨变，宣叙着侨乡人的审美情趣与心路历程，让我禁不住快步向它们走去……

余干的气质

◇范晓波

环鄱阳湖诸县人，自古与风浪斗，与湖匪斗，与越界捕鱼的邻居斗，故民风粗犷剽悍。如评选前三，无论怎样都拉不下余干，外县人作如是观，余干人应该也不会否认。

余干乡间的壮年男子大多健壮黝黑，脚板抓力如铁锚，目光锐利如鸬鹚，这是粗犷的表征之一。余干方言简短、急促而铿锵，像战斗的鼓点，这是表征二。余干地名霸气直白：大塘、大溪、雷湾、乌泥、沙窝、野圩塘……有水乡之印迹却无江南之柔媚，这是表征三。

余干自秦代就已建县。隋朝之后，占领了小半个中国的义军领袖、大楚国皇帝林士弘兵败豫章后，在余干上冕山筑城自保，留下许多血色逸闻。元朝末年，朱元璋和陈友谅大战鄱阳湖，对于那场战争的主战场，各县县志各说各话，但朱元璋为纪念殉职将领修的忠臣庙，却选在余干的康山，至今仍香火鼎盛。

余干最有名的特产是菜蔬中的男子——辣椒，明清时曾是地方官取悦宫廷的贡品。目前，南昌、上海都有不少打着余干辣椒炒肉招牌的饭馆。菜市场的余干辣椒最高能卖到七八十元一斤。

余干辣椒个小、皮薄、肉厚，辣度并不太高，细嚼有一丝香甜，与四川的辣、湖南的辣均无相似点。当地人有个形象的总结：辣嘴不辣心。不仅不伤胃，还能助消化。

据说最正宗的余干辣椒产自洪家嘴乡枫树下的李家村。我去到那里时，老枫树早已在数年前的一场洪水中倒下，辣椒地倒更肥沃了。辣椒离开李家村口感就会走样，隔一条河沟都不行。专家说，李家村的田地是信江的泥沙堆积而成，含沙量大，矿物质也丰富，极适合辣椒生长。

也有人解密，李家村的辣椒品质特别，与独特的育种方法有关。秋天一过，李家村的人便把辣椒种子装在内衣贴胸的口袋，一捂就是整个冬天。用心口的温度孵熟的种子繁衍出的辣椒当然不同凡响。这说的应该是几十年前的事，但我莫名觉得极有说服力。

过去的许多年代，辣椒基本可以写意余干人的性情。但这土地不只养育辣椒，余干的气质，一直在随着世事变迁添加异质和新鲜的元素。

余干植入我记忆的第一重意象，其实是女性化的油纸伞。上世纪九十年代我到余干参加高考监考，带回的纪念品就是一把木柄的蓝色油纸伞，精致小巧，适合淑女撑着在雨巷里拍背影的那种。余干特产和鄱阳差不多，但油纸伞是鄱阳没有的，挂了整整一条老街，让我一时恍惚，以为到了风姿绰约的江浙小镇。

我认识的余干人，也有不少长成了粗犷的反义词。我在上饶师专读书时，学校里吉他弹唱最好的男生就是余干人，常深夜抱着吉他在水房里唱些缠绵悱恻的歌。中文系播音最好的女生也是余干人。余干话的辨听难度在鄱阳湖区数一数二，这个女生居然一毕业就被省电台选去当了播音员。

我现在供职的单位俊朗小生很多，其中最清秀儒雅的，竟然也是余干人。普通话说得字正腔圆，还带着考究的儿化音，以至于初次认识时，我对他的籍贯做了多次确认：你真是余干人？得到肯定答复后，我打量余干的眼光变得更立体开阔。

余干县城内的琵琶湖形似琵琶,是国家级划艇、皮划艇后备人才训练基地,曾培养出不少全运会和亚运会冠军。基地有一块与湖比邻的露天田径场。风光这么好的田径场在其他县市很少见到,即便有,也囿于铁栅之内,不对社会人群开放。余干这方面观念很前卫,运动员不训练的时段,市民也可使用,且无需付费。我每次去琵琶湖,都有些中老年人绕着四百米跑道慢跑或快步走。某个夏天的傍晚,我也加入其中跑了十二圈。迎着湖面沐风奔跑的感觉十分美妙,那是我跑过的最美田径场。

传统渔村大多布局粗放,房前屋后堆着渔网和翻修的旧船,空气里萦绕着干鱼的腥臭和桐油的呛鼻味。离余干县城数华里的神湖村却是一派小桥流水人家景象,凉亭拱桥错落有致,垂柳花草交相掩映。适合养老,也适合城里人周末度假。离神湖村不远的药铺李家村口立着中药柜的雕塑,近百米长的文化墙上画着各种常见中药材。这个村的八十户居民大多为南宋抗金名将李显忠后裔,世代以医药为业,村后的山野种满甘菊花、金银花、玉簪花、金沸草等几十种中草药。这两个村,处处彰显秀美古雅的书卷气。

今年3月,自驾去余干下面一个名叫重洲余家的村子看油菜花。我和朋友在一座水库边的千亩油菜花海逗留了半天,听斑鸠叫,闻花粉香,采鼠曲菜,看苦楝树瘦长的影子指针一样在油菜地上画着弧线。整整一上午,除了几条水牛路过时驻足瞟过我们几眼,没什么声响打搅我们,像是拿到春天派发的VIP贵宾卡。路过村口时,听当地人说,这里每年都自办春节联欢晚会,县里、市里、省里的电视台都会来报道。

重洲余家油菜地里的光影已经让我很感动,没想到,更大的欣喜在冬天的湖滩等着我。

冬天对鄱阳湖的馈赠,一是从西伯利亚飞来的候鸟,大雁、白鹤和天鹅之类;二是偶尔涌现的蓼子花海。

蓼子花每年冬季退水后都会开,要汇集成海,则需温度和湿度默契配合。鄱阳湖边的蓼子花海近五年只出现过两次。第一次是2013年,在离余干上百

公里的都昌县。

第二次，竟魔术般出现在余干康山外的草洲上。从2017年10月下旬开始，粉红的蓼子花沿着湖岸蔓延，总面积超过万亩，用无人机航拍，像是电脑虚构出的幻境。美照发到微信上后，被媒体报道，之后全国各地的人都奔涌而来，开着小车，坐旅行社的大巴。后来，乘火车、飞机看花的也越来越多，最远的来自内蒙古和东北。天气最好的一个周末，湖滩上的游客多达十万。附近几个镇上的宾馆被挤爆，一家卖炒粉的小小夫妻店，一天就能赚一万多元。

我到康山时，持续了一个月的盛况已接近尾声，花海有一半还在草洲深处蓬勃。没遇上传说中的堵车，下高速后每个路口都有交警维持秩序。也没被渡口的船家宰客，因为乡政府及时在通往草洲的河汊上架设了简易钢架桥。倒伏的蓼子花的尸身旁掺杂着些刺眼的白色垃圾，一群穿红色工作服的人正弯着腰仔细地清理。

他们的红马甲上印着"余干义工协会"的黄色宋体字。如此时尚的组织在余干出现，比花海还让我意外。以前，我只在一些经济发达的县市见过此类群体。

我找到时机和其中最胖的一位姑娘搭讪。她平日在县城的小超市打工，工资不到两千，却没去兼职赚钱，周末要么去敬老院照顾老人，要么来康山捡垃圾。

"是不是也会劝说大家注意保护环境？"我问。

"当然啊，我们来这里就是宣传环保的。爱美的人更应该有爱护环境的美德，你说是吧。"这回答让我意识到提问有失水准，同时觉得，这些给游客的公德收拾残局的余干姑娘，也是蓼花科的一种。

塞北的集

◇何　申

出古北口、冷口、喜峰口、义院口等长城大小关隘，在承德这一大片广袤山地里，赶集逛集，从来都是塞北人生活中的一件快事。直到今天，即便大小超市近在咫尺，城市扩展揽怀乡郊，很多地方村庄没有了，庄稼地没有了，连平房都没有了，但"集"还有，而且愈发生意兴隆、人货两旺。

两年前我从承德市内搬到高新区，临滦河而居，周边高楼林立街道宽敞，一派城市风貌，以为从此再难觅昔日乡景。谁承想就在滦河岸边，忽地就冒出一处两三个足球场那么大的集——不是城里的早市或农贸市场，也不是随意占地经营的无序野市，而是传统地道的、有规章的集。平日空地一片，沙土碎石不甚平整，更无片瓦建筑。然一旦逢五逢十日子，无论刮风下雨，伴着晨曦一抹，八方村民大车小车携筐挎篮，从远近乡下带着货物悄然涌进。随即，肉鱼禽蛋食果花、衣帽鞋袜与零杂等等，按行论类，不争不抢，各就其位。或支棚搭板，或就地铺开。转眼间，嘿！纵横四五，环形两圈，集路成形也！待红日东升，众多市民步行开车如潮水般出得城来，欢喜地尽入集中，偌大的场地里便是一片热火朝天的交易情景，这边吆喝：南来的北往的，这土豆出自围场的；那边叫喊：东走的西行的，这莜面产自丰宁的……

不要说春风夏日秋阳,就是三九寒冬北风呼啸,一旦你步入这地界,就会被其间的氛围感染,兴奋得浑身发热、脸现红光。丰盛的物品,低廉的价格,卖家的大方,买者的爽快,伴着蓝天白云,奏出的是一曲国泰民安丰衣足食的塞上乐章。

更奇的是,及近晌午,竿影将直,大集兴致正盛之时,不待曲终,就圆满收场皆大欢喜了。回首再望,偌大营盘,仿佛飘入云端,得胜曲余音尚在,人马已无影无踪。滦水滔滔,身旁依然是一片静谧岸地,看似什么事情都没发生过,但留在人们心中的,则是对新时代的感受与舒畅,还有对下一个集的思盼……

这就是"集":一时聚集之市场也。定时定地,忽之即来,呼之而散。

塞北的集,太远的我说不好,五十年前我下乡插队时有一阵子,集还是被批判的对象。即便如此,社员还要冒着被抓的危险,偷偷将自家生产的瓜果、烟叶、鸡蛋等拿到集上出售,换点钱再到供销社买盐、打灯油。日后农村改革的成果,亦是最先在集上显现出来:不让上市的粮食可以买卖了,骡马交易恢复了,亦有人专门在集上做买卖了;反过来,集上的需求又促进了农村生产的商品化。集,开放丰盈与否,已不是简单的满足生活之需,而是时代发展民众富足与否的晴雨表。

说来惭愧,当初搬离市内,多少有点躲开喧哗的意思。而如今,我又爱上了这充满乡土气息的大集。在塞北,赶集与逛集是两个不同概念与行为。比如赶集,有赶路的意思。俗话讲,集不认戚也不等人。去早了,卖家心气高,价钱也高,亲戚去了也一样;去晚了,便宜的东西卖没了,亲大爷来了也没有。故时间紧又有急需的买家,都是事先想好,掐准时间,一旦出发,便拿出赶路的姿态。进得集内,货比三家,果断下手,心满意足,即往回返;而逛集者,则是没有什么固定选项,多是悠哉地边走边看边问,遇见合适的就买点,空手出来也正常。

我基本上是个优哉游哉者,去集上不为买什么,只愿意看那里拉不尽卖不光的货，看老老少少满是幸福的笑脸，看卖者手抓一摞钱票，随意得好像抓着一沓豆片，看买者价也不问秤也不看，只是不停地指这要那……我不知道哪个朝代的集市是这等景象，但我太清楚当年的集上，买者卖者或斤斤计较，为几分钱争吵，或为争抢奇缺的物品，挤得气喘吁吁满头大汗……说来城里的超市商场什么货物都有，但城里人为何舍近求远来赶集逛集？我问过几位熟人，他们说来集上绝不为东西便宜，只是想寻找一种久违的感觉。

一个个内容丰富、引人入胜的集，将塞北这片古老山地上发生的巨变演绎得活灵活现。集因此才有生命力，才能在寸土寸金的高楼林立之畔占有一席之地。

塞北的集，大凡相距较近的，日子必然错开。距我家不远处，有个"三、八"集。那天我去逛，见那集的一旁分明是有大路的，却非要待在路边长长的河床里。及近，我明白了，这就是冬季塞北集的特点：此时河床无水且干燥平坦，两岸如墙遮风挡尘，阳光直直在河床内，温暖得很，又不影响交通。河床弯曲着向山里延去，五彩缤纷的集也随之飘进山里。高速公路桥墩在集中高高耸起，车辆在半空中飞过，与这大集相映成趣——城里人在此寻到乡愁，乡下人于此领略城市，这难道不是城乡一体化又一新的画面吗！

集里的经营者，本多是周边的农民，但其中大部分人如今已是市民身份。城市再扩，总有尚未扩到的乡村，除了走批发的，卖点自家土产的也不在少数。那日，我又见到邻居张老汉在集上卖萝卜。张老汉七十多岁，跟他三小子与我住一个楼，他老家在高新区边缘，还有老房子和菜地。张老汉种的萝卜又甜又脆，在集上很受欢迎。我问他：您不在咱门口那个集卖吗，咋又来这了？

张老汉说：闲着难受，有集就来卖呗。

我说：这东西挺沉，咋弄来的？

张老汉指着路边说：三小子开车送来的。

路边停着辆宝马，我惊讶：什么，用宝马拉萝卜？

张老汉说：我管他啥马，是马就得拉东西，不拉叫啥马？

我不知说什么好，往前走了一阵，看看时间不早又转回来，见张老汉的三小子从路边过来，问：差不多了，回去不？

张老汉吼一声：集没散，干啥回！

三小子没吱声，退到一边等着。

我上前说：这大冷天，要不我去劝劝？

三小子说：别，只要他高兴，就好。一到楼上，他就浑身不得劲。一到这集上，您看他精神的，啥病都没有了。

我们都乐了。

集上不知哪个摊上放歌曲，"我爱你，塞北的雪……"

我心里唱：我爱你，塞北的集！

将军山遐想

◇ 和　谷

初冬时节，家乡耀州的朋友约我，一起登上渭河北岸的将军山。

渭河乃黄河最大支流，从陇原冲破西秦岭，徜徉于关中平原上，在潼关汇入黄河，折流东去。在古都咸阳和长安的北部，依次雄峙着九嵕山、嵯峨山、爷台岭、将军山、庙山，层峦叠嶂，沟壑纵横，与南部的大秦岭遥遥相望。

将军山屹立于耀州区与富平县境交界处，南麓往西不远处是简陵，是唐懿宗李漼陵墓，地处庄里镇山西村紫金山下。初秋时，随文史调研人员踏勘过简陵及唐十八陵，满目一派萧瑟气象。高大雄奇的石刻翼马从酸枣刺丛中跃出，仰望着昔日的神道和陵山。一旁是层层梯田和荒坡，留守老人在忙着摘花椒。听说简陵的北门，在耀州区境内的石马岭，因满山石马得名。

从耀州城出发，途经药王孙思邈故里孙原镇，在惠原村农家乐吃了一碗饸饹，即驱车上山。途中望见的将军山一侧，是开采矿石呈现的灰白断面，让人不禁忧虑。登临将军山之巅的路径，得曲里拐弯地绕到高处的山后，从南坡缓缓攀爬上去。区县交界的一段道路显然坑洼不平，进入富平县曹村地界，经过一个名叫丑村的地方，再到柴峪，村村通的水泥路面煞是舒心，路旁耸立着太阳能路灯，屋舍崭新，显示出美丽乡村的容貌。这里是富平的北山地带，村

庄坐落于山梁凹地,梯田环绕,背靠高耸入云的将军山,是一处好风水的田园。

将军山南北附近的地名,有庄科村、小原子、渭弯里、怀庙、远庄、安村、马村、枣儿村,皆是自小就听惯了的村名,与老家的小村子南凹只是一道或几道沟梁的距离。祖父在世时,领我翻山越岭去过怀庙、远庄,一个是祖父的舅家,一个是老姑家。前几年父亲过世,老姑家的后人还来祭奠过。小弟在那里用铲车推地平整农田,还在老亲戚家吃过饭。百年的亲戚,血脉的勾连,是不易割断的传统乡土社会的情感纽带。说到行政区划史,富平县域曾归属长安京兆府华原耀州及之后的铜川市。连接彼此的便是将军山及锦屏山、宝鉴山一脉,北麓的漆沮二水合抱于耀州城,汇入石川河而被渭河接纳。一方水土一方人,风俗相近,方言相同,性情也相仿佛。

童年时,站在家乡的山梁上,周遭望得见最远最高的山,呈笔架形,俗称笔架山,也叫将军山。至于它的来历,何谓将军山,知其一二,是到了成年读书之后才晓得的。花甲过后,回归故里,几乎踏遍了方圆百里的家乡,搜寻乡邦文献,挖掘历史文化底蕴,为家乡转型全域旅游策划文化产品,唯独没有登临自小就仰慕的将军山。是的,我尽管来迟了,毕竟来了,了却平生一大心愿。

从柴峪攀爬上山,山路崎岖,却也不显陡峭。此刻,阴冷的雾霾被抛在川道里,山麓之上是一片明丽冬阳,风儿也温凉可人。低矮的蒹葭摇曳着满山的花白,经霜的草木姹紫嫣红,呈静止的波浪式漫过流线型的山脊。途中路旁的一棵百年老柿树,繁华落幕,无一片树叶,满枝丫上挂着小红灯笼似的柿子,血红血红的果实,美不可言。一斤柿子收购价为一两元钱,乡人采摘运送,一天挣不了几十元钱,不如打工划算,也就任其自生自灭,留给小鸟一饱口福了。可它无疑是馈赠给旅行者的珍贵礼品,任你尝鲜拍照,把大自然的美意带回人烟辐辏的城市。曾参观过附近曹村镇的柿子博物馆,那一带的柿子产品已形成规模,远销境外,成了乡亲们脱贫致富的宝贝。等爬到半山腰,眺望双乳似的山峰簇拥着宽博的峰巅,一览众山小,遥遥相望东部苍茫的家山原野,不由得朝着空旷的山谷与远山呐喊放歌，一吐胸中块垒。此刻的呼吸，是难得的舒畅的清气。

明朝乔世宁《耀州志》记载，"将军山，王翦祠在焉"，乃秦时王翦屯兵演武之地。王翦，关中频阳东乡即今陕西富平东北人，"翦为宿将，始皇师之"，先后率军征服燕、赵、楚，与其子王贲一并成为秦始皇兼并六国的最大功臣。《千字文》"起翦颇牧，用军最精"，与白起、李牧、廉颇并列为战国四大名将。试想，王翦父子就是在此山麓下厉兵秣马，秦王在咸阳发出号令，此山呼声震天，六十万赳赳老秦，黑压压潮水一般越过函谷关，横扫六国，建立强大秦帝国，使华夏从分裂割据走向大一统万里江山。有趣的是，王翦统军出征时向秦王"以请田宅为子孙业耳"，出关前又连续五次求赐美田，其用意在于表明除田宅之外别无他求，借此消除秦王怕他拥兵自重的疑惧。王翦一生征战无数，智而不暴，勇而多谋，后因功晋封武成侯，急流勇退，荣归故里，得以善终。

攀至山顶，有一座石砌的窑洞睁大眸子守候。这便是秦帝国大将军王翦庙，将军山因此而得名。称为将军山的大山，在哈尔滨、南京、肇庆、贵阳、阿勒泰等地有多座，高大威武，雄伟坚毅，象征着军事强国的历代英雄气概。脚下的这座将军山，敦厚质朴，沉默无言，屹立在渭河北岸的崇山峻岭之巅，守护着大地的安宁，传承着保家卫国的崇高精神。附近乡人修建的土庙，粗粝而简约，与骊山下气势恢宏的秦兵马俑馆相较，有天壤之别。兵马俑的面孔，大多临摹自秦兵生前的模样，其五官特征、音容笑貌和个性气质，不少与将军山南北麓的乡人长相酷似。地下曾埋藏震撼世界的奇迹，八方来朝，地上的子民依然泰然自若，生生不息。兴许在不远的某一天，秦兵马俑与牵系秦帝国江山岁月的这座将军山，连接成历史文化旅游线路，将是方圆百姓的福祉，也是文化产品的大手笔。

下山后搜索地图，王翦墓位于富平县东北二十公里处的到贤乡巨贤村北。天色向晚，待来日再寻访。

在黑山顶上看见时间

◇胡美英

一次次，我的目光像透亮的雨滴，滴落在泛着铁色釉光的黑山脊上，与那些生长在山里的传说、故事和沙尘碰撞在一起，腾起一阵阵尘烟。远远仰望这座嘉峪关的靠背山，总以为刀削斧劈的石板褶、陡峭壁立的岩岸，一定与泥土和房子无关，与植物和花朵无关，与飞鸟和流水无关。

"阳光清澈得能融化时间。"当我一脚踏上平缓的黑山之巅，深秋的阳光暖暖地打在身上，四个多小时的攀援换来一个站直的姿势，思绪却被迎面吹来的风打了个趔趄：花朵一样的无名小草，羊或者狼的脚印，菜地形状的坡地，将一直以来蓬勃在脑海里想象的枝叶撞击得火星飞溅，青烟四起。"或降于阿，或饮于池，或寝或讹"，我看见牛羊从《诗经》的草丛里走来，在高丘下奔跑，在池边嬉戏，在草地上打着暖洋洋的盹儿，披戴蓑衣与斗笠、背着干粮饼的牧人，丢下满地的牧歌，打着菜叶一样的漩儿，漩出欢喜的样子。

有动物的地方，就有江河。

人们像一丛丛植物，回到了广袤的原野，铆足了劲地舒展着枝叶。脚边砂砾石中嫩绿的草棵，张着肥厚的叶片朝向阳光笑，整座黑山都笑了。风，吹动石头缝里一小朵黄花和悬崖边青绿的蔓草，呼啦啦，笑声丝绸一样地荡开去,整个山头就漾出一波波草色的温暖。昆仑山顶经幡石压住的草棵是这种生长的声音,青藏高原上风中摇曳的格桑花是这个样子吧,像我们心中一些生动的草叶,只要能望见雨水,就会依了自己的意愿生长。

翻过两个山头,绵延十几平方公里的风化石林铺展在眼前,浅浅的米色,城堡一样,坐到形似佛龛或骨骼的石头上,居高临下,飞鸟难过,占山为王就是这种感觉吧!平缓开阔的山顶,河床一样的白皙折痕,一定是奥陶纪时代河流留下的足迹。近近地与西部的天空对视,我看见那片湛蓝湛蓝的海水,凝固成五亿多年的纹络,伸手触摸,像玉一样的温润;白云却在絮絮叨叨,柔弱的如烟如缕,随风嬉戏,壮阔的山峦一般,仿佛一个跟头,就翻回到奥陶纪时代的海面,海阔天空,风起云涌。

我像一个砍柴的樵夫,头戴藤枝绾成的圈链,坐在离水不远的岩石上,听那些幽蓝幽蓝的海水,一波一波地拍打着黝黑的山壁,溅起的浪花,挂成云絮的样子。那个时候,海水从撒哈拉的北部,从西班牙或者法国的南端,奔涌而来,被这堵叫做祁连的海岸截住。海水环绕的黑山上,花树繁茂,草木丛生,群鸟飞嬉,向阳的山坡上桑麻嫩绿,风吹草低,花朵一样的羊只飘满山冈。野牛和大象泅在水里,像一些铁黑色的山礁,隐没成可以看得见的光阴和五亿多年的水天山色。

就这样,我站在黑山顶上远望,山只是绿洲中的一个点,远没有仰望时的那般高大,仰望的距离总是给人一种错觉。远方的祁连,给旷放的戈壁围上音符一样跳动的白篱笆,时高时低,缭缭绕绕。"打麦打麦,彭彭魄魄,声在山南应山北。"在那块圆形的宽阔坡地上,远古族人的连枷声还声声如鼓。暮色四合的时候,麦秆和桑枝燃成的篝火,映红了纳凉老人沉醉的脸庞。枕着海的涛声,一座山脉在飞鸟带水的欢叫和走兽恣意的长啸中,酣然睡去,睡到地老天荒,睡到海枯石烂……

海真的枯了,海走的时候,来不及和西部天空上密密麻麻的星星告别,留下满地绿色的泪滴,你看那些永远向西蔓延的骆驼草和灰梭刺,千年万年地

窝在土里不挪窝，枯了绿、绿了枯地数过一个又一个世纪对海的怀念。留下满地的砾石和紫粉紫粉的野刺花，与风作永久的陪伴。留下这座铁褐色的山脊，向西倾听地中海的涛声，向东遥望长安的灯火，西伯利亚季风抵达的时候，雅典娜女神的微笑散发着橄榄枝的味道，烤着炭火的安徒生童话舞出噼噼啪啪的节奏，黑山坐成了世界村边的一个小石礁。一棵沙枣树、一块玉米地，就是它实实在在的样子。

风用手怎么抚也抚不展的黑色山礁（戈壁里的岛屿），像古希腊哲人或是西域的信使遗下的一疙瘩一疙瘩思绪。寻着海水的味道，汉朝的马队越过焉支山，风尘仆仆地飞奔而来，那些打马而过的汉使，在黑山岩画前手舞足蹈，他们看见岩石上的篝火熊熊燃烧，飞翔的鸟儿一转眼就越过山梁不见了，打着响鼻的骆驼和马匹成群结队地出没；还有那群围着篝火狂欢的族人，身裹长毛的兽皮，头插多彩的羽毛，腰背弓箭，脚蹬荆条鞋，随时准备出猎的样子，是他们看到的最鲜亮的黑山岩画图腾。

大唐的驼群踢踏踢踏地走过来，沿着蓬刺、沿着羊或者狼的粪便拐进黑山里，驼蹄溅起的水花，皱湿了驼背上的丝绸和驿使的衣袖，越过这座丝绸路上铁褐色的岛屿，踏平了铺向地中海的路，遥遥远远的丝绸像一条环绕世界东西的腰带，在黑山口系出一个桑叶一样花结，在时光的长河里，款款地绽着笑容。

阳光像奔跑的笑。背风的山窝窝里牧人的灶台还在，帐房还在，羊圈里没有了羊群，一层厚厚的羊粪中，低矮得像草棵的野枸杞树上，小颗粒的红枸杞像是血色的琥珀，像是从沙土里抑或是从多少个世纪以前的时光里长出来的光点，点燃整条山冈的念想，一有空隙就跳跃。

跨过这个山口，一路向西，一堆一堆的黄沙山，散落在戈壁中，大风吹出的黄色的沙堆，吹到敦煌就不想走了，堆聚成莫高窟旁那滴叫鸣沙山的黄水滴，涵养着那片叫敦煌的土地。沙山上的风，拂过敦煌的寺窟庙宇，反射出灿灿的佛光。其实，西部就是一片沙堆连成的海，土色的唐古拉、土色的罗布泊就是这样一堆堆聚沙而成的沙包，每一个沙包上都住着一个哲人，用刻满皱纹的目光,去连接西欧古典哲学和美丽的传说,如同布达拉宫旁风中的格桑花,散漫,闲适,不可置疑。

拍拍衣襟上浪花洗过一样的沙粒,站在这个丝绸路上通往西域的关口,转身向东,沿崖壁攀上山脊的悬壁长城,将几百年的光阴悬成了一截黄金的颜色。一垛一垛的长城烽燧,远远望去,麦秸秆一样的墙体,似乎还散发着新收麦子的清香。风从明朝吹来,岁月的雨滴,在梭梭柴和红柳枝筑成的土墙堆上敲打出坑坑洼洼的印痕。"关东十七座,关南二十八座,关东北二十二座,真正的五里一墩、十里一燧。"这些六百多年的土墩台,长成了一坨坨大地的骨节。

目光越过这些墩台,就能看到那片魏晋的桑麻之地了。那里荷叶田田,芍药芬芳,大朵大朵的刺玫如洛阳的牡丹般粉艳。唐朝或者汉朝的风里,丝绸从马背或者骆峰上飞扬起来,飘成西域路上永远的鲜亮,麦子和胡麻从墩台的记忆里走下来,黑山脚下,一地金黄……

苔藓笔记

◇李青松

朋友斧子跟我说,看见苔藓就会想老家,就会想起童年。斧子说,不知怎的,老家门前台阶石缝里的苔藓,竟会这么长久地停留在记忆里。干燥的北方苔藓并非随处可见,也许只有发待过的孩童才会长久地注视脚下这极渺小的生命。我想,雨后潮湿的空气催生出的那一层绿意,一定记录着斧子童年发呆的时光,也许在那里斧子捉过粉红色的蚯蚓,数过搬家的蚂蚁,也许脚下一滑,还在长满苔藓的石阶上摔过屁蹲儿……

或许,每个人的记忆里都有一丛苔藓。绿茸茸,柔软,湿润。

苔藓,非草非木,无花无果没有根。人说无根的东西不靠谱。苔藓却不然,它不会稍纵即逝,不会随风飘散,甚至永远不会腐烂。在这个意义上说,苔藓的灵魂不朽。

时间之外,一定还有一个苔藓时间。苔藓时间存在于静态里,存在于我们的想象无法抵达的深处。苔藓时间是长了牙齿的时间,能把石头吃掉,能把格局改变,能把空间解体。在阴暗潮湿之处,在残破不堪之中,浮生出新的气象。

在长白山,我曾看见山民用苔藓包裹刚刚挖出的人参,在早晨的集市上出售。那苔藓，薄薄的一层，还带着露珠。山民说用原生态的苔藓保湿保鲜，才能保证人参的品质和性格不变。苔藓没有疆域，地球上任何角落都有它的身影。只是需要时间和湿度。苔藓不畏严寒，在厚厚的冰面或者积雪下照样生存。苔藓，是冬天北极驯鹿重要的食物。在苍茫的天际里，驯鹿能够闻出它的气味。前蹄刨开积雪，只要找到苔藓，就可以度过漫长的冬天了。苔藓与驯鹿之间，存在着一种神秘的联系吗？

苔藓分明长着耳朵。它能听到水声风声雷声，能听到山林里竹笋拔节的声音，能听到藤蔓伸腰打哈欠的声音，能听到花开朗笑的声音。如此，声音听得多了，浅的苔藓也便深了，薄的苔藓也便厚了，疏的苔藓也便密了，散的苔藓也便聚了，瘦的苔藓也便肥了。

苔藓在改变着世界的同时，也在创造着世界。

它喜阴喜湿喜水。它知道水的来处，知道水的去向。远看，是典籍文字里的渌，模糊不清，朦朦胧胧；近观，是水畔木屋时光里的闲，慵懒如沙发上发呆的女人和旁边睡觉的猫。

苔藓远离所谓的艺术。画家画竹画兰画梅画菊，很少听说哪个画家专门去画苔藓。画家也点苔，但只是绘画节奏的调剂。苔藓几乎没有脾气，一言不发，悄无声息。它有一种隐忍的气质，我们很少听到有关它的消息。它不与树木争强，不与花草抢眼。

然而，看似卑微，实则有着超强的修复自然的能力。在修复的过程中，苔藓稳固了土壤，稳固了植被，保持了水分，增强了自然的免疫系统。在修复的过程中，它缝合瑕疵和遗憾，缝合疲惫和恐惧，用柔情和慈爱去抚慰大地受伤的心。

依照寻常的思维来看待苔藓，有些不太符合逻辑。不用耕耘，不用播种，它却在我们忽略的角落不可思议地长出来。——这到底是怎么回事？

它从来就不是主角，甚至连配角也不是。它表现出迥异的生活形态，在不可能的地方表现出可能。它长在峭壁上，长在废墟上，长在老瓦上，长在树

皮上，长在井台上，长在乌龟的甲片上。它不占空间，几乎没有多少重量。我们看不见它生长，可它一刻不停地在生长，即便在我们的梦里。

是的，生命的本质，是我们无法看穿的。苔藓演绎的故事，始终是个未解之谜。林奈说："自然从不跃进。"但在我看来，苔藓无时无刻不在跃进。虽然这种跃进我们无法看到，但却能够真切地感知——它有一个伟大的梦想。

有一次在浙西山区某地，我看见斧子拿着手机总是俯身拍来拍去。我四下看看发现也没有什么新奇的，到近前才发现拍的是苔藓。台阶缝里的苔藓，古树干上的苔藓，老屋墙角的苔藓，天井四周的苔藓。

那些苔藓，泛着幽幽的光、润润的绿，却隐隐地，仿佛云蒸霞蔚一般，升腾着灼灼朝日之辉。我吃惊地瞪大了眼睛。

斯古拉

◇ 刘亮程

一

这一天的时光是给斯古拉的。所有向上的路走向斯古拉,每一双眼睛都朝她仰望。

我相信仰望可以像云雪一样寄存在天上。几百年里人们对她的仰望,一层层,在山上又堆出看不见的山。后来人们所望的,只是自己日渐堆高的敬仰。

我相信所有仰望的目光都会回来。

这一天,我看见几百年里人们朝她望去的目光在返回来,从银白的峰巅、从云朵、从阳光透彻的虚空中,那些目光回望过来。

我迎着她们在望。

这一天我们被一座山的回忆照亮。那些马蹄和人的脚,踩在往日的蹄印脚印上。

仿佛我们是无知时间里的重来者,仿佛初次望见她的惊喜里包含着不知道的无数次。

那些满含眼泪的仰望，比天空还空的仰望，像看自己的亲人、情人的仰望，什么都看不见被孙女搀扶着上山的盲人阿妈的仰望，跪拜的人群后面羊的仰望、马和牦牛的仰望，都寄放到她头顶的天空了。

谁都不说他们望什么，谁都不告诉谁望见什么，小孩见大人望就跟着望，牛羊见人仰望也跟着望。我们见所有人在仰望也跟着望。在这个永远不需要问什么的仰望里，我们清晰地看见自己，和这座大山里跟我们一样的陌生熟人。

二

这一年年的时间都是给斯古拉的。山脚下叫长平的藏人村庄，叫四姑娘的小镇，都为她忙碌。

赞增说他的马就是为斯古拉买的，以前他在外打工，当厨师。几年前回到村里，买了这匹马，往山上接送游人。

来看斯古拉的人越来越多。早先只是当地藏人祭拜斯古拉。每年端午节的前两天，是属于斯古拉的。这一天，人们把所有的活停下，大人、老人、小孩，远处近处的人，聚拢在一起，都往山上走。牦牛和羊也往山上走，它们供祭祀用，只有上山的路，没有返途。

赞增居住的长平村，上千口人和三千匹马，都为斯古拉干活，把游人驮上山又驮下来。他们卖马的力气挣钱。

赞增说，他每天上下跑两三趟，只收个马的钱。自己来回牵马，都没算钱。

赞增一家五口人，夫妻俩、两个孩子和岳母，妻子在县上照顾大孩子上学，岳母在家里照顾小孩子，一家人所用全靠他的马挣钱。

家里养了三头牦牛，跟邻家的牦牛一起放在沟里，闲了去看看，牦牛不会跑远。人去山里看牦牛时，会带点盐，牦牛爱吃盐。主人给牦牛喂盐的地方，就成了他们的约会点。还有几只羊，它们中的几个，是每年供给斯古拉的。

马道旁不时有巨石悬卧，上面刻有地震坠石文字。

赞增说，"5·12"汶川地震那天，他在斯古拉对面的山上采虫草。整个山轰隆隆巨响，像要垮塌下来，山上的巨石往下滚落。赞增说他从来没有经历过这样的事情，还以为采虫草得罪了斯古拉，手里的虫草赶紧扔掉，双手紧紧抓住树干。

"一棵大松树轰隆隆摔倒，砸在石头上。石头也从头顶滚下来。我吓得蹲在地上。那个时候，不知道抓住什么可靠。抱住石头，石头往下滚。抱住树，树在倒。"

赞增就在那时看见对面的斯古拉，她摇晃着，双臂伸开，像在跳藏族舞。只跳了几步，突然停住。她一停住，所有的山和树，都停住不动了。

马道在乱石和松林间穿行，松树高大蔽日，随处可见倒伏的大树，横架成桥，像要渡什么过去。

步行和骑马的人混杂一起，人像矮树桩，直直斜斜插满山路，都面朝上，脖子伸长，走一截停下缓口气，这里空气本来稀薄，上山的人一多，就更不够用。

三

斯古拉脚下的简易客栈，歇息疲乏的人和马。炉火在这里也有气无力，烧不开一壶水，煮不熟半锅面条。

多数人走到这里原路返回，多数人没有往高处走的时间和气力。

一些人走向海拔更高的下一个营地。我们斜躺在草坡，看步行和骑马的人，拐一个弯消失在山谷。在下一个营地，炉火的力气只能把水烧开到不烫手的温度。马匹全在那里停住，再往上的路是人的，那些陡峭山岩上没有马的落脚处。

还有人往更高处走，走到他们在来路上远远看见的半山腰，站在那里望一路经过的村庄城镇，望游丝一样隐约在山谷林间的路，望朝着斯古拉涌来的人和车辆。

极少数的人攀到峰顶，用剩下的半口气支起沉重的身体，在凛冽寒风吹起的雪片里，面如雕塑，朝下望他们活过的人世，望丢在那里的忧伤和痛苦。据说攀到顶峰的人会莫名地忧伤，无论一个人或几个人。寒冷把表情冻住，不费力气的忧伤，跟在一口口费劲的呼吸后面。没有忧伤，人会断气。

更多时候攀顶的人被罩在云里，什么都看不见。他们出发时山顶晴朗，爬到山腰看见一团团的云飘过头顶，云是斯古拉掀开又披上的白头巾，山有心事，云便汇聚，聚多了下一场雪。阿坝的群山下雨时，斯古拉顶上在飘雪。

每年都有攀登者坠落。山风大，风推着雪和人往上。上山时人抱着一座山，人是山的孩子。下山时人抱不动自己这块石头了。坠落的都是下山的人。人要下山，还有一个东西比人更着急下山，那是人的忧伤，它跟在后面，像一个雪球越滚越大。

四

其实我只看了她一眼。

山路一转，她突然悬浮在半空，完全不像这座山里的山。别的山都翠绿，她银白。别的山蜿蜒起伏，她陡然而立，一尊纯银的锐利山峰，亭亭玉立在群山之上，跟这个世界脱离得干干净净。

这一刻起所有的目光被她吸引。

他们叫她女神。

我看见的是几百年里人们积攒在那里的眼神。我久久地注视也积攒在那里。

以后的时间里是她在看我。

我在她的目光里来了又走，她不知道我回到世间的哪个角落去过生活，我在别处沉默和微笑她看不见，我从这个世界消失了她也不会知道。但是，我会因为她而仰起头，她的陡峭让我在某个瞬间挺直腰。我会想着她而忧伤。我的忧伤不费力气，也不危险。

我从没想过去攀上她的峰顶。我的力气或许只够我在世间度日。我喜欢在一条小山沟里，目送日落日出。在那里，我的炉火有足够的力气烧开水，煮熟米面。

可是，当我回到远处，那顿半生不熟的面条还在胃里。我仿佛还奔赴在她的人群马队中，永远都不走近，只是步行到山脚下，仰头看她，看我寄存在那里的目光，和太阳照暖的云朵、和星星月亮、和所有的仰望聚合在一起。

我这样想着她的时候，什么都耽误不了。就像马夫赞增把一年的活干完，到每年端午节前，属于斯古拉的这一天，把所有的事情放下，把马缰绳放开，带着家人步行上山，在正对着她的山顶，煨松烟，磕长头，把一年的平安、一生的心愿默默倾诉给她。

或许我已错过的每年的这一天，在云朵上积攒成完整的一年。那是我留给她的整整一年。当我在世间的时光不够用时，我就来她的永恒里续命，用她的时间做更长久的事。我会看见四季围着她转，而她在唯一的季节里。别的山长松树，长草开花，她周身银白，不参与生长的事。

我会在她的黄昏里，一山山地看落日。我不知道她的太阳落到哪里。四周都是山。每座山都带来不一样的黑夜。斯古拉在她自己的高高白天里，在那里，落得再远的太阳都在她的地平线上，我沉入黑夜的梦也在她的默默注视里。

鹤鸣湖泛舟

◇梅桑榆

"玉鉴琼田三万顷，着我扁舟一叶"，当离岸的小舟快速向湖心驶去时，我不由得想起张孝祥《念奴娇·过洞庭》中的名句。不过我们乘的不是那种罩着一拱席篷的扁舟，而是叫做"冲锋舟"的快艇。泛舟湖中，不闻欸乃之桨声，亦不闻互答之渔歌，唯闻发动机的低吟与舟后湖水之喧哗。

快艇将水面激起大大的人字形浪花，犁出长长的"水垄"。靠近船尾处，翻腾着数十厘米高的水浪，平静的湖面，虽无拍岸之惊涛，竟也卷起了千堆雪。清新的水汽，沁人心脾，融融的春风，拂面有声。极目而望，湖之东西，水天一色，不见涯际。"纵一苇之所如，凌万顷之茫然"，我等虽非夜游赤壁的苏子，却也有"浩浩乎，如冯虚御风，而不知其所止；飘飘乎，如遗世独立，羽化而登仙"之感。湖中有小岛数处，其上葱茏的佳木，在澄澈的水中映出清晰的倒影。每至一小岛，船工为便于我们拍照，便放缓速度，从附近绕行。那原本静静的倒影，随着小舟激起的水波盈盈颤动，更显妩媚。几座小岛的风景略有不同，有的岛上有凉亭，有的岛下有挑出水面的小木屋，有的小岛旁泊着一艘龙舟。在一处湖岸，有一座木楼，岸下绿波中泊着两艘小游艇，场景如画，令我心动。那座木楼若可借宿，在此休闲度假，或隐居写作，倒是一个很好的去处。

夕阳将西边的天空涂上一抹金色，有无名之鸟被快艇惊起，或三两只结伴而上,或一只独自奋翮,直薄云天,在晚霞的映衬下,展示它们轻盈矫健的姿影。如此诗意盎然之美景,可谓"落霞与孤鹜齐飞,秋水共长天一色"。远处有一快艇绕岛而行,大如贝壳,舟人如豆。这叶轻舟像一面镜子,照见我们在宏阔湖面中之渺小。鹤鸣湖水面万余亩,因天色将晚,我们只能泛舟于湖中一域,虽无法览其全貌,然也可大致领略其美矣。

登岸之后,朋友引我们入一间木屋稍歇。从鹤鸣湖景区的大门至湖岸,沿路有两排木屋相对而立,木墙草顶,如同山野中之茅舍,朴实无华。入其内,方见陈设雅致。我们所在这一间,进门的左手,有一阔大的书法台,供客人挥毫泼墨。右边山墙上有一大窗,可以眺望湖上景色,有长案置于窗下,供客人品茗或对弈。靠后墙有一长椅,三面有靠背扶手,中有小茶几,客人可以盘腿坐于榻上喝茶聊天。

听管理人员介绍,我们方知风光秀美的鹤鸣湖当初其实并不美丽。鹤鸣湖地处汤河中段,前些年因汤河上游受工业废水污染,使其变成了污水湖。近年政府投入巨资,对汤河进行全面整治,使鹤鸣湖的水质大为改观。清澄的湖水,草木丰茂的湖中岛,引来了白天鹅、白鹭、苍鹭等数十种鸟类。湖上如今又增碧湖旭日、秋岛拾金、翠岗晚霞、木屋观鸟、画舫凌波等多处景观。鹤鸣湖,不但成了鸟类的家乡,而且成为旅游休闲的胜地,每逢节假日,如织的游人前来一览湖中秀色,且时有画家、摄影家慕名而至,在此写生、摄影,将湖中风光作为素材,创作出优秀的作品。由此可见鹤鸣湖水光山色之魅力。

管理人员的介绍,让我们颇有感慨。多少年来,有些地方片面追求经济增长,生态环境遭到严重破坏。这种不计后果的蛮干,不但为当地居民带来种种害处,而且贻害于子孙。当地政府为改善生态环境所做的努力,可谓匡正时弊,造福于民。同行的书家听罢介绍,灵感忽来,在书法台上铺开宣纸,即兴挥毫,写下"鹤鸣山城,湖映民心"楹联一副("山城"指鹤鸣湖所在的鹤壁市山城区)。大家纷纷叫好——大力整治生态环境,不正是顺应民心之举;鹤鸣湖的万顷碧波,不正是民众期盼的结果吗?

目光里的松阳

◇ 彭　程

　　在这样的地方，适宜于将眼睛想象成一部摄像机。目光的收放，仿佛镜头的伸缩，将不同距离的目标一一捕捉摄录。

　　此刻，从站立的地方望去，对面几百米开外，是一处宽展的山凹，仿佛张开的臂膀。一幢幢古旧的房屋，沿着山坡的自然形态，由低处往高处，一级级伸延开来。两排相邻的房屋之间，高低落差大约两到三米。而整个建筑群的高度，目测大约在两百米左右。这种层级排列的特点，使得每一排房屋的墙面大部都袒露着，少有遮挡，相互间拼接成了一个层层叠叠巨大的建筑外立面。墙面原本用白粉刷成，但经过数百年风雨剥蚀，大半已经脱落，袒露出黄土的坚实墙体，色调温暖。一排排黑色扣瓦的屋脊，以平行的姿态排列着，分割开这个巨大的土黄色块。黄黑色调的配搭，使画面构图既灵动又凝重。

　　这是杨家堂村，一个阶梯式古村落。

　　几个小时后，视野中出现另一个村庄。这次要更远些，是从位于半山腰处的山路旁俯瞰，目标距离当在一千米左右。整个村子三面被山峦紧紧环抱，仿佛端坐在一把太师椅上。大朵的白云静静地悬挂在村庄上方，映照着蓝得透亮的天空。距目光最近的地方，是进入村口的小路，旁边有一眼方方正正的水塘，碧绿水面有几只白鹅游弋。目光向右后方向挪移，另一条进村的小路旁，有三棵粗壮茂盛的古松树，一字排开，高高挺立在一片青黑色屋顶之上。

这是酉田村，一个台地式古村落。

如果说上面两处分别是中观和远观，那么接下来显然应该说到近观了。

这一次视觉盛宴发生在第二天。目光和目标间的距离，骤然间缩短到只有三五米，甚至更少。这是一个一万多平方米的院落，由前、中、后院及家祠、宗祠、花园等构成。由祖孙三代陆续建造，自清代同治年间开始，到上世纪二十年代民国年间完成。雕梁画栋，美不胜收。尤其是分布各处的众多木雕，技艺精湛，令人惊叹。由鸟兽鱼虫、植物花卉衍生出众多题材，喜鹊登梅、灵猴献寿、岁寒三友等等，尽皆栩栩如生，出神入化。

这是黄家大院，一个美轮美奂的古典庄园。

……

令我的目光牢牢羁留的这些场景和画面，属于同一个地方：松阳。浙江丽水市下辖的一个县，位于浙西南绵延邈远的群山中。

"按节下松阳，清江响铙吹。"唐代大诗人王维的诗句，吟咏的是松阴溪，松阳的母亲河。这条河自西至东贯穿县境，流入瓯江。诗人送友人来松阳任职，在他的想象中，这里江水流溅时发出清越的声响，有着某种鼓乐的音律。这样的诗句，一下子给想象注入了一种悠远浑茫的历史感。的确如此，远在东汉建安年代，这里就设立了松阳县，迄今已经历一千八百年时光。

虽然历史久远，但在大多数时间内，它鲜为人知。这首先是因为地处偏僻。交通不便，信息闭塞，以及相伴生的贫穷落后等，注定了难以有更多目光投向这里。不过这倒也并非全是坏事，所谓祸福相倚云云。过去漫长的农耕时代，这样的地方容易躲过兵燹战乱。今天，经济建设大潮裹挟一切地域，但偏僻的地方与通衢大邑和沿海经济发达地区相比，因为硬件条件的不足，往往慢上几个节拍，滞后若干年。这种时间差，从好的方面讲，可以借鉴发达地区在发展中的教训，不走或少走弯路，不用交付巨额的"学费"。

松阳印证了这一点。僻远的地理位置,让松阳有幸保存下众多古村落,也保存了一个良好的生态环境。这就使它具有后发优势。

这种优势,既是自然的,也是人文的。

作为一个生动的比喻,"天下没有不散的筵席"已是耳熟能详,但对于一个外来人,松阳的山水自然,就是一道永远不会撤席的目光的盛宴,只是随着季节和时辰,不断变换着内容。短暂的几天中,感官积攒下了丰富的印象,足够在此后很长时间里反复回味。这里,蓝天白云是天空的常态,阳光穿过透明的空气倾斜下来,树叶仿佛被擦拭过,熠熠闪光。澄澈清亮的溪水,舒缓而辽阔的茶园,桂花树浓郁的香味,夜晚窗外的蛙声,黎明时分的鸟啼,都让我们一行来自不同大都市的旅行者,有一种超出期待、何其奢侈的感觉。由于水量丰沛,云雾缭绕的景色随时可见,行走山水间,恍惚置身于一幅立体的水墨画长卷中。

更为可贵的是,这巨幅山水之间,保留了一百多座格局完整的传统村落,其中不乏国家级、省级的重点保护对象。这些村落散布在"八山一水一分田"的县境各处,依据当地地形的不同,呈现为阶梯式、平谷式、傍水式等各种样貌。对于眼睛来说,尽管目标姿态各异,却可以用一个成语来概括:目不暇接。

每一个村子都体现了与自然的紧密融合,或以青山为倚靠,或以绿水为襟带,或仰接峰巅,或俯瞰幽谷,山环水绕,林木葱郁。走进村头,或者是一道溪流,自山上淌流下来的溪水汩汩有声,清澈见底;或者有一棵高大粗壮的古树,甚至几棵合抱,伸展的树冠遮住了一大片地面。再向里面走,村中巷弄弯曲幽深,脚步在块石和卵石铺就的小径上敲打出声韵,石径的边沿和墙脚交界处,覆盖了一层湿滑的绿苔。

从外观看,这里的建筑融合了浙闽徽三地的风格,夯土的泥墙立面,拱形屋顶上的青瓦,高低起伏的马头墙,经过数百年的风雨侵蚀,多已漶漫残缺,诉说着岁月沧桑。推开一扇老旧的门板走进老宅,廊道曲折,天井萦回,地面的方砖大半已经龟裂,纹路纷乱。瓦檐下,窗棂旁,屋梁侧,柱础上,到处可见石雕、木雕或彩绘，内容多取材于神话传说或传统典籍，八仙过海、麒麟献瑞、松下问童子、鲤鱼跳龙门……笔法精致、细腻、生动，有祝祷的寓意，有教化的作用，本身也是精美的艺术品。

村子里巷弄纵横交织，幽深曲折。错落的老宅之间，分布着宗祠、庙宇、米碓、水井、水槽、神龛、晒谷坛……一些在别处早已经消亡的农业时代的典型建筑和器具，这里却完好地保留着，仿佛一位历经沧桑的耄耋老者，以从容安详的姿态，淡然地面对外界的纷乱扰攘、兴衰更替。

九月下旬的江南，仍然十分炎热，走不多久就一身汗。快速是天然不适合这里的，需要放慢脚步，放松呼吸，让目光缓缓摩挲视野中的一切，一如时光亘古以来在此处缓缓流淌。坐在百年香樟树的浓荫下，喝一杯用多种草药配制的当地传统的"端午茶"，听着松风时作，溪水潺潺，有一种沁入骨髓般的深长惬意。

这些老屋旧宅及附属的各种建筑所构成的村落，堪称是中国传统乡土建筑群完好保存的样本。而建筑从来是文化的重要组成部分和最为具象化的存在。无论是一座屋宇，一进院落，还是一口藻井，一扇窗棂，整体和局部，大处和细节，处处都弥漫着传统美学的韵味和情致。

但它们显然并非是独独属于审美的，虽然目光最初感知到的正是这一点。在美的种种样貌形态背后，它们还有着更为丰厚的蕴含，承载十分广阔的功能。譬如"耕读传家"，是数千年的农耕社会所尊崇敬奉的价值，一代代地被传承着。这几个字被刻写在无数古宅老院的匾额上，如果是以对联样式张贴镌刻于楹柱上，就扩展成了"耕读传家久，诗书继世长"。在这样的环境中长大的孩子们，每天进出门口时，抬眼所见都是这些字句，耳濡目染中，如何不受到熏陶？传统文化价值观就是以这样具体可感的方式，渗融进了一代代人的灵魂。前面写到的杨家堂村，一个只有三百来人的小村子，是明代开国第一文臣宋濂后裔聚居地，文风昌盛，绵延不衰，近代以来从这里走出的教授级别的专家学者就有五十多人，在众多领域都取得了丰硕成果。

……

正因为如此,松阳享有"最后的江南秘境""古典中国的完美标本"的美誉,在典籍文献之外,为祖先们数千年来所栖身的家园,为一种悠久而充满魅力的生活方式,保留下鲜活生动、具体可感的形态样貌。

现代化浪潮席卷之处,一应城市乡村都无所逃遁。目光所及,几乎到处都是所谓标准化、时尚化因而也是高度雷同化的环境和生活。喧嚣和躁动,忙乱和焦虑,速度和效益……织就一张无形巨网,让人们灵性窒息,疲惫不堪。相形之下,这里幽静古雅的氛围,舒缓从容的节奏,便愈发显得可贵。仿佛是上天的特意安排,在遥远宁静的群山之间,安放一种美好,为了让人们真切地领悟,什么才是诗意的生存。

而这里的人们,也的确没有辜负上苍的这一种厚意。

记忆闪回。抵达松阳县城的第一天,晚饭后,我们一行走到老城区的西屏街上。这是一条明清老街,长约两公里,较为完好地保存了当年的样子,青石板的街路两旁,鳞次栉比排列着下店上宅式的二层木结构店铺,有铁匠铺、金银铺、炭烛铺、锡箔铺、草药店、裁缝铺、棕床店、剃头店、制秤店、拉面店、酥饼店……不下几十家店铺,堪称是一个古老集市的完整标本。单单是一个铁匠铺,就摆放着菜刀、镰刀、柴刀、刨刀、锅铲、锄头、斧头、镐头等等铁器,很多都是我告别在农村生活的童年后再也没有看到过的。盯着这些器物,仿佛看到了一条时光的纽带,绾结起漫长的岁月。

这样的老街,在不少城市中,或者被拆除,或者把原来的住户迁走,经过一番修葺变成旅游参观的项目,居住生活的功能却被剥离。松阳的做法完全不同。当地政府秉持一种"活态传承"的理念,不但让老街的原住民安心住下去,也鼓励来此赁房做生意的商人以店为家。在保持老街的空间风貌及建筑外立面传统风格的前提下,进行现代化的设施改建,大大提升居住舒适度。房子住了人,便有了鲜活的生命气息。传统生活方式的浓郁气息,也就十分自然地氤氲弥漫开来。

随后几天的行旅中，所见所闻，无不在增强和深化这种感受。它们尤其体现在数十个传统村落的再造上。从政府主导的"拯救老屋行动""田园松阳"计划，到民间自发的各种行动，都强调对古村落保护的完整性和原真性。通过政策扶持，让原住户将老旧的房屋改建成对外营业的民宿，通过生态农业、休闲度假、文化旅游等方式，充分展现松阳的山水人文之美。

譬如四都乡平田村。从这个位于半山腰处的村子向四处眺望，目光被几座舒缓绵亘的山峰遮挡。一位经商致富的本地人，向村民租了二十八幢老屋，在政府支持下，请来清华、哈佛的专家进行设计，改建成不同档次的民宿，因为品位不俗，知名度迅速提高，吸引了大批的游客。

其中一处名为"云上平田"的多功能综合民宿项目，让我们大开眼界。这里有茶吧、咖啡吧，坐在宽敞的露台上，可以远望峰峦之上云起云落，近观飞鸟从树梢间一掠而过；一间农耕展览馆，陈列着各种农具，让人恍若回到在田野间奔跑追逐的童年时光；一间艺术家工作室，可以体验蜡染丝绸围巾的制作过程；一间多功能会议室，摆放着现代化的音响设备。伴随着大屏幕上播放出的自拍影像，一位朴实开朗、充满活力的姑娘，介绍她如何辞去杭州的工作，来这里创业，见证从耕耘到收获的整个艰辛而又快乐的过程。

重要的是这里保存了乡间生活的原味。房屋的梁架门窗廊道，都依照原来的格局走向进行改建；木器未经油漆，袒露着天然的色泽和纹路。在各层的房间里，从不同方位的每一个窗口望出去，都是一帧画面：一堵斑驳的老墙，一个逼仄的天井，一池静谧的绿水，一株葳蕤的芭蕉，一片亮蓝的天空，一抹绵延的青黛色峰峦……

置身这样的地方，不由得会想到那一句广为流传的话——

"望得见山，看得见水，记得住乡愁。"

目光作证。在松阳大地上，这是一个生动确凿的事实。

大美如斯长白山

◇ 任林举

将进十月,长白山上的草,早早地黄了。

穿过海水般碧蓝的天空和梦一般洁白的云帆,阳光温暖地播撒下来,将苍翠的针叶林带和赭红色苔原带之间的广大地域,涂抹成一片耀眼的金黄。零零落落的岳桦树因为脱尽了叶子而露出洁白的枝干,沿山坡逶迤铺展的秋草则如某种巨大动物的金色皮毛,在微风中熠熠闪光,一直延伸至远处那道隆起的山岭。

之于北方,这时节,已是入冬前最后一段好日子。在此期间,天空多半晴朗,无限明媚的阳光,常如世间最灿烂、最有感染力的微笑,一闪就会把人心融化。有了这样的照耀,似乎从此大可不必再忧虑或畏惧接踵而至的冬天了。这样一幅暖意融融的画卷,总会让人情不自禁地联想起诗意的、浪漫的或温馨的家园。只可惜,人并不具有动物们的本事,并不能真正在这柔软的深草里安居。尽管有些许的向往,也不过任由一只野性的小鸟,从灵魂的居所出发,掠过晴空,掠过树木,在那草丛中做短暂的停留,随即又飞去,终至无影无踪。想来,还是山间的獐狍、野鹿、雉鸡、野兔、黄鼬等真正与山相守的动物们,比我们更懂得山的真意和种种好处,也更知道如何尽情地享受和珍惜一份自然的赐予。

其实，走在长白山的山脊之上，就已经走在了天空之中。举头仰望，不染纤尘的穹顶似已伸手可及，转腕之间，扯去那层柔滑如真丝般蓝色的天幕，似乎就可摘得藏于其后的那些银光闪闪的星星。再回首，遥看四野以及山下的房舍树木，已然一片苍茫，烟岚下，浑然一团，不过是一片失去了形态和质感的墨迹而已。

及至峰顶，揽蔚蓝澄澈的天池水为镜以自照，却看不到自我的形象或形态。这时，对面的崖顶上已经覆盖了一层皑皑白雪，白雪下赤色的岩壁鲜艳如花，而岩壁下的天池水却装着整整一个深不见底的蓝天。那么，我呢？或许因为山的托举，或许因为长久的凝神伫立，已然成为山的一部分。

忽而有风，从难以判断的方位轻轻拂过天池，原本晶莹如玉的湖面顿起一片波光粼粼的皱褶，蓝色的水体和洁白的云影遂如某种起了微澜的情感，久久不能平静，如悲，如欣，又如悲欣交集。难道说，这就是此山此刻传递给人们的情绪吗？我们的一个四季轮回，对于长白山来说，不过是一个晨昏；而一个昼夜，则不过是它短暂得无法计量的一瞬。我们这嘈杂的人群，就算在山中做永日的停留，也敌不过它一眨眼睛！也许只那么一眨，我们即如从它眼前奋力飞闪的小虫，一去便再无影踪。我们来过，却如同未曾来过；我们沉思，却始终不懂山的心意。

《长白山江岗志略》曾记："天池，在长白山顶……群峰环抱，池高约二十里，故名为天池。土人云：池水平日不见涨落，每至七日一潮……"如此说，这座大山的"心"就更加深奥而不可猜测了。或许，我们的眼，只能在事物的表象上往来穿梭。于是，当我凝立于天池之畔，便索性循着风隐去的方位放眼远眺。目光所抵，正是天豁峰和龙门峰中间的宽大缺口。其间，有一水自天池浩荡而出，曰"通天河"。通天河翻滚激荡，过天门纵身一跃，又化作飞沫流泉的长白瀑布。水，从跌倒处爬起，再上路，便顶起一条江的大名开始独自闯荡江湖，却从此永远告别了母体。

长白山天池是地理上罕见的众河之源。从此处出发，有三条举世闻名的大江，分别沿三个不同方向展开了它们气势恢宏的叙事。松花江向北，图们江向东，鸭绿江向西，一路收纳各种沟壑、石隙间的蛰伏之水，集万千条涓涓细流于一身，浩荡远去。也聚敛，也布施，直把面积达两千多平方公里的原始森林以及林区外更广更大地域上的草木和农田滋养得昌茂葳蕤、生机盎然。

水丰，而后草木生；草木生，而后物类盛；物类盛，而后鸟兽兴。自1702年最后一次小规模火山喷发至今，这座北方之山，上接天宇之灵气，下托土壤之肥厚，在那些远离人们视野的岁月里，悄然养成了一个臻于完美的独特生态。且不说域内数不清的溪流湖泊、大小瀑布、温泉群、大峡谷等别具一格的地形、地貌，但说奇花异木、珍禽异兽就足以令人惊叹。

曾有科考人员做过统计，长白山区现已发现植物种类两千两百余种。其中人参、刺人参、岩高兰、对开蕨、山楂海棠、瓶尔小草等均为国家一、二级保护植物。野生动物同样丰富、繁多，现存约一千两百余种。其中，属国家重点保护动物就有五十种。国家一级保护动物中有东北虎、金钱豹、梅花鹿、白肩雕、中华秋沙鸭等；国家二级保护动物有豺、麝、黑熊、棕熊、水獭、猞猁、峰鹰、苍鹰、雀鹰、花尾榛鸡等。

苍茫林海，不仅是鸟兽的乐园，也曾是人类繁衍、栖居的家园。在锦江、漫江和头道松花江的三江交汇处，人们从荒草和乱石中发掘出了一处满族人先祖栖居之所——讷殷古城。据清通志《氏族谱》记载，讷殷古城是古老的女真部落讷殷部的一处兵城。如今古城的残垣断壁和漫江边的古渡遗迹还依稀可辨，只是讷殷部后裔大多已经走出他们最初的家园，分散于世界各地，很多人也不再知晓或记得自己的来处。但长白山却以一个见证者的姿态，铭记着一切，并小心珍藏着一切。

一年三百六十五天，长白山有两百多天独自站立于冰雪之中。在漫长的冬天里，鸟兽都从长白山的主峰上撤离下来，除了偶尔路过的老鹰，天池附近几乎看不到什么生物了，甚至连树上的叶子都纷纷离开，去了更加温暖安全的角落躲避风雪。平均八级以上的大风雪，经久不息地吹过十六峰的垭口，呼啸着在天池边上荡来荡去，高山一半陷于冰封的大地，一半隐没于云雪相接的天空。人迹罕至、冰冷寂寞成为这个苍茫洁白的山脉和冰雕玉琢的山峰所处的常态。

正在我胡思乱想之际，忽有黑云从天池的西北角斜刺里杀出。先是如丝如缕，然后渐浓渐厚，而后，呈现出翻滚浩荡之势。不多时，整个天池已经在彤云的覆盖之下，冷风中，已经有密密麻麻的雪糁凌厉而下。长白山，又开始进入另一季的云遮雾掩。

我们像逃避噩梦一样，从山顶仓皇向下"逃窜"。一直逃到山下，心绪仍裹在那团云雾中难以解脱。可是，回望山顶，虽然已被一层白雪严严覆盖，但那一袭醒目的晶莹剔透与上方宁和、蔚蓝的天空以及山下红黄间杂的秋叶形成了妙不可言的相互映衬，显现出一派华美明丽、豁然开朗的景象。长白山的天，就这样说晴就晴个透彻！

午后的太阳在西边的树梢上缓缓地下沉着，暖色的夕照照在周围树木的叶子上，使它们拥有了光的质感。于是，一切都变得通透起来，红的如火，黄的如金，也有一些树叶仍然青葱，苍翠如玉。当阳光照在河水上的时候，从远处看则明亮刺目，仿佛河床里流淌的并不是水，而是融化了的金子。

走至近前，却完全是另一番景象。河水清冽得如同无物或如液态的风，河底丰茂而浓密的水草在流水的"吹拂"下，俯仰自如，微微地泛起绿色的波浪。天空和岸边树木的颜色倒映进来，在水流中轻轻摇荡，恍如多彩的梦幻……这一湾明媚的秋水，不知道从哪里缘起，又将在哪里终结，但它却在我的心里激起了无边无际的喜悦。有那么一刻，我甚至感觉到已经窥见了长白山那华贵、美好的精魂。

我决定在长白山下的客舍里住下来，用长白山的温泉水洗濯我落满灰尘的心怀。

这一夜，我睡在了山的怀抱之中，仿佛在温热中"液化"并与山融为一体。

南　山

◇沙　爽

在卫星地图上翻找了半天，才算找到这片山谷，虽然地图上并无山庄的标记，只看得见大片深深浅浅的绿。缩小画面，能看得出周围山脉的走势，一波一波，像巨型的浪涛在大地上推进。

难以置信，我曾经就住在这巨浪间细小的褶皱里。整整一月，群山围裹，我仿佛端坐于莲花的中心。离得最近的这一座，我不知道它叫什么，或许它原本也没有名字。它在山庄的南侧，就叫它南山吧。秋天深下去之后，山上枝疏叶落，现出山腰一块平整的巨石，上书一个偌大的红色"寿"字——东篱未必有菊可采，也不能奢望当真寿比南山，但只是每天对着它看看，就已经很好了。

这南山的走向，是从西北斜往东南，中间拐出的一个圆弧，让山脚下一条从北边过来的小河改而东流。至于我住的这栋小楼的西墙，就紧挨着它东北侧的山脚。大约是山庄施工的时候，削去了最下方的一部分山石，有两三米高的山体近乎垂直，构成一道天然屏障。这画屏上树根裸露，满覆青苔，有时我从其下走过，抬头看上面的那些树，总觉得它们立足不稳，险险就要滑落下来。

到达山庄的第二天一早，我跑去南山探险。山上建了座凉亭，铺设了游览栈道，绳索上五颜六色的三角小旗，勾勒出安全的探险区域。我沿着小旗一路辗转腾挪、就高伏低。栈道曲折，一侧的山石和杂树枝干堪堪擦到我的肩膀，老树根上的青苔色泽鲜润，散发着夏天将尽的衰腐气息。而另一侧，透过枝叶间隐约的缝隙，偶尔可以窥见山脚下的小河，河面上缭绕着乳色的晨雾。雾色薄淡处，河水跳荡银亮的波光，炫人眼目。

　　我在那条山路上奔走了半个多小时，最后沿着一道谷地下得山来。那是积年的山洪冲刷出来的天堑。曾经的洪水想必气势惊人，它们从山顶搬运来这么多巨大的石块，顺带着还把两侧的山体削成了峭壁。这些巨石如今长满青苔，它们之间的缝隙里隐约流淌着纤细的泉水。我正漫无目的地东看西看，不远处的峭壁上突然有什么东西蓦地跳起来。当它再次起跳，我看清那是一只松鼠，浑身深褐色的毛皮，一旦它停下不动，就整个隐身于那峭壁肥沃的土色之中。也许，它刚才正在崖下饮水，却被我的到来贸然打断。我觉得它正在悄悄观察我，于是主动打了个招呼："嗨！早啊！"它未予理睬，又跳了两跳，在峭壁上方的树丛间消失了。

　　过了一天，我决定改变探险路线，离开凉亭和人工砌成的石阶，奋勇向山上攀缘了一程。这条山路隐现于杂草丛中，坡度陡峭，肯定超过了七十度，很有可能是当地人采摘山货踏出的小径。我的攀缘进行得十分短暂，停下来回望来路，检点自身的技术和装备，都不足以保证到达山顶并安全返回。虽然那条通往山顶的小径孩子气地充满诱惑，但中年的理智让我草草收兵。我小心翼翼地抓住两边的树枝，一点一点往下蹭，这个过程相当缓慢，中途有了意外收获——草丛之中竟然藏着一朵蘑菇！虽然它的伞盖比一元硬币大不了多少，但仍然是个慷慨而巨大的馈赠。我小心地把它摘下来，仔细地嗅了嗅，有点儿香，是一股厚而钝的、近乎木质的香。它平坦的伞面呈浅淡的褐色，我就此猜测它可以食用。在我的老家郑屯，山里并不生长蘑菇。唯一常见的菌类生在房前屋后阴湿的旮旯里，细脚伶仃，名唤"狗尿苔"，有毒。时至如今，我对蘑菇的认知仍停留在菜市的摊床上：杏鲍菇、金针菇、香菇、晒干的山蘑菇。这最后的一种，我只在纸页上见识到它们繁盛的家族。

这山里多雾。第一眼看见淡蓝的群山之上晨岚飘荡,我忍不住惊呼出声,下定决心此后每天早起跑步——必须做出点什么改变,才能不辜负这短暂的仙境。跑步自是没能坚持下来,但晨起看雾却成了习惯。偶尔起得迟了,那山岚也仿佛有灵犀似的,要一直等到我看上它们几眼,方才慢慢飘散。有一天,我看见乳白的雾岚像一道厚重的长方形帘幕,悬垂在南山的山坳中间,好一会儿,它一动不动,但色泽却在变浅,好像许多层纱帘正被看不见的手从后面一层层揭开。突然之间,雾帘飘然四散,而云朵在天上却越聚越多,有几朵云凑到一起,变成一只巨大的鲸鱼,向东方的天空慢慢游去。

又一天,山中下起小雨。雨声淅沥,把对面那排小木楼朱红的屋顶洗得鲜丽异常,楼前通往河边的甬路黛青发亮,映出南山的一角阴影。而东边的山谷里云奔雾走,山巅浮于云海之上,时隐时现。南山因为离得近,山上的杂树枝叶清晰,有绿有黄有褐有红。浑圆的山顶一缕淡蓝的薄雾,呈现出 Photoshop 软件里的涂抹效果。我久久立于廊下,看眼前山景须臾变幻,只觉得生在山中,得见此景,已是不枉的了。但是景物熟识,便可能熟视无睹,美景也成了围城。转眼到了半下午,倏忽间云收雨住,阳光从南山上方斜斜地扫过来,把满山的雾气扫得干干净净。

我在山庄里住了一个月。谁说山中无甲子?山中的季节凸显于每一株草木之上,远比城市里的时间流逝得清晰真切。最后的那几天下午,我舍不得回到桌前写字,就坐在山庄里那架秋千上闲荡。对面的群山色泽丰美,阳光织就的五色毡毯轻轻搭在我的背上。我希望时光凝止,而我永远坐在这儿,看云彩一点点聚集在头顶,再悠然散尽。就这样,松脂滴落,地老天荒。

城子的生命力

◇沈　洋

去泸西，城子必去。

一个小坝子，一围群山环绕。坝子不大，却有水缘。一条大河淌过，弯成弓形，正好与城子古村来一个紧紧的拥抱。山不大，却有灵性。那些山，有着国画的轮廓，起伏有致，韵味十足，是典型的滇南地区个性独特的山，不以个体山雄奇显胜，却以连绵起伏、凹凸有致构成别样风景。城子古村落，就贴在这样的山坡上，享尽了背靠山峦、河流怀抱的极佳风水。

城子的特点，是那些民居。全是土掌房，从山脚沿山坡趁势而上，前一户人家的楼顶，即是后一户人家的场院，就这样一级级相连，一户户相通，从山脚第一户人家进去，穿过四合院，七弯八拐，上几道青石板铺就的石梯或者松木板搭就的木梯，就可以像孙悟空神出鬼没般上到另一户人家。如果兴致大好，甚至可以穿越到山顶上的第十七户人家。如此神奇的建房格局，真可谓家家相通，户户相连，总是让人想起《地道战》里那些横七竖八的地洞。你还别说，这城子村的民居建筑，还正是有着攻防战事的考虑。可见，城子，这里的历史决不像现在的云淡风轻，只会滋长情调与浪漫。

城子村的历史是悠久的。《广西府志》记载：明洪武十四年，颍川侯傅友

德、西平侯沐英克云南改路为府,以土官普得领之,传至昂贵。城子古村,属彝族先民白勺部的聚居地,随着历史的演进,大批汉族居民逐渐迁入。明朝成化年间,土司昂贵在此建造土司衙门,改城子古城旧名"白勺"为"永安府",一时间,这块风水宝地得以脱胎换骨,当地人赖以生存的土掌房如雨后春笋般冒出了一大片,规模宏大,形成府城,一跃成为滇南政治、经济、文化的中心之一,盛繁至极。

位于城子村的制高点,后人在昂贵土司府遗址建了高大气派的灵威寺。参天古木,一级级向上延伸的石台阶,高深的院墙,精致的门楼,无不尽显这个四合院的气势恢宏,彰显着这座看似平凡的小山头的不凡之处,昭示着城子曾经的古老与辉煌。

走在城子古村,一条条古街巷通向村庄的深处和高处,或横或竖,或直或弯,无不透露出这个古村落的神秘。地上是清一色的石板铺就,经过村民和游人经年累月的踩踏,都磨出了时光的影子。

抬头看那房顶,总是给人以神奇的感觉,无非就是碗口粗的当地栗树作梁,疏密有致地搭在土墙上,铺上横梁、劈柴、木棍和松针,再铺上当地和好的黏泥蜂窝土,摊平后人工用棒槌反复捶实,土掌房的顶,就这样筑成了。奇就奇在这种看似粗糙的建筑,实则极为牢固和实用,那楼顶你走上去就像走在砖混结构的楼房顶上,稳当,踏实。看是泥土压实,本以为会在雨水季节漏雨,或者成稀泥状,其实不然。当地一位大爷告诉我们,因为是用当地的黏土反复击打压实,多层堆叠,很是细密,即使偶有木头腐坏,另换上一根,毫不碍事,哪里真的漏雨,再压一层泥上去,一切安好。城子村的土掌房,还有一个重要的特点,除承袭了当地土掌房传统的四方墙体土木夯顶,层层相连户户相通的特点外,像"李将军第"这种汉式门头、坡顶、门头下方斗拱等建筑构件齐全、完整的民居,大量吸收了滇中地区汉族人传统四合院落的建筑风格,深得汉式建筑之精髓。今天,当你走到城子古村落,还能看到高大森严、气派雄伟的四合院,合理的布局,高雅的格调,高大的门楼,还有那飞檐翘角,雕梁画栋,那精美木雕，无不体现出城子先民高超的建筑艺术和兼收包容的开放胸襟。

我们去的当天，正值深冬，但阳光明媚，一户人家正请了村里的壮年男女帮助盖房，五六个男女在房顶上忙得满头大汗，有的挑土，有的洒水，有的洒松针，有的用棒槌夯土，那棒槌七上八下，打击得啪啪直响，发出的声响像是一首粗犷豪放的彝王曲。旁边的一户人家正在搭木架，一根根巨型圆木或方木纵横交错，一看就是大兴土木的架势。后来一问，才知是当地政府正在统一恢复一批古院落，这自然让人欣慰，地方政府重视古村落的保护，群众欢迎，功德无量。

走到上台人家，正好一对中年夫妇在拧玉米，男的把玉米棒子背上楼，倒在晒台上，女的则把一根根玉米棒子扔进正在转动的机器，只听喀嚓喀嚓声此起彼伏，却不见地上堆着机器拧下来的玉米粒，我好生好奇，上前询问才得知，原来，每家每户的楼顶上都留有一个小孔，刚打下来的玉米粒，直接通过小孔，哗啦啦淌进了楼板下房子里的粮仓里。这种玩法，说句实话，我还真是第一次见识。

再转身好奇地看看旁边的一个圆形围子，外面用竹篱笆包围，里面全装满了玉米棒子，直径一米来长，两米来高，每家每户的楼顶上，都竖着三五个这样的围子，要是从高空俯瞰，还误以为是炮筒呢！其实不是，这就是当地群众储藏玉米棒子的一个简易"粮仓"。可别小看了这围子，既通风透气，还能享受适量阳光，保证玉米棒子不至于霉烂。在今天看来，这些生存技艺似乎不起眼，但我想，就是当年叱咤风云的昂贵土司，也不一定会想到，他的后人竟然会有如此发明创造吧！是啊，历史，从来都是普通的劳苦大众创造的，这话，到了今天，依然是那样有生命力。

去城子村最好的季节，是在秋天，每户人家都在墙上悬挂了一串串金黄色的玉米棒子，每户人家楼上，都堆上三五个玉米围子，加上村子里一层一层递进上升的土掌房，那横的竖的线条纵横交织，错落有致，整个小山头上千余幢有六百多年历史的土掌房挨在一起，构成了一幅奇特的画面，有油画之厚重多彩，亦有国画虚实结合、变化莫测之水墨气韵。

无疑，这样的古村落，成了摄影家的天堂，成了驴友们的最爱。每一天，总是有无数的驴友慕名而来，或自驾车前往，或飞机转火车转汽车转面的，或三五成群，或只身一人，或全家出游，或情侣漫步。或看夕阳西下，或看旭日东升，或看紫气升腾，或看轻岚弥漫。在城子古村落，不用刻意去看什么，不一定去看雕梁画栋的深宅大院，不一定去深究姊妹墙的历史演变，尽可以随便走走，与村口的老爷爷老奶奶摆摆龙门阵，给奔跑而过的流着鼻涕的小娃娃拍张照，跟着穿过村庄的一头老牛随便走，看几条悠闲的狗在村中漫游，等等，不一而足。总之，每一个人在城子，都会找到适合自己的心境。或失意，或失恋，到了城子，都会被城子的宁静消解。即使正春风得意，狂傲不羁，到了城子，也会对得意下另一种不同的定义。

快离开城子时，我们来到了滇军六十军一八四师师长张冲上小学念书时的学堂。说学堂，其实就是一个小院落，正面一间简易的土掌房，上下两层，一楼上课，二楼住人，里面还供了张冲像。因为刚写完抗日题材电视剧《锻刀》不久，曾认真查阅过滇军的抗战史，对张冲十分崇敬，因此我怀着一颗虔诚之心，上楼看了其早年休息读书的简易之所，这位曾经在台儿庄战役和禹王山战役中让日军闻风丧胆的抗日英雄，竟然就是从城子古村这间简易的土掌房里走出去的。正是他，用城子村彝家汉子铁打的肉身，筑起了一道保家卫国的精神长城，这种血脉，直到今天，还一直在城子村流淌、蔓延，怎不叫人感慨。

岛上人家

◇ 盛文强

  岛上人家的宅第高大，大宅的门楼似乎有腾跃之力。修建这座大宅时，正逢他人生中的盛年，因此连门楼也带有了他当年的秉性。如今他已老去，连走路都喘粗气，门楼却还葆有年轻时候的朝气。当他出现在自家门楼下，使这种对比更加鲜明，大宅仿佛不会老，老去的只有肉身。

  推开他家的黑漆院门，照壁上画着鱼纹，两尾大鱼迎面扑来，接近一人高的鱼身，拱卫着照壁中央的巨型福字，底部是鳞片式的海水波纹，这是岛屿家宅的喜闻乐见的图像系统，照壁的顶端写着"海不扬波"四个小字。海不扬波，即是渔人心目中的平安。

  转过波光荡漾的照壁，可见内宅坐北朝南的几间正房，有的住户还垒起了二层，铁锚在房顶，黑铁的枝丫生出三股分支，枝丫的末端生着菱形的铁叶，用来钩住泥沙或礁石。铁锚弧线中隐含着随时收拢趾爪的紧张状态，直到废弃不用时，也没有丝毫放松。房顶上的铁锚往往成双成对出现，这与双船拖网的作业方式有关，彼时渔船论对，两条船各自拉住网兜的一翼，将网兜撑开。两条船已不知身在何处，只留下来自两条渔船的两只铁锚，它们在房顶上赫然抽枝散叶，旁若无人。它们各将一只尖爪举起，锚尖已然磨圆，它的尖锐趾爪被海上岁月消磨殆尽。黑铁的错杂的枝枝蔓蔓，冷硬的火焰交缠，勾起人们对海上生活的回忆。

　　渔网的大团碧绿随处可见，网线之间还夹杂着塑料的白色浮球，球上有两耳，网线在耳洞里穿过，浮球是空心的，在海中漂浮，托起网片的一端。而网片底端，则坠着铅皮，轻与重的配件，两种截然相反的属性，在网上并行不悖，它们使网在海里站立成一堵墙，拦挡往来的鱼群。院内有菜畦，齐腰高的渔网片，充作篱笆墙，透过网扣，看到瓜藤缠绕在竹竿搭成的三脚架上，竹竿的底部，还攀附着牡蛎和藤壶的痕迹，那些釉质的白斑，是牡蛎留下的底座，牡蛎已被利器铲走，而藤壶的环形废墟，犹如喷发后的火山口，这是当初插网用的竹竿，在海泥里站了多年，又回到了陆地，做的还是与以前相似的活计。白菜乱蓬蓬的叶子偶尔出现在瓜蔓阴影中。菜园旁边，有黄狗在吃食。它的食槽，是剖开的浮球。带有耳朵的另一半，遍寻不见，抬头才见它倒扣在屋顶的烟囱上。暴雨即将光顾岛屿，开口朝天的烟囱，是雨季里的疏漏，已被悄悄掩起。

　　墙上的图案，最能见出主人的审美情趣，经主人深思熟虑，才最终选定。岛上的泥瓦匠手里，大多保存着几套老图样，流传了不知多少代，这些纹样里或许就有不少来自遥远的古代。那时节，海星的图案出现在墙头，院墙的四围，每隔一段就会有一个暗红的海星，它们五爪翕张，带有不易察觉的弧度，仿佛正在蓄力推水，海藻的波浪线条夹杂在海星之间，叶片倒向一边，显示出海流的方向，方盒式的围墙也因有了这些小图案而活络起来。

　　此刻，偌大的宅院无人，雨后的院落里布满闪烁的水洼。在岛屿深处，这样的弄堂还有很多，处处留着岛上人劳作生息的痕迹。任择一处，就可度过一生。

琅琊山记

◇斯 雄

环滁皆山。山者，琅琊山也。

琅琊山处滁州城西南，属淮阳山地的东延余脉。东晋之前本无名，当地人统称其摩陀岭。西晋末年，琅琊王司马睿因避乱"驻跸"于此，后司马睿成东晋元帝，此地借帝王之光，沾染上灵气。

至唐代大历六年（公元771年），滁州刺史李幼卿在此兴建宝应寺（即今日之琅琊寺），将此山改名琅琊山。

琅琊山有大小丰山等七十二座山头，总面积一百一十五平方公里。山不高，最高的花山，海拔亦不过三百三十一米。境内茂林幽洞密布，碧湖流泉成网，动植物品种丰富，四季景观迥异。只可惜，很长时间并未引来人们格外的垂青与眷顾。

"滁之山水得欧公之文而愈光"，所谓"欧公之文"，乃北宋欧阳修之《醉翁亭记》也。

欧公于北宋庆历五年（公元1045年）由河北都转运按察使任上被贬谪到滁州任知州。第二年夏，于琅琊山丰山脚下幽谷中发现一眼泉水，"俯仰左右，顾而乐之，于是疏泉凿石，辟地以为亭"，亭取名为"丰乐亭"，并撰文《丰乐亭记》。同年，与丰乐亭一山之隔处，琅琊山开化禅寺的住持僧智仙为欧阳修建醉翁亭。欧公常与同僚到此游乐饮酒，兼办公务，作《醉翁亭记》以记之。

"两记"的问世，轰动一时。特别是《醉翁亭记》，文字生动，语言精美，既赞琅琊山"林壑尤美，望之蔚然而深秀"，又因一句"醉翁之意不在酒，在乎山水之间也"而成千古绝唱，传诵至今。

北宋元祐六年（公元1091年），苏轼应时任滁州知州王诏邀请书写《醉翁亭记》并刻碑。珠联璧合的"欧文苏字"，使醉翁亭更名扬天下，让琅琊山愈名声大震。

琅琊山并丰乐亭、醉翁亭等，遂成滁州一景。醉翁亭列全国"四大名亭"之首，与丰乐亭一起，成历来探幽访古之士向往的胜迹，并称"姊妹亭"；丰乐亭下的"紫薇泉"，则与醉翁亭的让泉合称为"姊妹泉"。虽经历史沧桑，然屡废屡兴，生生不息。

《醉翁亭记》尽显欧公悠游山水、饮酒作乐的怡然情怀，或有人以为他因受贬守滁，有不问政事之嫌。实不然也。

欧公自号醉翁，表面纵情于诗酒山水之乐，心中想的还是人民社稷。所谓"居庙堂之高则忧其民，处江湖之远则忧其君"，欧公实乃忠君、忧民的践行者。

老子云：我无为也，而民自化；我好静，而民自正；我无事，而民自富；我无欲，而民自朴。欧公深得圣人圣言之精髓，知滁时，行"宽简之策"。欧公曰："以纵为宽，以略为简，则政事驰废，而民受其弊。吾所谓宽者，不为苟急；简者，不为繁碎耳。"亦即施政讲究宽容和简化，办事遵循人情事理，不苛刻武断，不繁缛琐碎，不求博取声誉，只要把事情办好就行。朱熹评价他："公至三五日间，事已十减五六；一两月后，官府阒然如僧舍。"

欧公知滁两年又四个月，时间不长，在琅琊山留下诸多人文遗迹，还有流传千古的不朽诗文；而政声卓著，百姓安居乐业，更给滁人留下不可磨灭的记忆，"不见治迹，不求声誉，宽简而不扰，故所至民便之"。

欧公后来曾权知开封府，其前任为以威严著称的"铁面老包"包拯，而欧公仍行"宽简之策"，照样把开封府治理得井井有条。清代有人在开封府衙东西两侧各竖一座牌坊，一边写着"包严"，一边写着"欧宽"。

"宽简之策"乃欧公一生为政的风格，深得民心。与他的不朽诗文一样，代代传颂，以至于今。

当地人说，滁州借欧公之文，不是止于扬名，而是始终在建设、管理和发展上，力求简约，以民为本，"所至民便之"，借欧公之光而愈光。

如今的滁州，欧公陶醉的山水仍在。琅琊山被列为全国首批十大国家森林公园之一、国家重点风景名胜区，琅琊寺、丰乐亭、醉翁亭、会峰阁、清流关等自然或文化遗产，始终焕发着人文的光芒。在醉翁亭景区，亭虽几经损毁、几经修复，翼然之势依旧；让泉仍水声潺潺，先入方池，后入玻璃沼，终年恒温；欧公手植梅花，谓之"欧梅"，历千年不忘绽放；另有移置的菱溪石，旁边刊有欧公撰写的《菱溪石记》，诉说着菱溪石得宠失幸再三却宠辱不惊的故事……

后人在亭北侧建有"二贤堂"，供奉的正是北宋两位贤良知州欧阳修和王禹偁——这可看做是对欧公最好的肯定与褒扬。近年又有新辟的景点，命名取自欧公之文。如"同乐园"，辟有广场、乐乐馆和书法长廊，名字取自"醉能同其乐，醒能述以文"；沿琅琊古道前行，群峰之间一泓湖水，清澈如镜，稍加修缮，崇尚自然，谓之深秀湖，取"蔚然深秀"之意。景区全天对市民免费，二十四小时开放，每天游人如织：年轻人在健足，孩子们在嬉戏，老年人在跳广场舞、唱黄梅戏……徜徉在琅琊山景区里，一派放松与安详——这与欧公当年描述的琅琊山怡然景象，何其相似也！

山水因人而闻，或不鲜见。然欧公为文为政为人之风格和品德，浸润在琅琊山这片土地，为人称颂，历千年而不绝，泽被后世，发人深省。古往今来，能有几人与之争？

琅琊山环滁，自古及今。然环滁皆美，环滁皆善也。信夫！

时光蝶影

◇ 苏沧桑

一

中国南方，安吉。碧凤蝶蛹如一粒星，深嵌在竹海无边的暗夜。一阵风过，它晃了晃，将自己紧紧钉在一片食茱萸叶上。破茧成蝶之前，是它最脆弱的时刻，也是最危险的时刻，随时可能葬身天敌的口腹。又一阵雨过，它将体内的液体涌向胸部，挤爆蛹壳，体液在两分钟内顺着翅脉注入了翅膀。它的复眼紧盯着离它最近的竹茎，拖着湿漉漉的身体艰难地攀爬上去，等待着清晨的第一缕阳光给予它展翅飞翔的能量。

竹海不远处，是安吉鲁家村，此时此刻，一个叫朱仁斌的中年男人，刚刚结束与"田园鲁家"一位投资商的谈判，伸手关掉了村委会大楼最后一盏灯。六年前，他也如蝶蛹般步履维艰，在无数个暗夜里，等待着清晨的第一缕阳光。

鲁家村，在浙北大地上显得过于平凡，甚至低于平凡。山不高，树不多，水不清，有名的穷，有名的脏乱差，最有名的是村口有个看守所，全县卫生排名曾倒数第一。村里全是黄泥路，毛竹从山上运下来，车子倒个车掉个头都难。

像中国大地上无数古老的村庄，蜜饯般滋味复杂，酸甜的记忆里，弥漫着枯败的气息。

自小习武的朱仁斌，身材高大，做了多年建材生意，人脉广、肯做事，在老村支部书记的劝说下，勉为其难地答应回来接他的班。新官上任的朱仁斌去城里理发，理发店的老伙计是个同村的残疾人，说，阿斌啊，我都不好意思讲自己是鲁家村人，你把村子搞搞好，我在外面理发也有劲啊。

朱仁斌像被抽了耳光一样，脸上热辣辣地疼。别的先不说，把村子弄干净再说。说干就干。拆简易厕所，拆破烂草屋，买垃圾桶，雇保洁员，选妇女队长监督，挖污水管道。天天开车转悠，副驾驶座上放着宣传册，后备箱里放着扫帚和簸箕。慢慢的，村民只要看到被风吹到路上的垃圾就会弯腰拾起来。外来的泥水匠乱堆砂石，村民们一步不让直到对方把砂石清走。三年后，奇迹发生，鲁家村的卫生从全县倒数第一排到了全县第一。

大年初一，朱仁斌正在值班，亲戚打电话来说，怎么原来的破烂屋都没了，找不到进村的路口了，这么干净的一个村子，都不敢相信自己的眼睛了。朱仁斌放下电话，就去小店买了挂鞭炮放起来。没想到，村民们也三三两两去小店买了鞭炮跑到村委会门口放。烟雾弥漫中，朱仁斌听不清村民们在说什么笑什么，但他感到自己的眼角突然湿了。

二

清晨的第一缕阳光穿透了竹林。谁能在最短的时间内长得最高最快，谁就能享受充足的阳光，竹子是，碧凤蝶也是。蛹壳内六个月漫长的等待后，它循着太阳落在竹叶上的光斑，奋力爬行到最合适的位置，使阳光最大限度地照射到整个翅膀，在一两个小时内把翅膀晾干，并从阳光中聚集飞行的能量。

如蝴蝶翅膀般聚集能量，是朱仁斌和他的伙伴们让鲁家村羽化成蝶的最大奥秘。鲁家村太穷了，无好山无好水无古迹无产业，什么资源都没有，六百

多户人家,两千多人,县里集体收入少的村也有五十万元,鲁家村只有不到两万元,还有一百五十万元的债。朱仁斌一心想把村子变成美丽乡村,让村里人过上好日子,不自卑,不羡慕别村人,就要修路、修河道、建幼儿园、造风景,哪里都需要钱,怎么办?

自己垫钱,自己担保,拍卖空置房,给外地的鲁家村乡贤们打电话求助……一个个苦思冥想出来的点子一个个变成现实,尤其是他花了大价钱做的美轮美奂的鲁家村未来PPT,立即吸引了众多乡贤慷慨投资。但他深知,他走的都是"险棋",哪一步走错都将万劫不复,好在一直有政府扶持把关。后来,加上土地流转、政府奖励等等,村民服务楼、村幼儿园、老年活动中心、篮球场陆续落成,还挖了湖,建了绿道,种了花草,造了铁轨,引来了观光小火车和一个个投资商。又穷又脏的鲁家村短短几年后,变成了全国创建美丽乡村精品示范村。

"花了一千七百多万元,村委会没有欠下一分钱。"朱仁斌说。

"你的白头发可多多了。"朱仁斌的妻子在心里说。

三

在阳光的蒸腾下,碧凤蝶的翅膀逐渐变得轻盈,身体变得柔韧,它轻轻打开了双翅,迎来了生命中的第一次飞翔。当它腾空而起,整个竹海立即虚化为模糊的绿色,像亘古的时光,而蝶影是天地间最美的主角。黑色的翅膀上下翻飞,缓慢而有力,翅尖斑斓的蓝紫色,在阳光里格外耀眼。碧凤蝶目标明确,羽化后三十天艰辛的飞行,只为了与另一只碧凤蝶美好的相遇、相拥。

白手起家的朱仁斌和他的村民们艰辛的"飞行",也是为了以前想都不敢想的"美好"。美好,在鲁家村村民曾经的日常里,是一个不切实际的词语。

"这个村庄特别让我感动。"老同学三雄到湖州任职才几个月,就跟我反复说了好几遍这样的话。禁不住好奇,2017年小雪前,我走进了正沐浴在一场冬雨里的鲁家村。

走过一些古村,写过一些乡愁,嗅觉里、记忆里总弥漫着一种陈旧的气息、伤感的情愫。而鲁家村,在冬雨里,如一个少年郎,蹦蹦跳跳地站到了我面前。它的相貌有春天般的葱茏湿润,他口气清新,举止活泼有无穷的活力。

在色彩暗淡的冬季大地上,"田园鲁家"如一曲音色明亮的牧笛。

一辆貌似童话里的红色小火车沿着四点五公里长的铁轨,载着我和慕名而来的人们穿梭在万竹农场、葡萄农场、野猪猎犬农场等十八个家庭农场之间。油绿的蔬菜、茂盛的野山茶、波斯菊、竹林、药材,以及野山羊、野猪、鸡鸭、白鹭依次在我们视线里掠过,白墙黑瓦倒映在湖面上,青色的远山倒映在建筑工地某一片清亮的积水上。一切都是崭新的,只有人是旧的,朱仁斌是旧的,他的妻儿是旧的,外地回来的乡贤们是旧的,从村里走出去的年轻人也都是旧的,而他们脸上显露的自豪却是崭新的,一目了然的。

小火车载着我们穿过低丘缓坡,穿过"春分""谷雨"等二十四节气为主题的一段段时空,原本一穷二白的鲁家村,居然成了一个偌大的风景区,吸引了很多游客,特别是亲子游的游客。看山水,逛竹林,认动植物,看柴火灶上的古旧年画,采农场里的菜,钓农场里的鱼,自己在老灶头上做来吃……

一个传统的农业村,被纳入国家首批十五个田园综合体项目之一,村集体资产达上亿元,而一千七百多万元的基础资金,已撬动了三十亿元的有效投入。

"这些钱,都是村民的。让我先吃口饭,等会儿要跟你们详细说说。"刚送走一批专家的朱仁斌,急急赶来陪我们已近尾声的晚餐,端起一碗已冷掉的米饭边吃边说。

"真了不起。只是您太累了。"告别时,我由衷地说。

"刚开始时,才叫累,太难了。现在好了,不算累。"我明白他说的累,是心累。

从无中生有,到风生水起,短短六年,需要的何止是心智?

四

竹海浩瀚，羽化腾飞的碧凤蝶完成繁衍的使命后，在三天后的一场大雨中死去。它短短的一生，看不到这片竹海的未来，但它的后代，后代的后代，会亲历这片竹海以及那些村庄的枯荣。

朱仁斌喜欢看美国电影，特别是西部大片。他无比羡慕片子里的田园风光：广袤的土地，无尽的草原，朴素的农舍，成群的牛羊，悠然自得的人……他没想到，有一天，这一切在自己的鲁家村也能看到。当然，他觉得鲁家村还不是他心中最美好的样子，无需过多的赞美。他相信有一天它会更美，他的村民们也信。

中国大地上，每一个村庄都在经历一场"蝶变"，最终变成什么样子，那只在大雨中死去的碧凤蝶不会知道，但世世代代的碧凤蝶会知道。假如竹林是亘古的时光，蝶影是村庄的变迁，只有将它的飞翔放在历史的坐标里考量，才能看清楚，它的远方在哪里。

光泽走笔

◇王必胜

光泽，闽西北山区一个小县，素有七山二水一分地之说。山与水为光泽获得声名，山是绵延起伏的武夷山北段，水有闽江支流富屯溪贯穿蜿蜒，境内还有西溪、北溪、信江、赣江五水竞流，水丰林茂，形成"青山耸翠，碧波潆秀"的生态景观。

说到这个县名，国人也多陌生。据载，早在唐代始有地名，到北宋兴国四年建县名为光泽。究其本意，众说纷纭，望文生义的理解，"光耀天地，泽被苍生"，可以想象人们的祝愿和期许。

如今，八闽大地成为中国东南沿海一个亮丽的省份，从经济角度看，光泽无多优势，但地处闽赣之交，历史悠久，关隘重重，商道崎岖，尤其是近代，革命烽火熊熊燃烧，红色历史，人文风华，自然风光，交织光泽的诸多胜景。

阳春三月，在光泽，走山关，访古村，跨上风雨廊桥，见识百年樟树，徜徉在历史时空中领略光泽的熠熠光华，而寻访红色历史旧址，一栋普通的房子，因为见证了一段历史，令人难忘。

这是一件老屋，五间砖木建筑，一字排列在不大的高坡处，远方四边，山峦逶迤，围成一大平地，田园青翠，小溪蜿蜒。村头，桃花飞红，梨花泛白，景象怡然；屋前一块卧石，镌刻"大洲谈判旧址"红色大字，在葱茏绿色中格外亮眼。

沿石块小路拾级而上，轻步迈入，正厅中间斑驳木桌上，一只马灯、一只笔筒和一面折叠的党旗，四壁贴满图片和柜子里的书籍，诠释着八十年前发生在这里的故事。

1937年秋，闽赣省委书记黄道受中央指示，精心策划了国共大洲谈判。1936年，西安事变后，中国共产党关于"停止内战，一致抗日"的呼吁，得到各界响应。当时，中共闽赣省委派出闽赣省委宣传部副部长兼儿童局书记黄知真、闽赣省军区教导大队教导员邱子明等与国民党江西省当局代表、江西省第七保安副司令周中恂和光泽县县长高楚衡，就"停止内战、一致抗日"，在寨里镇大洲村举行谈判。闽赣省委驻地在光泽县寨里诸母岗，山下的大洲村为游击区的核心区，高山密林，地势隐蔽，谈判双方选定了这里。"9月下旬，双方代表经过多次谈判，10月1日，黄道代表闽赣省委与国民党方面签订协议……谈判之后，闽北的内战停止，10月下旬开始，在闽赣边区的红军游击队陆续到石塘集结。根据中央指示，红军游击队改编为新四军第三支队第五团。1938年2月25日，五团从石塘出发经河口到横峰开赴皖南抗日前线。"至此，闽北的国共战争停止。

大洲谈判，是闽北抗日形势深入发展的一个转折，也为这片土地增加了红色亮点。早在上世纪三十年代初，在闽西和赣东北革命烽火迅猛发展影响下，光泽发展为革命苏区。据记载，1931年4月下旬，方志敏率领红十军入闽，25日到达光泽的司前村。1932年11月，朱德、谭震林率领的中央红军，连克黎川、建宁、泰宁之后，胜利占领了光泽。在第四、五次"反围剿"中，中央红军曾在华桥乡牛田村陈家排建立军事指挥行营，后又在扫尾村成立最早的中共光泽县委会。1933年5月，中央苏区在江西与福建边界设立了闽赣省，管辖闽北及赣东、赣东北二十六个县。光泽加入红军的人数上百，后来修建红军烈士陵园时统计，仅在几次"反围剿"的战斗中，光泽籍的烈士就有三十多人。

让人感动的是，大洲谈判的中共代表、年仅十七岁的黄知真是时任闽赣省委领导人黄道的儿子，在革命斗争中，亲人家人共纾国难，书写了壮烈的一页。1939春，黄道陪同南方局书记周恩来在金华召开闽浙赣三省负责人会议，并在吉安等地考察后，从上饶往皖南会见陈毅将军，不幸于铅山县河口镇染上重病，被敌特买通医生将其毒害，遇难时年仅三十九岁。噩耗传来，陈毅写了《纪念黄道同志》一文，悼念战友："在与我党三年隔绝的情形下，在进攻长年围剿下，黄道同志能独立支持，完成了保持革命阵地，保持革命武装，保持革命组织的任务，而后，能够以一支强有力的部队编入新四军来适应抗战之爆发，这是黄道同志对革命对民族的绝大贡献。"

春寒料峭，小雨淅沥，让人心情沉重。旧址远离集镇，寂静的山村，冷清的屋子，展品和实物还在陆续整理中。八十年前，参军，支前，送情报，一时间，光泽成为闽北革命中心。小小屋宇见证了一场革命壮举。为了人生理想，为了奋斗目标，洒热血，献生命，年轻的共产党人，义无反顾，成就了人生光彩，坚韧而壮烈的背影，定格在历史的时空。对于他们，虽然有了这样纪念地，资料和实物还原了当时情景，可是，今天的人们，特别是年轻朋友知晓多少，理解多少？红色精神，在众多的纪念节点和相关的主题行动中，如何切实地继承和发扬？或许，已成为时下青年思想工作的一个课题，如今保存和修建大洲谈判旧址，其现实意义，自不待言。

墙上的记事簿，登记来访者资料。我特别注意到留言，有多条出自中小学生手笔，面对祖辈一代人的壮举，谈判之事、革命一词，幼小的心灵并不完全明白，但是天真的话语、孩子式的表达，是真诚的，令人欣慰："珍惜今天，不忘过去，做红色接班人。"是的，红色、奋斗，不褪的本色，不变的初心；红色的历史，是记录，更是精神的传承和激励——我想，没有什么比这更能告慰革命的先行者！

湘潭看莲

◇王巨才

湘潭产莲，冠于湖湘。

当年诵读毛主席"芙蓉国里尽朝晖"，以为那只是浪漫主义的畅想，并非实指。这次去湘潭，才知道湖南自战国时起就培植莲花，有两千多年历史。南朝江淹的"著缥菱兮出波，揽湘莲兮映渚"，五代谭用之的"秋风万里芙蓉国，暮雨千家薜荔村"，都印证了湘莲在南北朝以迄唐宋就相当有名，已成为文人学士倾心吟咏的对象。"芙蓉国"之称，非自当代。

湘莲品种多，以湘潭"寸三莲"品质最好。平常所说的湘莲，多指这种莲子。其特点是粒大饱满，洁白圆润，三粒排列一起长可一寸，故名。又因质地细腻，有健胃、安神、润肺、清心等显著功效，营养价值高，例为贡品。清道光年间，宣宗皇帝"圣德恭俭，悉罢四方土贡，湘莲贡亦罢。"(《湘潭志》)宣宗在位时清朝统治已现颓势，他虽无力回天，但能看到这种"四方土贡"对官风民风的危害而禁止，也算一桩革除积弊之举。新中国成立后，湘潭被定为国家湘莲出口基地。1987年全国首届食品博览会，湘潭"寸三莲"获头奖，被专家誉为"中国第一莲子"。1995年，湘潭被命名为"中国湘莲之乡"。时移势易，"湘莲甲天下，潭莲冠湖湘"的地位从未动摇。

今年夏天的天气颇为异常，北方南方皆持续高温。我们是七月下旬去湘潭的，出发前北海公园第二十一届荷花展刚刚开始举办。北海赏荷是北京人的老传统，大清早四面八方的游众便蜂拥而至，多数是胸前挂着老年卡的银发一族，也有趁孩子假期从外地来京游览的。北海以荷花繁育经验丰富见称，今年除粉、白两色外，又增加了黄、绿、橙等新品种。从岸边放眼，但见从琼岛到公园南门一百多亩湖面上，菡萏竞发，暗香浮动，画舫轻驶，琴音低回，比往年又多了几许诗意。只是由于人挤嘈杂，也为避开大晌午的天气蒸烤，多数人只是跑前窜后地找一理想位置，照几张相便匆匆离去。这与古人"当轩对尊酒，四面芙蓉开"（王维）的观荷，"牵花怜共蒂，折藕爱连丝"（王勃）的羡荷，"细嗅深看暗断肠，从今无意爱红芳"（皮日休）的恋荷，"向日但疑酥滴水，含风浑讶雪生香"（皮日休）的闻荷，"从今有雨君须记，来听萧萧打叶声（韩愈）的听荷，以及"墨海灵光散紫气，大千世界一莲花"（齐白石）的品荷，意趣不同，但也是各得其乐，难分轩轾。

到湘潭，入住高新区宾馆，一进客房便觉满目喜意。房间的整洁自不待言，最招人的，是果盘里那三只绿莹莹水灵灵、子实鼓鼓、乳钉凸显的莲蓬，在这炎热的天气，用这种刚采摘的当地时鲜待客，既朴实，又真诚亲切，且让人一下子想到朱自清笔下莲叶田田、清风习习的月夜，身心顿觉凉爽下来。在县委宣传部白云部长指点下，掰开蓬松的莲室，取出碧绿的莲子，剥去莲壳莲衣，便是象牙色的子肉了。说真的，倘非亲自品尝，真不敢相信世上会有如此鲜美的果实。一粒入口，轻轻一咬，那脆生生甜丝丝爽嫩清香的滋味立马扩散开来，让人沁心沁肺，通身舒畅，仔细咂摸回味，不舍得下咽。这种奇妙的感觉，是平生从未体验过的，以致馋欲难禁，顾不得体面，将三只莲蓬一股脑儿剥食殆尽。过后自己也觉好笑：年老如我尚且若此，则稼轩笔下那个"溪头卧剥莲蓬"的"无赖"小儿，就不只是贪玩，也是馋嘴了。白部长说，这样新鲜的莲子也就吃个时令，过早过迟都不行，你们来得正是时候。

第二天早餐后，趁天凉，抓紧时间赶往花石镇。那里是寸三莲主产区，又是全国最大的湘莲交易市场。从县城到花石镇数十公里车程中，凭窗眺望，但见公路两旁从路边到遥远的山根下，视野所及，全是高高低低迤逦无尽的莲田。晨风吹拂中，起起伏伏相拥相接的莲叶犹如波光潋滟的湖水，而隐约可见的莲朵则像黎明时分跌落湖中的星斗。这无远弗届的景象，自然是久困都市的人无法想见的，车厢里不时响起惊喜的赞叹，但无论司机还是白部长，都没有停下车来让大家下去观赏的意思。这或许正如我儿时面对满山金黄的糜谷和开遍川塬的洋芋花常常无动于衷，而在古元、力群、修军的眼里和版画作品中却是那样色彩浓烈、明艳动人一样。美感，常缘于陌生与距离。

花石镇出面接待的是位年轻的女副镇长，农大毕业，活泼干练，按白部长的称呼，我们也叫她小谭。因时近中午，阳光正烈，此行中又有几位颇怕晒怕热的女同胞，小谭便领我们沿万亩莲田观光大道取取景、拍拍照，又到附近花石溪上的汉代古桥和旁边的十八罗汉山匆匆浏览一过，便回到政府会议室。

小谭的父母都是莲农，见我们说到这一路几乎没看见下地干活的老乡，解释说，乡村六月无闲人，这会儿都在家里忙着呢。据她讲，作务莲田是一项费时费力、十分辛苦的活计。从整地、选藕、移栽到施肥、除草、防治病虫害直至疏叶增蓬、分时采摘，一年四季连轴转，每个环节都不能耽搁。像现在这样的大热天，莲农都是黎明四点左右下地，蹚着泥水，忍着蚊虫叮咬和莲秆倒刺的划伤一直忙到九点收工，回到家里，全家老少立刻围在一起，剥莲蓬，取莲子，去莲壳，捅莲心，然后还要拿到太阳底下摊开晾晒。下午四五点钟，太阳偏西，忙罢室内活计的男女劳力又得下地作业，到晚上八点以后才擦黑回家。像这样紧张劳碌的一个夏天下来，莲农无论男女几乎都要脱掉一层皮。说句实话，他们的劳动，可不像诗歌里舞台上绘画中表现的那样惬意、浪漫。可能意识到我们也都是一帮舞文弄墨的人，小谭不着痕迹地找补一句：当然，那也是对劳动的赞美，源于生活，高于生活，老百姓当然爱看。

这显然是一位有良好文化修养的年轻人。但除过她说的那些唯美作品，不还有李绅的"谁知盘中餐，粒粒皆辛苦"，有张籍的"白练束腰袖半卷，不插玉钗妆梳浅""试牵绿茎下寻藕，断处丝多刺伤手"和白居易的"我来一长叹，知是东溪莲。下有青污泥，馨香无复全。上有红尘扑，颜色不得鲜。物性犹如此，人事亦宜然"，还有那么多深入生活关注现实、有道德有温度有筋骨的优秀作品吗？唯美或写实，歌颂或讽喻，只要使人受到教育和启迪，激励和愉悦，不都能受到欢迎吗——小谭几句并不经意的话，引发我如许与座谈主题并不相干的思绪，连自己也莫名其妙。

我不是为她补正。她说得全对。我只是为在这偏远的基层，尚有人关注和谈论文艺而如遇知音，兴奋不已。

关于莲农的生活，小谭讲，还可以。特别是通过推广莲稻轮作和莲田养鱼，单位面积收益增加，加上这几年国家扶贫攻坚力度加大，各项补贴和惠农政策落实到位，多数家庭生活显著改善，家电应有尽有，摩托、小车也不算稀奇。但莲业生产的效益主要体现在加工流通环节。湘潭是全国最大的湘莲集散中心，从事湘莲加工的企业一百六十多家，从业人数十多万，莲产品年销售收入十多亿。这对全县经济和群众生活水平提高都有举足轻重的拉动作用。别处不敢说，单花石镇一百多家湘莲经营户，年收入都在百万元以上。

有人问，那么多企业和加工量，莲田面积只有五六万亩，原材料缺口从哪补？小谭笑笑，说这就要讲到我们湖南人勇闯天下的传统了。由于湘莲品质好，价值高，不止湖南，周围的湖北、江西等省也都大面积引种。此外每年都有大批湘潭莲农携带莲种、资金、技术北上洞庭、洪湖、鄱阳湖承包水田种植湘莲，到深秋又把自产和收购的莲子源源不断运回湘潭，这既是一批技术能手，也是一支庞大的运销队伍。小谭强调，现在的问题不在原材料，而在于如何通过深加工使它进一步增值。湘莲通身是宝，除食用外，莲子、莲心、莲茎、莲叶、莲藕、莲壳都可以加工成医药、食品、饲料精细产品，市场前景十分广阔。好在这两年已有不少实力雄厚的大型企业和科研单位陆续前来考察投资，作为当地的支柱产业，莲业生产正在迈上新的起点，面临一个大提升大发展的局面，说来真让人高兴、振奋。

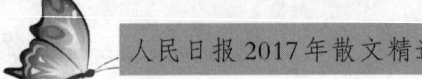

小谭的介绍在热烈的掌声中结束。这不止是一席莲业生产及"三农"信息的演讲。大家用这样的方式表达对她的称赞，也庆幸从这场"接地气"的采访中得到了鼓舞与启示。

在我的心目中，生活在湘潭是有福的。这地方遍地莲花，名人辈出，存正脉，播清风，元气沛然，催人奋发，足堪自豪，也令世人仰视、追慕。

你知道百望山吗

◇ 武 歆

我像一个不速之客，突然闯进了百望山。可能正是之前毫无准备，所有的感觉才能变得那样惊喜、惊异乃至深刻。

5月里的某个傍晚时分，因为采访的原因，我来到首都绿色文化碑林，这里有一千余通与植树造林相关的碑刻，本着"名人书法"和"书法名人"的原则建造，但无论怎样的视角，都与树木相连、绿色有关，都与生态、环境的理念互相佐证。

5月的北京傍晚，还能影绰可见西边的晚霞。尽管碑刻被层层绿树包围，徜徉其间能够隐约感到树木带来的清凉，但不屈的晚霞依然能够穿越树木的遮挡，照射到那些安静的碑刻上，散漫起来些微的暖意。在光的斑驳中，"历史与当下"跨越了时间与空间的阻隔，将岁月的棱角迅疾抹平了。

碑林中间、也是正对大门进口处，是一座汉白玉的碑亭，正反两面都是毛主席的题词，正面是"绿化祖国"，背面是"实行大地园林化"。在碑亭的后面，就是碑林了，按照"左文右武"的格局，向后纵深排列。

在晚霞中看邓小平、周恩来、刘少奇、朱德等人的题字碑刻，脚步轻移，舒缓之间，发现已然上了山。

这是百望山给我最初的印象,不知不觉间,山路已在脚下。没有任何突兀之感。

这时候,晚霞消退了,但天还亮着。

也就在这时候,我才知道这座张友渔题名"百望山"、距离北京市区最近的森林公园,早先是叫"望儿山"的,源自佘太君当年站在山上为儿杨六郎与辽兵大战助威之地的遥远传说。

因为历史的传说,我对这座海拔仅有二百多米、太行山脉延伸之峰,同时也是华北平原最东端的一座山峰,有了深入了解的兴趣,我想上山,况且这里山路坡缓,有种徐徐渐进感觉,非常适合傍晚散步。而且游人稀少,拥有一种特别的安宁。

向上面慢慢地走,停歇下来的时候,在手机上查找关于百望山的介绍。原来早年这里荒山乱石,还有许多长满蒿草的坟茔。后来北京市园林绿化局经过土地流转、拆迁改造,建成了这座占地133公顷的"太行前哨第一峰",用公园的形式,在百姓休闲之中,推广宣传绿色理念、环保精神。能看出北京市园林绿化局独具匠心之处。

百望山的山路极有特点,每一处路段,都凝结着环保的理念。比如这段山路铺着拆迁下来的侧立起来的旧砖,走上去充满古旧的意味,似乎走在时间的表针上,带有浓浓的乡愁情怀;比如拐过一段路,蓦然发现脚下的路,不是旧砖了,变成了碎木屑铺就的仿佛弹簧一样的路,那些碎木屑来自修剪树枝后的处理。不管是旧砖,还是废木屑,最大功能是可以渗水,这样能把北京可怜的降水保留下来,成为滋养百望山的"养颜护肤品"。不仅是山路修建环保,某段稍微陡峭一些的山路,一侧栏杆所用材料,用的也是修剪下来的废旧树枝,都是经过仔细打磨的,摸上去光滑柔润,还透着树的气息。

百望山不高不陡,但是紧凑、精致。每一个山路拐弯处,都会出现令你一惊的景观。

本是一棵长在陡坡边的枫树,却在树根处用巴掌大的碎石块,围成一个碗的形状，一下子变成了悬空的盆景，不由得你会驻足观看、拍照；还有路边的一些不同形状的大石块，原本是早年炸山后遗留下来的伤心之石，但是经过建设者的重新布置，不仅成了一景，还能成为游客在歇息之时，与山深入倾谈的地方。山曾经的委屈、伤心，都会在人的触摸中，得到些微的安抚，继而吐露衷肠。人，也在反思、忏悔曾经对山的粗暴，对大自然无节制的挥霍。

百望山所有景观设计，都是因地制宜，保持着与自然的紧密互动。

当我走到一处阔大的空地时，天已经彻底黑下来了。但这种黑，不是漆黑，而是透着灰白色的黑，能够看见周围的一切，但又模糊不清，呈现了一种朦胧之美。这片阔大之地的尽端，是整面平整的山壁，想必也是早年开山所致，现在则"废旧利用"成了壁刻，因为光线黯淡，看不清壁刻的字迹。但据介绍，这是一处爱国主义教育基地。

是的，拥有佘太君望儿观战助威传说的百望山，后来始终延续着威武、雄壮之魂。在抗日战争期间，它更拥有过自己的骄傲。游击队曾经在山上用机枪打下来日军一架飞机，打死打伤许多日伪军，点燃了抗日烈火，为抵抗外来侵略者，奉献了百望山"山的壮举"。

百望山有太多的传说，每一个传说，都被设计者固定在了山上，成为历史的某个节点，并且自然地融入景观之中。

应该往回走了。

我没有贸然往前走。往前走，也是可以下山的，而且还能看到另一种不同的景致。

我第一次来，不熟悉山路，只能原道返回。

却没有重复之感。

这时候山下的灯亮了，山上没有灯，山下的灯光，就被"借"了过来，岂止是借，完全是山下的灯光自己飞溅上来的。那些调皮的光，想要看看夜晚山上的模样，想要看看夜晚中那些树的模样，还有那些景观的模样。于是，这些好奇的、自己飞上来的灯光，把山上的小路照得影影绰绰，每一个行走的人，

恍惚之间都会以为，那一刻走在自己梦境或是别人梦境之中。

这样的登山感觉，很多年都没有了，如今却在百望山找到了。

这时，任何匆忙的人都会停下来，看山下璀璨的灯光。想要猜测，山下那些白天看上去异常普通的路，怎么忽然变成了人间仙境？

看出来了，横在眼前的，那是黑山扈路；像一条笔直的线，向远处延伸的，那是圆明园西路；紧邻山脚下，仿佛一团橙色光焰的地方，是中央民族干部学院。这些白天看上去静悄悄的地方，到了晚上，忽然变成了光的舞台、夜的皇冠。

山下的光，与山上的暗，相互映衬，成了夜行百望山最好的印记。

快到山下时，与游人聊天，原来他们就是住在附近的居民，他们告诉我，你要是白天来，从正面登山的话，可以看到摩崖石刻教子台、揽枫亭、老龙头、红叶仙子像……要是秋天来，可以站在友谊亭上，看漫山红叶、苍松翠柏，可以看不远处的颐和园……在附近经常登临百望山的居民，描绘起百望山来，言辞间竟然带着诗的语言。

一座绿色的山，不仅能够影响人的生活，还能提升人的气质。这是山的魅力，也是绿色环保的魔力。

不知为什么，那天站在夜色的百望山上，我特别想问北京的朋友，你知道百望山吗？想问津冀的朋友，你知道百望山吗？想问更远地方的朋友，你知道百望山吗？

他乡遇故知

◇ 肖克凡

途经怀化境内洪江古商城,以前不知有这样一个所在,便匆匆拜访了。丽日当空,白云在天,我们沿着坡道来到高悬"洪江古商城"金字横匾的门楼前,只觉得古风扑面。说古城就是了,为何强调古商城呢?顺着并不宽敞的石板路走进城去,渐渐品味出当年"行商坐贾"的韵味。

这座因通商贸易而形成的古商城,坐落于沅水与巫水汇合处,拥水运之利,得区位之便,自古即为沟通滇黔桂湘蜀五省的物资集散地,明清两季获得"西南大都会"之美称,很是发达。

平时多见国内古迹,有修旧如旧者难以尽除浮躁之气,有的像拍摄电视剧的假景。洪江古商城则不然,依旧完整保留明清建筑的原貌与格局,有商号、钱庄、青楼、烟馆、酒家、作坊、客栈、寺院、报馆、戏院、学堂等等古代建筑近四百座,蔚为大观。

走过"高家大院"和"同华昌布庄",我来到这家经营油料的商行,只见几只饱经风霜的木桶蹲在天井角落里,其辈分不亚于曾祖父。主人介绍这是早年装运桐油的器皿。桐油——顿时唤醒我儿时记忆:雨天的油纸伞、洗衣的大木盆、塑料布问世前的桐油布,还有塘沽造渔船……它们都是离不开桐油的。

尽管洪江古商城不复昔日繁华，它对当下"文化健忘症"具有唤醒作用，堪称"实物版清明上河图"。

洪江古商城自然拥有不可替代的旅游景区价值，却没有过度商业化开发，当地从保持历史文化内涵入手，恢复明清古建真实身份，再现昔日古商城独特景观，足可称为中国内陆资本主义萌芽时期的"活化石"。

无论走进钱庄票号酒家客栈，还是走进报馆学堂民宅寺院，你都会感觉数百年间的商埠生活从未间断。走进镖局大院，恰逢"客户"与"镖头"洽谈镖银事宜；来到税务衙门，可巧官员正在对当事人问案；半路遇到客栈，那"原装店小二"已然迎将出来；即使参观当年青楼和烟馆，也有历史活剧上演：一个富家公子狎妓落魄的悲剧，以及吸食鸦片者面容枯槁处境惨然……这幕幕活剧告诫今人，珍惜生命，端正三观……

时值正午，从巷道里飘出阵阵饭菜香气，原来这座古商城仍然生活着原住民，使得处处充满人间烟火，令人顿生亲近感。是啊，这座保留完好的古商城如果缺了日常生活气息，我们等同流连于整洁清静的博物馆里，只见到照片与展品。我们在鲜花与塑料花之间选择，当然心仪前者。

于是心生感慨。洪江古商城之所以完好如初，或许因为坐落邻近湘西雪峰山边远地区，"养在深闺人未识"。倘若成为地处通衢举世皆知的热门景区，恐怕就会面临过度开发的商业化挑战吧。

出于对古商城原汁原味的珍爱，不免暗生几分担忧——洪江古商城千万不要成为某某旅游景区那样，失掉骨子里的历史文化内涵。关心这座距自己生活尚远的明清古建筑群落，也算是我的心情吧。

沿着石板路下坡而行，宽巷左侧有"天钧戏院"引人驻足。我详细阅读"天钧戏院"的文字介绍，颇为惊喜。

"天钧戏院为天津人所建，此处除演出戏曲外还上演话剧和放映无声电影。当时在洪江的京戏班有闻名黔东南享誉三湘的美猴王陈俊伦、刀马旦云丽霞、名丑郭少亭等名角，演出经久不衰。抗战时期著名话剧演员殷秀岑也曾来此献艺。"

我是土生土长的天津人。此时身在洪江古商城,"他乡遇故知"之感油然而生。此前不知陈俊伦、云丽霞、郭少亭等名伶大名,却知道与民国喜剧演员"瘦猴儿"韩兰根搭档的"头号胖子"殷秀岑,俩人胖瘦搭配曾经合拍电影《难兄难弟》。

依据上演话剧和无声电影判断,我以为"天钧戏院"应当始建于清末民初,也就是说百年前这里依然繁荣昌盛。果然得知洪江古商城衰落于抗战胜利之后。

我急于了解"天钧戏院"始建者姓甚名谁,询问戏院工作人员,皆遇拨浪鼓也。看来是无从考证了。这是此行留下的小小遗憾。

天钧戏院为天津人所建。为何取名"天钧戏院"而不叫"天津戏院"呢?告别洪江古商城时我忽发奇想:举凡国内诸省方言口音,只有吉林长春说"天津"而发音"天钧",莫非是吉林籍天津人远道洪江始建这座"天钧戏院"?

沅江奔流,不舍昼夜。我带着这近乎孩子气的猜想,离开让我"他乡遇故知"的洪江古商城,却牢牢记住这方水土。

当雄浑的天山打开自己

◇熊红久

天山是用来仰望的,就像散文是用来抒情的。当散文遇到天山,那种被提升的状态,宛若云雾,在雪峰间缭绕,恰似苍茫,在大地上漫漶。这是疆域所赋予的情感生发,也是历史所蕴含的生命光泽。它是一个打开的盛宴,装得下所有的惊喜和礼赞。

六月的新疆,是歌者与旋律的心神互助,是舞者与雄鹰的展翅翱翔。这里的辽阔,配得上你的眺望,这里的高耸,扶得起你的仰叹。

雄浑的天山,行走至此,终于慢慢打开了自己。一条峡谷,让天上人间隔空相望。使得早已习惯了平庸的内心,终于有了被拯救的欢悦,有了直抒胸臆的抵达。

天山大峡谷的名声,就像悬挂在乌鲁木齐胸前的金牌。国家级森林公园、国家5A级旅游景区、国家级体育运动基地等诸多"王冠"加冕其上,让没有到访过的人心生愧疚,好像错过此景,便已铸成人生大过。当那些美轮美奂的图片和文字,被众人推送到面前的时候,你不能不心生敬仰,又心驰神往,仿佛每一幅画面都会衍生出羽翅,带着你的愿望飞翔。

第一次去天山大峡谷,你会惊叹于壁立万仞的巍峨,似乎瞳孔已经装不下了山的高耸。苍翠挺拔的雪岭云杉、绿草如茵的南上牧场、清凉甘冽的照壁山湖水以及倒映在湖水之中的蓝天白云。这一条条注释,解读着天山的自然之美。面对亿万年练就的岿然和磅礴,你会霍然觉得,所有的辽阔和壮美都有了最稳重的依靠。血脉开始偾张起来,那些风起云涌的情绪,最终幻化成内心的沸腾。似乎天山的存在,就是为了显示人类的渺小。

一直觉得,美好的事物不能仅凭眼睛来观察,要用心去品味,才能深入肌理。就像一道好菜,要闭上眼睛感知舌尖的氤氲。邂逅天山,它能用静谧过滤你浮躁的内心;用高洁涤荡你视野的俗尘;用湛蓝驱逐你灰暗的阴霾。这或许就是"新疆天山"申遗成功的原因,作为新疆唯一的世界级自然遗产,天山是配得上这个盛誉的。

当道路细成了大山的一道掌纹,汽车就像甲壳虫,缓慢行走在山脚下,即使将头伸出窗外,依然望不见天山的巅峰。沿着照壁山水库向东走,右侧山涧有溪流潺潺而下,水域开阔处,可见几只白色水鸟在湖心游弋。两侧的山似乎开始向路间汇集,越走越快。道路忽然被整座山挡住了去路。山突然就跳到了路中央,像打家劫舍的草莽,手握松树的利剑,向过往者讨要路钱。我们的视线和思想无路可走。几只鹰盘桓在天上,带着神的暗示。全车的人都以为,到了尽头。

绝处逢生不仅仅只是人间才能创造的奇迹,在人与自然交往中,一定有着秘而不宣的内在原理。所以,当高耸的天山豁然裂开一条夹缝时,我们很容易就会想到天若有情之类的诗句。这是自绝望里生出的一道云梯,用以摆渡我们对这个世界的感恩。

天山大峡谷地处天山山脉中段,天格尔峰北麓,准噶尔盆地南缘。山势雄耸、起伏多变。地形总体呈南高北低之势,由暖温带、中温带、寒温带和寒带组成鲜明的气候带谱,形成天山山脉最具代表性的地貌特征和生态系统。天山有这样的能力,在一次旅行中,完成对四季的考研。对惯常了一山一景的内地游客而言,天山的丰富,已遮拦不住他们兴奋的神态。目光比心情更加急切,

许多眼睛已经长在车窗上，呈放射状向四周延伸了。

在万丈壁仞的作用下，峡谷中的道路看上去有些弱不禁风，被挤压成了一根线，线的上端是经过裁剪的蓝天，在视线里，风筝一样飘忽不定。匍匐地面的路在山势的托举下，显然想站起来，却又被沉重的车轮，压弯了腰。想站的念头和压弯的决心，在路和车的较量中，以能耗的方式显现。发动机噪音粗重，车子行驶缓慢。这是整个峡谷最窄也最陡的路段。宽不足五米，坡却达三十多度。绵延两千多公里的天山，在这里裂开了一道口子，把自己的肺腑向人类摊铺开来。这是一道柔情的出口，天山用内在的美，来医治西部的荒凉。

峡谷恰好将一个原始植物园分开，这才看出，我们其实是穿行在天山植物园里的。雪岭云杉是天山固有的最繁密树种，挺拔而粗壮，几百上千年的成长，让它们自信而低调。不像脚下的野花，什么柳兰、金莲花、蓝刺头、野蔷薇，见到来人，毫无顾忌地绽放，随心所欲地盛开，把一生的艳丽，全部展示出来，显得很不简朴，不会过日子似的，一餐饭就要把家底吃光。只有绿茵茵的酥油草，既不张扬也不羞怯，像个油漆工，把花与树之间的空隙，全部刷成绿色。甚至还想攀上岩石，毕竟太陡峭了，站立不稳，只得放弃。这让许多山崖裸露着黝黑皲裂的岩石。远远看去，老成持重，有了岁月的沧桑。

越往里走，峡谷越幽深，即使仰视，也只能看见被松枝剪碎的一些蓝纸片，洒在狭长的空中。溪水被茂密的草丛遮掩了，但叮叮咚咚的弦乐，却敲击得异常清脆。静谧的密林，被泉水的声响啄开一条道，欢快的旋律，顺着坡度流淌开来。气温明显低了，花草开始稀疏，云杉密集。车子进入到了牛牦湖沟，这里是整个环线丛林最密集的区域。溪水蜿蜒，泉潭密布；怪石嶙峋，树木参天；奇峰耸立，烟岚缭绕。盘山路九曲回肠，一线天剪开云雾。

路越走越像一根渔线，而车子则是一条上钩的鱼，在上下起伏和迂回环绕间，从沟底慢慢提到了水面。这个水面，已经跃居到了海拔两千米之高的山脊上。在六月的通透里，远处的皑皑雪山，清晰可鉴。与身边的苍翠松柏形成了两种势力的对峙。这是两个季节对信念的坚守。作为旁观者，在这样的空间和时间里去体察,让我们觉得,这两个季节之间相隔的,已不仅仅是距离了。雪峰处就是海拔四千五百六十二米的天格尔峰,山顶终年积雪,最大的一号冰川是乌鲁木齐河的发源地,冰川距今四百八十万年,古冰川遗迹保存得非常完整和清晰,有冰川活化石之誉。有了历史的厚重感,大家的注视里,就多了一层肃穆。我们所面对的不再是一峰冰雪,而是洞悉了沧海桑田和世事变幻的智者,鬓发双白,巍然屹立。雪山一言不发,只用洁净和高耸来俯视人类的波诡云谲。

车子攀升到两千六百米,越过一道梁,地势豁然开阔起来。视觉刚准备松弛一下,就撞见了天鹅湖。感觉湖是跑累了,却依然躲不开我们。只好收拾停当裙裾,静静坐在草地中央,低垂着头,像羞报的少女,把雪山和白云都垂落到了湖面上。湖有四五个足球场那么大,周边被群山环卫。我们行车至此,都颇费周折,而这一汪水,不知是如何行走的。随木栈道逐级而下,靠近湖边。水很清凉,有不忍触碰的冷艳,也有冰清玉洁的高贵。清澈见底,能看到几米深的石子,体现了湖应有的精神品质。而碧波荡漾,能感受微风徐来的清爽,则蕴含着湖温馨的人文情怀了。

缺少了天鹅的水面,湖显得有些落寞,这也让天鹅湖的名字添了些虚妄。知情人告诉我们,在没有建成景区之前,这里是天鹅理想的家园,每年春夏间,都有几十只在这里栖息游耍。游客多了,惊扰了它们的生活,天鹅迁徙到更深的山湖里去了。到了秋季,游人稀少了,它们才会飞回来。我们的失落里,多了一层对自然的忧虑。尽管我们渴望与这些精灵们相遇,但对天鹅而言,无论哪一类游客,都是它们生命的戕害者。对于所有的自然之子,无论植物还是动物,无论蓝天还是白云,我们都没有权利改变它们应有的状态。

站在海拔三千米的天门观景台上,可以俯瞰整个乔亚草场,刚才经过的牛牦湖沟,像一条拉链,把两座山襟连在了一起,合成一套完整而得体的绿色衣衫。而乔亚草场则是晾晒在山坡上的绿毛毯了,上面绣满了马牛羊和毡房的图案,甚至连炊烟和奶茶的清香,都绣了进去。

在天山面前，那些原以为很重要的事情，陡然变得轻飘起来，还有什么值得斤斤计较，还有什么可以肝肠寸断。面对如此的庞大和虚空，人类的那点纠结，已经轻若游云。站在这里，叩拜山水为师，聆听云松对话，听得久了，就涵养出了一个男人所尊崇的胸怀和伟岸来。

这或许是天山所独有的一种品性，它能让每一个登临其上的人，都从自己的生命经验里，体悟到一种从未有过的感动与启迪。并让它成为力量的一部分，信仰的一部分。当一个人的精神高度与天山齐肩的时候，这个世界，其实是为他打开的。

天山在看着你，错过了新疆，你的人生将留下一片面积最大的遗憾。

川行记

◇ 阎 志

邛海遇青龙寺

8月2日,因一个活动到凉山,住在邛海边上。负责接待的小鲁很热情,傍晚,他自己驾车,要带我们绕邛海逛一圈。

邛海边已经成了湿地公园,一路上经过烟雨鹭洲、梦回田园、西波鹤影等景点。除了岸边人工雕琢的痕迹多了点,并不富裕的当地政府投这么多钱在生态保护上还是很值得称道的。而且好在邛海是不用打扮的,天然地美着。傍晚的邛海,云、山与湖水只依稀可见,但依然感受得到邛海的纯净,有一两处晚霞投印在湖水中,波光粼粼大概就是形容这个样子。印象深的是天暗下来后,天空、云彩、远山、湖水都蓝了,不同层次的蓝,让我禁不住下车流连。

一会儿,小鲁唤我们上车,说天晚了。就朝车边走,无意中看到一个石阶在路的对面,再往上看,应该是个寺庙。我想这就是缘,再晚也不为晚了。于是在小鲁的引导下,拾级而上,不几步,就是条石砌的山门,旁边石头上写着:青龙寺。

长住凉山的小鲁说这是有传说的：青龙寺附近的湖是邛海最深的地方，这里的水更为明澈干净。传说古邛都时住在这附近的一位老妇人收养了一条小青龙，小青龙每见古邛都干旱就显灵降雨。老百姓为了纪念，就在此修建青龙寺，祭祀小青龙。晋朝《搜神记》和宋代《太平广记》都有记载。

原来这个寺最早供奉的不是佛，而是善。是一份寄托，是一份感激。把纪念与感激用心堆砌起来，就是一座香火旺盛的寺庙，祭祀久了，就成了佛。

细想确实是这样的，帮助别人的同时也圆满了自己。

青龙寺规模并不大，难得的是，到晚上了还有香客。一株古树的枝条上系满了红丝带，该是又有多少的心愿和挂念在此系着。

从寺里出来，天色更晚，而云彩与远山已不可见，只有邛海从容的平静着。温润的风吹拂着徜徉在邛海周边的每个人，让人心生些许难得的喜悦。我想也许是才从青龙寺里出来的缘故，明了善与因果。

四川博物院遇张大千

结束凉山之行，又返回到成都盘桓两日。带孩子们访草堂、拜武侯祠、逛宽窄巷子、观变脸、看熊猫是必选节目。我还加个参观四川博物院的行程。

四川博物院设计的参观路线很人性化，围绕着大中厅，三层展馆分布四周，每层两三个主题馆，参观起来方便得多。

看了书画馆、陶瓷馆，又绕回到了走廊，一抬头："张大千艺术馆"。黑匾铜门，很是古朴，于是带着孩子们一头钻了进去。

张大千是四川内江人，四川博物院有他的专门展馆是理所当然。我们看着看着，就被迎面而来的一幅巨幅的佛像画震住了。再细看，原来这里正在展出大千先生临摹的敦煌壁画。

1941年3月，张大千第一次到敦煌。停留五个月，为三百零九个洞窟编号。敦煌窟内的壁画和彩塑，是一件件艺术珍品，令张大千印象深刻、魂牵梦绕。

1942年3月,张大千带着九个人再次踏上朝圣之路。为保证临摹时间和质量,张大千专门从塔尔寺高薪请来了五位喇嘛画师。这些画师又为张大千准备含石青、石绿、朱砂等矿物质的珍贵颜料,还以藏区传统工艺拼接缝制巨幅画布。

站在敦煌莫高窟的洞窟口之前,张大千只能算是一个传统意义上的成功画家,有影响,有市场,但与开一派画风、成一代宗师还有距离。他进入莫高窟,用了两年七个月临摹、精进,从此不只是张大千,包括中国画都进入了一个崭新、宏大、多彩的时代。

在洞窟内的临摹工作艰苦卓绝。光线暗淡、空气沉闷、阴冷潮湿,由于是壁画,大千临摹时或侧或仰,时卧时起,每天工作十多个小时。大家都知道莫高窟地处荒漠,以当时的交通、生活条件,苦是不言自明的。此行因各类开销巨大,张大千除卖掉自己的字画和珍藏外,还举债五千两黄金,后来用了二十年才还清。

两年七个月后,张大千已完成了两百七十六幅临摹壁画,从石窟里走出的张大千已满头白发,尤显苍老,与两年七个月前判若两人,然而他笑了。这是对艺术深悟之后的从容的笑、自信的笑。一个时代开始了。中国画从瘦弱变得丰腴,从清丽走向繁复,从虚空化为敦实,从淡雅转为重彩。总之中国画气象一新、格局大开。而张大千也成了"五百年来一大千"。

上世纪四十年代初,张大千已有很大成就和影响,但他没有沉溺在小天地里,而是毅然走向敦煌,走进莫高窟。可以说,张大千不仅是在临摹,更是在领悟、参习,是在修炼。

当张大千从敦煌朝我们飘逸走来,一个属于他的时代到来了,一个不世出的大师诞生了。

我们此刻在展馆中看到他临摹的观音菩萨、飞天、萨境王子舍身饲虎图、文殊菩萨赴法会,金碧辉煌、浓墨重彩;看到他的山水画的宏大广阔、层峦叠嶂。都因张大千当年或卧或仰或侧,或秉烛或持手电或提灯在阴冷的洞窟内临摹之功。

的确如此，一个人一辈子像这样的修炼终究要那么一次，非常之人必曾用过非常之功。然而人们总是只看到光鲜，忽略了背后的执着与艰苦。

张大千之于敦煌壁画的功与过的争执一直都有。"功"在于他发扬了光大了，1943年，在他力促之下，成立了国立敦煌艺术研究所，敦煌艺术的保护和传播开始成为常态。"过"是有人说大千在临摹时毁了不少壁画，这就成了无头案了。在他之前，多少人去过、动过、盗过敦煌壁画不为世人所知，而他只是因为一次壮举而广为世人所知，临摹、传承应是无可厚非。没听人说他拿走过什么，也没人亲见他毁坏过什么。

孩子们认认真真看完了张大千艺术馆播的纪录片，我也认认真真看完画展。于画我是个外行，基本不懂，只看到那些飞天壁画的灵动飘逸，只看到那些庙堂色彩的艳丽极致；隐约也能看到山水画中层叠山林中袅袅升起的炊烟、荷叶上欲滴的水珠和正在绽放的荷花……虽然真不懂，但也真看到美。足够了么？

到佛子岭去

◇叶 辛

国庆十周年的时候，1959年10月1日，哥哥送了上小学三年级的我一本红封面的硬壳笔记本，装帧十分漂亮，里面还有彩色的照片，都拍的是祖国大地上新的建设成就和风光。

其中一张彩照，下面标明的文字是：佛子岭水库。

只见巍峨的大坝后面，是一泓碧水，煞是漂亮。

那时候我不知道佛子岭在哪里，只因喜欢那张彩照，喜欢漂亮的笔记本，我记住了佛子岭水库这个地名。

上了中学，课本里有一篇《到佛子岭去》的散文，是和巴金一起创办《收获》杂志的老作家章靳以写的。课文不长，老师要求背诵，故而加深了对佛子岭的印象。

课文里提到好几个地名：官亭、梁家滩、霍山、淠河……一些小地名，就是没有明确提到佛子岭水库在什么位置、什么地方。课文中也讲到很多从湖南、山东、成都到佛子岭去的客人，通过人们的对话，我感觉到，全国各地各行各业的人都在往佛子岭的工地上赶，去看热火朝天的工地，去仰望建设中的连拱坝。这让我更增添了对佛子岭的向往和憧憬。

再后来,爱上了文学,从国庆十周年的散文集中,又读到了《到佛子岭去》的散文,这才知道,哦,原来中学课本里的,只是整篇散文的节选,原文要长得多。于是不由自主又读了一遍。

读了整篇散文,仍然不知道佛子岭在什么地方,只是感觉是在安徽省山区的某个角落里。

乍到佛子岭

说是乍到,是因为人已经到了那座六十年前开始建造的巍然大坝跟前,这才恍然大悟,原来这就是佛子岭,这就是青少年时期留在记忆中的、课文里背过的、散文集中读过的佛子岭水库。

哎呀,我使劲地回想,昨天坐着大客车,雨雾朦胧之中,从省会城市合肥出发,经过六安市,再到了六安市下面的霍山县,不知不觉间就到了佛子岭。车窗玻璃上蒙满了水汽,必须用手抹拭一下,才能看清外面的景致。章靳以当年写到的茅草棚,路边的小吃摊,都不曾看到。实在是有点遗憾。

我睁大了双眼看,有雨,雾很浓,唯有散文里写到的那条淠河,清朗而又澄净,显得十分温顺。雨雾之中,湿气很重,空气却很清新。同行的作家蒋子龙说:"这地方有雾,没有霾,空气中的负氧离子高,不但夜间睡得好,午睡都睡得很沉。"来自山东的作家张炜则说:"这地方好就好在不可复制的生态之美。"

可见他们的心情和我的一样,虽然碰到了朦朦胧胧看不甚分明的雾天雨地,还是发现了佛子岭独特的生态。同行的张炜私底下还对我们人手一瓶的水发出疑惑的议论:"为什么取名'剐水'?这个剐字……"

于是我仔细端详佛子岭出的这一款口感清冽的水,哦,原来佛子岭上雨雾茫茫之中,有漫坡漫岭的竹海,这水从竹根下流过,经过根须的层层过滤,佛子岭山上的老百姓世代饮用,俗称"剐水"。这水汇聚到山坡下的河谷之中,就是淠河。怪不得当年章靳以写到的"水又清又浅"的淠河，六十年过去了，现在还是那么清碧呢！

我呢，说不清是一种青少年时的情结，还是望着眼前细雨中透光的水波、一湾涟涟碧水，也写下了一首小诗：雨中佛子岭，雾纱漫山林；溪色酿美酒，剐水无弦琴。

最后这一句，是从古诗"青山不墨千秋画，江河无弦万古琴"化过来的。

清澄碧透的水色让我想到能酿美酒，是当地老乡告诉我，这地方古来确有酿酒的糟坊，出的酒就以地名相称。是叫霍山酒还是佛子岭，老乡也讲不清了。

我心里说，这无关紧要，只要有依据就行。

回到上海，多少还是有点遗憾，虽然知道了佛子岭的大致方位，是在安徽六安的霍山县境内，但是一路之上，究竟有些什么见闻，具体路径怎么走，还是不甚了了。不过，总算是看见了童年时代在照片上看了又看的佛子岭水库，这可是"共和国第一坝"啊！可以说是不虚此行。

这是两年之前，2015年初夏的事。

又到佛子岭

正是怀有这一心理，今年春夏之交，说又有一次去往佛子岭的机会，你愿意去吗？

我欣然而往。这一次去，内心里有了准备，暗自说，得把如何到佛子岭去，该怎么去，细细地摸个透。

第一站自然是到六安。

知道六安，是因为两个缘故，一个是六安瓜片，一种名茶，在上海名声很大。周总理生前喜爱喝六安瓜片，邓大姐在上世纪九十年代，还让办公室的同志下去代购六安瓜片。另一个原因是，高铁通了，六安到上海才三个多小时，大量出自六安的农副产品运进了上海，六安的朋友说我们是上海的后花园，茶叶、红桃、冬笋、香菇、木耳、石斛、小鱼干都运出来卖给青睐生态农副产品的上海人。

吃到六安的农副产品，喝到六安的瓜片茶，六安在上海的知名度大大提高。

这一趟走进六安，又一次到佛子岭去，我这才知道，六安还是更为响亮的大别山区的核心区域，六安不仅仅是一片产农副产品的绿色山区，还是一片红色的土地，有悠久的革命传统和历史，晚年的周总理在1975年病中想着喝一口六安瓜片，是因为他怀念已逝的战友叶挺，叶挺将军转战鄂豫皖时，曾给周总理送过一筒六安瓜片茶。新中国成立后，修建的共和国第一坝，筑起的佛子岭水库，就是根治淮河的重要水利工程。佛子岭水库建好了，才把当年时不时危害百姓的水害变成了水利。

望着那条清澈碧透的淠河，引发我诗性一湾流水，我想起了小时候背过的课文："……这阵它的水又清又浅，发起水来可吓死人……"说的原来就是千军万马修建佛子岭水库的意义。

因为当知青时种过茶，年年春天采过茶，又喜喝茶，懂一点茶，贵州省人民政府聘我为茶文化大使。这一回走进六安茶谷，我很快发现，六安的茶，和别处的全国名茶，确有不同之处，比如西湖龙井、都匀毛尖、信阳毛尖、君山银针一类名茶，都讲究喝个明前茶，清明前后采摘的茶叶，价格大不一样。六安瓜片则讲究采摘谷雨前后的茶，况且采下来加工制作的方式也不一样，甚而至于卖出去的对象也不同，走进一碧万顷的茶谷，会看见路边书一条醒目的口号：中蒙俄万里茶道，六安五百里茶谷。

哦，原来五百里六安茶谷的茶，还远销到蒙古国和俄罗斯。

这是啥原因呢，走久了，在茶谷里喝一杯六安瓜片，品了几口，我顿时明白了，这茶喝来的最大特点是浓醇馥郁，其他的名茶在这一点上不能和它相比。怪不得它从晋朝流传至今，怪不得它曾是贡品，怪不得蒙古国、俄罗斯人都喜喝它，那些地方冷啊！喝来就感觉舒爽有回味。

走车看花，一路绕着弯弯拐拐的山路到佛子岭去，只见群山环抱的层峦之间，碧水缭绕，竹海茶坡连绵无尽，淡绿浓绿深翠，瞅得人眼也醉了。

一路同去佛子岭的作家苏童说："我知道佛子岭，是小时候集香烟牌子，有一张印着佛子岭水库。"

我听了不由笑起来，这和我从笔记本上看到彩色照片，是同样的童年记忆。

泛舟佛子岭水库的碧水间，站在船头，仰望那巍然耸立的大坝，已然有了六十三年的岁月痕迹，我不由问：

"这地方产酒吗？"

闻者"哈哈"大笑："怎么不产酒？产。"

"是霍山酒还是佛子岭大曲？"

"那是半个世纪前的老黄历了"，闻者继续笑道："那时候用过你说的这两个名字，三四十个人，一个小酒厂，一年到头才出产一百万产值的酒。"

"现在呢？"我追着问。

"现在这酒厂，每天交给国家的利税，三百多万。"

我骇然，心算了一下，一年足有十亿。

船仍在碧水间疾行，拐弯了，我眺望着佛子岭的远近山水，随着初夏时节的风，吟出一首小诗："船行碧水间，风轻一帆悬；雾尽群山艳，万岭露笑颜。"

是佛子岭的笑颜。

是祖国的笑颜。

富阳这张纸

◇邹　园

去造纸之乡就为看张纸。这纸长得逶迤。从魏晋铺到今,一直铺展到山乡毛竹园,铺进2016年年底富阳湖源乡新二村的纸作坊。

一

作坊是老式砖楼,墙体潮迹斑驳,因放各种传统造纸装置而显拥挤,简陋。让人想起早先乡间产房。陈旧,凌乱,不那么敞亮。且蕴有某种痛感。我想,这是元书纸的娩出地。生命的降生,意味着挣扎。

元书纸,富阳自宋代起名扬天下的经典品牌。利用江南取之不尽的毛竹资源,是历代富阳工匠的智慧结晶。

"京都状元富阳纸,十件元书考进士"。一件,就是八千张,十件,八万张。学养功名就是这样用纸喂出来的。当然,人类历史的灿烂文化也是同法哺养。

一张纸的祖先,千年后徐徐展现。

竹园砍下毛竹(当年的嫩毛竹)——削皮甩打发酵洗涤后截成五等分——缚成二十斤左右小捆——在灰浆池中用石灰水腌过——在皮镬旁堆放十多个小

时用石灰附着均匀——移入皮镬按层竖列，依次加高，注入清水加热连续烧煮五昼夜——取出重新缚扎纸料放入清水中八至十五天以免灰尘爆结竹料上——前后用掼跌法用力去除腐质，使纤维纯净——八次翻滩漂洗后起滩，放入桶内用液体淋浸，任其发酵七八昼夜——投送料池，漂洗洁净，放出污水更换清水浸泡十至十五天。直至水色转红变黑，则纤维渐达霉烂柔软如棉，随时可取做造纸之用。

读读这些后续工序：沤、煮、捣、抄、焙……哪一个字，是可以发音轻浮，淡写轻描，随意吟哼的？

就说这个"抄"字。造纸中技术难度最大的一道工序。它讲究"入水浅，出水缓"。

浅，才能让纸浆纤维匀细浮于纸槽平面，免去纸张粗糙，做到厚薄均匀。

缓，是纸槽出水的最佳拿捏技巧。完成这一动作的要领，在于操作者弯腰和提捞的角度。轻到什么程度，缓在什么方位，全仗着腰肌和臂力的分寸感。

我试了一下。一百多斤的纸槽工具拿在手里，翻进水里捞（纸浆）上来。什么分寸角度啊，我压根就提不起来。不堪重负半途而废。

我问师傅，这动作你一天做几次？

回答：三千五百次。

且不论在最寒冷的冬季，双手被冷水浸泡得僵冷麻木，也不说常年的水质腐蚀侵害皮肤。经年累月，从不间断。

弯腰，是个很具仪式感的姿势。可用于膜拜，感恩，祝福。眼前它与元书纸操作动作相仿，更像是祈愿。

元书纸目前面临生产场地减少，工作环境落后，利润微薄，后继乏人，购买者少等困境。尽管富阳元书纸工艺，已被国务院列入国家非物质文化遗产名录。但竹纸文化的传承，不啻是一场远路迢迢，步履维艰的文化朝圣。

纸作坊那躬身起伏的造型，像极了朝圣路上风餐露宿三步一拜一叩首的虔诚身影。

朴实的工匠说不出传承、膜拜这样的词语。他们的理解很朴实：重要文献没有好纸记载是流传不下去的。一张普通纸几十年后就成了粉末。而富阳的元书纸，是要传千年的。我们一定要做一张和古时一样好的纸。

2016年岁末这一刻，我在湖源乡新二村这小小的造纸作坊，看见这位已经做了二十九年元书纸的李文龙师傅，面对纸槽，面对着岁月，面对遥无边际的元书纸之路，在一次次义无反顾，竭尽全力，向着三千五百的数目，弯腰，弯腰，弯腰。

我愧怍不安。

作为文字工作者，在文学探寻之路上，我何曾如此谦卑躬身？洋洋洒洒挥毫涂抹之间，我何曾珍惜过笔下纸——被砍被削，截段成片，捣成泥，搅成糊，熬成浆，浸冰水，烤焙笼……的这张纸！

我还有什么资格，在这纸上称颂"不朽盛世，经国大业"，诠释"世事洞明，人情练达"？或无病呻吟，孤芳自赏，忸怩作态，浮艳于世？

敬仰文化。先须敬纸。

元书纸。淡米色，柔如棉，纸面毛茸，帘纹明显。竹香缱绻，清芬暗逸。凝视久矣，恍觉纸间有身姿如弓，形影迷离，倏尔消失。

夜灯下，铺平这张元书纸。满目玉白，一纸沧海。

二

看过元书纸的第二天。来到永安山滑翔训练基地。

这回，富阳赐我一页"巨纸"。让我借滑翔伞在此起飞，去空中蘸云为墨，书写心绪。

飞机谁都坐过，可机舱外面谁坐过？滑翔可补这一课。而永安山是那么理想的滑翔场地。在这风景秀美有"浙江小庐山"之称的开阔地带，不虑年龄，不忌胆怯，我想飞。

手机铃响,家人问归期,我说此刻不归。我要去一趟天上。听着就像要去一趟超市。

教练帮我系上滑翔安全装置,然后指挥一阵紧跑。借助惯性腾空扶摇直上。片刻后,已在空中。

一种初到人世的感觉。首先惊异的是,周围那一世界的人呢?

怎么只听见自己的呼吸?风总该有吧!但是没有。风也就在人间耍耍威风,干些推倒房屋,拔起大树,卷走广告牌的营生。在这高阔的云天,风再狂傲也只是泥牛入海。文学作品描写人在高处总是让"呼呼的风声灌满双耳"。其实那是公式化概念。世间很多公用的东西都旧了。

那种宽广,静谧和安然,还有与地面的距离感,逍遥感,奇异感在提醒,平生第一次,我的脚踏踏实实踩在了天上。

在这"纸上",我怎么书写?

教练说,许多人到空中摆POSE,高喊,唱歌,大笑。因为做回"天上秀"不容易。有的事先准备好动作台词。连自拍杆的角度都定得精确无误。

我笑了。我只想轻松不想受累,只想盘旋不想盘算。如果机变灵活到连天都算计,那我去天上干什么?

摆个POSE"拥抱"天空?一伸双臂就明白。螳臂挡车已被嗤笑,蚁臂拥天更是离奇。从来都是天宇拥抱人类,倾洒阳光雨露养育人间。面对浩瀚天穹缥缈云海,人类哪有资格让天公投怀送抱!

向天呼喊?有些话没机会跟人说,想跟天说,也是常理。但是,跟天诉说,还用得着语言?遁入云端,叩响天门,心有其意,苍天有知。天光云波间,天韵如梵音。妙雅清澈,飘逸回荡。这天籁之美,岂是杂念俗举小呼大喊所能企及!

视野在哪?除了一望无际什么都看不见。在无垠面前,平时那点视野真不算什么!所谓目光高远,犀利,那是离苍茫太远。苍茫这个词,就好在让你失重,失聪,失方位感。不再自觉魁梧高大,掷地有声。人在天边,微如粒尘,淡若点芥,轻似鸿毛。

曾无数次描绘晴空万里，阳光灿烂，还有流云飞鸟，雷鸣闪电，雨幕雪帘。晨霭晚霞……

虚妄得很。都不及云天无痕，尽得风流。

天的宏观不在于描绘。这世界最不缺的就是描绘。

真正的伟岸，在于大象无形。大音希声。这八个字，今天总算读准发音。永安山的一页天空，足够我书写此生对大自然的敬畏，敬仰。

三

出产好纸的地方，书写天赋与生俱来。

我来到富阳市江滨西大道159号"公望美术馆"，那是富阳的文化大手笔和艺术殿堂。

路过展厅时，我面对一个细节。一堵布满竹节形状的墙体。那灰色墙面清晰却又朦胧，貌似粗犷实为精致。枝枝节节那么具体。甚至连竹身的疵点斑色，鞘节边的疤痕细缝，都那么逼真。

仿佛置身在山里，在风中，在溪边，在村头。墙体幻化成乡村的竹海。春夏新绿繁茂，秋冬清寒无边。雨中的修竹润雅秀洁，下雪了，满园纯白晶莹而丰厚……还有很远的山乡，那里的长河，桑园，土屋，水车，春日黄昏的炊烟袅袅，牧牛晚归，池塘夜月，檐下飞燕……

我忍不住把手按在那些竹节上。那是水泥的结构。但建筑师的真诚骤然可触。我相信这句话，建筑是有温暖生命的。

建筑师王澍，我记不住他长长一串的头衔。但记得他的别称——建筑界"狂人"。

作为艺术家的王澍，"狂"之天性，与他的艺术真诚一样，都是浑然天成。对俗世浮华的睥睨傲物，与心甘情愿低伏于尘埃的精神境界本为同宗。他最醉心于收集拆迁现场数以亿万的旧砖瓦，任由工匠将各种荒凉重新打理，以幽深而醒目的黑色，青灰，土黄，砖红……砌进他那些绝美的建筑。于是，某一天，他听见游客说，瞧，那块砖跟我家的院墙砖一个样。

这种艺术真诚，站在"竹墙"边的我们，看懂了。

建筑师只有和天地，自然，日月，星辰结为至亲，和泥土，竹木，人间，烟火同属一伙，他的作品才会不朽。正如世界建筑"诺贝尔"普利兹克奖评委会主席的评价，王澍作品"扎根于其历史背景""永不过时"。

人们看懂了王澍。而王澍，看懂了六百多年前的黄公望。

当年黄公望为画《富春山居图》光是搜集素材就耗时达数年之久。足显他对艺术创造的意象经营之真诚与勤勉。他的构思绝不急于求成，而是长时间沉潜反复，从容含玩。学者胡晓明先生认为："某种意义上，黄公望五十岁之后才展开的绘画生涯，其实正是为了解决他生命中不可化解的冲突的一种抉择。他用笔墨唤醒山水的灵魂。不只是笔墨的层次，或行笔的变化，而更是笔墨唤回的'生命'，让每一块石头与水波都活起来的生命感。"

站在公望美术馆的坡形大屋顶，如身在波浪起伏的富春江边。那灰色的屋面就是绵延的江流，那镶嵌其中的砖红色，就是江面倒映的片片晚霞……它与自然背景的高天，淡云，飞鸟，树影相融为一幅大美大雅的现代水墨。六百多年前黄公望笔下的"山清，水清，史悠，境幽"的意境，从此汩汩注入现代艺术奔腾不息的长河。

很多年前的一天，在北京刚开完会的王澍，从电梯口一出来，有两位来人拦住他。王澍一愣。

他们来自富阳，请求设计一个美术馆。以最好的形式，来安放黄公望，安放富春江。知道获普利兹克奖之后的王澍非常忙，邀请像雪片一样飞到他这里。两人只能在北京采取"盯人"战术——在王澍开会的那个会议室边上的电梯旁，一等就是几天。

富阳人在纸上书写隽永，总是先让笔管灌满激情和真诚。他们成功了。

很多年后，王澍对人说，那一刻，他感动了。

如今的富阳公望美术馆，已成为国内一流的艺术藏馆。成为富阳现代历史文化最漂亮的一笔书写。

深冬。我在富春江边黄叶飘拂中漫步。深感丙申年的日子如同一张纸，铺开不久又将卷起。平时总觉自己在纸上划这划那，其实，在时光这架奔涌流泻的印刷机下，很多时候的书写只是空白。

富阳告诫我，纸，装载书写，不装载空白。

所以，他们装载纸寿千年这四个字，那么小心翼翼。尽心尽力。从无半点差池。

随想

竹 生 日

◇初国卿

书房里的盆竹，已养了十八年。一丛数杆，总是枝青叶翠，来我家的朋友见了，都啧啧称赞说：在北方，从未见过家里养得这么好的竹子。问及秘诀，我说没有，无非就是保证它的阳光、水和肥。还有就是这盆竹子是当年著名工笔画家晏少翔先生送我的，他曾嘱咐说：要三年一次分盆换土，时间最好是农历五月十三。

为什么是农历五月十三，后来才知道，这一天是竹子的生日。竹子也过生日？对，古人早就说过。如宋代赞宁在其《笋谱》中就描述过："民间说竹有生日，即五月十三日也。移竹栽取宜此日。或阴雨土虚，则鞭行，明年笋茎交出。"可见世间万事万物，均有生日，不唯人类。

古人为什么选五月十三这一天作竹生日呢，想来是有缘由的。首先是竹清雅高贵，自然要选一个不同凡俗的日子过生日。五月十三这一天就是个特殊而不俗的日子，华夏始祖伏羲、武圣关羽、佛祖释迦牟尼都是这一天的生日，可见这一天出生的人均非凡者。其次是相传这一天也是龙的生日，如《岳阳风土记》说："五月十三日，谓之龙生日，可种竹。"龙过生日，自然雨多，故民间有"大旱不过五月十三"之说。因为这一天要下雨，用《笋谱》中的话说则

是"阴雨土虚",易于竹鞭在地下生长。这对于喜水的竹子来说,自然是陶醉之日,此日栽竹,定会成活率高,所以早在东汉时专述农事活动的《四民月令》一书就记载说:"是日谓之竹醉,栽竹多盛。"由此,这一天又称为"竹日""竹醉日""竹迷日"或"竹神日"。在中国古代诗人中,以此为题材创作的诗词有很多,古代画家笔下也时有出现。清人袁枚有《题吴秀才醉竹图》,写得很有意思:"竹醉露,人醉酒。诗人生在竹醉日,似与此君相识久。科头独坐万竿中,奴捧酒壶不放手。把竹数一枝,取酒斟一斗。浇竹便为竹叶春,自饮便为竹林友。竹醉人扶竹不知,人醉竹扶人知否?是人是竹浑难分,一醉之外别无有。此之谓与天为徒与物化,君不见藕中之仙橘中叟?"今天我们已无从欣赏到这幅吴秀才画的《醉竹图》了,但袁枚的诗却将一位醉在竹林里的诗人形象描绘得惟妙惟肖,"竹醉人扶"与"人醉竹扶"相映成趣,读来令人忍俊不禁。

中国古代的竹生日也曾传往日本,引起日本文人的兴趣。江户时代的俳句大师松尾芭蕉曾在《季夏》中写道:"种竹日,不下雨,也要蓑和笠。"他是说五月十三是竹生日,也是雨节,所以即使不下雨,也必须披蓑戴笠地来为竹过生日。可见当时日本人对竹生日的高度关注。

时至今日,还有多少人知道并关注竹生日,能于五月十三栽种竹子,已不得而知。但我知道,江南多地每年都要隆重举办"竹笋节",却未见到谁在过竹生日。"竹笋节"的目的无非是增加经济效益,而竹生日才是传统文化范畴里的种竹养竹,根本大计。由此我想起了陆游的《葺圃》诗:"种树书频读,齐民术屡窥。曾求竹醉日,更问柳眠时。卢橘初非橘,蒲葵不是葵。因而辨名物,甘作老樊迟。"他规劝种树之人也要读书,要像孔子的学生樊迟一样,多辨名物之学,不仅要知道竹子的生日,更要过问柳树的休眠时间。

我曾就竹生日的事问过宜兴的朋友,他告诉我说,竹产区的人未必都知道竹生日这事,但许多地方栽竹的时间却也是在雨季初来之时,大约也就是竹生日前后,可见古人将五月十三作为竹生日开始栽竹还是有科学道理的。他还说,过去竹农大都是采用挖穴填土的老办法栽竹,但这样很容易伤鞭损芽,成活率不高。如今随着科学的进步，竹农开始采用水湿栽竹法、移笋栽竹法、埋鞭栽竹法、竹蔸栽竹法等，提前到二三月开始种竹，成活率很高。看来竹子生日，国人还是记得，这倒令我欣慰。

所以，我更坚定地为我养的竹子过生日。每年的农历五月十三前几天，我都要把一大盆竹子请人帮我抬到露台上。到了竹生日这一天，我要带着三分敬畏之心为竹子分盆换土。先是将竹子从盆中取出来，一盆分作两盆或三盆，繁生衍后。置新盆前要去掉多余的根须，盆中新土里施以香油渣、豆饼等肥料。栽好后压实土、浇透水，再修剪一番，去旧枝留新篁，每盆二三竿即可。不必重重叠叠，淡淡疏疏最有趣，让竹子在生日这天就留下一种简约的意境。剩下的，就是期待这一天的雨，最好是夜间。那一夜，我可能很晚很晚才睡，期待着雨打竹叶的声音。雨来时，丝丝飘过夜的寂静，落在竹叶上，既没有雨打芭蕉的噼里啪啦声，也没有雨过梧桐的滴滴答答声，有的，只是雨与竹叶之间的细语，透着几分委婉和含蓄，几分甜润和柔美，亲亲的，悄悄的，必须怀揣执着、专一之情，用心体味，屏息静听，才能感悟到雨滴竹叶的安闲和惬意，才能共享竹醉日的清幽与恬静。

农历五月十三又已来临，我书房里的盆竹也该分盆换土了。十八年来，从我家中这盆分出去的竹子已有几十盆，那几十盆又不知分出了多少。晏公所养的竹子有灵气，子子孙孙，繁衍无尽也。因为这一盆竹子，年年都有人为其过生日。

茶心如雪

◇董小酷

人过四十之后，便真切地喜欢起冬天来。

北方的冬天，草木歇息，寒风吹过大地和雪野，凛冽中有一种沉潜的静气。而冬日饮茶，又自带几分禅意。窗外寒风呼啸，窗前水沸炉暖，茶香因为寒冷的映衬，愈发清冽，直抵心源。

有人说，若要体会冬天的妙处，必经时间的淘洗与打磨，如同体会茶气一般，必要走过高山与峡谷，看尽湖泊与激流，从盼望"晚来天欲雪，能饮一杯无"，到"快日明窗闲试墨，寒泉古鼎自煎茶"，酒茶之间，岁月酿出了酒香，日子氤氲着茶气。平淡天真里，是静穆，是微笑，是禅意在吹拂。

酒是寒冷的友伴，而茶是冬天的知音。且不说各种以"雪芽"命名的茗茶，泉水也大多与雪、冷、寒结伴。泉水以从石出者为佳，石出者水质清冽，甘寒滑爽。文人最重石泉，也多吟咏："寒泉自换菖蒲水，活火闲煎橄榄茶""小石冷泉留翠味，紫泥新品泛春华""啮雪饮冰疑换骨，掬珠弄玉可忘年"。水是茶的载体，好水必寒。清代袁枚在《随园食单》上说到茶时，开头就说："欲治好茶，先藏好水。"可见水的重要。乾隆皇帝为此钦定了天下第一泉，而且认为雪水比天下第一泉更好，"遇佳雪，必收取，以松实、梅英、佛手烹茶，谓之三清"。如此，说茶是冬天的知音应不为过。而宋人品茶的一大特色是以声辨水。因为宋代茶人煎水用的是细的瓶和铫，口小不容易观察，只能依靠听觉，根据水的沸声来辨别候汤。故蔡襄《茶录》中说"候汤最难"。黄庭坚在《煎茶赋》中描绘听水声时有如"汹汹乎如涧松之发清吹"，在《双井茶》中更有"不嫌水厄幸未辱，寒泉汤鼎听松风"的诗句。将煮泉时的水响声称作松风，借山中松涛声助兴水沸的声音，泉寒茶热，松涛阵阵，一冷一热，极致之间，茶气凛冽。

而茶之仙骨，其色也讲究冷如雪。宋代文人中有不少茶道高手，在蔡襄、黄庭坚、苏轼兄弟、陆游等人的诗文中都能看到他们爱茶、嗜茶、品茶评水的功力。宋代的点茶法是把团茶碾成粉，再将沸水注入茶盏，将茶粉打成沫来喝。因为打出的茶沫是白色的，所以"茶色贵白"，以茶汤"白沫重叠，积聚水面，状如积雪"，着盏无水痕而又能耐久为佳。因之，衬托茶色之白的黑釉茶盏得到了最为充分的发展，其中产于建州的建盏最为有名。建盏在烧造时发生窑变，变化出各种花纹，其中有一种均匀细密的条状斑纹，在黑釉的衬托下银光闪烁，状如兔毫，被称作兔毫盏，最适合于斗茶，一时成为风尚。斗茶风尚之盛，连大宋皇帝宋徽宗都直接参与其中。他不但亲自点茶，还专门写了一本关于茶的论著《大观茶论》。黑色的茶盏与白色的茶沫，在运筅击拂的瞬间，动静相济，给人带来无穷乐趣。以至于晚年的蔡襄"老病而不能饮，日烹而玩之"，让人想起宗白华在《美学散步》里说："禅是动中的极静，也是静中的极动，寂而常照，照而常寂，动静不二，直探生命的本源"。茶与盏、动与静，茶中禅味，隐逸里有真切。

茶香梅韵，也是文人在茶事上追求的文化格调。"寒夜客来茶当酒，竹炉汤沸火初红。寻常一样窗前月，才有梅花便不同"，以茶当酒，月下赏梅，宋人杜小山的《寒夜》诗，将茶香与梅韵交融一体。而明代画家沈周则以梅比茶，"香中别有韵，清格不知寒"。到了清代，各抱才艺的"扬州八怪"正式将茶与梅联姻，他们痴梅嗜茶，爱梅画梅，嗜茶如梅。"八怪"之一的汪士慎曾云

"知我平生清苦癖，清爱梅花苦爱茶"。清代著名学者厉鹗在汪氏的《煎茶图》上题诗赞曰："先生爱梅兼爱茶，啜茶日日写梅花。要将胸中清苦味，吐作纸上冰霜桠。"梅情茶心，高洁清远，人生，原来也是一种审美的姿态，一种审美的状态。

而最能让人气静神凝的，当属旷野山林间的一壶茶。明代以后，制茶饮茶的方法发生了很大变化，泡茶法流行开来。泡茶的流行，催生的是另一样茶具，紫砂壶。而泡茶的简单易行，也令饮茶的场地有了极大的自由度。明清文人山水画兴盛之际，也正是文人墨客热衷于茶艺之时。喜欢在山水间游历的明清文人，也将他们在山中的一壶茶引至笔端。观文徵明的《惠山茶会图》，唐寅《事茗图》《品茶图》《烹茶图》，画面大多在广阔幽静的山水之间，置一小亭，亭内茶壶醒目，有人煮茶品饮，或独啜或对饮，或静思或清谈，静谧安详。然而，在泉石松竹的空灵寂静里，在炉下烹茶的人间热气与山间溪边的空灵之气间，人又感受到一种巨大的充实，与空灵相伴生的充实。这充实所来何处？我把它归功于茶。一壶茶，在画幅广大幽远的空间产生了幽微的弥漫感，与天地自然圆融合一。这恐怕就是清代画家恽寿平所谓"画至神妙处，必有静气……画至于静，其登峰矣乎"。静气，是一种心理状态，是古代士大夫在心灵管理能力上追求的最高境界。如果没有这一壶茶，也许人就少了一份温情的驻足，对于隐逸也少了一分向往之心。

这一壶茶，也让我不断地想起唐代赵州禅师有名的公案"吃茶去"。《景德传灯录》卷十记载，赵州问新到僧："曾到此间吗？"僧答"曾到"，赵州曰："吃茶去。"又问一僧，僧答"不曾到"，赵州曰："吃茶去。"

一千多年前"吃茶去"的当下感，让人回味无穷。"吃茶去"的轻松、平静与纯朴，带来挥之不去的神闲意定，在风里，在水里，在松涛里，在一壶茶里，始终有禅意在吹拂。

东北话为何如此"魔性"

◇董　阳

你瞅啥？

瞅你咋的？

这七个字，有戏。自带画面，人物呼之欲出，而且用字极简。论画风之生动彪悍犀利，有时你不得不服东北话。

连日本萌妹子福原爱都被带跑偏了。瓷娃娃形象跟东北话的彪悍碰撞，那反差不知让多少国人为之倾倒。当福原爱纠正中国记者"干啥"东北话应该叫"嘎哈腻"时，有没有一股被反客为主的暖流涌上心头？东北话征服了福原爱，一口东北话的福原爱征服了你。

后来我发现，像福原爱一样被东北话征服却不明所以的人不在少数。每每听到这样的故事：一个大学宿舍里有一个东北人，临到毕业整个宿舍说话都一股大碴子味儿。一开始嘲笑东北话的室友们，一个个眼睁睁地深陷其中无法自拔，后来才幡然醒悟：你这是君子报仇十年不晚啊。

在手机APP"知乎"上，还真有人郑重其事地发问，而且成了热帖：为什么东北话容易传染？"身边东北人不少，我一个天津人现在说话都是东北腔，张口闭口妹有，干哈……为啥？"

东北话的"魔性",还真是值得玩味。

东北话大流行的最大推手还是央视春晚。央视春晚是啥场合?全中国人都在那个特殊的时刻盯着一群演小品的东北人,看他们用最凝练、最形象、最搞笑、最有机锋的方言唠嗑、表演。这简直就是一堂活生生的东北话全国公开课!

这绝不是一般的公开课。一是规模空前。每年春晚几亿人看,三十年下来,就几十上百亿人次,如果把奥运会看作世界最大运动类公开课,那么央视春晚小品堪称世界最大规模语言类公开课,关键还在于,这个公开课是成系列的,每年来一次!

其次是课时长。简单算笔账,每年春晚用东北话表演的语言类节目照两个算,总共大概半个小时,二十年下来就是十小时,一亿人看,最保守地算下来就是十亿个小时。读者们呐,除了这十亿个小时的纯教学,还有电视台反复重播、互联网不断点播的更大量的课外复习,再加上生活里跟东北人打交道的"浸入式"实战演习,外国话都学会了,东北话哪有不会的道理?

再次,春晚小品这种"教学形式"互动性更强。虽然隔着一道屏幕,但是看着演员搅动三寸不烂之舌,笑得前仰后合,观众身心都被带入了一种高能的语言交流场景。观众的心打开了,东北话的魅力充分地刺激了他们柔软、敏感的语言神经,让语言习得瞬间变得轻而易举。而且,观众们还要在春节假期的亲戚朋友间互相分享,这种"同伴教育"和迫不及待的"现学现卖",简直就是最好的语言练习。

另外,春晚小品这种"场景式教学",为"金句"提供了一个个短小的喜剧情境,使得金句的转用自带喜剧效果,更具有社交属性。比如一说"要啥自行车",人们就想到了小品里丈夫一面眨眼睛,一面假装高声呵斥妻子的镜头,而忍俊不禁,也就在"别不知足了""别想入非非"的语义之外,更有幽默的效果,缓解了由于"得不到"而身处的窘境。

"忽悠,接着忽悠""我这心呐,拔凉拔凉的呀""你太有才了""这个可以有,这个真没有"这些句子都有类似的效果,其流行也就"变本加厉"了。

多少年来,在春晚小品这个具有春节新年俗性质的传媒艺术形式中,东北话是绝对的主角,它因而在中国人的文化空间里具有了某种强烈的公共性。我懂东北话,你懂东北话,这还不叫公共性。公共性是,我知道你懂东北话,你也知道我懂东北话,我们都知道周围人听得懂东北话,然后我们愉快地用东北话聊天。这就使得东北话这门方言能够最大程度地发挥它沟通和社交的属性而具有"传染"的可能了。

一定有人会问:那为什么别的方言,比如河南话或者闽南话没有在春晚上火起来?我相信东北话之所以能搭上央视春晚这趟文化高铁,当然有偶然性,但如果事后诸葛亮地总结,也有其必然性。首先是它近乎普通话,这使得它的传播和习得的门槛大大降低,这也是粤语尽管有大量的港剧、香港电影和粤语流行歌曲等大众文化载体支撑,依然没有在中国大陆普及的原因。其次,东北话又不同于普通话,有它强烈的特点,它的生动、直接、幽默,适用于春节喜庆热闹的场景。再次,从语言学的角度,东北话一定有它发音、词汇、语法上的特点,使它容易上口、便于发音,当然,这需要更加专业的语言学解释了。

追溯源头,东北话的"魔性"大概要还原到冰天雪地的大东北热炕头的唠嗑场景。在那样一个场景下,人们在语言实用性之外,追求唠嗑的单纯快乐,也就是一种无功利纯审美的语言艺术性,使得东北话不断进化"成了精"。

另外,东北人远离中原,礼教束缚少,他们的表达更接近本能,更加自由,更放得开,可能也是原因之一。其实东北不光小品出名,也出"大嗓",某季《中国好声音》里东北人居半,被戏称为"东北好声音",这也跟东北地广人稀,性格豪放,善于表达有关。

纯粹论语言的精妙,其实别的方言未必没有,比如四川话、河南话、北京话,都不是白给的,其幽默劲儿也未必逊色于东北话。东北话借助春晚小品赶上了中国电视这一大众媒介的黄金窗口期,迅速传遍大江南北,确实跟出挑的东北喜剧人的"努力"密不可分。

这两年,新一代东北喜剧人登上了各大卫视的喜剧类节目,东北话声势不减。在快手等直播平台上,东北话依然势头凶猛,"扎心"的"老铁"们借助移动互联网又掀起了另一波"东北话攻势"。

在北京工作快十年了,这几年明显感觉身边的东北人更多了。平常大家都说普通话,但是你知道,东北话的春光是遮不住的,即便五花大绑,只剩三成功力,也够它阳光灿烂的了,再说了,架不住人多啊。于是,我时常有种幻觉,仿佛一直生活在央视春晚小品里。

如果不是"地图炮",请祝贺"魔性"的东北话吧,你得承认,这是东三省响当当的文化软实力。也请拥抱我们各自的方言母语吧,它是我们身体的一部分。我们无法选择自己的方言母语,但可以选择热爱自己的母语,跟它玩耍,跟它厮混,转而发酵它,提炼它,升华它。其实,那正是提炼我们自己,升华我们自己。

不信,看看人家东北人,多有文化自信!

稻花米花

◇ 胡　同

南箕北斗，南橘北枳，南贩北贾，南腔北调……地域不同，形态有别，一座山一江水，便分出南北，生出差异。差异当中，最基本最显著的当属饮食。

南方产稻，南人食米，一日三餐，米食为纲。真正南方人，不管口味怎样改弦更张，也大抵不会偏离稻米太远。我是南方人，去过他乡，住过异地。在乡村时间短，在外居住时间长，乡土印迹早被岁月磨灭殆尽，稻米花开，是我记忆库唯一还清晰保存的完整影像。

在这里，我先简单交代一下，稻米花是指稻花和米花，稻花是水稻花，米花是人工炒制的爆米花，稻花真实，米花略虚，它们虚虚实实，此起彼落，贯穿童年，贯穿岁月。如今每当我看到春回大地，看到有人手捧爆米花，看到有老师傅在街巷制作爆米花，我就常想起稻花米花，记忆的蔓条就顺着时光逆流而上，回到从前，回到江南，回到春天。

在种两季稻的江南，种稻艰辛漫长。或许正是种稻艰辛漫长，所以稻花开时，置身田野，四处花海，清风吹拂，清香扑鼻，实在惬意舒坦。后来，每读稼轩词句"明月别枝惊鹊，清风半夜鸣蝉。稻花香里说丰年。听取蛙声一片。"更觉得稻花清新脱俗，美得不行，香得不行，融化成我心里最亲近最怀念的江

南符号。

物产丰茂、山水清朗的江南，稻育两季，早稻春种夏收，晚稻（二季稻）夏种秋收，以盛夏双抢为最高潮，乡亲一面收割早稻，一面抢种晚稻，把乡村的劳碌推向极致。秋天，晚稻收割，晾晒，入仓，农具歇息，闲置，乡村最庄重的农事才逐渐偃旗息鼓。江南的乡村，冬天闲适松散，却绝非无所事事，乡亲半做半歇，修修补补，为来年下场稻事积蓄准备。这时节，乡亲们会碾新谷，用新米做糕，熬糖，酿酒，做出美食，以犒劳辛苦了一年的劳作。那年月，乡村清苦，稻米制作的小吃解馋又解饥。

小时最惦念的米制吃食，大概算米花和米糖了。米花分两种，一是机器爆的，一是农家炒的。在赣西一带，每年春节前，乡亲都会制作一种叫冻米糖的切糕，切糕又叫炒米糖、米花糖块（片）。作为赣西风味小吃，冻米糖历史久，口感好，易贮存。

冻米糖的原料是米花和米糖，米花由大米炒制，糖由大米和麦芽加工。秋天是制作米花原材最好时节，每年中秋一过，乡村家家户户都会煮上几锅糯米，将糯米饭蒸熟晾干，做成冻米"干饭"。节前，每家每户再把"干饭"，放进锅中翻炒，"干饭"炒出淡黄色的米花，可食用，这是米花最简单的吃法。复杂些的，米花加熬化的米糖，经搅拌，混匀，黏合，装到木制的方框挤压成形，冷却后再切片，做成冻米糖，前后有二十余道工序之多。

后来，乡亲图省事，制作冻米糖删减很多工序，不再用传统方法晾晒"干饭"和炒制米花，改用机器爆制米花。年关将至，他们从城里请师傅，在村上留住半月数日。于是，一老人，一火炉，一风箱，一铁器，一布袋，就浓缩成农家小院或弄堂里常有的画面。老人身体清瘦，皮肤沟壑纵横，仙风道骨般坐在火炉前，他一手悠悠拉风箱，一手娴熟地摇葫芦铁器，眼睛不时看钟表。有时他会燃一锅烟，吧嗒吧嗒吸着，炉火映红脸上满是气定神闲。他身边总围满叽叽喳喳的人，男女老少都有，随着"嘭，嘭，嘭"的炸裂声，他们躲躲闪闪，唯有老师傅被气浪挟裹，出没在白烟的笼罩里，那时，脚边那只修长得像蛇的帆布袋,就装下了细细白白的爆米花粒,躲闪的男女老少复又围拢过来,满是欢悦……

这寻常画面曾在我脑海久久定格,无数次抚摸和温暖我游荡的心绪。寒冬或深夜,每当读到"寒夜客来茶当酒,竹炉汤沸火初红""绿蚁新醅酒,红泥小火炉"之类词句时,我心里总翻滚不已,感觉那画面扑面而来。是啊,即便是风凛雪紧的日子,一杯茶,一炉火,足以温暖袭人,任何奢欲都成多余。

城里的街市、影院,有人常捧爆米花,津津有味吃着,那颗粒粗大、颜色金黄的爆米花,让人垂涎。这米花是玉米爆制的,原料不是稻米,爆制机器也不是老式的铁葫芦疙瘩,形状、口感、味道都比从前的爆米花好。可如今看着爆玉米从精致干净的方方正正的机器里流出,我总感觉它们少了些什么,少了某种味道和感觉。

江南好,风景旧曾谙。
日出江花红胜火,春来江水绿如蓝。
能不忆江南?

这是白居易的一首《忆江南》。江水易理解,但所言的江花,却不甚明白,不知其为何物。我想,既然他笔下有江花,江花定存在,且断定江花必是他的珍忆和痴恋。身在江南,不知江花,寻不得江花,我却深念稻米花,概是痴情使然吧。在众人看来,稻花米花寻常普通,微不足道;对我,它们却填补童年,承载清欢,当年我走出乡村,它就注定扎根我心,从此长久住了下来。

城市里的修补匠

◇贾飞黄

如果你的东西坏了，要到哪里去修呢？

比如我现在居住的城市，以国际大都市自夸，眺望着那片赫赫有名的、冰冷高耸的混凝土玻璃丛林，我在脑海里展开一张生活半径的地图。在这条纵贯半座城的东西干道上，有银行、餐馆、立交桥、购物中心、高档写字楼、昂贵的住宅区、产业园区、加油站、另一个购物中心、更多的购物中心，以及全天无休的拥堵和喇叭声。夜幕降临，写字楼里的白领金领转身变成时尚光鲜的红男绿女，逆着回家的人潮涌进那些大名鼎鼎的不夜城。奢侈品、快时尚、潮流……当一切繁华归结于"消费"二字，我又要去哪儿寻找修补旧物的摊点和工匠呢？

我曾经拎着一双旧皮鞋无助地奔走在这条街上。鞋子穿了很久，皮面清理过后显出沧桑的韵味，缝线依旧强韧，只是鞋后跟磨损得厉害。我拎着它想当然地走上这条街，寻找一种叫做"修鞋匠"的行当，寻求一项叫做"粘鞋底"的服务，在我的记忆里，理应在路边树下或者天桥边的阴凉处找到那些手艺人，系着洗旧了、斑驳着各色鞋油的围裙，守着铁铸的修鞋架和木质的工具盒，皮料和油脂在阳光下散发出午后的香气……可我"流窜"许久，没有找到这样的铺子，却在一家又一家商场店员的摆手中，疑心自己成了一个穿越而来的异类。

后来我得了路边乘凉的大婶指点，终于在一个小区深处东拐西拐地找到了"便民修鞋"的铺子，一个头发花白、衣着干净的大爷一边铲下我的旧鞋底一边跟我念叨，铺子开在这里没多少生意，但开在街边也一样，自己纯粹是闲不下来才做这个，全当服务邻居，这年月哪还有多少修鞋的人？穿坏了就扔，没穿坏也扔。

大爷麻利地给我粘好了鞋底，又掏出小锉子，轻轻磨出溢出来的胶水。"鞋不错。"他说完，又摸出鞋油和毛刷把鞋子擦了一遍——结账时，他并没有收擦鞋的钱。

从那之后，我开始留意这座巨型城市里面的修补匠们。

城市在扩张，城市扩张到哪里，最先出现的永远是广告牌，然后则是西装革履的销售人员兜售尚未成型的住宅和商铺。在一派买买买的气氛中，修补匠们被挤进城市的末梢和角落，但如果肯留心，就知道去哪里寻找他们。

裁缝大姐住在马路对面一簇棚户区般的低矮建筑里，和一家小卖部共用一个门脸，她改的原边裤脚让人完全看不出破绽，修补各种衣物开线处也是拿手好戏，原有的缝线处已经被扯烂到下不去针，天知道她是怎么将之还原如初的。修表师傅在便民超市有一个半平方米的小隔间，我曾经在他身后默默看他拆弄一块老旧的西铁城机械表，整整两分钟他没有发现我，只是透过那个卡在眼窝里的小镜子盯着那些细小齿轮，心无旁骛。专柜售后说换过电池不保防水的电子表，在他那里换过电池后拍着胸脯跟我说：漏水你来找我。修家电的小宋没有自己的门脸，但他在附近的租房中介那里"挂了号"，那些租客和房东，家里的电器出了毛病，都会被推荐到小宋这修理。他那小小的半地下住所里，工作台比床还要大，堆满了送修的电器，小到台灯大到电视，地面像爬蔓一样遍布粗粗细细的电线。小宋说，现在的家电基本上出了保就没处修了，其实出的毛病都不大，大多数时候只需要重新焊一焊。不少失去了商铺的修补匠们不

得不关张大吉，但那些坚守者们则在手艺之外开动脑筋，想方设法地在缝隙里扎根下来。

当然，时代也为这些修补匠们打开了另一扇窗——网络。我曾有一件被刮出洞的针织衫，让裁缝大姐也无奈地摇头。虽然我知道有一个词叫做"织补"，但在修补匠们都隐居如卧龙的城市里，要找到这样专精到冷僻的手艺人谈何容易。突然灵光乍现，我打开电脑在某宝里输入"织补"两个字，瞬间搜到一大批链接，我心中虽喜，但这看不见摸不着的送修总让人心生疑窦，我抱着稳妥起见的心态选了一家同城的店铺——虽然这实在只是聊胜于无的保障——并在听了老板"补好了让你根本看不出来"的"吹嘘"之后，颇为忐忑地把我的衣服寄到了几十公里之外的市郊。两天后衣服寄回，我惊讶地发现，还真的是找不到当初刮坏的地方，激动之余赶紧在网上对老板表示感谢，老板告诉我她原来也在城区开店，但是由于店租上涨，加上自己先后生了两个孩子没法在店里带，就只能到郊区租个大一点的房子，在网上开店，结果生意反倒更好，每天都有来自全国各地的订单。

对我而言，"网购"修补如同打开了一扇新世界的门。从此在网上平交天下能工巧匠。我在皮衣之都浙江海宁改过皮夹克，一件"通货"改出了定制般的上身感；我在制鞋名城东莞给靴子换过大底，穿在脚上如同自己亲手做旧的新鞋。我在几分钟内走遍沿海诸省，只为寻访能够承诺将我压坏的眼镜架修复如新的匠人，在本地装修考究的眼镜店里被服务员定性为"修好只能凑合戴"的眼镜由此焕然一新，而手工费只有"凑合戴"报价的几分之一。

时代在进步，城市在发展。但无论怎样变化，我总会回忆起遥远的慵懒午后，走街串巷的"磨——剪子嘞，抢——菜——刀"或者"修——洗油烟机"的吆喝声。如今吆喝声已然不在，但在城市的众声喧哗里，修补匠的温度却在一直在我心里不曾远去。我常想，他们修补的一定不只是旧物。

草木恩典

◇李丹崖

草的香,似乎只有在两个时间可以闻出来。

一是在被碾压或拦腰斩断的时候,这时候的草,像是慷慨就义,被镰刀、被车轮、割断、碾压,散发出奇特的生命的香,这香味,让人觉得有一种拿生命才换得来的美。我小时候喂过牛,给牛铡过草,当祖母把成捆的青草放到铡刀下,我奋力挥动胳膊,向下一压,咔嚓,草被斩成了两段,旋即散发出一股诱人的香。我追求这种香,似乎也在一定程度上验证了,人是具有动物性的,格外爱这些草木滋味。

另一是在草被熬煮的时候。我的父亲是一位中医,小时候,我常常爱在他的中药橱边转悠,可以闻到与众不同的草木香氛,就好像这些香味纠缠在一起,我置身其中,可以免除疾病的侵扰一样。遇到病人前来抓药,父亲把那些或叶、或花、或根、或果的中药材用纱布包起来,放到砂锅内熬煮,满屋子的中药香。在滚沸的高温作用下,我觉得这才能彻彻底底地闻到草木的香味。

秋天到了,草木走向成熟,似一个男孩走向青年,一个女人发育完善。旧时,在乡间,我喜欢睡在小溪边的草甸子上,一边看蓝天白云,一边嚼草根,我觉得,这简直是神仙般的日子。小时候,身小力薄的我干不了农活,放羊是

我唯一的活,我把羊拴在溪边的小树上,确保它们只吃草,不会啃食庄稼,我就往地上一躺,看着羊羔吃奶,母羊反刍,我呢,则效仿羊的样子,去尝一尝草根。

羊吃草,在我看来,简直是一件艺术。用舌头把草搅到嘴里,嚓嚓而食,羊毛洁白似雪,羊的嘴唇粉红似桃,青草如翡翠一样耐看,整幅画面简直太有感觉了。

草木的根深深扎进土地,通过叶面来进行光合作用,它是最能吸纳天地灵气的。所以,维生素多蕴含在很多青菜当中,牛羊通过青草来摄取营养,我们再通过牛羊的肉来摄取营养,然后,牛羊和人的粪便又可作为肥料给青草带去营养。这个循环看起来有些吊诡,实际上,又是多么巧妙的一个轮回。

青草,在这样的一个轮回中,无疑扮演了"双面人生"。成全人畜,又替人畜打扫垃圾,还这个世界天蓝水碧,它们的一生近乎伟大。

我有一位诗人朋友,他有种奇怪的感觉,每次在城市居住久了,吃得大鱼大肉,诗性会逐渐泯灭,会写不出东西,这个时候,他都会到山区的寺院里,找一处周遭长满茂密树木的禅房来住,日日食蔬,这样,就能诗性重返。他说,他获奖最多的诗作,一般都是寺院里的那些草木和蔬菜给予的。

——这是何其美妙的草木恩典!

有时候,我实在羡慕那些古人,居住的全部是木材架构的房子,戴的帽子是斗笠,披的是蓑衣,穿的是木屐或草鞋,这样,才有"一蓑烟雨任平生"的潇洒,现如今,你披着满是塑料味道的雨衣,穿着不透气的胶鞋,能"任平生"吗?

我不是过激。只是想表达,人一亲近草木,就滋生了健康,就培育了高雅,就构建了和谐。

草木的恩典,也许是它们自己都不知晓的义举,但,一岁一枯荣,它们一直在照做。也多亏了草木的这份坚守,这种任性,才让我们有机会——食草,刷新自己;闻香,愉悦心智;观色,养眼醒神。

读书寂寞事

◇ 刘克定

读书是件寒、冷、苦的事情。过去指冷寂的读书之地为"寒窗",谓之"自甘寂寞""坐冷板凳"。甚至因读书导致贫穷,那就更苦。朱买臣光读书不上班,导致家贫,只好以砍柴为业,卖柴时还手不释卷,妻以为羞,和他离了婚。家境较好的读书人,读闲书打发日子,觉得快乐,那是另一种读法,但要是换一个环境,就不会是"羲皇上人"了。

奥地利作家斯蒂芬·茨威格的小说《象棋的故事》里有个B博士,被关押在纳粹集中营里,精神备受折磨。他竟趁一次候审的机会,偷来一本棋谱,悉心研读起来。从此在象棋技艺上大获启发,出狱后成了赫赫有名的象棋冠军,铁窗苦读改变了他的一生。这是外国小说里的故事,说明逆境苦读,也可以成就人才。

什么是苦?"生不得志,攻苦食淡;孤臣孽子,卧薪尝胆""子卿(苏武)北海之上牧羝,重耳十九年之羁旅,呼吸生死,命如朝露",有人说此乃人生之大苦,信然。汉代王章长安赶考,与妻共居。章读书读得病倒了,没有被子盖,卧牛衣中,想起自己命运不好,自料必死,与妻子泣别。都是人生逆境,苦不堪言。但发愤攻读,总有"天生我材必有用"的时候,这样来看,读书又何尝不是一件苦中有乐的事情呢？皓首穷经，那是很高层次的阅读，包括索引、考证、爬梳剔抉，穷究其源，常常"不知明镜里，何处得秋霜"。虽然苦，衣带渐宽，人亦憔悴，却是积累了一笔丰厚的精神财富。平常读书，孜孜不倦，能够明理，升华情操，就是常说的"开卷有益"。

读《红楼梦》是赏心乐事，但要考证渊源，就得吃苦。读小说，读"动漫"，读某名人的生活琐事，与读有关本业的东西是不同的。但有些"快乐"的"热门"书，读不读都可以，有些坐冷板凳的书，却是花钱也应买来读。"本来，有关本业的东西，是无论怎样节衣缩食也应该购买的，试看绿林强盗，怎样不惜钱财以买盒子炮，就可知道。"（鲁迅《致赵家璧》）这样一来，自讨苦吃，苦中求乐，就成了中国读书人的习惯。

现在超市里成堆的装帧很漂亮的"经商指南""炒股要道""脑筋急转弯"以及"风水先生"……进口纸，烫金字，还有密封卷——先拿钱后开卷。买不起，读了也无益，无异于"新袋子里的酸酒，红纸包里的烂肉，那结果，是吃得胸口痒痒的，好像要呕吐"（鲁迅《我们要批评家》）。

现在情况不同了，读书讲务实，学以致用，学以增长知识。图书馆共享项目越来越多，读者也渐多了，成为读书人的乐土。有些图书馆专为盲人设置阅读器，虽然有待完善，但已经可以看到不少盲人光顾图书馆，在盲人阅览室学习用阅览器读书读报。

不妨说，读书本身的冷热都不是坏事，关键是能学到知识。佛教禅宗的北渐南顿，就是讲悟道的殊途而同归。能悟道，十字街头也能参禅，不能悟道，把经书读破，也不过是谤佛。用功之妙，存乎一心。"躲进小楼成一统，管他冬夏与春秋"，读书应作如是观，平心静气，如琢如磨，如切如磋，弱水三千，取一瓢饮，然后甘苦自知。适当搞一些有益的读书活动，爱书活动，走出书斋，参加一些交流，不无好处，但不能"大呼隆"，"活动"一多，一"化"起来，则非实实在在求知。

礼敬和激活

◇ 陆　梅

这些年因各种机缘的行走，踏访了不少古村落。在浩大的中国，这些古镇古村承担和呈现着不一样的功能，比如景区形式的乌镇，民居博物馆形式的晋中一些大院，分区保护方式的丽江束河镇，更多乡野民间的古村落则维持着当地原住民生活的原生态方式。而由学术界、文化界和地方政府发起的一波波古村落保护开发现场传来信息：古村落的保护和拯救是一个大工程，保护古村落就是保护我们的家园和文化。

然而在实际的行走中，我也感受到一个普遍性的难题：村落空巢化。一些僻野村落隐在青山碧水间，美则美矣，却少了生机，半天不见一个人，年轻人都去了城里，徒留一个空村和二三枯坐的蹒跚老人。倘若没有留下来的吸引力，年轻人当然要往城里走。城里有干净舒适便捷智能的生活，孩子在城里上学也放心很多。我们都有对美好生活的追求，我们和世界其他任何国家一样要走城镇化和城市化的道路，似乎这是历史的必由之路。那么古村落的保护怎么落实？有没有更宜居生态的方式吸引年轻人返乡创业？怎样在尊重村落文化的同时切实改善乡村的生活质量？

有一点当是共识，我们对古村落的保护和开发，不该仅仅只是"礼敬"，像博物馆一样以景区方式把它展示出来，房子是要人住的，尤其是那些山野间的老房子还有人烟，还有山林茶园和农事稼穑……那这个难题如何解呢？对，理想的古村落，要有生态的环境，有传统的历史，有现代化的生活，如此才称得上美丽宜居。

碰巧今年走访了两处古村落——福建的屏南和浙江的松阳，感觉空村现象在改变，我看到了一些年轻人的身影，他们可能是建筑设计师、民间艺人、现代化企业管理者、志愿者组织、来自高校的专业团队……一群怀有理想、情怀，带着创业梦想和智慧才情的年轻人投身到了乡村。他们其实是现代版的"中国乡贤"。他们把全新理念和生活方式带入了乡村。新的民间力量、乡村秩序和产业形态正在重构乡村。

比如浙西南的松阳古村落，完全刷新了我对江南传统村落的见识与想象。去松阳前，我脑海里有对徽州、婺源一带古村落的认识，不外乎白墙黑瓦、翘角飞檐，再加上"修旧如旧"的祠堂庙宇、"烟雨迷蒙"的油菜花田、村口半亩"标配"荷花池塘……在古村里走一遭，家家户户卖一样的土特产，摆在一起眼花缭乱，却生不出探看的兴致。这些做工粗糙的小物件，你能在江南大地角角落落的古镇古村里见到。

松阳的古村落却是另一派古典。当地传统村落大致分两种：平地村和山地村。平地村分布在瓯江上游松荫溪两侧的松古盆地内，因地势平坦、农业条件优越、交通相对便利，平地村大多破坏较严重；反而那些交通不便、经济又欠发达的山地村被很好地保存了下来。我要说的就是这样一些古村落，它们如同《历史大视野中的传统松阳》所言，"或居高山之巅，或隐于山水之间，或坐落溪流之侧，或掩映于竹海古树中。阶梯式、台地式、平谷式、傍水式和客家传统村落在松阳山水间交相辉映……"这样的村落有一百多座，错落层叠在二百零五座千米以上的山峰间，可谓占尽山水之形胜。我在这些古村落里行走或远望，俯仰之间，感受山的深秀，云的壮阔，老树的无言沧桑。散落其中的，就是成片成群的民居，黄泥墙耀目，白墙黛瓦朴素，黑石墙基粗犷，吊脚楼别致,这些和山水自然浑然天成的村落一级级沿着山坡向上延伸。这样的美是可以接通心灵的。我的脑海里无由想起一句故乡的"赞美诗",来自熊培云散文《追故乡的人》:"乡村是一道道通往天空的山坡。没有那些杂草丛生的山坡,我不仅难以依偎地球,而且真的无法抵达天空。"

乡村的美是需要懂得美的人来呵护的。我在松阳看到了这样一群才智技能和情怀兼备的年轻人。他们中的多数生于斯长于斯,认同家乡的礼仪之风和悠久人文,热爱家乡的茶园、山坡、溪流、林石,乃至神灵般护佑着祖祖辈辈的祠堂庙宇和参天老树。他们依托村落的美,开发出了同这美深度契合的民宿——听听这些诗意的名:云端觅境、云上平田、酉田花开……也只有亲临了、眼睛和身心感受到了,你才会打心眼里佩服这些年轻人。我在云上平田看到草木染的丝巾和团扇,美得惊心,忍不住用手去摸,纯净柔软,散发草木的清香。还有一种竹子做的牙刷和筷子,上面刻着好看的中国字:山家清供。

传统需要礼敬,更需要激活。怎么激活?我在松阳看到了点点滴滴渗透在细节里的"乡村美学"。美在松阳不是无中生有,而是由"向自然索取",转而"与自然共生";那些古村古迹古树并不遥远,就在你身边,随时一个转身,你就能感受到与古人对坐的呼吸与节拍。

我知道,像松阳这样的民宿在浙江还不少。民宿的开发,会否在倡导一种全新的生活方式的同时,创造出一系列独特的乡土文化保护措施?一种和拯救老屋行动呼应的乡村美学?乡村不是只有"农家乐",乡村还有山河和众生,有郁勃着的生机和我们的性情与自在,有我们的生和死、苦难和悲痛、过去与将来……在中国,乡村还意味着一种文化和信仰,是从《诗经》《庄子》《楚辞》、汉赋、唐诗宋词以及山水画里一路营造出来的精神家园。

我们常说"礼失求诸野",这个"野"在民间,也在民间的一乡之士、一乡之贤。民间孕育人文的大自然。所以我们还有句话:反而求诸己,文武之道,未坠于地,在人。

"出镜率"同样在考验作家

◇马笑泉

在一个信息海量呈现、资讯以秒更新的时代,作家的定力受到空前考验。

害怕被覆盖、被淹没、被遗忘的心理或隐或现地影响着这个时代的文学创作。"先混个脸熟"成为一些新进作家的现实策略,而在不少成名作家那里,维持"出镜率"亦成为写作的重要驱动力。半年不发表作品便有恐慌感,可视为新老作家们的集体心理写照。十天半月赶出一活成为常态,"十年磨一剑"成为让人感慨、追忆和仰慕却无意效仿的"古人行迹"。

除了创作上的加速外,审美追求亦日渐窄化。"把故事讲好"这个最基本的要求成为最高要求,"好看小说"这一古怪提法大行其道。何谓"好看"?在主要依靠麻将和电视剧度日的读者那里,地摊文学远比《红楼梦》和《百年孤独》好看。而有的人眼中,连托尔斯泰也不够"好看",《宇宙奇趣》和《暗店街》才够好看。在一片"要好看"的催促声中,技术娴熟或不那么娴熟的作家都努力将作品打磨成"韩剧脸",腔调温柔,与读者一起营造温馨加感动的"局面"。在海量的作品中发现一张个性鲜明、气质独特的"脸",已经越来越难。但这样的"脸",或许才是严肃文学作家所应当追求的。

"虚热浮躁",是文学不可回避的病症。但是在"虚热浮躁"之中(而非之外），向经典靠拢的努力始终存在。任何作家都明白，摆脱被淹没、被遗忘的终极方法是写出经典。有抱负、有能力的作家即使被大流裹挟，也会挣扎着向经典的彼岸游去。于是，分裂现象在这类作家身上产生了：一方面辛苦地追求"出镜率"，一方面也未曾放弃更加辛苦但又含有真正乐趣的经典化努力。表现在具体的创作上，则一方面向发表和出版的时代标准妥协，不时提交能被迅速接纳的"作业"，另一方面以沉潜与慢来打磨独异之作。这种分裂背后其实是价值观的分裂。而经典之所以在我们这个时代难以出现，恰恰不在技艺（这代作家的整体技艺已经高出前人），也非经验的匮乏（这个时代所提供的经验如此庞杂、新鲜，甚至令人瞠目结舌），而是在这种试图两头讨好的分裂中难以建立自足的价值体系。任何经典作家都有一个自足的价值体系。它决定了作品所能抵达的深度、高度和完整度。

  我无意责难他人。无论怎么写，要想到达一定的质和量，都不容易。我所要做的是自省，从内多欲而外摇摆的状态中拔离出来，回到纯粹而坚定的初心。再从初心出发，努力去建构一个自洽的文学小宇宙。

开学季，说"文庙"

◇舒 翼

9月，寂静了一个盛夏的校园，再一次热闹起来。跟校园同时热闹起来的，还有各地的文庙。大大小小的孩子们在家长的带领下，走进文庙，虔诚地拜谒孔子，祈求学业顺利。

文庙，是纪念和祭祀我国伟大的思想家、教育家孔子的祠庙建筑，所以在历代又被称作孔庙、夫子庙、先师庙、文宣王庙等。古时候，文庙往往和当地的官办学校合建一处，即所谓的"庙学合一"，其规制或前庙后学，或左庙右学，或左学右庙，将学生们学习的场所与祭祀孔子的地方融为一体。于是，这一类文庙又被称为学庙。

文庙中，绝大多数是学庙。此外，便是国庙和家庙了。国庙的规格最高，是帝王祭祀孔子的场所，如今只存两座，为北京孔庙和曲阜孔庙。家庙也有两座，一是曲阜孔庙，一是衢州孔庙。

先说国庙。始建于元代大德六年（公元1302年）的北京孔庙，是元、明、清三代国家举行祭孔典礼的场所。这里，最让人震撼的是院内矗立着的一百九十八块进士题名碑，上面镌刻着五万一千六百二十四名进士的姓名、籍贯、名次，包括于谦、王阳明、张居正、汤显祖、徐光启、纪晓岚、林则徐、曾国藩等著名人物。雄伟的建筑、壮观的碑林、参天的古木，使得这座"国字号"孔庙，一派静谧、庄严、肃穆的气氛。

再说文庙中的家庙。建在孔子故乡的曲阜孔庙，是历史上第一所专门祭祀孔子的庙堂。孔子逝世的第二年（公元前478年），鲁哀公下令在曲阜阙里孔子的旧宅立庙，后经历代多次扩建修葺，最终形成规模宏大的建筑群。这里最早是孔氏家庙，后来演变成国庙。另一处孔氏家庙在浙江衢州。南宋高宗建炎二年，孔子后人衍圣公孔端友率族人迁往衢州，1253年在衢州建立孔氏家庙，这一支即为"南孔"。

继续说回到学庙。到了近现代以后，尽管"庙学合一"的形制结束，但是，文庙仍然与"学校"二字有着紧密的联系。去年，我到访位于福建的安溪文庙时，就了解到一段安溪文庙与著名的集美学校之间的往事。抗战期间，爱国华侨陈嘉庚先生创办的厦门集美学校内迁到厦门附近的小城安溪，学校地址就设在城南的安溪文庙。这处文庙历史悠久，始建于北宋咸平四年（公元1001年）。著名画家黄永玉当时正在集美学校读书，也随学校迁至此，在这里度过了两年多难忘的时光。在黄先生的新作自传体小说《无愁河的浪荡汉子·八年》里，就写到了这一段求学经历。到了新中国成立后，一些地方上的某所中学或小学，校址即设在当地文庙，有的甚至到今天都不曾变过。

文庙在今天已成为历史的遗迹，但是在历史上，由于孔子及其所创立的儒家学说长期占据着统治地位，因此文庙有着非同寻常的重要意义。唐太宗时期，就诏令天下遍建文庙。到了明清时代，更是每一州、府、县治所所在地都有文庙。即便是小城安溪，也有这么一座"巍巍乎哉的堂皇大文庙"（黄永玉语），文庙的分布范围之广，数量之多，可见一斑。据不完全统计，清朝末年，中国大江南北有近一千六百座文庙，现在留存下来的，约有三百多座。

一地之文庙，往往又与它所栖身之地相互造就，相映生辉。

譬如大名鼎鼎的南京夫子庙。如前所言，夫子庙即文庙。江浙一带，素来经济繁荣、文教发达、人杰地灵，怎能少得了一座与之相匹的壮观的文庙？

于是，在桨声灯影、人潮涌动的秦淮河畔，南京夫子庙应运而生。而在历史的岁月里，这座位居东南各省之冠的文庙，与相邻的中国古代规模最大的科举考场江南贡院一起，也为六朝古都金陵增添了巨大的盛名与声望。

在春天里走进安溪文庙的记忆还没有散去，去年秋天时，我又走进了另一座文庙——位于贵州的思南文庙。初走进思南文庙的我，并未发现它的不寻常。直到看见大成殿外墙上刻着烧制年号的明代红砖，看见窗格上、屋脊上、梁柱上精美繁复的木雕图案，看见几百年前就已有的育贤井至今仍水流潺潺的时候，我才体会到这座文庙的不凡来。地处黔、湘、渝多省交界处的内陆小城思南，曾经是贵州第一大江乌江航道上重要的油盐中转站。航运的兴盛，带来了思南城的商业繁荣、文教昌盛，留下了文庙、会馆、商号等多处古建筑群。思南文庙，既是数百年前乌江上帆樯林立、思南城里人来人往的历史见证，又以其独特的历史和文化价值，让思南这座古城愈发熠熠生辉。

趁着初秋的一个好天气，我走进北京孔庙。望着那雄伟的建筑、壮观的碑林，我不由地思绪万千。其实，文庙从未远离过我们的精神世界。遍布大江南北的一座座文庙，所昭示的崇文、重教、尊师、家国等传统理念，千百年来，早已注入了中国人的文化基因里，融进了中国人的文化品格中。这种文化基因与文化品格，在过往的岁月里，奠定了"我们是谁"，在未来的日子里，仍将影响着"我们到哪里去"。

思想的微光

◇凸　凹

人的日常生活，常常是无序的。在无序的生活细节中，人的头脑常在无意间被"触头"触着，倏然生出一些小杂感。所谓"触头"：或是几节精彩的文句，或是与友人谈话时的意外撞击，或是某种情绪的突然漾动，或是一束小花对眼眸的一次撩动，等等，不一而足。

人人都有这倏忽间的小念头，但大多数的人并不曾留意它，任其自生自灭了。

而有一种人，特别敏于这种小念头，会备一支笔，几张纸片，将小杂感随手记下。其小杂感虽芜杂，但埋头展玩，也会看到几丝思想的微光。

这种人或许就是人所称的作家。但我不管他们叫作家，我只把他们看成是特别注意生命体验的人。他们固执地把人的痕迹保留在生命史上，使生命的原野，清脆繁茂起来。

有谁不希望美丽常在呢？然而，一朵花开得最艳丽的时候，也就是将要凋敝的时候；有谁不希望欣赏到美丽的全部呢？然而，时空的阻隔和人类认识及眼界的局限，人们看到的，往往是美丽的局部。

于是，有人叹息，有人忧郁，甚至于无奈之后，沦入消沉和虚无。

其实,花朵之后,便是果实。果实是美丽的另一种存在,是更沉雄更蕴藉更质朴的一种存在。旧的美丽在一个瞬间消亡,而新的美丽在另一个瞬间诞生;美丽是变幻而不息的过程,我们只需抱着不泯的希望和恒在的信念。日本著名作家川端康成半夜醒来,发现海棠花在夜间开放得最动人最忘我,便感叹道:自然的美是无限的,人感受到的美却是有限的;人感受美的能力,既不是与时代同步前进,也不是伴随年龄而增长。但川端康成并未因此而黯然神伤,而是自言自语地说:看来,要好好活下去。

于是,我为哲人的豁达而感动。时间会让我们看到美丽的全部,关键的,要永远热爱生活!

有谁不希望春光永驻呢?不要说春天里花的开放、爱情的萌发、青春的灵动,单说那一片片春草,绿绿的,茸茸的,静时如毡如帛,动时如歌如蹈,看一眼,便顿消心中块垒,生一种莫名感动。然而,又有谁能留住逝去的春水呢,"一江春水向东流",乃自然之法则。

于是,有人叹息,有人忧郁,甚至于无奈之后,沦入消沉和虚无。

其实,又有谁不热爱夏荫之宏阔,秋景之丰盈,冬雪之妩媚呢?痛苦的犁刀一方面割破你的心,一方面又掘出新鲜的血液,人类总是有新的所得。

如果春天是希望,那么,夏天便是绸缪,秋天便是品格,冬天便是抗争。希望、绸缪、品格和抗争,是人类摆脱命运束缚的必备四品。没有希望,便没有欲念,便不会有行动;没有绸缪,便没有韬略,行动便失之于盲目;没有品格,便没有纲纪,行动便常常误入歧途;没有抗争,便没有在痛苦中的最后冲刺,可能便一事无成。

于是,如果只有春天,仅仅有希望,人类将始终是幻想国中的一尊美丽而无用的幼芽。

有谁不愿长生不死呢?然而,一切生命最终都要面对死亡。

于是,有人叹息,有人忧郁,甚至于无奈之后,沦入消沉和虚无。

其实,死亡是另一种美丽。贫穷的、富有的、高贵的、低贱的,一切生之不平等，在死亡面前都归于平等；人类平等的法则，大概缘于死亡的昭示。而且，衰老的躯壳总不如婴儿更新鲜……

讲一个悱恻的故事。一个老人坐在一个陌生姑娘身边，都无言地低着头，周围一片寂寥。突然，老人紧紧地握住姑娘的手："别害怕，姑娘，我已经没有了欲念，只因你长得与死去的她太像，我想再把握一下已逝去的那一份情感。年轻时没有学会珍惜，认为什么都会再来，可什么都不会再来。"说完，老人便婴儿般地哭泣。姑娘正是一个恋爱中人，一下子明白了些什么，也紧紧地握着老人的手，呜呜地哭起来。

我们明白了什么呢？死亡最大的功绩，便是让我们懂得了珍惜，珍惜现在，珍惜我们已拥有的生活！

聊聊"油腻"的中年

◇ 文紫啸

"油腻"二字,成为时下网络热词。

是一篇谈论人到中年的网文,让"油腻"成为不少中年男子的代称,其表征被不少网友归类为"有大肚子、喜欢盘串儿、好为人师、不读书"等等,所呈现的是一种懒散虚荣、自满自足的精神状态。摸摸日渐增大的啤酒肚,看着镜子里不修边幅的邋遢相,不少中年人深感戳到痛处的尴尬。而渐有此些"征兆"的青年男子们也多萌生一份警醒和担忧——似乎"油腻中年"已经不远,甚至有些避之不及了。

回看这些评判的"表征",其中不少属于段子式的调侃。比如喜欢古玩,爱好手把件儿,用保温杯泡枸杞水,入冬就穿秋裤之类等等。日常嗜好,别致雅趣,纯属个人之事。有少年看古书,也有老年人玩"手游",以个人兴趣作"油腻"之指标,既不符实也不合理,纯粹玩笑之语。而人进中年,注意养生、重视保暖更是"顺时而为"的正常心态,毕竟身体状态不复当年,用十几二十岁的生活习惯去比照中年人,怕是"吐槽者"本身有"不近人情"的偏见,权作笑谈。

不过"油腻中年"能够引发社会广泛热议,固然有幽默调侃的成分在,也不乏切中问题的犀利,引发世人共鸣。"油腻"二字本身,恰准确诠释出中年的系列"病症"。

所谓"油",常含虚浮不实之意。说人巧舌如簧、爱耍嘴皮叫作"油嘴滑舌";说一个人阅历丰富但圆滑世故,"口惠而实不至",称其为"老油条"。而为人"油腻"的一项重要标志,就是喜炫耀空谈,好夸大过往,夸夸其谈间有营养、重务实的内容"寡淡"至极,多为凸显自己,于听者无甚益处。这般言行初听初见或被吸引,时间一久,便被人洞穿,令人能避则避,是为"油腻"病症之一。

所谓"腻",于食物上为脂肪过多,于情理上是过度而令人厌烦。过多不加节制,过量而不自知,也是"油腻"之人常被诟病之所在。身体发福、体态臃肿,与逢饮必醉、好食而不知控制关系甚大;仰仗财富的丰厚、人脉的积累,遇到年轻人或自视地位不如自己的人,一点小事便颐指气使、高声训斥,生怕人不知自己身份,显示不出自己的特殊,也是不少"油腻中年"的通病。

而"油腻"二字连起,也给人以"腻乎"滞涩之感。滞涩就易不动,在身体上便是忽视健康,不爱运动,总以年龄为托词掩盖懒惰的本质;在精神上则是不再更新知识和思想,故步自封,失去学习和拓展视野的热情,用有限的经验去评判周边一切。这样的状态和心态,是"油腻中年"的普遍表征,其过程如温水煮青蛙,初不自知,直至彻底适应,危害甚大。

可见"油""腻"二字本身,的确映照出"油腻中年"诸多引人深思的问题。

不过,当我看到用"油腻"二字来形容中年男人时,感到部分贴切的同时,也萌生出另一番思考——这份"油腻"真的都是因为自己吗?

想起一件朋友家的"往事"。一次去一位友人家做客,闲聊之余,他翻起家里老相册给我看他以前的照片。偶然间,翻到一张他父亲年轻时的照片,身穿长款呢衣、黑色西裤,器宇轩昂。那天他父亲也在,他便夸他父亲这身"行头"很帅气。他父亲笑了笑说,这一身花了好多钱,将近他当时半年的工资,是他为自己花销最多的一次。"你之后为啥不买了?这身搭配多好看啊!"朋

友很疑惑地问。"因为之后没多久就认识你妈妈了,然后结婚,之后你就出生了,我也就再没买过那么贵的衣服了。"

犹记得朋友听到他父亲这句话时沉默的神情,我能体会到他内心当时的波澜起伏。这或许是解释"中年油腻"的另一扇大门。那篇谈论"油腻中年"的网文讲,摆脱"油腻"的一个重要方法,是不要停止购物,要保有"买买买"的欲望。的确,看到好东西,谁都有想购买的欲望,看到时髦的商品,总会有收入囊中的冲动;就像这位朋友的父亲,年轻单身时,也有着肯为自己花钱的"豪情"。可是,当有了妻儿,身上肩负起"上有老下有小"的家庭责任时,为了让孩子获得更好的教育,让家人获得更好的生活,和朋友的父亲一样的许多中年男人不会那样"任性"地去追时髦、敢花钱。他们会精打细算,会量入为出,会更多地为家人的需要去想而不只是单纯为自己的欲望去买单。而这份生活的压力和对家人的爱让他们有了"油腻"的标签,这份"油腻",应该谁来买单呢?

"油腻"的中年里,有的是段子,有的是"病症",而有的,是爱。

不灭胸中万古刀

◇吴画成

互联互通的时代,保持正义感将是一种考验。

互联网尤其是移动互联网兴起,改变着社会面貌。网购、共享经济之类且不去说,社会治理也在极大变化中。网上时常洪波涌起,热点一个接一个,舆情一轮接一轮。有的官员,如果还未从旧的治理模式中醒过神来,时不时会觉得疲于奔命,应对无措。许多以前看似"不成问题"的问题,放在今天,都可能要经受严肃甚至严厉的追问,引发舆论风波。旧经验带不到新时代了。

但话说回来,互联互通场景考验的并不只是这些官员。通过互联网联结着社会、联结着这个世界的,人人都经受着考验。热点一个接着一个,为这些"点"供热的人,同样会疲惫。

热点更替得越来越快,疲惫也就越来越深。在这个月的热点、舆情里放声呐喊的人,可能已不记得上个月、上半年或者更往前,曾为哪个热点呐喊,尽管当时可能和今天一样投入。再往后,有一天碰到新的,恍惚想起曾经遇过类似的,渐渐就没有当初的热力了。麻木,时常是疲惫的孪生姊妹。

这种状况,有首诗恰好可以形容:"日出扶桑一丈高,人间万事细如毛。野夫怒见不平处,磨损胸中万古刀。""胸中万古刀",并不是把刀,见不平而

愤的正义感而已。天亮之后,"事随日生",就是所谓"人间万事细如毛"。执着正义感的诗人见不平而鸣,却又抵不过日升日落、日日因事而鸣的磨损。

诗人慨叹的,是面对彼伏此起的世事风波,保持长久正义感之难。诗作者刘叉,主要生活在唐代元和年间。对生活在移动互联网时代的我们而言,这个问题只会更严峻。

过去的年代,我们能关注的,不过是一村一乡的事。邻县的事,都未必能到眼底。更不用说遥远的他乡。但现在,我们关注的事件,已经和地理距离没有必然关系。天下都在掌上设备里,"人间万事细如毛",在这个年代人们的视界里,早已是数量级的增长。"胸中万古刀"所要经受的磨损,也就更甚于前。

刘叉的《偶书》,偶然"预言"今天我们经历的一大考验。这个名字奇特的诗人,从诗到人,看起来似乎都算得上古典时代的"异类"。他生卒年不详,连行止也分外缥缈。李商隐在《齐鲁二生》一文中有不到三百字的小传曾大略记述,刘叉"字叉,不知其所来",曾在韩愈门下,但后来因故离开,最后不知所终。连他的名字,在古籍中其实也有不同说法。他更像是一个古典时代神龙似的游侠,"任气重义""出入井市",后来才开始学书、作诗。但诗歌之中,依旧饱含粗粝奇崛的侠义气。所以,李商隐评价他"不在圣贤中庸之列"却"过人无限"。不合儒家的"中庸"之道,却依旧被时人肯定为"过人无限",可见这个诗人是真的过人。

他的过人处,大概就生发于对"胸中万古刀"有非常的执着吧。正义感是万古流传的,虽然慨叹"磨损",却并不会轻易磨灭。同时代的诗人孟郊欣赏刘叉,刘叉则有《答孟东野》,似调侃,似自嘲,又似袒露坚定的意念:"酸寒孟夫子,苦爱老叉诗。生涩有百篇,谓是琼瑶辞。百篇非所长,忧来豁穷悲。唯有刚肠铁,百炼不柔亏……"

"唯有刚肠铁,百炼不柔亏"——有这样的意念,哪里算"异类"?在诗歌的长河、时间的长河里,简直是再经典不过的一道指路光源。

持守正义感而力不竭,经世事沧桑百炼而不柔亏,当然并不是光靠喊就能做到的。刘叉在另一首诗(《姚秀才爱予小剑因赠》)里"解说"了其中要点:"一条古时水,向我手心流。临行泻赠君,勿薄细碎仇。"友人姚秀才喜爱他的剑。他把剑送了,顺便写上一篇"使用说明":这剑,就是从古到今那道不曾断的流水——在《偶书》里,它是"胸中万古刀"的"刀"。要怎样保持它的锋芒,"百炼不柔亏"呢?请"勿薄细碎仇"——不要把它用于细碎的私仇,磨损它万古的光芒。言外之意自在公义。

正是所谓——"胸中万古刀""勿薄细碎仇""百炼不柔亏"。这副刚肠,或许是时间留给我们的那把经过考验的钥匙。

留住浓浓的年味

◇邢照允

年已渐近,年味在酝酿。

年味是什么?年味是家乡人准备过年忙碌的身影和开心的笑容,是家乡腊月集市的喧闹和繁荣。年味是家乡的馓子和大肉的喷香,是家乡红芋粉丝的筋道。年味是红红火火的场景,红红的灯笼,红红的春联,红红的蜡烛。

年味是什么?年味是父母的殷殷期盼,是常回家看看的再三嘱咐。

年味是亲朋好友团聚时的欢快气氛,人气旺盛,气场和谐。年味是乡里乡亲祝福吉祥,恭喜发财,憧憬未来。

年味是什么?年味是对幸福的虔诚叩拜,祈福天地,祈求丰年,祈盼安康。年味是对生活的庄严承诺,除旧布新,承上启下,激励自我。年味是对美德的竭力弘扬,尊老爱幼,平等互助,济困扶贫。

年味是什么?年味就是年俗,约定俗成,历史悠久。年俗里有说不完的故事,道不尽的风情。年俗里饱含着人们对吉祥如意的向往,对和谐美满的渴望,对至善至美的执着追求。

总之,年味是喜庆的氛围,是积极向上的精神,是洋溢着人情味的文化传统。留住浓浓的年味,就是留住我们的精神家园,留住我们的文化基因!

有人说如今人钱多了，年味却淡了。我说年味的浓淡和物质条件关系不大。旧时农历年底要结清一年的账目，欠租借债的人把这一段时间看成是难以度过的关口，所以也把年底叫做年关。但在家乡有规矩，年三十贴上春联后要账的就不能再上门，这是对人最起码的尊重，不能逼得太紧，不能耽误任何人过年团聚。连在外躲债的穷人都知道回家过年，可见人们对过年的重视，对团聚的向往，对好日子的渴求。当今人们过年不愁没钱花了，有的人便比阔斗富，鞭炮更长了，焰火更美了，压岁钱更多了。腰杆子挺直了，活出了尊严，但只顾夜以继日地鏖战在麻将桌旁，亲戚朋友走动少就有了心灵的距离，年味也就淡了。

有人说如今人忙了，年味被冲淡了。其实，年是一个重要的时间节点。家乡人常说，忙了一年了，过年得好好歇几天，好好吃几顿饺子。如今很多人只顾埋头挣钱，一年四季天天忙，忙得忘了家，忘了生命的根，忘了生命之舟的港湾在哪里，忘了心灵的驿站在何方，忘了调整后再轻装上阵。一年有四季，春耕夏耘秋收冬藏；人生有节奏，张弛有度养精蓄锐。而对于金钱大于一切的人来说，心中的年味确实是越来越淡了。

有人说手机普及了，年味自然就淡了。如今有电话拜年、短信拜年、视频拜年，未来拜年的方式还可能更时尚，但这对拉近心灵的距离帮助不大。连拜年短信都是抄袭的，都是雷同的，这里面还有几分真诚？吃年夜饭时还在低头玩手机，那不是手机的错，是与同席人的亲情不够浓了，人情淡了，年味也就淡了。

有人说村子空了，年味怎能不淡？去年过年回家乡时，遇见了老村长。他握着我的手，感慨万端。他对我这样说：如今家家都住上了楼房，都能吃上大鱼大肉。日子好了，村里却空了，留下的大都是老人和孩子，连过年时村子里的人也凑不齐了……

每逢佳节倍思亲。其实，在外务工一年的乡亲很愿意回乡过年，与家人团聚，浓浓的年味时时在他们心里回味。他们牵挂父母的身体，担心孩子的学习成绩。多少年来，阜阳火车站都是全国春运的热点，成为人们关注的焦点。也许风雪载途挡住了他们回乡的路，也许一票难求使他们错过了回乡过年的最佳时间，也许工作太忙请假难，也许没挣到足够多的钱怕人笑话，也许钱没拿到手被打了白条。

我的一个初中同学在外务工，我们在过年时能聚一聚。每次见面我都会问这一年挣了多少钱，他总是说挣得不多。我开玩笑说，把百元大钞都换成角票口袋就鼓了腰就粗了！其实，他的笑容告诉我他混得不错。他说每年都想回来过年，谁不想家，年是游子的盛会。过了年再出门打工时还要带几十斤家乡的红芋粉丝，家乡的粉丝最好吃，一年到头吃不到家乡的特产很着急。可是有些年年底实在难以抽身回家，过年就成了抹不去的心结。他还告诉我，2000年以前，农忙时很多人都回来收割播种，然后再出门打工。后来机械化程度高了，干农活不需要那么多人手了。近几年土地在流转，有些农户全家常年在外，过年也难得回来。其实，家乡的变化牵动着在外务工人员的心。

他还说了一个笑话，去年年底他开着自己的轿车回来过年，转了几大圈愣是没找到村子，天气晴朗没有风雪竟迷了路。原来村与村之间都修了水泥路，大家都骑路盖起了楼房，集镇与村子相连，村子与村子相接，模糊了距离，就很难找到原来的方位。

家乡更"现代化"了，心里却莫名怅然。找不到那片鱼塘，找不到那一棵棵洋槐树，找不到村头那口井的影子，找不到老宅的痕迹，找不到村小学的门楼，找不到通往祖坟的那条小路……游子们归来，突然问你我，他的家在哪里，该如何回答呢！家是父母居住的地方，是心灵的避风港；家是温暖的窝，是情的居所，是爱的巢穴。留得住青山绿水，留得住漠漠农田，留得住鸡鸭牛羊的和鸣，留得住袅袅炊烟的缭绕，才留得住浓浓的乡愁，才留得住浓浓的年味。

愿年味永远飘香，成为你我他心中美好的记忆，成为民族的共同记忆……

废墟之美

◇叶廷芳

废墟是指建筑被毁后的残垣断壁或瓦砾堆,包括有价值的和无价值的。我们这里谈的当然是有价值的,即有纪念价值的建筑遗存或文物。由于我们国家传统的大型建筑都是木构建筑,毁坏后很快荡然无存,不像国外的石构建筑,毁坏后几千年仍有残垣断壁,成为后人的历史记忆。特别是经历了上千年禁欲主义统治的欧洲人,对古希腊罗马那些体现人的伟大和人性美的神殿建筑和世俗建筑以及雕刻艺术的废墟遗址,无不充满敬意和欣赏。这就形成"废墟文化","废墟美"的概念也由此而来。

我们没有废墟文化,并不意味着我们没有废墟资源。相反我们拥有比任何国家都丰富的废墟资源,因为我们是个具有强大的"墙文化"的国家:不仅全国有万里长城,而且每个府城和大多数县城都有城墙,它们主要可都是石构建筑。此外我们的宫廷建筑都有壮观的须弥座或石基、柱础、拱桥等。至于帝王和贵族的陵寝主要也都是石构建筑。只是由于我们没有废墟文化,不懂得它们的价值,任凭人偷拿搬抢而大量消失。

显然与上述有关,我们的文物保护意识觉醒得比较晚。1982年,我们终于有了第一部国家文物保护法即全国人大通过的《中华人民共和国文物保护

法》。这标志着我国人民的文物意识开始觉醒。但觉醒须经历一个"睡眼惺忪"的过程。在这过程中出现吊诡:知道要保护,却不知道如何去保护;保护的结果反而是破坏!常见的现象是:简单地将旧建筑修葺一新!更有甚者,干脆将旧建筑或废墟遗址铲除重建,用整齐、崭新的"美"取代残缺、沧桑的美,甚至许多地方极具沧桑美的"野长城"被一条条崭新的长城所取代,攀越崇山峻岭。这种现象被新闻媒体讽为"假古董风",我则称之为"文物保护幼稚病"。

这种幼稚病的思想表现是什么呢?比如:有的人甚至学者说:现在是假古董,一百年以后不就成了真古董了!他们以为古董是由时间熬出来的。非也!建筑的价值从来都与功能相联系。没有功能需要的建筑就没有了文物的DNA,一千年以后也成不了"真古董",相反,它们只会成为历史的笑柄!

在假古董成风的时候,名闻遐迩的国耻纪念地圆明园遗址也被推上风口浪尖;一般群众自不必说,有的专家学者也主张复建圆明园,以"重现昔日造园艺术的辉煌";有的企业家更主张用房地产开发的思维来解决重建资金问题,等等。这时候笔者认为事情不小,决心介入这场争论。于是公开在报纸上发表文章《废墟也是一种美》,并认为《美是不可重复的》,呼吁保护这块侵略者的"作案现场",这块"民族苦难的大地纪念碑",认为"记住耻辱比怀念辉煌更有意义",等等。因此被新闻媒体称为"废墟派"的代表。这场争论持续了二十余年,主张复建者从多数逐渐变为了少数。最后随着2012年国家文物局将圆明园遗址确定为全国十二处"考古遗址公园"之一而告终。

我原来对废墟的认知与多数同胞一样处于懵懂状态。当年在北大念书时与圆明园遗址仅一墙之隔,常去那里溜达或陪友。凝望着破碎的西洋楼残余就想到民族的耻辱,也想一旦国力强盛就呼吁把圆明园重修起来!改革开放以后,由于职业的关系,我有较多机会去国外主要是欧洲走走,看到人家对废墟的态度与我们大不一样,而且特别尊重废墟原状的历史真实性,甚至连景区路上的一块绊脚的石头都不能随意挪动!当我第一次乘火车从斯图加特去波恩,经过最险峻的莱茵河河段时,见崖壁上一座座古堡废墟从车窗外掠过,就问邻座：这些旧建筑有这么好的基础，为什么不把它们修起来加以利用呢？人们笑答："让它们留着多好！让人们想起中世纪的骑士们如何在这里习武或行盗，想起古日耳曼人如何在这里抵御罗马人渡河……"后在阅读中发现欧洲浪漫主义诗人和画家的笔下废墟成了热烈赞颂和不懈描绘的主题。尤其是在德国浪漫派首领和美学家F·施莱格尔的笔下，"这些废墟将莱茵河两岸装点得如此壮丽非凡！"哦，欧洲人毕竟自古就有欣赏悲剧美的情致。这一幢幢昔日的"岩上明星"是当年人类中多少能工巧匠智慧和意志的结晶，如今被岁月折磨成这般模样！什么叫悲剧？"悲剧将人生有价值的东西毁灭给人看。"（鲁迅）尽管今天没有多少人会追问摧残它们的那一股股力量（在这里时间也是一种力量）遁向何方，但它们留下的这些遗迹却引起人们的"恐惧和悲悯"（亚里士多德）。鲁迅和亚里士多德的这两句话加起来可以看做是悲剧美或废墟美的完整定义。

一次在游览德国历史文化名城魏玛的梯浮公园时，见浓荫深处隐现着一幢残垣断壁的"烂尾楼"。我不禁问陪同人员：为什么不把它修完整呢？在这美丽的公园里耸立着这样一幢破房子多么煞风景！对方大不以为然地回答："这不是'破房子'，是一处人造废墟。它是这样的英式公园里不可或缺的审美元素，起点缀作用，意味着这公园的古老。知道吗，废墟在我们这里是一种文化。"哦，文化！人的某种行为方式或思维模式一旦形成文化，那就成了须臾不能离开的东西。难怪，没有废墟也要假造一个，以"画饼充饥"。

在欧洲游历过程中心灵最受震撼的是三个场合。一是1981年在游览德国海德堡那座醒目的古城堡废墟时，见一座长满青苔的圆筒形碉堡斜倚在一垛厚墙上，就对陪同我的那位德国助教说："让它这么斜倚着多难受呀，为什么不用吊机把它扶直呢？"他笑了笑，说："这是文物了，应该尊重它被毁时的历史原初性。"我的脸刷地一下红了，觉得一个中国学者竟然在问一个小学生才会问的问题！二是十年后与一群德国人在意大利参观罗马的古市场废墟，我把路上的一块"乱石"顺脚踢到了一旁。想不到后面的一个同行的德国旅伴马上跑过去把那块石头捡起来放回到原处，说："这是文物呀，是不能挪动它的位

置的!"我又脸红了,觉得一个中国教授在接受一个德国普通老百姓的教育!引起我内心深深的反省。三是第一次参观卢浮宫雕塑馆。当我从一个展馆的楼梯下来准备走向另一个展馆时我突然被震住了!只见眼前一尊约两米高的女性雕塑,她没有了头颅,但体态极美,正振起羽毛浓密的双翅,向前飞奔,气势非凡!周围的人互相推拥着,试图从各个角度欣赏她——啊,这不是有名的胜利女神嘛!奇了:世界上最有名的卢浮宫美术馆的三件"镇馆之宝"(其他两件是断臂维纳斯和绘画《蒙娜丽莎》)竟然有两件都是形体残缺的!什么叫废墟文化和废墟美?这就是!这时才对鲁迅所译的厨川白村的《缺陷之美》开始有所领悟。

就像欧洲的大学普遍比我们早了五六百年一样,欧洲的考古学也比我们早了那么多年。我相信欧洲人的废墟观是科学的。这就是我最初写《废墟也是一种美》的知识背景。但将废墟作为一种审美对象的时候,光凭知识的支撑似乎还不够,还得靠感悟,靠诗性的想象。在这点上我所从事的专业——(外国)文学研究帮了我的忙。毕竟"文学是人学"。搞文学的人对人情、人性乃至历史的某些情境的领悟可能要深些,也比较细致些,并易于感动。有了以上知识和经历的储备,再去看圆明园的西洋楼废墟,就不只是浅层次的气愤,而是一种深层的悲剧美的震撼!这时我的目光透过泪眼看到的是一位沧桑的历史老人在发出无声的永恒的控诉!这可能就是三岛由纪夫静静地坐在希腊废墟前所感到的"悟性的陶醉"吧。

将收入《废墟之美》这个本子的篇什都是我近三十年来在主流媒体上发表的文章,其中除了少数直接谈论建筑文化与建筑美学的以外,多数都涉及废墟文化与废墟美学,它们都是探索性的,其中大部分都是有关圆明园遗址命运的争论的产物。还请读者们多加指教。

读书是一种"遇见"

◇赵 畅

我以为,读书其实是一种"遇见"。打开书本的刹那,就开启了一扇去往不同时空的大门,碰见各种各样的人,听说形形色色的事,接触不同年代留下来的思想菁华。

如果说,"遇见"是读书与生俱来的产物,那么,选择怎样的"遇见",读书人理应有属于自己的主动权。苏东坡说得好:"书富如入海,百货皆有。人之精力,不能兼收尽取,但得其所欲求者尔。"那么,什么才是"所欲求者"?我想,除了要选择那些契合自己的兴趣爱好和功课长进的书籍外,关键一定要按优中选优、精中选精的原则,去选读那些经受过时间和一代又一代读者淘洗的经典。须知,读一本经典抵得上读几十本、上百本普通之书。而对于那些平庸的书籍,我们还是少读或者不读为妙。那样的"遇见",只是重复,只会无端损耗你去选择读一本经典的时间和精力,因此太不值得。

交朋友要交五湖四海的朋友,读书当然也是"遇见"的人和事越多越好,读书面越广越好。读报看到一个材料:在当年的西南联大,许多教授在读书方面都是学贯中西,打通文理。因此,吴宓、陈岱孙、金岳霖、贺麟等能用中国话语、中国文化娴熟诠释西学;冯至讲《浮士德》时,可以用"天行健,君

子以自强不息"来诠释《浮士德》"一个越来越高尚越纯洁的努力,直到死亡"的主题。一些从事自然科学研究的教授,也有深厚的传统文化学识。物理学教授王竹溪编写《新部首大字典》,在语言学界颇有影响;化学系教授黄子卿工于书法,热爱旧体诗,时常与文学教授游国恩探讨诗歌;年轻的数学家华罗庚则对散曲充满热爱……

　　读书的"遇见",又并非不动脑筋地匆匆而过,而是一种主观能动的行为。换言之,一定要避免人云亦云的做法,要"运用脑髓,放出眼光",善于从无疑处读出有疑。诚如孟子所云:"尽信书,则不如无书。"据说,梁启超先生对于所读之书是不愿轻易相信的。他作《王荆公》,为搞清楚王安石新政的真相,不仅反复研读王临川全集,还参阅宋人文集笔记凡数十种。所以,当与《宋史》互相参证时,他始发现其中的一些以讹传讹抑或故意诋毁、污蔑的谬误,然后,他"一一详辩之",以还原历史真相。这种实事求是的"遇见"方式,不仅是对历史负责,也是对自己的治学态度负责。

　　从书本中来,到生活中去,则是一种以"遇见"叠加"遇见"而解疑释惑的有效方法。延伸或者跳出书本的平面"遇见",而到现实的自然与社会中去作立体的"遇见",其效果或许会更精彩,更生动。历史地理学家葛剑雄教授,就对读书与旅行之间的关系有着独到的理解。他说:"我是搞历史地理的,旅行有时会带来契机,长期解不开的谜解开了。我曾和凤凰卫视拍过'告别三峡'的纪录片,就看到当地一个盐场,卤水直接从山里流出来,这种卤水看着普通,其实咸得不得了,直接放在锅里煮就成了盐。这里的盐场一直到上个世纪六七十年代还在用,后来才停掉。我研究移民史,巴人曾迁到这里煮卤产盐,巴人为什么一度很强势,地盘能扩展那么大?他们控制着盐是一个很重要的因素。"原本,葛剑雄教授在读书中无法解开的疑窦,想不到因为一次拍纪录片的"遇见",终于茅塞顿开。从这个意义上说,在现实自然与社会中的立体"遇见",无疑是对书本知识一种必不可少的重要补充和佐证。

　　想起杨绛先生说过:"读书好比串门儿——隐身的串门儿。要参见钦佩的老师或拜谒有名的学者，不必事先打招呼求见，也不怕搅扰主人。翻开书面就闯进大门，翻过几页就登堂入室，而且可以经常去，时刻去，如果不得要领，还可以不辞而别或者另请高明，和他对质。"这无疑是对"读书是一种遇见"最生动的诠释。而一个会"串门"、常"遇见"的读书人，更让"读书是为了遇见更好的自己"成为可能，水到渠成。

心香

地质宫的灯光

◇邴 正

地 质 宫

黄大年教授走了，许多记者来吉林大学采访他的足迹。一位记者找到地质宫值宿的老大爷。这位老大爷告诉他，"大年工作室的灯光，总是在天色微明时，最后一个熄灭。如今，再也不见那午夜的灯光了"。

在长春，地质宫是城市的中心标志，这座建筑面积3万平方米的大气端庄的宫殿式建筑，几乎无人不知。1951年，李四光在这里亲手创办了东北地质专科学校，即长春地质学院的前身。

1978年春天，大年从南国漓江之滨来到长春地质学院（今吉林大学地学部）求学。校园里传唱着一首《地质队员之歌》：

是那山谷的风，
吹动了我们的红旗；
是那狂暴的雨，

洗刷了我们的帐篷。
我们有火焰般的热情，
战胜了一切疲劳和寒冷。
背起了我们的行装，
攀上那层层的山峰；
我们满怀希望，
为祖国寻找出富饶的宝藏。

歌声感动了大年，后来，他经常和学生们一同高唱这首歌。1988年，他在入党申请书中饱含深情地写了这样一段话："人的生命相对历史的长河不过是短暂的一现，随波逐流只能是枉自一生，若能做一朵小小的浪花，奔腾呼啸加入献身者的滚滚洪流中，推动历史向前发展，我觉得这才是一生中最值得骄傲和自豪的事情。"

大年的工作室就在地质宫的顶层。每当他工作疲劳，就来到顶层观礼台上，沿着长春市的中轴线俯瞰南望，宽阔的文化广场，耸立的太阳鸟雕塑和高大的长春解放纪念碑，郁郁葱葱的南湖公园，以及微波荡漾的南湖碧水，尽收眼底。当然，他也隐约地看到吉林大学白求恩医学部基础楼前白求恩大夫的戎装塑像。

白求恩是加拿大医生，抗日战争爆发后，他来到敌后根据地晋察冀军区，帮助中国人民的抗日战争，亲临火线，救治伤员。1938年，他来到晋察冀军区不久，便向军区司令员聂荣臻将军建议创办晋察冀军区卫生学校，培养合格医务人才。晋察冀军区卫生学校在烽火硝烟中诞生，白求恩出任学校的首位授课教师。这所学校，就是白求恩医科大学（今吉林大学医学部）的前身。后来，白求恩不幸殉职。毛泽东同志发表了著名的《纪念白求恩》。

从1978年入校学习到此时此刻，黄大年不止一次在白求恩塑像前伫立、走过。

郝　正·地质宫的灯光

黄 大 年

2009年，黄大年自英国归来，出任吉林大学国家千人计划特聘教授。

他回国后不久，我参加吉林省委组织部组织的省高级专家评审工作，与大年相识。他担任评审组的理工科评审小组组长，我担任文科小组组长，在会议期间多有接触。一日晚饭后，我们在庭院里散步，作为恢复高考后首批入学的77级同学，我们共同回忆各自学校77级在艰苦条件下刻苦学习的那些往事。当我问及他为什么放弃英国优裕的生活和成功的事业，毅然返回祖国时，他沉吟了半晌，望着无边绚丽的晚霞，只说了短短的一句话："也许是出于一种未尽的情怀吧！"

我很想了解他的研究方向。他很形象地打了个比方，"给地球做CT。"他告诉我，其实九一八事变以后，日本人在大庆一带试钻过，差了几百米深，没打出石油，其实石油就在下面。目前，全世界只有美国和俄罗斯掌握万米以下深钻技术。而实现深地深海钻探的前提，是实现高空深地深海的探测技术。这正是他正在做的研究。

今年1月8日，大年走了。当我受命代表学校起草他的生平及悼词时，我泪流满面，为大年写了这样一段挽联式评语：

"天妒英才，悲卓杰早逝，十万师生齐挥泪；地蒙素缟，感家国情深，四海亲朋共举哀。五十八载春秋，飞天探地潜海，学坛传盛誉；百千万里征途，爱国育才创新，热血人生铸辉煌！"

近日，习近平总书记对黄大年同志的先进事迹做出重要指示："我们要以黄大年同志为榜样，学习他心有大我、至诚报国的爱国情怀，学习他教书育人、敢为人先的敬业精神，学习他淡泊名利、甘于奉献的高尚情操，把爱国之情、报国之志融入祖国改革发展的伟大事业之中、融入人民创造历史的伟大奋斗之中，从自己做起，从本职岗位做起，为实现'两个一百年'奋斗目标、实现中华民族伟大复兴的中国梦贡献智慧和力量。"

人民日报2017年散文精选

红色传承

1978年前，白求恩殉职；46年前，李四光逝世；现在，黄大年走了。岁月流逝，世事沧桑。登上地质宫顶楼观礼台，文化广场显得更加空旷。吉林大学白求恩医学部基础楼前，白求恩塑像依然肃立。作为吉林大学的一员，我突然感到一种深深的怀念，一种由衷的自豪与骄傲！在吉大人的血脉里，有白求恩的精神，李四光的精神，匡亚明的精神，唐敖庆的精神，许许多多吉林大学著名的教育家、科学家的热血在我们的胸中涌动！今天，又有黄大年的精神加入了吉大人的血脉，会一代一代承传下去，澎湃汹涌！

作为哲学系77级的一员，我从1978年春天进入吉大校园开始，近40年来，一直思索一个问题，什么是吉大精神？今天终于悟到，从白求恩精神到黄大年精神，就是一脉相承的吉大精神！

从白求恩精神到黄大年精神，是共产党人爱国主义和理想主义传统的集中体现。吉林大学是我党在战争年代亲手创办的高等学府。在她的血脉中，吉林大学创建于1946年，前身是隶属于东北人民政府的东北行政学院；白求恩医科大学创建于1939年，前身是隶属于晋察冀军区的晋察冀军区卫生学校；长春邮电学院创建于1947年，前身是隶属于东北人民政府的东北邮电学校；中国人民解放军军需大学创建于1949年，前身是中国人民解放军的几所兽医学校；吉林工业大学和长春地质学院创建于新中国成立的初期。2000年和2004年，上述6所学校六脉汇一，组建成新的吉林大学。这是一所有着浓重的红色基因，红色传承的大学！

长春人有句玩笑，"美丽的长春市坐落在吉林大学校园里"。正是在这所广阔而又温暖的校园里，承传着白求恩毫不利己、专门利人的精神，黄大年心有大我、至诚报国的爱国情怀，教书育人、敢为人先的敬业精神，淡泊名利、甘于奉献的高尚情操。校训中表述的求实创新、励志图强的精神，以及校歌中吟唱的人比山高、脚比路长的精神。这些精神，汇成了爱国主义和理想主义的伟大精神！

前有白求恩，后有黄大年，这是吉林大学的光荣与骄傲，也是吉林大学永恒的血脉与承传。在白求恩身上，凝结着战争年代共产党人无私的国际主义精神和牺牲奉献的英雄主义精神。在黄大年身上，闪烁着新时期知识分子至诚报国的爱国主义精神和拼搏敬业的理想主义精神。这两种精神一脉相承，将永远在吉林大学校园流传，在一代又一代吉大人血脉中奔涌流淌！

于地质宫上望吉大校园，我仿佛又看到大年那壮硕的身影，那永远面带微笑而又静默讷言的面容。大年，你走了，并未走远，你还在我们的校园，你还在我们的身边。你的身躯走了，你的精神将在校园永存。地质宫那彻夜不眠的灯光虽然熄灭了，但是我们心中的灯光却会永远闪亮。大年，你，就是吉大之光！

此时此刻，我耳畔掠过这样的歌词，它的名字应该叫做《吉大之光》：

> 晋察冀的碧血硝烟，
> 熏染了我们的面庞。
> 白求恩那一腔热诚，
> 还在我们的脉搏中流淌。
> 不远万里，来到中国；
> 乐于助人，救死扶伤；
> 毫不利己，专门利人；
> 铸成了我们的光荣与梦想。
> 松花江的奔流激浪，
> 浇铸了我们的校装。
> 黄大年那一颗拳拳之心，
> 还在我们的胸膛中跳荡。
> 心有大我，至诚报国；

教书育人，敢为人先；
淡泊名利，敢于奉献；
凝成了我们的骄傲与辉煌。
啊，吉林大学！
你有白求恩那神奇的传说，
你有黄大年那生动的榜样。
求实创新，励志图强；
人比山高，脚比路长。
我们愿做一朵小小的浪花，
加入献身者的洪流，
呼啸奔腾！奔腾！
奔向星辰大海，
奔向理想的远方！

父亲的军刀

◇ 贺捷生

　　打开像二胡琴盒那样的一只精美的樟木匣子，红布裹着的一柄修长的硬物静静地卧在橙色的绸缎中；再一层层掀开红布，一把两指宽，近一米长的指挥刀，蓦然出现在众人眼前。刀呈弧形，作为刀的部分从由铜条环护的龙头刀柄处伸出，长长的像一条带鱼那样微微翘起来。刀身是黑的，不是人为涂上去的黑，而是被渐渐生长出来的锈覆盖了原有的光芒。换个角度说，那斑斑锈迹，是南方慢慢的，年复一年，日复一日，在刀身和刀刃上凝固的漫长、潮湿而又沉寂的时间。

　　漫山遍野盛开红杜鹃的五月，上述画面出现在湖南沅陵县人民政府特地为我举行的捐赠仪式上。未几，县委钦代寿书记小心翼翼地捧起这把刀，郑重地交给我。大厅里响起热烈的掌声，像一阵暴风雨穿过悠长的时光。我有点迷离，又有点晕眩。但我知道我不会倒下，因为此时此刻我正被突然降临的一阵巨大惊喜轻轻托举着；因为此时此刻，我成了一个幸福的人；还因为此时此刻，我从祖国的首都北京回到父辈的故乡，代表湘西的一族血脉，在承受历史授予我的荣耀。

　　一把典型的龙头柄清末新军佩刀，我觉得好像在哪儿见过。在记忆里反复

搜索，感到应该在童年或长大后收集到的父亲的某张照片中。进一步想，童年虽有可能，但不会留下如此深刻的印象，因为那时我来到这个世界尚未足月，除了本能地感到饥饿，对万事万物没有任何感觉。剩下的，就是父亲的某张老照片了。没错，这不会有疑问，在不知是父亲自己保存，还是来自敌人的档案，抑或由图书馆的报刊资料保存下来的几张老照片中，确有一张他穿着上衣和帽子垂着许多穗穗的军服，稳稳地坐在那里，双手扶着这样的一把指挥刀。

我捧过刀仔细打量起来，县委钦书记和县人大常委会张主任从两边靠过来，一人托着刀柄，一人托着刀尖，轮番告诉我：此刀长90.5厘米，宽12.8厘米。重1.42公斤。刀身为青铜加钢锻造。据考证，系1925年2月16日我父亲贺龙就任建国川军第一师师长的佩刀。由于流落民间八十二年了，与我年纪相当；而且有很长时间埋藏在地下，因而外面为铁皮内里为樟木的刀鞘被朽蚀了大半，只剩下刀柄一端约尺把长的一截。所幸这截残存的刀鞘，并未被铁锈和埋藏时沾上的泥巴粘连，还能拔下来。一闻，一股浓郁的樟木香味扑鼻而来。让人惊叹的是，流落民间八十多年的这把刀，虽然从未磨过，因斑斑锈迹使刀身显得乌黑发暗，但刀尖和刀刃还非常锋利，颀长的刀刃星星点点地闪烁昨日的光芒。握在手里轻轻一挥，依然听得见嗡嗡呜嘤。

我用比父亲小一圈的手握住刀的龙头柄，仍握不过来。我想到它曾在十年漫长的日子里与父亲形影不离，龙头柄的纹理已被他那只粗大的手磨得光溜溜的。他手上的油和汗为长年把握的刀柄像镀铬般地镀上一层透明的保护层，这就是文物家们所说的包浆了。这是整把刀唯一没有生锈的地方，握在手里，仿佛还能触摸到父亲手里的余温。

问题出来了，我父亲出任建国川军第一师师长后跟随他十年的这把指挥刀，为什么会流落在沅陵？想想八十多年前的沅陵发生了什么事情，或我父亲与沅陵在八十多年前有着怎样的渊源和交集，这个问题就迎刃而解了。

历史记载，八十多年前沅陵发生的最大一件事，莫过于我父亲贺龙率领红二、六军团长征在此过境了。那是1935年11月19日，浩浩荡荡的红二、六军团从父亲的故乡桑植刘家坪出发。21日，两路行进的红军分别从洞庭溪、小宴溪等处渡过沅水。其中红二军团经高坪、水田、善溪到达桥梓坪；红六军团从葡萄溪经毛垭到达桥梓坪。这里就是沅陵的属地了，过去叫桥梓坪，现在叫清浪乡。22日，部队在此举行了一个简短的欢庆仪式，庆祝顺利渡过沅水，突破了国民党军的第一道封锁线。新中国成立后听父母和好几个叔叔说过，国民党军发现红军的进军意图后，在沅水两岸布下重兵。当红军夺取渡口过河时，派来的几架飞机狂轰滥炸。当时，我母亲蹇先任把刚生下来二十天的我放在由一匹小骡马驮着的摇篮里，跟随红二军团卫生部前进，敌机扔下的炸弹把小骡马惊得两蹄腾空，差点把我从摇篮里抛出来。我母亲死死拽住小骡马的缰绳但怎么也拽不住，这时红二军团卫生部长贺彪叔叔撑一只木船从对岸赶过来，救了我们母女两条命。

红二、六军团在桥梓坪住了四天，主要用于休整队伍，恢复体力，筹措给养。桥梓坪是个大村子，有好几个自然村，红二军团驻在当年叫岗柱岩，今天叫八方村的一个村子里。指挥部设在一个叫陈定祥的贫苦农民家。不用说，我和我母亲也跟随我父亲住在陈定祥家。因为我父亲既是红二、六军团的总指挥，又兼任红二军团军团长，在这四天中，红军打土豪，分田地，帮助当地群众建立红色政权，给群众送粮、送物、送医、送药，一切命令都是从陈定祥家这栋破旧衰朽的老屋子里发出的，因此这里成了桥梓坪的老百姓衷心拥戴和敬仰的地方。而这时，我父亲把他珍藏了十年的那把在清末新军中佩带的指挥刀，赠送给房东陈定祥，说明在短短几天里，陈家于我父母留下了在他们心目中永难磨灭的记忆，或者发生了让彼此刻骨铭心的故事。

通过陈家八十多年口口相传，按当地人对辈分的叫法，从太公（太爷爷）陈定祥，经老公（老爷爷）、公（爷爷）和爸爸之手，最终传到第五代孙陈飞手里的这把刀，故事的来龙去脉是这样的——

1935年11月21日，我父亲带领军团指挥部威武雄壮的几十号人住进陈家后，陈定祥经历了从战战兢兢，到笑脸相迎；又从笑脸相迎，到心悦诚服的过程。刚开始，他看见我父亲一个命令，就能把鱼肉百姓无恶不作的恶霸杀了，吓得惊魂未定，走路脚都发软；后来，看见红军打开地主老财家的粮仓，一袋袋往贫苦人家送，便信了红军是穷人的队伍，他们流血流汗，是为人民打江山。还有，他们的官兵穿着土布土衣，从前跟自己一样，也是普普通通的农民。尤其看到我母亲还是个产妇，生下我没有满月，就背着我跋山涉水，风餐露宿，和大家穿一样的单衣，吃一样的糙米。她因没有奶水，我常常饿得哇哇大哭，有时通宵达旦也止不住。在我们湖南乡间，对坐月子的女人是要格外照顾的，再穷的人家也要把仅有的一口留给她；还不能让产妇吹风、下水、生气，做任何体力活，以免累着饿着，亏欠了身体，留下终身疾病。就因为想到这些，他千方百计找来一只下蛋的老母鸡，炖了，送给我母亲下奶。我父亲知道，送一只炖汤的老母鸡没什么了不得，但对老实巴交的房东来说，是他能想到和做到的最大一件事。因此，我父亲给他一笔钱，但他无论如何不收，最后便想到了送他那把刀。我父亲对他说，老陈，你要好好收着这把刀，红军会回来的。

  这个故事留有强烈的悬念，但未免简单，俗套，不怎么令人信服。可我是相信的，因为时间、地点、事件，包括我父母和我在内的几个人物，都是真实的，找不出一点漏洞。唯一不能说服今天这些读者的，是一只炖汤的母鸡与伴随我父亲十年的那把指挥刀，构不成互相赠予的分量和理由。我要指出的是，就我父亲在这十年中从一个清末将领成为红军领袖的过程来说，这把刀当时既是他的爱物，也成了他的负担。因为在他出任建国川军第一师师长的第二年，也即1926年，他就回师铜仁，以国民革命军的名义挥师北伐。1927年北伐打到河南开封，因蒋介石和汪精卫先后叛变革命，他带领扩编的国民革命军第二十军转战江西，作为总指挥发动了共产党人领导下的南昌起义。南昌起义的部队在南下途中被打散后，他经香港，只身前往党中央所在地上海，然后与周逸群、卢冬生等人经洪湖回到故乡桑植，发起年关暴动，重新拉起一支队伍。也就是说，作为军事指挥权的象征，这把清末新军的佩刀对我父亲而言，已经属于另一个时代了。以至在我父亲发动南昌起义和回湘西组建红军的年代，它很可能寄存在什么地方，或请某位熟人或朋友代为保管。而红军长征是一次战略转移，一次大搬家，自然把能带的东西都带上。然而，当我父亲率领红二、六军团这样一支庞大的队伍，还有我父亲的贺家宗亲和蹇家十几个亲人上路时，很快就发现带着旧军队的这把指挥刀，是一件不合时宜的事情。毕竟这是一件只能用于格斗的冷兵器，像我父亲这样大军团级别的指挥员，用这样的武器战斗或者防身，都没有多大的实际意义了。所以，在红军长征渡过沅水，准备从桥梓坪继续上路时，他把这把刀赠给房东陈定祥，作为对我母亲体贴入微的一种报答，是合情合理的。何况，我父亲还对陈定祥说了，红军会回来的。其潜台词是，红军不拿群众一针一线，而你给我夫人炖了一只下奶的老母鸡，死不收钱，那么我把这把刀赠给你，等哪一天我们凯旋，再一码归一码，亲兄弟明算账。

1935年11月24日，红二、六军团兵分三路离开桥梓坪，向云贵高原移动。右路由我父亲贺龙率领，经半溪、大庄坪、驮子口、茶溪坪，往沅陵县城方向直插辰溪；中路由任弼时率领，经茅坪、楠木铺、芙蓉关、马底驿，沿怡溪而上，进入溆浦；左路由萧克、王震率领，取道金子溪、辰州坪、官庄，越过湘黔公路，进入安化。

红军走了，黑暗势力卷土重来，陈定祥挖地三尺，把我父亲赠给他的这把指挥刀，悄悄地埋了起来。他不敢向任何人走漏风声，更不敢示人。因为他家作为贺龙的指挥部是路人皆知的，这对敌人来说本来就是一大罪过，如果再让人知道贺龙还赠给他一把清末新军的指挥刀，不仅会招来杀身之祸，还将遭到强盗、歹徒和三教九流的惦记和骚扰。藏到新中国成立，我父亲当了共和国的元帅，一家喜出望外，这才把刀挖出来，视为传家宝。每当老人过世，都要郑重地交给下一代：这是贺龙贺元帅赠给我们陈家的无价之宝，要一代代传下去，家里再困难，再穷，也不能打它的主意。如此，经过一个家族八十多年的传承，最后传到了地名改为清浪乡八方村的陈家第五代孙陈飞的手里。

2015年10月22日，红军长征八十周年纪念日来临，县里有关部门在对

红军长征路线的调查核实中,来到清浪乡八方村党支部负责人陈飞家。得知县里干部的来意,虽是一个普通农民,但具有相当政治觉悟的基层党组织负责人陈飞试探说,不知你们信不信,当年我家就是贺龙的司令部,有贺龙元帅赠给我太公陈定祥的一把指挥刀为证。县里的干部吓了一跳,说真的?不妨拿出来看看。一见陈飞捧出锈迹斑斑、寻常人家根本不可能有的实物,大家眼睛都瞪圆了。陈飞接着说,他太公(太爷爷)陈定祥和老公(老爷爷),新中国成立前就去世了,他没见过。但他出生时,公(爷爷)陈延相还在,常给他讲祖上传下来的贺龙指挥刀的故事。后来,他在玩耍中无意看到了这把刀,爸爸陈万祥叮嘱他,崽啊,莫乱动哟,这是贺龙元帅当年作为礼物送给你太公的。2012年7月,父亲身患癌症,无钱医治,有亲戚暗示把这把刀卖了,但父亲死不松口。临终前,他像上辈人那样郑重交代儿子,要把贺龙元帅的这把指挥刀收藏好,一代代传下去。

县史志办和文物部门经过广泛调查和询问有关专家,觉得这把刀的来龙去脉清晰,传承有序,认定就是我父亲贺龙1925年出任建国川军第一师师长佩带过的那把指挥刀,提出征为革命文物。陈飞慷慨应允,说他家五代人珍藏这把刀,就是出于对红军和贺龙元帅的崇敬之情。把刀捐给政府,让更多的人领会革命的艰辛、革命前辈的舍身忘我、革命事业的代代相传,是他们陈家的幸运,也是这把刀的幸运。他提出的唯一要求,是他作为太公陈定祥的后代,希望县里有机会的时候,帮助他见到贺龙元帅的后人,当面陈述这把刀的最后归宿。

沅陵县人民政府征集到我父亲的这把指挥刀后,请县里手艺最好的艺人配上精致的樟木匣子,决定转赠于我。理由是,我就是元帅夫妇当年带着去长征的那个孩子,虽然当时尚未满月,还在母亲的怀里嗷嗷待哺,但如今是唯一的亲历者和见证者了,这算得上物归原主。

2017年5月下旬,我从北京飞到张家界,先到我母亲的故乡慈利祭奠我两个为革命牺牲的舅舅,然后被接到沅陵县里,出席他们专门为我召开的捐赠仪式。幸运的是，在捐赠仪式上，我终于见到了同样被县里接来并等候在捐赠大厅的陈家第五代传人陈飞。两人相见那一刻，都热泪盈眶，我把二十六岁的陈飞紧紧拥在怀里说："孩子，我衷心感谢你们一家，衷心感谢沅陵人民！"

因不便带上飞机，当我回到北京一周，沅陵由分管文化的一位领导同志亲自押车，驱车十九个小时，将父亲当年的指挥刀送到我北京的家里。客人们刚离开，我立刻把刀恭恭敬敬地供在父亲的遗像前。我对父亲喃喃说，这是您佩带过但离开您整整八十二年的指挥刀，您还记得吗？

末了，我想说，沅陵政府代表沅陵人民的诚挚心意，将我父亲的这把刀赠给我，可我怎么承受得起？怎么有资格收藏它呢？我暂时把它供在父亲的遗像前，让他多享受几天与这把刀重逢的惊喜和快乐。但是，我知道它最好的去处，是陈列在国家的某个博物馆里。因此，我向沅陵政府表示，我将选一个适当的时候，一个适当的博物馆，把它捐出去。

高文雄笔论天演

◇ 简 梅

一

阳岐,因为一个光辉的名字——严复,近代著名的思想家、教育家、翻译家,而日益为人所知。那日午后,当我抵达距离福州市区近十公里的阳岐时,因村路弯曲,不禁遥想严复当年由乡到城,须从田畦莽苍之地跋涉的艰难。

今日的阳岐,房屋挤挤密密,老街曲曲折折,无论外围环城高速如何运转,它仍以一种苍老始终贮存着清宁。我沿着狭小的巷道穿梭,偶尔熟悉的乡音会倏地从某处拐角传来……走着,看着,"门前一泓水,潮至势迟迟""水鸟飞来还经去,黄梅香远最难忘",严复回忆家乡的诗句又一度涌上心来,但渔歌声声、瓜果飘绿的旧时模样却不复再见了。

我默默踏寻到了不远处的严复故居"大夫第"。严氏先祖严怀英,系河南光州固始县人,唐末迁入闽,见阳岐为人文荟萃之乡,遂卜居于此,修筑了一座坐北朝南、占地面积七百四十五平方米的两进老宅。严氏宗祠中有碑云:闽之有严,阳岐始也。故居门楣上(初时)挂有"大夫第"一方直匾。现存建筑为明末重建,系全国重点文物保护单位。进门,是门廊、两侧披榭和主座合围成的一进院落，主座面阔三间，进深五柱，穿斗式木构架；一二进间隔院落，中开石框门；二进布局与一进略同，可现当年诗书之家的风貌。但因年久失修，故居内外墙有许多已剥落，大厅的梁顶有道道漏光透下。走在经年木板上，竟有一种身陷其中之感。我怅惘地望着马鞍墙上杂草在摇曳，后厅长势旺盛的藤蔓，将厚重的历史掩藏得紧紧实实……

二

严复于1854年1月8日（清咸丰三年十二月初十）出生于南台苍霞洲。九岁时，父亲将他送回故乡阳岐，跟随他五叔严厚甫读书。但《大学》《中庸》之类的课程严复不感兴趣，他一边执书，一边心绪早已飞出大夫第的门槛，或与小伙伴溪边逗趣，或爬至榕树上，远眺码头闽水潺潺……十一岁时，父亲又将他接回，后聘请闽省名儒黄宗彝来家教书，严复由此打下扎实的传统学术与治学方法。

但命运的大船时时如闽江风浪，常将人事颠覆得怆然无措。一个半世纪后我来此叩访，严复故居庭落中寂寥无声，我的耳边仿佛传来一阵悲吟："我生十四龄，阿父即见背。家贫有质券，赇钱不充债。陟冈则无兄，同谷歌有妹。慈母于此时，十指作耕耒……"这是1866年严复再度回到故乡阳岐时悲凉世事的真实写照，此时顶梁柱的父亲染疾而去，但老家大夫第已容纳不下，叔伯临时整理二间给他一家五口人居住，母亲含泪对他说："幸祖宗留此百余年屋，粗为吾朝盖庇，不然何所托足呼？"严复与妹妹年龄尚小，听罢，皆悲不自胜。

清朝末年，西方列强屡次侵犯中国国门，在困境中，福建船政突起，1866年12月，严复以一篇《大孝终生慕父母论》至情之文考取为马尾船政第一名。之后，与首批一百零五名"求是堂艺局"艺童，窥西学"精微之奥"，苦学西方先进科学技术。毕业后，随"建威""扬武"号沿海巡航，成为我国最早的航海人才。1877年3月31日，严复与船政学堂第一批出洋留学的二十八名学

子搭上马尾"济安"号轮船启程,开启了中国探索自强之路的历程。

三

青年严复总是倍感珍惜留学中每一次的经历,除了学习海军专业知识外,他特别留意考察西方社会制度,大量研读社会科学等典章文物。他深得驻英公使郭嵩焘的赏识,在格林尼茨海军学院学习一个学期,于1879年7月以"考课屡列优等"的成绩毕业,奉电召回国,任马尾船政学堂教习。一年后被举荐调任天津北洋水师学堂,至1900年,历任驾驶学堂总教习、会办、北洋水师学堂总办,二十年的光阴,培养了数百名海军栋梁之材。他还参与创办复旦公学,1912年3月接任京师大学堂(北京大学),为首任校长,力挽因经费困难而停办的狂澜。

国难当头,山河破碎。1884年的中法甲申海战,马江上血雨横飞;十年后,中日甲午战争,更是海天同哭。严复心之惨痛,每每"中夜起而痛哭",哭家园,哭民族,哭同胞,哭战争中牺牲的同窗好友,还有那么多英年聪慧的学生。饱读西学,立志寻求国家出路的严复,深深地明白中国革新方亟,他彻底清醒过来,旗帜鲜明地投入救亡图存。自1895年起,严复接连发表《论世变之亟》《救亡决论》等政论文,倡导"鼓民力、开民智、新民德",全面阐述救国理论,其超人的见识,炽烈的爱国之情,如巨石激起轩然大波。

1896年的夏天,严复怀着孤愤的心情,着手开始翻译英国赫胥黎的《进化论与伦理学》,"未数月而脱稿",不足九万字的译文破纸而出,取名《天演论》,经吴汝纶作序。其中"物竞天择,适者生存",以石破天惊、振聋发聩之势,开启了一扇真理之门,引发熊熊烈火,映红漫漫长空。之后,他自觉担当时势所赋予的重任,经过多年耕耘,翻译出大量的西方学术著作,其中《原富》《群学肄言》等译文和按语合计约一百七十多万字,与《天演论》一起,由商务印书馆于1931年合订出版,对中国近代思想和文化建设,产生了重大影响。梁启超、胡适、陈独秀、李大钊、鲁迅等均受过严译名著的熏陶。

四

1910年，严复被赐文科进士，以"硕学通儒"身份征为资政院议员。消息传来，远在南方故乡阳岐的乡亲们无不欢欣鼓舞，特别是严氏宗族中，已有一百五十多年未中举进士，当钦赐进士牌匾到达阳岐时，严氏宗祠里举行了隆重的挂匾仪式。但严复对功名早已"泊然无所动"，国家内忧外患，他清醒地看到"中国人民的气质和环境将需要至少三十年的变异和同化，才能使他们适合于建立共和国"。直到1918年12月9日，饱受病痛与精神折磨的严复，才乘船抵达离别了几十年的故土，为三儿筹备婚礼，再次入住大夫第老屋。阳岐清冽的水，炽浓的乡情，抚慰着他南北奔徙漂泊的心。1919年1月11日正逢严复生日，在阳岐三儿典当的玉屏山庄婚房前搭了个戏台，演戏三天，他清瘦的身躯一直立在门前，一一向前来道喜的乡亲拱手作揖。他还花巨力，带头捐资并四处募捐修建家乡"尚书祖庙"，纪念民族英雄陈文龙，并亲自题写牌匾与对联，"更何兮苍鹘参军粉墨千场皆假面，莫但看乌纱牙笏衣冠一代几完人""入我门来总须纳手扪心细检生平墨籍，莫言神远任汝穷奸极巧难瞒头上青天"。字字句句表达了他坦荡真诚、追求真理的一生。

1921年10月27日，带着满腔对家国的忧深虑远，严复终老于福州三坊七巷郎官巷的另一处故居，从此在故乡阳岐的鳌头山长眠。"怒生之草，交加之藤，势如争长相雄……夏与畏日争，冬与严霜争，四时之内，飘风怒飞，或西发西洋，或东起北海，旁午交扇，无时而息……"先生虽逝，然其留下的《天演论》等，"文章光气长垂虹"！

盘桓了半日，午后的阳光正斜打在大夫第的门前，使这座经年的古厝隐隐闪烁出一种庄重智慧的光影。此刻，想起了严复的诗句，"震旦方沉陆，何年得解悬？太平如有象，莫忘告黄泉"，我不禁默对远方的天际，遥对先生深深一鞠躬，我想对先生说，中华民族站起来了！历史已经掀开了新的一页。

枫林坞不朽

◇李存刚

　　我最先看到的是树。一棵棵，一行行，树干笔直，高大，挺拔，树冠如盖，浓荫匝地。车子一路上都在初夏的阳光里穿行，一在树林边停下，我们便鱼贯着钻出铁盒子，冲进了浓密的树荫里，兴奋得像寻常的访景者一样，想要尖叫，想要上前去搂抱那些大树。

　　在我们之前，已经有好些人站在树下，还有人源源不断地赶来，但人们一个个都静默着。我站在树荫下，扭头看了看四周，只好收起喉间奔涌的冲动。树下砌了圆形的水泥台子，水泥台子不高，显然是专门为了保护那些树特地垒就的，尽管已站到树下，树干伸手可及，便也只好收起已然举起的双臂，摊开双手，看着近在咫尺的树干，用目光去估摸，即便选择最小的一棵，单人环抱也是不可能的。水泥台子边的青草里立着黑色底子金色字体的告示牌，在青草的衬托下，牌子几近切地，也就摊开来正被人翻阅的书页般大小，上面写着树的名字和大致的树龄，小的不下一百年，大的超过两百年，都是名副其实的百年老树了。树也都被修过枝，只留下高处细小的枝丫。细小是相对于身旁的树干而言的，也可能只是我站在树下仰望时产生的错觉，但这一点也不影响枝丫间的亲昵，一点也不影响密密匝匝的树叶相互联手，把树下的空隙变成浓荫。

树与树之间的空隙都很宽大，最小的起码可容大卡车通过，大的地方则可以修房筑屋——其实不用筑，现在的林子本身就是一间天然的大屋。

枫林屋。最初听同行的朋友说起时，我以为它就是这个名字。朋友显然不是第一次遇见有人这样误读，笑呵呵地补充说道：是山坞的"坞"！看——四周都是山，就这里是一块平地，所以叫坞！

沿着朋友手指的方向，我接着便看见枫树林尽头、靠近山脚的地方立着的司令台。1934年11月23日，方志敏就站在司令台上，台下的枫树林里站满了即将出征的士兵。

那是中国革命所经历的一个重要时刻，也是方志敏个人人生的一次重大转折。面对这样的时刻，方志敏毅然决然地做出了自己的选择。这一天，他站在司令台上慷慨激昂，他说："为了可爱的中国，为了民族的生存，我们就要离开亲爱的苏区了。目前革命虽然受到了挫折，但是，革命的前途是光明的。我相信久经战斗的闽浙赣人民一定能克服困难，坚持斗争。等打败了日本鬼子，我们还要回来。这一天，决不是很久远的将来。"（《中共横峰县地方史》第一卷）之后，作为中国工农红军北上抗日先遣队总司令，方志敏便和战士们一起，为宣传党的抗日主张，推动全民族抗日救亡运动，策应中央红军主力战略大转移，去开辟新苏区去了。从此，再也没回到枫林坞。

我穿过枫树下的浓荫，一步步向着司令台走去。方志敏最初是出现在我们的中学课本里，现在，忽然感觉变得如此贴近，仿佛就立在眼前，四周静寂，耳边萦绕的是他慷慨激昂、掷地有声的话语声。那一刻，我又一次禁不住举起了手臂，想要振臂高呼，就像八十多年前枫树林里站立的战士们一样。只是现在，已无法想见八十多年前的那个冬日是否也和今天一样阳光明媚，无法想见八十年前的枫树林是否也和今天一样树冠如盖浓荫匝地，甚至也无法想见司令台上的方志敏心底涌动着的是怎样义无反顾的豪情。

那也是方志敏最后一次站在枫林掩隐的司令台上。1934年，红军北上抗日先遣队遭到七倍于我军的国民党部队的追剿，损失惨重；1935年1月底，方

志敏在江西省玉山县怀玉山区被俘，后被囚于南昌国民党驻赣绥靖公署看守所，他严词拒绝了国民党的劝降，实践了自己"努力到死，奋斗到死"的誓言；1935年8月6日，被秘密杀害于江西省南昌市下沙窝，时年三十六岁。

枫树林右侧，是一个村子。七拐八弯地穿过长长的巷子，我们来到一幢一字形土木结构的平房里。那是中共闽浙皖赣省委机关旧址。在那幢民国时期建成的老房子里，我看到了一间陈设简单的屋子：一张架子床，一张大方桌，两把座椅，四条长凳。那也便是方志敏担任省苏维埃主席兼任省委书记期间的住所。屋里的光线有些暗。房屋的墙壁上，当年粘贴的苏区报纸还在，只是经过这么多年岁月的洗礼，报纸已呈现出淡黄的色彩，但字迹却依然清晰如初；床上的蚊帐被钩子揽向床头，被子叠得整整齐齐的，仿佛床的主人刚刚起床离开；大方桌、座椅、长凳一律靠放着，凳子、桌面被擦得一尘不染，微暗的光照下隐约映照出晃动的人影，似乎有人刚刚起身离开，或者随时会回到屋子，在凳子或者座椅上坐下去。房屋前的院子里，有一片芭蕉林。同行的朋友说，那是方志敏亲手栽下的。栽下时只是一株，每年春天一到，芭蕉林便开始返绿，并且长出新生的芭蕉，现在早已蔚然成林。我静立在院子里，禁不住想起杨万里那首著名的《咏芭蕉》来：骨相玲珑透八窗，花头倒插紫荷香。绕身无数青罗扇，风不来时也自凉。

去江西葛源镇的时候是在初夏。时隔多日，我依然时时想起那片枫树和芭蕉林，想起如盖的树冠下大片的阴凉。想起的时候，就仿佛还站在枫林坞，与那些枫树和芭蕉林站在一起，从未离开。

枫林坞不朽。

艺术为了人民

◇李 镇

2016年末，近四百万字的《郑君里全集》八卷本经上海文化出版社正式出版，这套图书由中国电影资料馆的电影史研究人员历时四年多编纂而成，其内容涉及上世纪20—60年代的话剧、电影以及相关的文化艺术领域。

普通读者也许不熟悉郑君里，他是一位活跃于中国20世纪30至60年代的戏剧家、电影艺术家和文艺理论家。

1928年，郑君里进入田汉创办的南国艺术学院戏剧科，此后至40年代中期，他至少参加过二十六个团体超过七十种话剧的演出。1932至1937年，他进入联华影业公司，主演了《野玫瑰》《火山情血》《奋斗》《人生》《慈母曲》《联华交响曲》等22部进步影片，一度成为家喻户晓的电影明星。郑君里多以普通劳动者或爱国知识分子的形象映现于银幕，他英俊的形象和不甘压迫的个性给影迷留下深刻印象，在影坛素有"伟大的老虎"的绰号。抗战爆发后，他先后加入了上海救亡演剧队、抗敌演剧队、孩子剧团、西北巡回教育班、中国电影制片厂等机构，在前线和大后方从事国防影剧，编导完成了《西北特辑》《民族万岁》《野人山》等纪录片。抗战胜利后，郑君里转入故事片的编导创作，先后进入联华影艺社、昆仑影业公司，完成了《一江春水向东流》（与蔡楚生合作）及《乌鸦与麻雀》《我们夫妇之间》等影片。50年代初直到1965年，他作为上海电影制片厂的主要导演，编导了《人民的新杭州》《宋景诗》《聂耳》《林则徐》《枯木逢春》《李善子》等作品。

但这些仅仅道出了郑君里不凡人生的一半。他勤于笔耕，留下了数量可观的文字。据统计，可单独出版的学术著作（含译著）就有八种，其中，《现代中国电影史》《演技六讲》《演员自我修养》《角色的诞生》《画外音》等，都是戏剧和电影领域的殿堂级读物。此外，郑君里发表和未发表的论文、笔记、教案、小说、杂文等超过百种。

郑君里离开人世时还不满五十八岁，却为我们留下了极为丰富的文化遗产和精神财富。如果细探他的人生，有人可能会疑惑，一个未经"正规"高等教育的人，要付出多么大的努力才会成为中国文化艺术界举足轻重的人物，像他这样多产并擅长理论研究，且在多个领域达到相当高度的艺术家，在近现代中国的文化艺术版图上鲜有人可出其右。

郑君里不是天才，他的成长走过一段曲折的道路。1911年，他出生在上海的城市平民家庭，父母以摆水果摊维持生计。他出于对戏剧的热爱，中学没毕业就加入了南国艺术学院。这所"学院"并非正规的学历教育机构，而是田汉先生创造的半工半读的戏剧团体。郑君里以他的勤奋很快在戏剧、电影界崭露头角。

上个世纪二十年代，郑君里的译著、诗歌、小说辞藻华丽拗口，深受当时南国社唯美主义和具有浪漫色彩的批判现实主义的影响。写于1928年的哀情小说《姑姑的爱人》在感情色彩上偏重于感伤情绪，带有神秘感的气氛渲染，追求一种微妙、迷离的内心体验。1931年发表的长篇论文《舞台装置的主潮》可能是翻译外国戏剧资料的一篇习作，今天读起来语句不顺、晦涩难懂。1930年之后，郑君里的政治态度跟随着田汉发生了"转向"，这一年，他加入左翼剧团联盟，成为其中活跃的主将之一。郑君里无论是艺术创作还是理论研究都突破了个人的圈子，文风发生了较大的改变，此后，他的理论和创作更加

李　镇·艺术为了人民

关注现实的需求，他的艺术与人民紧紧联系在一起。

30年代初，郑君里在电影表演上小有成就，因为骄傲而受到编导们的冷落。此后，他不但深刻检讨自己，也开始关注艺术与国家民族命运的问题，发表了《中国戏剧运动发展底鸟瞰》等论文，还一度埋头研究电影史。1936年，郑君里发表的《现代中国电影史》对1932年之前的中国电影史进行了梳理，并做出了精妙的归纳和分析，虽然只有六万字，却可能是百年来中国电影史著作当中结构最具现代意识、观察角度最为全面、求证最为可靠的一部。这部电影史沉寂了几十年，直到1989年，《电影创作》连载了其中的章节，并以《现代中国电影史略》冠名，才引发了学界的关注和热议。人们惊叹于其成书之早：二十四岁的郑君里能够"娴熟地运用历史唯物主义观点和方法，引证了大量翔实可靠的影像及文字材料"。他没有简单地将电影仅仅定位于艺术，而是将其归纳为近代商品和技术的产物，民族文化与社会价值的载体，并"从经济和文化的交汇点"审视中国电影的发展过程，富有创建地指出中国电影初期的种种现象及成因。郑君里在文中涉及的中国电影美学和电影本体问题，直到今天看来都是相当先进和精辟的。

1937年，二十五岁的郑君里出版了著名的表演理论译著《演技六讲》，这本书无论对于当时还是今天有志于表演的初学者来说，都是一本不可错过的读物。1935年，斯坦尼斯拉夫斯基表演体系开始受到中国戏剧工作者的重视。郑君里和戏剧家章泯着手系统翻译斯氏理论著作。《演员自我修养》正式出版至今，至少有过十个版本。在郑君里的笔下，舞台和银幕是自由的天地，是神圣和迷人的所在。《角色的诞生》是郑君里经过多年的表演实践，结合了自己翻译外国著作的理论积累，借鉴了很多同行的经验写成的，他试图建构属于中国的表演理论。1948年，有人预言郑君里会成为"中国的斯坦尼斯拉夫斯基"，他对戏剧理论以及表演理论的研究，经历了从"拿来主义"、博采众长，到自成一家的线性轨迹。洪深先生曾谈到，"如果郑君里不翻译《演员自我修养》，就写不出《角色的诞生》；但后书确有它自己的贡献，有很多话是未经前书道

出的。"

正如夏衍先生所说,郑君里取得的成就"可以说达到了中国电影艺术的高峰,在中国电影史上占有重要一席",而他的遗作《画外音》正是我们理解这一论断的重要窗口。《画外音》是一部导演阐述的合集,记录了郑君里拍摄六部电影的种种心得,其中列举了大量创作过程中的实践经验。本书可读性很强,充满了令读者赏心悦目的列举和解说。每一部作品,他都从文学剧本、主题思想、历史背景、人物形象、情节结构、现场调度、摄影美工等方面娓娓道来,全面记录了创作过程中的各种构思和讨论,可谓呕心沥血。

完成于1943年的纪录片《民族万岁》是郑君里艺术创作中的另一座奇峰,不但是一部情绪高涨的抗战宣传片,也是一份珍贵的社会历史影像档案,特别是对抗战时西部各少数民族民俗民风的记载更为精彩,具有不容置疑的人类学价值。

习总书记指出:"任何一个时代的文艺,只有同国家和民族紧紧维系、休戚与共,才能发出振聋发聩的声音。反映时代是文艺工作者的使命。"郑君里用一生证明了他不愧是一位紧跟时代、敬业爱国的人民艺术家。他的作品脍炙人口、深入人心。1969年4月23日,他罹患肝癌病逝。虽然他离开这个世界已近半个世纪,但是他的生命却以另一种形式长存于世,那就是他的电影和著作。郑君里的电影常映不衰,被选为经典影片多次参加各国举办的中国电影回顾展。二十岁以上的中国人当中,没有看过郑君里电影的人可能极少。他的文字,为后人的艺术创作和文艺理论研究提供着丰富的营养。

2016年12月,正值郑君里诞辰一百零五周年,《郑君里全集》的出版是对他最好的纪念;对于后来者,《全集》不但是一份精神财富,更是一种鞭策。

忏悔的水冬瓜梨

◇罗大佺

父亲打来电话,说村里的拐叔死了,要我回去参加他的葬礼。我二话没说,请了假,急匆匆从千里之外往回赶。

拐叔是村里的老光棍,个子不高,瘸着一条腿。小时候,拐叔对我们很好。

想起拐叔,自然就想起了他家那棵水冬瓜梨树,那是村里唯一的一棵。

农历的七月,正是田里稻谷开始成熟,地里包谷可以收割的季节,太阳火辣辣地照着,懒懒虫没完没了地叫唤。中午时分,我约了小伙伴悄悄来到拐叔家的水冬瓜梨树下,准备偷梨子,因为这时候,拐叔正在睡午觉。

水冬瓜梨,又叫"半斤梨",梨树不高,成熟得早,果实椭圆,柔软多汁,香甜可口,此时,那青中透黄的梨子悬挂在树枝上,十分诱人。

那是一个贫穷的年代,农村人连饭都吃不饱。每年从生产队分回的谷子和玉米,到这个季节就已吃光。为了吃,我们偷过生产队的红苕,偷过生产队的玉米,偷过生产队的甘蔗和黄瓜。你说现在看到拐叔家的梨子熟了,我们这群天不怕地不怕的小孩子,能不动心吗?

我脱下胶鞋,往手心里吐了些唾沫星子,"嗖嗖"爬上梨树,摘下一颗梨子,咬了一口,蜜甜蜜甜的梨汁涌了出来,甜透心灵。"给我一个",方娃叫了起来,我摘下一个,扔了下去,方娃从脚边捡起,连泥巴也没擦,就送进嘴里。"我要一个",老四也叫了起来,我将还没吃完的半边梨子衔在嘴里,又摘下一颗,扔了下去。"我也要一个""我也要一颗""我也要尝尝",下面的小伙伴一个又一个嚷了起来。听到他们的嚷闹声,我摘下一个个梨子,扔到他们的面前,那模样神气极了,仿佛电影里开仓放粮的英雄好汉,把粮食一袋一袋地发放给穷人,忘了自己也是一个"贼",并不是水冬瓜梨树的主人。岂料一会儿他们就不再满足于嘴里有梨子吃,而是要将梨子揣进兜里带走。这样一个一个地发放不是办法,我干脆双手抱着梨树,使劲摇了起来。梨树被我一摇,树枝哗哗响,梨子簌簌掉,满地都是水冬瓜梨在滚动。我正得意间,忽听"哇"的一声,方娃大哭起来,原来他只顾埋头捡梨子,忘了注意上边,掉下的一个梨子正好砸到他的头上。于是大家赶紧给他看看砸破头皮没有,劝他不要哭了。

"你们这群小毛贼,简直太不像话了,大白天的敢来偷梨,老子不打死你们才怪!"一个炸雷似的声音忽然在身后响起,大家吓了一跳,回头一看,原来拐叔不知什么时候来到了我们身后,举起手里的木棍劈头盖脸地打来,放哨的贵贵早已加入到捡梨的行列中,忘了自己的职责。

一见拐叔来了,大家"哄"的一声四下逃去。老四跑慢了一步,被拐叔一棍子打在屁股上,玲玲跑得鞋都掉了一只。拐叔瘸着一条腿刚要去追,忽然想到了树上还有人,于是转过身子。我吓得一只衣角还挂在树枝上,就赶紧抱着梨树往下滑,脚还没落地,衣服被剐开了一条大口子。

不就摘你几个梨子,犯得着这么凶吗?也许是衣服被剐烂了正没地方出气,也许是害怕拐叔的木棍打痛屁股,也许是想起父母也曾经给他送过好吃的东西,当拐叔举起木棍向我打来的时候,我气不打一处来,一把抓住他的木棍,使劲一拖,拐叔一个趔趄,跌倒在地。当我正想武松打虎似的给他几拳头时,拐叔一下小孩似的大哭起来:"你们吃都不说,为啥摇得满地都是嘛?"大人也会哭鼻子?我一愣,赶紧一溜烟跑了。

我知道我的祸闯大了,那天不敢回家。晚上父母提着马灯在一个山洞里找到我,把我领了回去。母亲用热水给我洗脸,烫脚,父亲要我以后出去玩注意点，别把衣服撕烂了，那是要花钱买的。母亲拿起我脱下的衣服，在煤油灯下一针一线地缝补起来。躺在床上，我忽然想：父母为啥不责备我偷梨、打拐叔的事呢？难道拐叔没来告状？

第二年梨子熟了的时候，拐叔背着一背篼水冬瓜梨来到我们这些有小孩的家里，每家送了不少，这倒让我们有些不好意思起来，从此没再去偷过他家梨子了。后来上中学，读大学，参加工作，结婚生子，一晃离开家乡二十多年。

回到家乡的时候拐叔还没下葬，村里的人都来帮忙料理后事，父亲是支客师，正指挥村里人做这做那。

拐叔活了八十多岁，无儿无女，父亲要我披麻戴孝地去为他端灵当孝子，我不知父亲何意，但想起拐叔小时候对我们的好，同意下来。

下葬回来，父亲把我叫到堂屋，拿出一袋水冬瓜梨，说是拐叔临走前嘱咐留给我的。我以为拐叔还记着我们去偷他家梨子的事情，脸一下红了起来。不料父亲问我，你知道拐叔的腿是怎样瘸的吗？父亲说那是小时候你母亲背着你去割草，把你放在树林里玩耍，你溜到崖边，不小心掉下去，被半崖上几棵小树挂住，拐叔正在旁边犁地，听到你母亲的呼救声，冲过去趴在崖上救起了你，却不小心蹬翻一块石头摔下崖去，摔瘸了的。也因为这条腿，拐叔后来连媳妇也说不上，打了一辈子光棍。

"原来是这样，那您为啥不早点告诉我呢？"我的心一下沉重起来。

"你拐叔不让说呀。"父亲叹了一口气说，拐叔说他救人是自愿的，娃娃这么小，不能让他以后背负着情感的债务去生活。后来见拐叔孤身一人，我想让你做他的干儿子为他养老送终，可拐叔坚决不同意。"你拐叔是个好人呀，你小时候偷梨、打人的事他也是前几年才告诉我的。"父亲话未说完，撩起衣角拭了拭眼泪。

我的脑海中一下浮现出儿时的情景，内心陷入深深的忏悔和自责之中。

临离开家乡时，我来到拐叔坟前，摆上供品，点燃香烛，虔诚地给他叩了几个响头。供品就是那青中透黄的水冬瓜梨。

忆旧

金子的心

◇鲍尔吉·原野

去年,我去赤峰市翁牛特旗游历,听一位八十岁的老汉讲故事。他说,1948年乌丹县(今翁牛特旗)已经解放,那一年风调雨顺,眼瞅着有一个大丰收。入秋,一场冰雹砸了亿合公乡的庄稼。消息报到区委(区比现在乡镇略大),干部们(那时只有六七个干部)听到亿合公庄稼绝收,蹲在地下呜呜哭起来。区委书记程小同(后任承德市检察长)闻讯竟急得一头栽到地上,人事不省,从此大病未起,三年才愈。这一情节,在程小同的回忆录中得到验证。那时候,老百姓把共产党的干部看成主心骨、救命人、靠山。而这些干部听到庄稼绝收,痛哭与昏倒并不是多情,他们和老百姓把命连一块儿了。这些人,真是有一颗金子般的心。我在翁牛特旗的民间收藏家手里还见到一张油印传单,是乌丹县长王向明(后任大连市民政局局长)离职前留下的几句话,时在1950年4月4日。他写道:

"乌丹县各区负责同志:1950年4月1日,接省府(热河省——引者注)电示,决定调我另有任用,务于8日前到省。我是1948年到乌丹工作的,时间度过一年零八个月光景。检查自己缺点,因为不觉，看出的反而不多。我走得急促，未能征求大家对我的批评，望你们从爱护同志的角度出发，多提意见，对我和人民都有好处。

"好多事情我没给乌丹人民办好，例如敖包山泄洪沟、推广新式农具、落实种麦计划、建设米面加工水磨，都才着手办。这是我不愿离开的原因。我见到了乌丹人民受苦，没见到乌丹人民享福。目前春耕在即，全县有灾民一千多户，这重大艰巨的任务，就落在全县干部身上了……"

这是一个共产党县长的留言，没有官话套话和自我表扬，只有自责。我衡量不出这张纸的珍贵。我想，当事人如今纷纷谢世，这些言论会留在什么人的记忆当中呢？

"见到了乌丹人民受苦，没见到乌丹人民享福"，这话县长说出来该有多么痛苦，又多么坦诚。我想起一个使用泛滥的词——致敬，我还是要向程小同和王向明两位前辈致敬，为他们的情操、良心和信仰。

竹

◇储劲松

枕边有一册板桥郑燮画的竹子。竹是墨竹，竹节劲峭如小兽的腿骨，参差错落几欲断成几截，竹叶枯淡浓湿，似燕集相语，里面有淋漓的烟光和露气。竹边偶尔画一块顽石、一丛幽兰或者几株小笋，石头奇崛苍古有肉感，如福禄寿仙翁突出的前额，嫩笋尖尖神采秀澈，芷兰之香溢于纸外。竹君子，石大人，兰处士，三者都是高士，是放逐人间的散仙，如果联想到吃和采，哪怕是一念，就是罪过。夜阑时每闻细密风雨声，披衣起床推窗一望，院子里唯有婆娑月光和墨团花影，床头唯有潇竹散逸纵横，满纸淡烟古墨青玉枝。

板桥种竹画竹写竹四十余年，誓不做前人墨奴，于纸窗粉壁天光月影中，日夜看赏揣摩勤苦临写，终有鬼神暗中助之通之。画册非原画，也有神灵附体，只可清供不可亵玩。板桥说："盖竹之体，瘦孤高，枝枝傲雪，节节干霄，有似君子豪气凌云，不为俗屈。"板桥的字行书有隶意，笔画瘦硬剀侧，笔势清健豪迈，所谓"六分半书"，也有竹子的骨骼和风神。其写竹诗十数首卓尔不群，"写取一枝清瘦竹，秋风江上作鱼竿"一句尤为玄妙。

少小有一个时期爱绘画，当是学课文《从百草园到三味书屋》受了鲁迅先生描绣像的影响。画人像，画静物，画山画河画草木，也坐在竹林中的绊地根

草毯上画过竹子。怎奈资质太差,也没有老师可以请教,涂鸦出来的画粗劣不堪。

老家的东面有一片竹海,分成了几个部落,毛竹、水竹以及箬竹。毛竹骨节粗壮枝叶纷披,是竹海的统治者,其边缘是颀长温婉的水竹,被挤到坡旁和角落里的是箬竹,叶子宽长竹竿细矮,乡人称之莲箬。以金陵十二钗作比,毛竹是正册,水竹是副册,箬竹是又副册。这个比喻自然不佳,勉强说明植物界一样有领地之争而已,如同奥林匹斯山上的神也有主神和诸神之分。

乡间传说,个子矮的孩子,在月朗风清的夜晚,独自一人在竹林里摇毛竹会长高。其祝词是:"竹子爷,竹子娘,你长粗来我长长。"我没有摇过竹,个子也不高,爬竹子以及用新生竹枝和金樱子编花环的事倒是常干。也在竹林里早读、唱歌、睡大觉,与村里的发小持竹剑照着剑谱学剑术,想象着有一天青衣斗篷行走江湖,一舞剑器动四方。读了金庸先生的《射雕英雄传》,还挖竹鞭做过打狗棒。

毛竹可作竹器,筼箕、筲箕、簸箕、扁担、稻箩、提篮、蒲篮、蒸笼、梿枷、竹耙子、竹帘、竹席、竹床、竹椅、竹碗、竹筷、竹碗柜、竹楼梯、竹阁楼,也可围篱笆、做引水的竹笕,形制数十上百种,家中器具多半是毛竹剖篾编织而成。用久了的竹器,因为手和肌肤的摩挲,沾了血气,似也成了灵物,表皮酡红光洁如古玉。筼箕稻箩之类的竹器,使用频繁又兼日晒雨淋,很容易朽坏,于是每隔三五年,家中就请篾匠师傅来做几天活计。伐下的竹子堆在稻床上,篾匠和他的徒弟们一大清早就远道赶来,破斫削刮条分缕析,篾刀到处一片哗啦啦脆响,所谓势如破竹。竹香随风流动,好闻得想打喷嚏。我们这些孩子必殷勤地给师傅递烟倒茶,央其做一把宝剑、一张弓或者一个半自动竹弹筒,有一把好剑,尤其可以领一时之风骚。

篾匠破竹时,我和妹妹抢着帮父亲撕竹衣。竹衣是毛竹内壁附着的一层膜,雪白如精良的纸张,很薄也很有韧性,可作笛膜。父亲有一支竹笛,他傍晚从田地里劳作归来,吃完饭做好家务,就站在窗前横笛而吹,眼睛盯着曲谱,一只脚打着拍子。《牧羊曲》《摇篮曲》《一网鱼来一网粮》，一曲连一曲，音符如流水，与月光一起在村庄里流淌。父亲还有一把胡琴，琴身琴弓都是竹制，琴筒蒙以蟒皮。

　　母亲喜唠叨，父亲吹笛拉琴时却静坐在旁边纳鞋底，一脸慈穆的月光。父亲还担任过生产队的会计，因此乡人每每说父亲是才子，吹拉弹唱写字记账样样在行。逢着别人当面夸奖自己的丈夫，母亲嘴上反驳着，心里是受用的。受用的表现，是羞涩地低头，手上的缝衣针在头上划拉几下，然后借头油的润滑和顶针的推力，将针刺入千层底。母亲纳鞋底要的是竹箨，也就是包裹竹笋的壳。新笋开枝散叶时，竹箨纷落，捡拾回家在锅里烫平，用于剪鞋样。竹箨颜色深黑略带紫红，上有纹路，回旋状。我家小脚姑奶三寸金莲的鞋垫，要么是松针，要么是竹箨。也有人在竹箨的反面作画，粘于扇骨上，谓之竹箨画扇。

　　编米箩米筛要细篾，有一些竹器则需要锁口，如同从前裁缝做衣服要锁边，这时水竹就派上了用场。篾匠将水竹破析成丝，然后在凳子的一头钉上两块刀片，把竹丝放在刀缝中来回拉刮，直到细软光滑如柳条，再或编或锁，其精工很有点像隔壁素贞姐刺绣。水竹还可做鱼竿，冲头上一户人家有一坡湘妃竹，做成的鱼竿更有风味，只是那家的老婆婆脸皱心硬，很难讨要，况且旁边还拴着一条大狗。

　　箬竹的叶子择来洗净，垫在蒸笼上蒸小麦粑，或者包粽子，清芬竹气渗入食物。也可编张志和《渔歌子》中写到的箬笠，以竹篾为骨架，箬叶为帽檐，反面缀一截花绳作绊子，下雨天戴在头上，绊子牢牢套到下巴上，上山下田都比雨伞方便实用。箬笠和蓑衣在旧时是很重要的雨具，穿戴的不单是乡野村夫，还有王公大人。《红楼梦》第四十五回"金兰契互剖金兰语，风雨夕闷制风雨词"，写宝玉风雨之夜去看黛玉，"一语未尽，只见宝玉头上戴着大箬笠，身上披着蓑衣"，惹得黛玉笑其是渔翁。我十岁出头的时候，家里还有一顶箬笠一件蓑衣，平时与蒲篮筛子一起，闲挂在弄道的墙壁上，一到雨天，父亲就披挂整齐，拿着锄头去田里看护田埂。后来，蓑衣箬笠同众多竹器木器瓦罐陶

钵一起不知所终。

居有竹,是贤达如王徽之郑板桥的清致;平常山野人家,屋前屋后尽是松竹,取其材用而已,不觉得松竹如何清雅高贵。"断竹,续竹,飞土,逐肉。"先秦古歌《弹歌》写古越国的原始先民用竹子制弓箭射猎,也是取其材用,无关虚心劲节。

竹海风涛沙沙簌簌,住在其中的人即使贫穷,也是有福的。那时候,西窗下常坐着一个清瘦的少年,在竹语或者竹雨声中读书写作,吹口琴弹吉他,风雨动竹子摇,心穆穆如磐石,有着与年纪不相称的安静。之后因为修路,老家拆除了,家里择地新盖了一座二层小楼,周边有松无竹,楼上客厅是一道玻璃大门,父亲问门楣上刻什么字,我说就刻"松风竹雨"吧。

老家已成菜园,然而竹海还在,记忆还在。前几天去竹林中走了一遭,看见一株老竹上还刻着发小的名字。从前顽劣,常在竹子初生竹箨剥落时,用刀在竹子上刻画。竹长字也长,竹老字也老,竹子老到红黄老到木白,那拙笨的手迹竟然有了汉代干支五行骨签之味。

记忆是个很奇妙的东西,会自动筛除甄选,留下美好的事物。比如它会剔除夏天竹海中的花蚊子。花蚊子学名白纹伊蚊,像小型蜘蛛,形体肥硕,色深褐,布着银白的斑点,脚粗而长,毒性远大于普通蚊子。竹林中闷热潮湿,花蚊子极多,哪怕是从竹林中路过,也必会被叮出满身的疙瘩。这些疙瘩奇痒,搔而越痒,花露水和风油精也奈何不得。若是叮到婴儿,其粉嫩的皮肤很可能会溃烂化脓,非得进村医疗室不可。花蚊子不仅躲在竹海中,也登堂入室,白天藏在家中阴暗的角落里,傍晚闻到人气,纷纷乱飞哼哼觅食,往往撞到人脸上。

昨晚在天柱山住了一夜。山庄卧于松林竹海之中,外墙以竹片包裹,房中衣挂是天然竹杈。清早起来站在走廊上,雨雾迷蒙湿人睫毛,涧底溪流泠泠然。在山庄后山独自走了一个多小时,仍未走出那片毛竹的海。山庄名为卧龙,初见时想起《左传》里的一句话,"深山大泽,实生龙蛇"。

今日春分，可食春菜。春菜以笋为极品。中午母亲做了一盘竹笋腊肉，一扫而光。肉是自家养的黑毛猪肉，腌在一个大瓦缸里，用咸菜叶拌和覆盖，可以一直保管到腊月。阴历三四月的腊肉，瘦肉红肥肉白，色是一流，香是一流，味是一流。笋非春笋，是从老家竹林中挖来的冬笋。一根春笋一竿竹，乡人是舍不得吃的，况且春笋味涩，吃了麻嘴。冬笋长不大，即使出了土也会枯萎朽烂，其味道更清香，也更脆更嫩，是天赐美肴。冬笋配腊肉，见素抱朴，食之思无邪。

竹令人清，清节虚心清风徐徐，它的儿子竹笋也令人清，吃起来清香满齿一肚子白玉。食笋习俗据说起自成周，很古老了。《诗经》说"其蔌维何，维笋及蒲"，又说"瞻彼淇奥，绿竹猗猗"。数千年来，衍生成食笋文化，晋人戴凯著《竹谱》，宋僧人赞宁著《笋谱》，分别记载了七八十种竹子及其笋子的不同风味。古今为竹笋赋诗作文写字绘画者无数，我记得的有三个人。一个是陆游，他吃江西猫头笋，作诗说"色如玉版猫头笋，味抵驼峰牛尾狸"。一个是吴昌硕，画《竹笋图》，题诗"客中虽有八珍尝，哪及山家野笋香"。另一个是梁实秋，他的《笋》一文这样写，"春笋怎样做都好，煎炒煨炖，无不佳妙。油焖笋非春笋不可，而春笋季节不长，故罐头油焖笋一向颇受欢迎，惟近制多粗制滥造耳"。梁实秋出身还是太好，不懂冬笋之妙。

有一年山中访文友，吃到干竹笋煨肉片，竹有肉香，肉有竹香，至今念念萦怀，似可谓之"竹肉"。竹肉不是肉竹，肉竹是音乐，肉为人声，竹为管乐，品音乐，古人早就说过，"丝不如竹，竹不如肉"。

竹林中倒真的有竹肉，是生在腐朽竹鞭上的菌类，名曰竹菰、竹菇、竹蓐、竹笙、竹参或竹蘑菇。"生朽竹根节上，状如木耳，红色，大如弹丸，味如白树鸡。"《本草》如是说。"竹菇，竹间蕈也，小如钱，色如胭脂，雨后丛生，离离可爱，惟阳羡山中有之，他处所无。"清人陈维崧《丁香结》如是载。白树鸡又名白木耳，生于树上，也是菌类，状如白鸡，以白树鸡煮稀饭，名为白树鸡粥。竹肉不仅仅阳羡山中有之，有竹林处多有。吾乡有一个镇子叫菖蒲镇,沿河两岸多修竹,镇长启兵兄与竹农勘察竹林时,就采到了不少竹肉,并说竹肉煲汤,味极鲜美,说时舔嘴咂舌。还有一种竹肉如白伞,伞扇呈丝网状,老家竹海中曾见过,乡人不识,当毒蘑菇一脚踢个稀巴烂,暴殄天物莫过如此。

竹有寿,竹苞松茂,日月悠长,最长可以活到一百年朝上。老死前有的开竹花,花小而白,有淡香,花谢结竹米。竹米即竹实,是竹子的种子,色青味馨,甜,状如麦,可以煮了当饭吃。世传凤凰"非梧桐不栖,非竹实不食,非醴泉不饮",可知竹实的罕见和珍贵。史传常以竹子开花结果为凶兆,借之附会成篇推演乱世史。其实竹子开花也不是十分稀罕,年年有相关的新闻,我做记者时就曾经拍过照片,竹枝披散裂变如薏米的禾子,如水稻将熟。食竹实可以延年益寿。

天生异物,非异人不得食,食者也是天大的福气。容易做的是竹筒饭,伐新水竹截作竹筒,塞进糯米或香米,添加红豆绿豆和瘦肉肥肉丁各半,放在火堆上炙烤,待竹筒表面出汗,剖而手抓,抓而食,有仙家风度。

近世有人做竹酒。毛竹初长成时,以针筒将原浆酒注入竹节,一年后砍竹取酒,酒澄黄清冽。我喝过两回,不闻酒气只有竹香,薄醉时已是酩酊,竹味渗进骨头,飘飘然以为有魏晋风致。

竹多雅号,玉管龙种,青士君子,郁离潇碧,也有叫碧虚郎和竹郎的。

郎骑竹马来。故园竹海中,也曾与三五黄毛丫头作骑竹之戏,如刀马旦花木兰穆桂英樊梨花跨竹嗒嗒嗒。可惜的是无青梅,不然竹海之忆,也多一份少年情。

竹子是草。

土豆兄弟

◇ 李 汀

土豆,更像是我的兄弟。圆圆的头,圆滚滚的身子,憨厚、朴实,土头土脸。

一进入菜市场,每个摊位像是色彩斑斓的展台,每个菜品像瓷器一样光鲜,像涂上釉彩一样发亮。土豆挤在众多菜品中,有着大肚能容的气质,也有憨直肥胖的容颜。

土豆满身的泥土,鼓着腮帮子,像是有一大肚子的话要往出倒,却总躲在人群中一言不发。土豆这种品质又像是一个沉默寡言的母亲,所有的情绪,所有的表达,都在那一言不发的动作中。母亲说,土豆,是最贫贱的粮食。不用操那么多的心。土豆,最懂操劳的母亲。在泥土里,它先是一个米粒儿,再是一个玻璃蛋,再是一个拳头;先是一个,再是两三个,再是一窝窝。母亲在睡房里睡觉,泥土里的土豆悄悄在往大里长。母亲晓得,土豆不会骗她。对母亲来说,土豆是镶在泥土里的一枚枚钻石。

然而,对于更广大农民而言,土豆就是土豆。从地里刨出来时,堆在老屋街沿上,要吃了,捡几个淘干净丢锅里煮熟就吃。那味道有一点甜,有一丝面。把土豆丢进堂屋疙瘩火堆里,"烤的疙瘩火,吃的洋芋果"。洋芋就是土豆。

我老家把土豆叫成洋芋，是因为这家伙是外国人种的。我后来听说，德国光土豆博物馆就有三家，德国人一日三餐至少两餐吃土豆，在下萨克森州，青年男女热恋时，会送给对方一个土豆，因为对当地人来说，"爱情和土豆一样宝贵"。欧洲邻国干脆管德国叫"土豆国"。

这是德国的土豆，我们还是说丢在疙瘩火里的土豆。把疙瘩火里的土豆翻个身，让它"扑哧扑哧"冒个气，火焰里"哗哗"响，像一场欢奏曲一样。十几分钟后，刨开烫灰，土豆冒出香气。再在烫灰里撸上几下，从烫灰里捡出土豆烤在火堆边。挑一个放在手里，滚烫的土豆在两个手掌里跳来跳去，嘴里"嘘嘘嘘"吹着气。

老家吃火烧土豆，有说法：一捧二吹三拍四忽悠。一捧，就是不要把火烧土豆抓在手里，要捧着土豆不停轮换于双掌散热；二吹，嘴里不停地吹气，吹去灰烬和热气；三拍，用手轻轻拍打火烧土豆，拍净泥土灰烬，拍松烧土豆的内心；四忽悠，就是边慢慢剥开烧土豆，嘴与烧土豆始终保持相应的距离，同时持续不断均匀地哈气，就像给娃儿挠痒痒、揉扭伤一样，吹散烧土豆心里的高温。几番下来，滚烫的土豆稍稍冷了，一边剥着土豆皮，一边谈笑风生，心里是那么殷实、踏实、平实。其实，生活不需要山珍海味，只需静坐下来，舒心吃上一颗火烧土豆就好了。

在我小时候的记忆里，土豆是最好侍弄的庄稼。惊蛰后，土地开始松动，春天启程。只要不是盐碱地，土豆挨土就能长。在缺吃的年代，土豆是个宝。记得土地刚刚承包到户，乡亲们找到了地里种啥自己做主的感觉，用力用肥多了，那年土地种啥成啥，土豆也比往年丰收，没有储存的地方了，家家户户就把土豆堆放在老屋街沿上。土豆收回家，天天吃土豆，各种吃法。蒸熟吃，在火堆里烤起吃。切成丝，炒成土豆丝吃。切成片，与腊肉炒起吃。

小时候，母亲把新鲜土豆去皮磨浆，滤去渣，剩下的淀粉水沉淀晒干后，就成了土豆粉。我们三兄弟在缺吃的年代，能够保持成长的营养，全靠母亲勤劳的一双手。母亲把晒干的土豆粉，加上白糖，边用开水冲，边用筷子搅拌，不一会儿，一碗土豆糊糊好了。一碗甜土豆糊，无疑是农村小孩子能够欢喜好几天的事情，在某种程度上代表了那个年代孩子们对于甜蜜食物的喜爱和表达。甜丝丝晶莹的土豆糊让我们三兄弟一个个长大成人。如今我们生活在城市，在城市的庞大崛起和扩张中，在狭小的城市空间中游走，我们依然能够保持着泥土的品质和质朴，得益于土豆的恩赐。

一次，我回老家，在石头家里，他母亲做了一顿土豆腊肉汤，我和石头一边吃一边聊。石头问我："《土豆花儿开》这歌听过不？"我说："听过，有点小感动。"石头开始哼起《土豆花儿开》："这个季节的老家，土豆花儿开。一垄连着一垄，铺成紫色的海。媳妇她守着家，忙里又忙外。盼着那好收成，等着我回来……闲时点一支烟，心飘高楼外，我的眼前是一片土豆花儿开……"

"写得真好，特别是那句'闲时点一支烟，心飘高楼外，我的眼前是一片土豆花儿开。'整得我每天一吃烟，就想起土豆花儿开。"

"嘿嘿，是想媳妇吧。"

石头认真起来："是心里那个感觉有时候需要一个东西去刨弄。心死了，就是没有东西刨弄了，桐油灯越拨越亮啊。"

"心灯的亮堂需要拨弄。"我一惊，从乡下回城里的路上，我一直琢磨着这句话。土豆花，是怎么拨亮了我的兄弟们的心灯。

土豆一直在地下行走着，那些拳头大小的籽实，很低调地放在泥土的里面，不去声张，静静等在那里，让手握锄头的乡亲们，刨出一地的惊喜。像石头一样的进城打工者，在城市的街道小巷里谨慎穿梭游走，他们有时候用手撑在街道的电线杆上歇一歇气，有时候蹲在街边行道树下喝一口水。他们是我的土豆兄弟。他们在城市游走、生存，他们的肤色、内心没有改变，他们和一颗土豆的肤色、内心竟是那么一致。他们身上的气味，就是土豆的气味，就是村庄的气味。

夜幕四合了，石头他们回到城市的一角，吃着从家乡带进城的土豆。这多像凡·高画的《吃土豆的人》。凡·高在给提奥的信里说："我一直想强调这

些在灯下吃土豆的人，盘中取食所用的正是在田里掘地的同一双手，因此这幅画代表了手的操劳，代表了他们如何诚实地赚取吃食。"也许梵高没有发现土豆和人一起过冬的景象，要是发现了，他不会去画《吃土豆的人》，也许会画一幅《春天阳光里的土豆》。

　　堆在屋角的土豆，被冬天斜射进来的光线照耀着，一身的土色静静的。土豆就在这样的屋子里开始休眠，冬天屋子不多的温暖，一半被我们人呼吸，一半被土豆呼吸着。就在这温暖的土屋里，醒着的土豆开始冒芽。这是多么早的一个春天，多么温暖的一幅画。

何处是乡愁（外一章）

◇梁　衡

乡愁，这个词有几分凄美。原先我不懂，故乡或儿时的事很多，可喜可乐的也不少，为什么不说乡喜乡乐，而说乡愁呢？最近回了一趟阔别六十年的故乡，才解开这个人生之谜。

故乡在霍山脚下。一个古老美丽的小山村，水多，树多。村中两庙、一阁、一塔，有很深的文化积淀。我家院子里长着两棵大树。一棵是核桃，一棵是香椿，直翻到窑顶上遮住了半个院子。核桃，不用说了，收获时，挂满一树翠绿滚圆的小球。大人站到窑顶上用木杆子打，孩子们就在树下冒着"枪林弹雨"去拾，虽然头上砸出几个包也喜滋滋的，此中乐趣无法为外人道。香椿炒鸡蛋是一道最普通的家常菜，但我吃的那道不普通。老香椿树的根不知何时，从地下钻到我家的窑洞里，又从炕边的砖缝里伸出几枝嫩芽。我们就这样无心去栽花，终日伴香眠。每当我有小病，或有什么不快要发一下小脾气时，母亲安慰的办法是，到外面鸡窝里收一颗还发热的鸡蛋，回来在炕沿边掐几根香椿芽，咫尺之近，就在锅台上翻手做一个香椿炒鸡蛋。那种清香，那种童话式、魔术般的乐趣，永生难忘。当然炕头上的记忆还有很多，如在油灯下，枕着母亲的膝盖，看纺车的转动，听远处深巷里的犬吠和小河流水的叮咚。这次回村，我

站在老炕前叙说往事，直惊得随行的人张大嘴合不拢。而村里的侄孙辈也如听古。因为那两棵大树早已被砍掉，河已不再。只有旧窑在，寂寞忆香椿。

出了院子，大门外还有两棵树，一棵是槐树，另一棵也是槐树。大的那棵特别大，五六个人也搂不住，在孩子们眼中就是一座绿山，一座树塔。长记小树下总是拴着一头牛或一匹马。主干以上枝叶重重叠叠，浓得化不开。上面有鸟窝、蛇洞，还寄生有其他的小树、枯藤，像一座古旧的王宫。而爬小槐树，则是我们每天必修的功课。隐身于树顶的浓阴中，做着空中迷藏。槐树枝极有韧性，遇热可以变形。秋天大人们会在树下生一堆火，砍下适用的枝条，在火堆里煨烤，制作扁担、镰把、担钩、木杈等农具，而孩子们则兴奋地挤在火堆旁，求做一副精巧的弹弓架或一个小镰把。有树必有动物。现在，野生动物事业，就归国家林业局来管。村里的野物当然也不离古树。各种鸟就不用说了，松鼠、黄鼠狼、獾子、狐狸的造访是家常便饭。夏天的一个中午，正日长人欲眠，突然老槐树上掉下一条蛇，足有五尺多长，直挺挺地躺在树荫中。一群鸡，虽以食虫为天职，但还从未见过这么大的虫子，一时惊得没有了主意，就分列于蛇的两旁，圆瞪鸡眼，死死地盯着它。双方相持了足有半个时辰。这时有人吃完饭在河边洗碗，就随手将半碗水泼向蛇身。那蛇一惊，嗖地一下窜入草丛，蛇鸡对阵才算收场。现在，就是到动物园里，也看不到这样的好戏。

还有一天的晚上，我一个叔叔串门回来，见树下卧着一个黑影，便上去踢了一脚，说："这狗，怎么卧在当道上！"不想那"狗"嗖地翻身逃去。星光下分明是一条狼。大约是来河边喝水，顺便在树下小憩片刻。第二天听了这故事，很令人神往，我们决心去找这只狼。长期在农村，早得了关于狼知识的秘传：铜头、铁身、麻秆腿。腿是它的最弱项。傍晚时分，四五个孩子结伴向村外走去。随身带上镰刀、斧头、绳子，这都是平时帮大人打柴的家什。大家七嘴八舌，说见了狼，我先用镰刀搂腿，你用斧砍，他用绳捆。正说得热闹，碰见一个大人，问去干什么？答，去找狼。大人厉声训斥道："天快黑了，你们还不都喂了狼？给我回去！"我们永远怀念那次未遂的捕狼壮举。

出大门外几十步即一条小河。流水潺潺，不舍昼夜。河边最热闹的场景是洗衣。在没有自来水和洗衣机之前，这是北方农村一道最美丽的风景。是家务劳动，也是社交活动，还是一种行为艺术。女人和孩子们是主角，欢声笑语，热闹非凡。许多著名的文艺作品都喜欢借用洗衣这个题材。如藏族舞蹈《洗衣歌》，歌剧《小二黑结婚》等。我们山西还有一首原汁原味的民歌就叫《亲圪蛋下河洗衣裳》。印象最深的是河边的洗衣石，有黑、红、青各色，大如案板，溜光圆润。这是多少女子柔嫩白净的双手，蘸着清清的河水，经多少代的打磨而成的呀。河边总是笑声、歌声、捶衣声，声声入耳。偶尔有一两个来担水的男子，便成了女人们围攻的目标。现在想来，那洗衣阵中肯定有小二黑、小青、亲圪蛋等。洗好的衣服就晒在岸边的草地上，五颜六色，天然图画。

我们常在河边的青草窝里放羊，高兴时就推开羊羔，钻到羊肚子下吸几口鲜奶，很是享受。那时也不懂什么过滤、消毒。清明前后，暖风吹软了柳枝，可退下一截完整树皮管，做成柳笛，呜哇，呜哇地乱吹。大人不洗衣时我们就在这洗衣石上玩泥，或坐上去感受它的光润。那时洗衣用皂角，村里一棵硕大的皂角树，一季收获，够全村人用上一年。皂角在洗衣石上捶碎后，它的种子会随河水漂落到岸边的泥土里，春天就长出新的皂角苗。小村庄，大自然，草木之命生生不息，孩子们的心里阳光满地。大家比赛，看谁发现了一株最大的皂角苗，然后连泥捧起种到自家的院子里。可惜，这情景永不会再有了，前几年开煤矿破坏了地下水，村里的三条河全部干涸，连河床都已荡平，树也没了踪影。洗衣歌、柳笛声都已成了历史的回声。

忆童年，最忆是黄土。我的老乡，前辈诗人牛汉，就曾以敬畏的心情写过一篇散文《绵绵土》。村里人土炕上生，土窑里长，土堆里爬。家家院里有一个神龛供着土地爷。我能认字就记住了这副对联"土能生万物，地可载山川"。黄土是我的襁褓，我的摇篮。农村孩子穿开裆裤时，就会撒尿和泥。这几年城里因为环保，不许放鞭炮，遇有喜事就踩气球，都市式的浪费。且看当年我们怎样制造声响。一群孩子，将胶泥揉匀，捏成窝头状，窝要深，皮要薄。

口朝下，猛地往石上一摔，泥点飞溅，声震四野，名"摔响窝"。以声响大小定输赢，以炸洞的大小要补偿。输者就补对方一块泥，就像战败国割让土地，直到把手中的泥土输光，俯首称臣。这大概源于古老的战争，是对土地的争夺。孩子们虽个个溅成了泥花脸，仍乐此不疲。这场景现在也没有了，村子成了空壳村，新盖的小学都没有了学生。空空新教室，来回燕穿梭。村庄没有了孩子，就没有了笑声，也没有人再会去让泥巴炸出声了。

农家的孩子没有城里人吃的点心，但他们有自己的土饼干。不是"洋"与"土"的土，是黄土地的"土"。在半山处取净土一筐，砸碎，细筛，炒热。将发好的面拌入茴香、芝麻，切成条节状，与土混在一起，上火慢炒至熟，名"炒节子"。然后再筛去细土，挂于篮中，随时食用。这在城里人看来，未免有点脏，怎么能吃土呢？但我们就是吃这种零食长大的。一种淡淡的土味裹着清纯的麦香，香脆可口。天人合一，五行对五脏，土配脾，可健脾养胃，村里世代相传的育儿秘方。

从春到夏，蝉儿叫了，山坡上的杏子熟了，嫩绿的麦苗已长成金色的麦穗，该打场了。场，就是一块被碾得瓷实平整，圆形的土地。是粮食从地里收到家里的最后一道程序，再往下就该磨成面，吃到嘴里了。割倒的麦子被车拉人挑，铺到场上，像一层厚厚的棉被，用牲口拉着碌碡，一圈一圈地碾压。孩子们终于盼到一年最高兴的游戏季，跟在碌碡后面，一圈一圈地翻跟斗。我们贪婪地亲吻着土地，享受着燥热空气中新麦的甜香。一次我不小心，一个跟斗翻在场边的铁耙子上，耙齿刺破小腿，鲜血直流。大人说："不碍，不碍。"顺手抓起一把黄土按在伤口上，就算是止血了。至今还有一块疤痕，留作了永久的纪念。也许就是这次与土地最亲密的接触，土分子进入了我的血液，一生不管走到哪里，总忘不了北方的黄土。现在机器收割，场是彻底没有了，牲口也几乎不见了，碌碡被可怜地遗弃在路旁或沟渠里。有点"九里山前古战场，牧童拾得旧刀枪"的凄凉。

没有了，没有了。凡值得凭吊的美好记忆都没有了。只能到梦中去吃一次香椿炒鸡蛋，去摔一回泥巴、翻一回跟斗了。我问自己，既知消失何必来寻呢？这就是矛盾，矛盾于心成乡愁。去了旧事，添了新愁。历史总在前进，失去的不一定是坏事。但上天偏教这物的逝去与情的割舍，同时作用在一个人身上，搅动你心底深处自以为已经忘掉了的秘密。于是岁月的双手，就当着你的面将最美丽的东西撕裂。这就有了几分悲剧的凄美。但它还不是大悲、大恸，还不至于呼天抢地，只是一种温馨的淡淡的哀伤。是在古老悠长的雨巷里"逢着一个丁香一样的结着愁怨的姑娘。"乡愁是留不住的回声，捕捉不到的美丽。

那天回到县里，主人问此行的感想。我随手写了四句小诗：

何处是乡愁，云在霍山头。儿时常入梦，杏黄麦子熟。

南潭泉记

霍州之下马洼村，因唐李世民过此下马而得名。儿时记忆中是一个极美丽的山村。两山一沟，东西走向。窑洞顺北坡而下，高低错落，掩映于黄土绿树之间。鸡犬相闻，炊烟袅袅，有如仙境。南山为翠柏所覆，村民推窗见绿，天生画屏。沟里有三条小河穿村而过。我家院子临近沟底，前后各有一河，朝洗青菜门前溪，夜闻窑后水淙淙。南山之顶不知何年修了文昌阁、文笔塔各一座，倒映于山下池中，取"巨笔砚影"之意。而沟底的杨、柳、椿、槐，为追探阳光，与两山比高，千树如帆，一沟绿风，为远近闻名之奇景。

村中多泉，大小十余处，最美数南潭泉。泉贴南山之根，有一老杏树护于泉上，青枝绿叶，如华盖之张。环泉一片杏林，杏林之上是连绵的古柏，堆绿叠翠，直接蓝天。泉不大，仅一席之地，甘洌沁脾，无论雨旱，涌流如常。水极清，沙粒颗颗、鱼虾往来，清晰可见。杏叶筛落一池阳光，水波陆离万变，宛若龙宫之穴。水极静，如鱼吐泡，从沙中轻轻泛出，细流漫淌，汇于数十步外的一个大池中，蓄以灌田。池上一大沙果树，偶有鸟啄果落，叮咚有声。杏熟时，孩童攀缘于树，如猿之影。

南潭泉在村人心中是神泉、药泉,可去灾、可保命。天有大旱,于此求雨,屡屡有应。人有病,来提水一罐,涤肠洗心。家父三十一岁时得大病,一年不起,高烧不退,渐至垂危。有老者说,人临走也须还一个清凉。遂到南潭取水一罐,缓缓灌下,未想竟起死回生。遇有山洪暴发,数日内河水不清,而密林中的南潭泉则神清气定,清澈如镜,为全村最后之备用水源。每到夏日,割麦打场,酷日当头。人嗓子里冒烟,牲畜顺毛流汗。大人抢夏,孩子们的任务就是到南潭提水。人喝畜饮,暑气顿消。取水多用孩子,合童贞之纯;必用瓷罐,表质朴之心。不怕头上三尺火,一片冰心在罐中。南潭泉永是村人心中一道清凉的风景。

我是上世纪五十年代离开故乡的,南潭美景时在梦中。本世纪初某日,有村干部来京,说因开煤矿,全村已河断泉枯,水声不再,杏林不存。我心中怅然有失,断了相思,碎了旧梦。2017年春节回乡,忽闻喜讯,县里发展旅游,将重修南潭泉,追回旧时景。

凡村不可无水,或河或井,最好是泉。才从地心来,又在人心上流。顾盼其影,叮咚其声,一村之魂。我八岁离乡七十回,真正够得上少小离家老大还了,故乡已几经沧桑。六十年一甲子,风水今又转了回来。

南潭归来,山水之幸,吾乡之幸。

下谷子的雨

◇刘 云

春天让陕南具有弹性，树叶有皮肤感。水的温度明显上升，掬口溪里的清水喝，不牙疼。水分从地层下浸出地表，人的肚子迟早就有咕咕的水响。

雨意在云层下方，飘来飘去，不小心拂到脸上。陕南嘛，春天的雨并非贵似油，它就是屋檐下的露水，在太阳出来后滴下尘土，或随早上的风吹散到半空中去。

这时候，谷雨说来就来了。谷雨是节气，一般在阳历四月二十前后来。陕南谷雨，是专一为种谷而下的，三月来，四月来，看气候，看今年庄稼的安排。谷子需要下种了，那雨下的就是谷雨，陕南人说，这是下谷子的雨哩！如果大面积种下早谷子，谷雨说下早些吧，如果今年回茬面积大，谷雨就下迟些。

谷雨一定是在夜里下的。所有敏感的农人在睡梦中闻到了谷雨的气息，因为他身上的"劳伤"发了，骨节酸痛，肚子里咕咕的水响，越响声音越大，他不得不披着褂子下床，迷糊着摸到厕下滋一大泡热尿，然后回去再睡回笼觉。农人知道谷雨是不需要别人去照料的，有田接着它们，有土接着它们，有园子和菜蔬接着它们，有堰和渠接着它们。

谷雨一口气下个两三天，是常有的事。所以要紧的亲戚，一年中总要在

谷雨前,走一走要紧的家门。若是正好赶上下雨了,亲戚们就坐在堂屋里,看着大门外的场院里,谷雨在地上溅出水花。然后,灶屋里的油下锅声,菜刀在案板上的咯咯声,包括灶洞里的火焰声,都能传到堂屋里。如果有老人抱着水烟袋抽完两支纸煤儿了,那一定是谷雨下得不紧不慢,都渗进地里去,一点也没有糟践。

等到天放晴时,整个陕南就是一片水汪汪,你出门,所能看见的山、地、田、堰、渠、河沟,都涨了两指深的水了。有经验的农人,站在自家大门口,拿眼一望,就知道地里几成墒。一般讲,地里六成墒最好下种,七八成墒,可以翻水田,十成墒嘛,可以耙田、蹚田,若是十二三成墒,谷雨就是下过性的,偏多了,陕南的黄泥地,要粘牛的脚了。

那就趁六成墒种豆子,下菜苗,黄豆、四季豆、扁豆,都可下到地里去。这样的墒土,不需要施底肥,一锄一窝一苗,掩实了,不出五日,就见苗了。待苗长得一拃高了,可以在天放晴时,施些粪水,这就算定根定苗了。所有在夏天里长的菜苗,都可以下到地里,可以直接下种子,可以从圃里起出育苗移栽。辣子茄子黄瓜葫芦南瓜丝瓜金瓜苦瓜西红柿,都该下田下地了。谷雨是水,更是肥,错过了谷雨,辣子不辣,黄瓜不甜,苦瓜不苦,茄子是个柴火头。

七八成墒呢,就正好下秧母田。把最肥厚的老母子田,犁得深透了,耙得平细了,起沟起垄,用抿子抿得镜面也似,把浸胀的谷种均匀地撒到田母子上,然后,棚上箔,覆上膜。不出五七天,母田上,就出现了一层半指厚的星星米芽儿,雪白地间着青色,雪白的是细根芽,青的是细叶芽。

其实,秧母田,就是庄稼坐月子,庄稼把式照护得跟自己媳妇一般,不教缺了吃喝。不下雨了,天气一般是晴好的,也有阴天,气温却似慢火熬米汤,热劲儿是一天天见涨着。大正午的,要时不时地揭了箔棚上的膜,给苗透透气。早晚也要照看,若是有暖风一个劲地吹沟吹山吹田,该揭膜也得揭。不出月,那谷的苗,就水葱一般蹿得一拃高了,那苗的根系雪白里有了紫红,苗叶儿一色儿都是韭菜叶宽,叶间的筋纹是土金色,懂经的人一看,这厢秧母成了。

这下,乡下的农事就紧密了。早中晚,三歇连成一气了。牛都喂足了青草和精料,比如,用去年的黄豆壳包了成把的炒得半生的黄豆,有点像日本人的料理寿司,或者是安康的菜夹馍罢,牛吃了,胃里打出粮食嗝来。如果是上等牛,兴喂安康五里黄酒呵,用青竹筒子灌,正出劲的牛,该要灌上三五筒的,搁在人里头相当于斤把酒量的汉子了。

晴好的天气里,是陕南犁田打坝的好日子。就算不出太阳,下着细毛毛雨,也要犁田打坝呀。这时候,节令不等人,秧母田的谷秧不等人,田里驻了的水不等人,就连田里沤的青肥,田里下的猪肥、牛粪也不等人。要把它们和田土田水一齐儿翻耙得细匀了,把一色儿清的田水,都耙成浑水,这才像个兴谷的样子。田坎要重新起新泥垄了,用钉耙儿起泥,用它们的四根银白的齿在坎上抿出纹路来。要抿得结实,待太阳一晒,就能下脚,就能种黄豆。田坎壁上的杂草都要片了去,用薅锄片,片出新土来,那些杂草正好片到田里沤肥。

犁田打坝都是硬活路,兴一等劳力做,讲究用暗劲儿,用脆劲,用一股子气势,所以这项活路被列为乡下的三大重活路之一,其他两项是背坡、上树。做这样的活路,兴吃好的喝好的。除了过年,这个时节的好吃喝,是最讲究的了,插秧时看一户人家发旺不发旺,就看吃食办得好孬了。

那就吃硬菜硬饭。一天三顿饭,早上兴喝甜酒,吃汤圆、杠子馍,甜酒不光甜,还有十来酒度,喝这酒是要提劲儿的。中午兴吃干饭,四荤四素,荤要见猪蹄髈,素要见青,莴笋山笋,新胡豆新洋芋。早年乡下请劳力,兴看饭量,中午这一顿不海上三大碗饭,主人心里就犯嘀咕,嫌你力气不够。晚间,讲究吃一回酒,满桌子满碗,用一个大酒海盛包谷酒,包谷酒讲浑色,不浑不酒,那浑的包谷酒,都是在罐子里封了一大半年的,是去年腊月酿下的头子酒,专等着插秧时喝。这吃酒讲究解一天的乏。牛卸了犁了,也讲究吃一筒两筒酒,然后卧在牛圈里吃夜草,反刍半晚上。

下谷子的雨,催着田里长出时髦的庄稼。谷雨下过了,秧母长齐了,水汪汪的陕南,凡是田里驻着水的,都插上青碧的谷秧了。谷雨到来的前后个把月,陕南的乡下出奇地人气见旺,人在田里,牛在田里,农家的炊烟像是远古的情景。走再远的人,在再远的地方,只要陕南的谷雨下着了,他们就能闻到谷雨气息,他们的驿马星就要动了,打上车票,坐火车,坐汽车,坐乡下跑短的拖拉机,回到陕南的乡下去。他们看见谷雨下在自家的田里地里,自家的菜园子里,下在房前屋后的水沟里,干了一冬的堰塘也满槽了满塘了,他们就知道这谷雨该生百谷哩。他们把自家田里都插上新秧,在新田坎上种上黄豆,等着秋天再回来收割。

虾亦不可貌相

◇于保月

开春天暖,虾蛄饱满。

海洋,是动物在地球上的另一个大舞台。陆地上的动物,人们眼见容易,感觉直观,而海洋里的动物往往隔着一层神秘的面纱,许多人只闻其名难见其身。虾蛄可能就属于这类情况。

虾蛄也称琵琶虾或皮皮虾。春天的琵琶虾是四季里最肥的,只要一看虾脖子处的几道白色横杠,内行人就知道琵琶虾最美味的时节已经到了。

在渔家人形形色色的海产品中,这种被称为平民海鲜的琵琶虾,这些年来正越来越被天南海北的食客认可。虽说其浑身长满皮壳不易剥离,但那鲜美的味道却让人食之留恋,回味难忘。

有道是"人不可貌相,海不可斗量。"琵琶虾名字虽然好听,可貌相真比不上其他海洋动物。它实际上是一种性情狂暴的软甲足类海洋动物,不是真正的虾类。这种称虾却不是虾的海鲜,在我国沿海地区处处可见。不同地域的人们对琵琶虾的叫法也各有不同,如:皮皮虾、虾爬子、虾虎、皮带虾、虾婆等,在山东蓬莱人们还叫它"官帽虾",因其尾部倒过来宛如古代官员的乌纱帽,因而赢得此名。

琵琶虾其貌不扬，主要因为外形上的明显特征。如同刀郎一般的这种海洋动物，头部有两把镰刀状的大角节，且活动自如，那实际上是它自身护卫的利器之一。别小看这两把镰刀，它能辅助琵琶虾撕碎食物，甚至能敲碎螃蟹的硬壳，还能把人的手指割出很深的刀口。琵琶虾长条的背部，布满了一节一节的硬壳，腹部有多节软片状附肢，尾部有如官帽一般的硬甲，这个硬甲又是它防身护卫和筑巢的利器。

琵琶虾多穴居，常在浅海泥沙中掘穴，穴多为"U"字形。别看它貌似笨拙，实际上个性生猛。虽平时深居海底，但视力十分锐利，其猎物大部分为底栖性不善于游泳的生物，包括各种贝类、螃蟹、海胆等，它能够轻易破坏猎物的外层硬壳，享用内部的鲜肉。披着钙化装甲的琵琶虾也是打仗的高手，平时非常善于打埋伏，即使立着脚尖悄然路过的螃蟹，有时也常成为其攻击的对象。它会用位于头部的两个锤节对猎物进行猛烈打击，并用它头下带倒刺的臂飞快地刺向食物，可以毁坏蟹的神经系统并使其当场毙命。更令人惊叹的是，琵琶虾还能抓住比它身体大十倍、重十倍的头足类动物，如章鱼等。有时候，即使它被猎物吞到嘴里，也会在嘴中挣扎不已，让猎物很难下咽，最终会被原封不动地吐出来。

记得小时候赶小海，经常在海滩上挖琵琶虾，手指和脚趾遭受的夹疼至今刻骨铭心。大海退潮后，在露出的海滩上仔细搜寻，往往会发现一个个小小的洞口，发现了一个，还会在附近再找到一个，不用说，这就是琵琶虾日常进出的穴居地。这时候，只要用脚在一个洞口上不断地下压，洞里的水就会在压力下，把它从另一个洞口赶出来。可要把琵琶虾抓到篮子里就费劲了，稍不小心就会被它翻卷起来的尾部硬甲刺破手指。正确的捕捉方法是，必须从它脊梁背部的中间用手捏住，才能顺溜地提到篮子里。

琵琶虾的能量格外惊人。这种聪明的海洋生物长着一双奇特的大眼睛，能够伸出体外。据介绍，它的眼睛中存有十二个光感器，而人类只有三个。每只眼睛均由上万个六边形组成，能够识别出许多人类看不见的颜色以及不同波长的光线,并对太阳光进行过滤。还能通过消除光谱的无用光波来减轻眼睛感光的压力。这是一个跟人类完全不一样的视觉系统。由此可见,外部世界的许多生物本能,神奇得令人刮目相看。

琵琶虾的生命力极强,繁殖期平均产卵量三万到五万粒,多者二十万粒。据渔民介绍,由于市场需求大,近年来许多地方的渔民开始尝试人工繁殖,但因其育苗技术尚处试验阶段,还存在许多技术问题,至今未能广泛推开。从另一方面说,这也是一个契机,预示着琵琶虾未来的市场将会随着育苗技术的突破,为渔民们创造出更大的经济价值。

琵琶虾的吃法很简单。一般加水蒸煮五分钟左右,皮色变红即可。也可在锅内把皮皮虾油炸至金黄,再加入尖椒末和蒜末炒香再吃。喜欢辣味的,也可在锅内放入适量的香辣油再加入辣椒、花椒粒、豆瓣酱、葱、姜煸炒,等到虾身变色后,稍微加点清水,用小火稍微炖一会儿,就可出锅。这种做法特点是麻辣鲜香,隔着好远就能闻到诱人的味道。

食用琵琶虾的最佳月份,为每年的四至五月开春时。此时,琵琶虾肉质饱满,鲜嫩可口。由于它大多时间会在海水里浮游,渔民们会用一种细细的粘网,在涨满潮的时候下到海里,善于游泳的琵琶虾此时大都成群游动,遇到粘网就很难脱身,而且越挣扎越粘得结实。待到起网时,粘网内外会挂满了正在挣扎的琵琶虾。不过,粘上容易,摘下来可就费劲了,有时候会把粘网撕得到处都是大口子。

一般来讲,区分琵琶虾雌雄一目了然。母的琵琶虾的个头细小,公的身躯硕大。另一个区分的方法是,母的琵琶虾的脖子部位都会有一个白色的"王"字。这对于不了解海鲜的人来说,特别易于挑选。有的摊位还专门将母琵琶虾挑出来出售,让食客尤为称心。

也许,生活工作的压力会让人的口味简单应付,可或许会有一天你眼前突然一亮,平淡的日子里会因一种特殊的食材而让心情得到改变。这时候,不妨带上家人,沿着漫长的海岸线,来一次开心的远游。累了,就地燃起炭火,煮一二份海鲜，包括这鲜美便宜的琵琶虾。沐浴着阳光与海风，淡定中放逐所有的疲惫和烦恼，让心情在烟波海浪中放松放松。

小小琵琶虾，大自然的馈赠，看似貌不惊人，却能以特有的品质，让人把眼光和餐桌面向大海。

关于村庄的话题

◇张金豹

一

在我的心目中,最动听的声音是村庄的声音。

村庄的声音是天籁,是土地与生灵的变奏,是风雨与雷电的和弦,是人与自然的交响。

村庄的声音从每天第一声鸡鸣开始。刚从笼子里跳出来的公鸡,扑扑棱棱,抖抖精神,引颈长鸣,声音高亢而清脆。一鸡高歌,群鸡唱和。东方微白时,土地醒了,鸟儿醒了,家禽醒了。燕子在屋檐下的小巢里呢喃,喜鹊在窗前柳枝上喳喳叫着,小鸟在树丛中鸣啭。圈里的猪哼哼唧唧地叫唤,声音低沉而浑厚。秉性憨厚的老牛,俯首食槽,一边咀嚼草料,一边哞哞叫着。羊圈里的羊也睡眼惺忪地加入合唱的队列。厨房水管水声哗哗,农妇们择菜、洗菜、淘米,锅碗瓢盆碰撞出质感的韵律。没有乐队,没有指挥,这些听上去杂乱无章的声音,以其特有的节拍把率真和天性演绎得淋漓尽致。

村庄的声音随时令而变化。当春天的脚步打破冬的沉寂,屋顶的雪化了,小河解冻了,大地复苏了。在洁白如玉的雪地上行走,脚下便咔咔啦啦。挂在

树梢上的雪团,吧嗒吧嗒落在地上。河面上的冰块,咔嚓咔嚓地断裂,变成流动的曲线。炎热的夏日,知了在林里声嘶力竭地鼓噪,令人难忍,又觉亲切。有它嫌吵,没它又感到少了点什么。村口的鱼塘,不时地有几只鲤鱼腾空跃起,搅得池水哗哗啦啦。村外水田,蛙声一片。秋风起时,树叶刷刷,落英纷飞,树枝摇曳,相互致意。果园里没有挂牢的青果,在地面上砸下一个个小坑。进入汛期,雨打芭蕉,时紧时慢,急时如瓢泼,慢时如抽丝。赶上天公发威,电闪雷鸣,风雨交加。雷雨过后,把天空洗得蔚蓝。冬天靠近的时候,寒风飕飕地狂吼着,把人们驱赶到屋内的火塘边上。一年四季,村庄的声音,时而委婉舒缓,时而细腻轻盈,时而热烈奔放,时而壮阔粗犷,汇成宏大音乐叙事的前奏、高潮和尾声。

村庄的声音有时很微妙,你想听时,她没了;你不想听时,她又来了。路边花草伸展根须的声音,菜园种苗啄壳破土的声音,房前小树抽芽染绿的声音,井边杨柳落英吐絮的声音,似有似无,若隐若现。一望无际的田野,小麦拔节,苞谷灌浆,叶子摩擦着叶子,麦浪簇拥着稻浪,尾音连接着尾音,对唱回应着对唱。这些声音,需要用心倾听,用心感应,才能得其奥妙和真谛。

村庄的声音是多元的,每个音符都那样温润。农民的笑声在播下的麦种上,在收割的麦穗上,在插下的稻苗上,在脱壳的稻米上。孩子们欢快的笑声,一会儿逗留在蝴蝶的翅膀上,一会儿拴在大黄狗的尾巴上,一会儿抽在转个不停的陀螺上。上了年纪的老人,抚着满堂子孙合不拢嘴,看着满圈牛羊乐不可支。村口那盘吱吱呀呀的石碾,把媳妇们的笑声越碾越长。当夕阳斜挂在半山坡时,牧羊少年吹起长笛,笛声悠扬。农妇们拉起风箱,村庄升起缭绕的炊烟,性急的汉子早已端起酒杯。推杯换盏的声音伴着月光,伴着温馨,伴着祥和。

二

在我的记忆里,最纯正的味道是村庄的味道。

村庄的味道是绿草的清香,是瓜果熟透的甘甜,是农家米酒的醇厚,是五味俱全的绵长。

这里,没有长龙似蛇的车队排出的尾气,没有浓烟滚滚的工厂释放的废气,没有深重的雾霾带来的闷气,没有摩肩接踵的人群挤出的浊气,没有堆积成山的垃圾散发的臭气,没有毗邻而居却形同陌路的冷气。

村庄的味道在田野里。暮春三月,草长莺飞。小草泛绿了,山上的梨花开了,山下的油菜花开了。沿着田间的小路,心闲气静地走走,一股香气扑鼻而来,清清的,淡淡的,仿佛把五脏六腑都浸透了。你会情不自禁地俯下身来,捋捋路边的小草,抚抚可人的小花,恨不得把这股清香装在瓶子里储存起来。这时,什么烦恼,什么忧愁,早已飞到九霄云外。追赶花季的养蜂人当然不会放过这样的机会,蜂箱里飘出甜甜的味道,与花草的清香相互交融,清香中裹着一丝甜蜜。初夏时节,菜园里挤满了黄瓜、芸豆、丝瓜、茄子,到处充满了味道的诱惑。瓜园里遍地圆溜溜的西瓜,随便摘下一个切开,咬一口,浑身顿感清凉惬意。秋天是成熟的季节,五谷杂粮的味道,各种水果的味道,让你闻味生津。

村庄的味道在酒窖里。村庄里不一定有名家大师,但不乏能工巧匠。不光有木匠、铁匠、瓦匠,也有酿酒的行家里手。他们用自己收获的粮食,自己制作的器具,自己配制的酒曲,自己摸索的工艺,自己酿酒自己喝,喝得津津有味,喝得酣畅淋漓。北方习惯用高粱、地瓜干做原料,酿造白酒,性烈刺激。南方则喜用稻米酿造米酒,性温醇厚。走进农家小院,把酒缸盖打开,顿时飘出满院酒香。你要赶上吃饭的时间进屋,主人一定会盛情地端上满满一大碗酒,送到你嘴边让你品尝。村里的汉子们大都体健力壮,据说就是用酒滋养的。

村庄的味道在餐桌上。村庄的餐桌不像城里的餐厅那样讲究,没有那样华丽的装饰,没有那样精致的餐具,没有那样繁杂的佐料,没有那样花哨的品相。他们用简易灶台,用粗瓷大碗,用自家食材,用口口相传的制作方式,烧出的饭菜味道令高档餐厅也刮目相看。每道菜有每道菜的味道,每个家庭有每个家庭的味道，每个村庄有每个村庄的味道，不像流水线下来的千菜一味。到东北村庄做客，他们会让你坐在大炕上，品尝猪肉炖粉条或小鸡炖蘑菇的味道。东部沿海村庄最拿手的则是清水煮鱼虾，原汁原味，味道鲜美。湘鄂黔川的村庄，不管烹炸煎炒，抓一把辣椒放进油锅，顿时就会浓香四溢。村庄的味道不只是温饱，更关乎精神。村庄的味道是一生的记忆。舌尖上的中国，就是村庄里的中国。

村庄的味道在民风里。村庄是社会的缩影。有各种关系，有文化传统，有家长里短，有礼尚往来。村民秉性纯朴，古道热肠。平日里有了新鲜东西或好吃的，自己宁可少吃一口，也要送给东邻西舍尝一尝。谁家遇到红白喜事或盖房，不用招呼，都会来帮忙。村庄的院门都是敞开的，不用担心东西丢了没了。逢年过节，一个村庄像一个大家庭，把各自的拿手酒菜端出来，凑在一起，大碗喝酒，大口吃肉，其乐融融，其情浓浓。

村庄的味道，是上苍赐予的，也是村民酿造的。村庄的味道愈品愈浓，历久弥香。

三

在我的视野里，最绚丽的色彩是村庄的色彩。

村庄的色彩是生命的底色，是活着的画作经典，是五彩缤纷的集合，是浸润心灵的鸡汤。

村庄的色彩是有生命的。人们对色彩的认知，源于对村庄的解读，有了村庄，才有色彩的概念。村庄的色彩，不是人工调和，而是浑然天成。不是画在宣纸上，画在墙壁上，刻在木版上，印在图书里，而是生在大地上，长在大地上，艳在大地上。无论在空间呈现什么颜色，红的花，绿的树，青的草，都能在土地上找到它的根脉。正因为如此，它不会因风吹日晒而褪色。即使小草被火焚烧，来年又会泛起新绿。即使树木惨遭砍伐，但树根犹在，生命犹在，不久还会发出新芽。

村庄的色彩是有灵性的。村庄的色彩与人心相通，与人们的喜怒哀乐紧紧连在一起。春天来了，千树万树梨花开，向人们报告春的消息。夏天来了，金灿灿的麦浪，送给人们丰收的喜悦。秋天来了，五颜六色的粮食和瓜果，催开人们的笑脸。冬天到了，白雪皑皑，留下来年丰收的期盼。狂风发作后，马上还一个天蓝水碧，把人们的短暂不快荡涤一空。暴雨过后，马上送一道绚丽的彩虹，让人们心花怒放、喜笑颜开。

村庄的色彩是有动感的。正如太阳每天都是新的，村庄的色彩同样每天都是新的，甚至一天之内也会变化多姿。村庄上空的七彩云霞在流动着，流动中不断变换着姿态，变换着颜色，让你看得出神，看得入迷。村庄的小河在流动着，清清的河水上面，漂浮着青草树叶和花瓣，慢慢地流着，仿佛缓缓展开一幅山水长卷，让你看得如醉如痴。空中的微风在流动着，风中舞动着红花绿叶，让你想到天女散花的圣洁和优雅。在画家眼里，村庄的色彩是难以企及的高度；在作家眼里，村庄的色彩令所有语言变得苍白；在诗人眼里，村庄的色彩是写在大地上最空灵最浪漫的诗行。

四

在我的感觉里，最优雅的气质是村庄的气质。

村庄的气质是历史的积淀，是率真随性的洒脱，是恬静安然的内敛，是不趋功利的淡定。

村庄的气质因傍水而建，多了几分灵秀。水是生命之源。祖先们把有水的地方作为居住的首选。无论东部西部还是中部地区，绝大多数村庄与水为邻、以水为伴。即使水源比较匮乏的地区，村中村外也大多有条沟河。江南自古是水乡，自然村庄相对密集。江岸，河边，湖畔，坐落着一个个村庄，水中有村，村中有水，像散落在水中的一粒粒珍珠，从里到外透出一股灵秀之气。

江浙一带的村庄，几乎每家门口都泊着一条小船，一年四季，划着小船下地、捕捞、赶集、走亲。湘鄂一带的村庄，独具匠心，在江边建起吊脚楼，既美观，又舒适，成为一张亮丽的民族文化名片。东南沿海的村庄，或居海岸，或居岛礁，以水为生，依水而存。水，把村庄洗得洁净明亮，把人心洗得晶莹透明，把姑娘洗得肤如凝脂。

村庄的气质因倚山而建，多了几分厚重。倚山而建的村庄，高高低低，错落有致。他们常常顺着山势，在这个山坡上盖幢小楼，或在另一山脚下造栋石屋，相距比较松散，远处看去，像山坡上的一幅壁画，不像城里的楼房那样密集得摩肩接踵，把人挤得喘不过气。山里村庄的居民勤劳勇敢，吃苦耐劳。他们靠山吃山，随便开块地，种粮种菜，就够吃的。他们把鸡猪牛羊，在山坡上放养，长得又肥又壮。在山里久居的人们有山一样的性格。山里村庄的气质透着硬朗和坚韧。

村庄的气质因居于平原，多了几分端庄。山东、河南以及华北、东北许多村庄坐落在平原上，他们大多坐北朝南，整齐划一，中规中矩，方方正正。平原村庄的气质落落大方，横平竖直的村路把农户划成若干网格，一样高的房顶，一样大的庭院，一样宽的围墙，甚至连房屋的颜色、房前屋后的树木都是一样的。平原地域辽阔，土地肥沃，种什么长什么，家家缸满囤圆，丰衣足食。平原的水土，把人滋养得气色红润。

村庄的气质因隐于林中，多了几分妩媚。树与人类的缘分源远流长，林与村庄的关系相依并存。许多村庄环绕在茂密的树林之中，不知先有树林后有村庄，还是先有村庄后有树林。树林通人性，可以与树倾诉烦恼，与树发泄愤懑，与树分享愉悦。树林多用途，既可以遮阳避雨，又可以保护生态、净化空气、绿化环境。如果从远处看，只见浓郁的树林，看不见里面村庄。晚上透过密密枝叶中摇曳的灯光，才能看到村庄的轮廓。艳阳高照，为树林中的村庄洒下点点碎金；皓月当空，为树林中的村庄洒下片片碎银。树林里的村庄透着一种静谧、温馨和浪漫，还有一丝朦胧和神秘。

村庄的气质因天高地阔，多了几分大气。村庄是容纳万物的载体，是纵横驰骋的天地，是博大开放的舞台。不像城里那样有机车轰鸣的喧闹、车水马龙的拥挤、难以企及的房价。村庄热情好客，开放包容。到了村庄，一切变得简单，不问你的学历，不论你的籍贯，不管你的背景，不计你的年龄，来的都是客。你到村庄走走，它会和颜悦色地带你到你想去的地方；到村庄休假，它会给你宾至如归的感觉；到村庄做客，它会倾其所有，慷慨解囊，拿出最好的东西盛情款待；到村庄创业，它会不遗余力地为你提供条件和方便。

到了村庄，你才恍然明白，你从哪里来，要到哪里去。到了村庄你才明白，这里是真正的家，是走向生活的起点和走向成熟的驿站。

乡村树事

◇张金凤

只有在辽阔的冬季和料峭的早春，你才能影影绰绰看到一个个接近完整的村庄。那些屋顶和院墙拨开以往浓绿的屏障，带着枝丫的粗犷线条，水墨画般走进你的视线。其他季节村庄是藏着的，藏在树枝的环抱里，藏在叶子们的手掌中，像那些雀儿们，只管叽叽喳喳鸟鸣般升上些炊烟的旗帜，你却看不见它们，它们被树护佑着。

乡村的树交错分布在村里村外，既是村庄的外围襁褓，又是村庄的精神内核。榆杨槐柳、椿桐柘桑、桃杏枣梨、楝枳柿李，浓荫掩映，枝条杂陈，花开馥郁，香风沉醉。房前屋后遮蔽掩映的，是人们自己挑选的邻居，人们把它们与自己的烟火日子捆绑在一起，休戚与共；乡路庄头、丘陵沟岔长出的树，则是风吹来的种子、雨送下的盘缠，生长随意，姿态天然。野生的和家栽的树填充着村庄的罅隙，搭建起村庄的外围和翠绿屏障，搭建起乡下人的婆娑生活。

南风乍起时，乡村人家就忙着栽树，村庄里的每棵树都是特定的符，驾驶着一片祥云驻扎在一个个檐头。哪一棵主财源广进，哪一棵祈长寿平安，哪一棵寄托着梦想，哪一棵镌刻着家风，栽树的人心有大丘壑，懂树的人看一眼便心知肚明。旧时两家结亲兴"访听"，双方家长都要暗访对方的声誉品格。有些聪明的家长并不去街巷间听议论，而是悄然观树，人言不可尽信，它们不如一棵棵树的标杆更能称量主人的脾性和家教。

在乡下，栽树是一种仪式，爱树是一种精神皈依，房前屋后若没有几棵像样的树，算什么过日子啊！刚建好新房的人家，栽树是头等大事，他们忙碌谋划栽树的蓝图。先在西墙外栽几棵梧桐树，梧桐木质暄，叶子大，易成活。要赶紧将房屋遮盖起来，将生茬的新房煨热，才有扎下根的样子。树要扎根人更要扎根，人们需要这样易成活又迅速生长的树来打下家业的基础，亮出繁盛的招牌。

梧桐在中国文化里是青衫的诗人，高拔冷峻，才华逼人，不染尘埃，它是传说中的神鸟凤凰唯一栖息的树，也是古典乐器之王古琴的材质，只可惜，被家乡人喊作梧桐的树实际上是泡桐，但是家乡人都这么叫。梧桐，多唯美的名字，诗意而挺拔，绿涛汹涌如青青子衿的书生一样矗立在家家户户的庭院外，那硕大的绿叶婆娑着，给酷暑里煎熬的人洒下清凉。夏雨宣泄的日子里，梧桐树下是最后一块干爽的方舟，身量未足的鸡、鹅都会在梧桐树下躲避淋漓之苦。淘气的孩子，偷偷从屋里跑出来，一连几天的阴雨，他们的小脚丫儿寂寞得要生出苔藓，他们不披祖父的蓑衣，不戴父亲的斗笠，偏偏跑到矮小的梧桐那里折一朵新发的叶子遮在头上，奔跑开去。那硕大的翠屏遮挡着孩子毛茸茸的头，散发着鲜嫩的味道。

乡下人院门外要栽国槐。国槐是护佑一家人的图腾之树，它立在街门一侧，享受做一杆大旗的礼遇。男人上坡回家，首先在槐树上磕去鞋窝子里的土坷垃，在树下的石墩上抽一袋烟，鼻息里涌进炊烟的味道，眼睛望向远方隐约的青山，红彤彤的火烧云，满心的知足和安然。过年的时候，男人郑重地给国槐身上戴一朵新鲜的红花，一帘"出门见喜"的红条张贴在树上，一家的喜气从内到外地透出来。国槐树那浓密的叶子层层叠叠，堆砌万千诗意和清凉，夏秋时节，人们将竹椅、草墩、马扎甚至草席子搬到树荫下纳凉。大槐树下有清爽的穿堂风，它们抚摸过庄稼，亲吻过野花，撩拨过浪花，把极热的暑气重新

组合，描画出波澜，透出逶迤的清凉。树下遮蔽热闹的人们，树上养了一树清脆的欢唱，黄鹂、柳莺、白头翁、蜡嘴鸟，它们在树上蹦跳，如跳跃的音符演绎着欢快和热闹。农历五月，国槐姗姗开出满身槐花，那花没有洋槐花一样甜甜的蜜，而有一种微微的苦香。这时节，大家忙着采槐米，用小铁钩折下槐花的花蕾，晒干之后卖给中药房。每年还要留一些槐米炒成槐米茶喝，槐米茶败火清脑，乡下人喜欢，从夏天一直喝到来年春深。

　　院墙外通常栽着洋槐树和榆树。榆树难成材，要是说人不开窍，就喊他"榆木疙瘩"。既然不容易成材，为什么还要栽它？面对孩子的追问，娘说："榆树泼辣，像咱庄户人，旱了涝了它都长；倒了歪了也长；雷劈了，根不死，还长；荒年里，榆钱、榆树叶子甚至树皮被扒了吃掉，它还长。榆树还喜庆啊，它开的花叫榆钱，榆钱就是余钱，家有余钱不就是咱老百姓盼望的吗？"孩子豁然开朗，对榆树也高看一眼。孩子问那洋槐树有什么说道？娘说："洋槐花开得像场雪，满院子的甜香，它是开花的树里面蜜最多的。"家里又没养蜜蜂，洋槐蜜还不是被别人家采去了，孩子不解，难道娘栽槐树就是为了闻闻花香？娘说，叫谁家采去蜜都是好的，家贫望邻富，大家的日子都甜甜蜜蜜的不是更好吗？孩子看一眼心里生长着蜜的娘，心里也甜甜的。

　　春天里，人忙碌，树也忙碌。梧桐花高高地在屋顶开出一片片紫色云霞，那花像一个个小喇叭，花落下地，小孩子们拾起来，摘掉它的花蒂，吸花里的蜜。洋槐花的蜜最甜，需要咬掉花蒂，轻轻一吸，那甜清冽可人。每年花开时，庭院里的女人总要做槐花饭、槐花粥。榆树的花开得羞怯而隐秘，它们跟叶子一样穿着绿裙子，一个个圆圆的小铜钱聚集在一起，聚成了一串串手心里宝贝着的铜钱模样，一溜儿绿色的边儿装饰着包含种子的榆钱核，像一枚枚小巧的草帽，在阳光里晃动。肉滚滚的榆钱撸下来蒸成榆钱饭，不等掀开锅盖，香味就钻鼻孔儿，若拿蒜泥蘸榆钱饭吃，好吃得能撑破肚皮。那些干落的榆钱，在春风里满街满巷地飞，飞到人们的头发上，飞到人们的脖颈子里，飞进人们的衣裳口袋里，人们也不拍去，反而喜气洋洋地笑，这漫天飞舞的彩头，给了春天里的庄户人一个多么美好的期待啊。

　　树都茂盛地长着，转眼间把房子遮蔽起来，它们高的矮的错综着，红的紫的搭配着，那些树是家的衣裳，朴实而慈祥，温暖又生动。长得最快的树是梧桐，三四年时间就长成一棵棵又粗又高的树。秋天午后，女人将院子扫干净，在梧桐树投下的大片阴凉里铺下芦席，她教闺女在树荫里缝被子。女人说，梧桐树虽然木质暄，可是咱家的屋梁里竟然有一根梧桐。盖新房的时候，实在凑不齐木料了，颤颤巍巍的日子，勉强被一根貌似强壮的梧桐扶持着。家里有一副门板也是梧桐做的，空落落的门洞像无奈的眼睛，一副极轻的门板，将贫穷日子的漏洞堵上。先人栽了几棵梧桐树，后来繁衍成林，家里捉襟见肘的时候，就去伐梧桐换取柴米油盐。女人抬眼看看梧桐树，满怀感恩。

　　树一年年长高，爹娘一年年衰老；树一年年长大，树下长起来的孩子一个个离开。岁月里的许多人，村庄里的许多事，人们记不清了，而树记得。那狭窄的年轮记录了村里那一年的干旱，它们见过一个个妇女挑担抗旱的蹒跚身影；那些粗壮的年轮又记录着当年雨水丰盈五谷丰登，沉甸甸的果实把汉子们的腰累弯了。那些当年跟着爹娘栽树的孩子，一年年万水千山地往回赶，回来看一眼树，摸一把树，在城市里的迷茫就烟消云散了。娘走了，爹走了，可是树还在，它们粗糙的老树皮上布满沧桑裂纹，但是枝头依然澎湃着碧绿的波涛，它们骨骼坚硬地屹立在村庄里，屹立在孩子们的心头，像一座碑。只要树在，家就在，走得再远的孩子都不会迷路。

看 字

◇张瑞田

看字，看得如醉如痴，一定是看汉字。一味吹嘘自己的文化有多伟大，也许是心虚的表现，不过，看字，能看到天地，看到善恶，看到时间的悠长，看到色彩，汉字应该排在第一位。

懵懂中看字，容易记住"人""口""手"和自己的姓氏。与自己的生活紧密相关的字，会过目不忘的。偶然中看字，看到与亲人、与自己的名字相同的字，心中就有暖流。字与词颉颃，有意思的是，忽略词，只看字，也看得津津有味、心生禅机。

对字的敏感是在青少年时代。到博物馆参观，看到一个书法展，发现汉字的写法千变万化，一个字，有篆、有隶、有楷、有草，突然觉得汉字的不同凡响。这哪里是字，分明是一个生命，一个世界。一瞬间，被字迷倒，寻帖提笔，工工整整地写字。写颜真卿的楷书，笔画结结实实，掷地有声。在西安碑林，看到刻在石碑上的颜真卿的字，字口陡峭，线质刚硬，与石碑上寒冷的光泽匹配，让人胆战、敬畏。这是什么文化，一个字就会有力量；这是怎样的书写，一个字可以写得风流倜傥、性情展现。西安碑林中的字，字字有神情，行行是文章，身在其中，丝丝凉意沁入骨髓，能言善辩的嘴自然闭上，飞扬跋扈的表情顷刻间成为笑柄。这时候，一个字，就是一个字，一个人，就是一个人；一个字，也是一个人，一个人，就是一个字。

不同的字，以及不同的字组成的不同的语词，会让人浮想联翩。山东邹城，群山环绕，有的山遭到破坏，伤痕累累或夷为平地，但，岁月的痕迹、文明的光泽依然存在。北朝末年，名为安道壹的高僧在此修行，他在峄山、尖山、铁山、岗山、葛山、阳山的岩石上刻佛经、佛名。他用毛笔写下一段佛经、一个佛名，或一个词、一个字，刻在六座山上，史称六山刻石。我慕名而来，那是一个秋天，溽暑退去，树与草的绿色暗下一层，刻有安道壹书法的岩石在岗山的幽深处，无路可行。我拨开枝蔓，深一脚、浅一脚，高一下、低一下，向前跋涉，靠近刻有字的岩石。记得从平缓的西山坡下行，穿过百米长的凹路，登上一个山丘，在一块岩石上看到"明澈"二字。刻有"明澈"二字的岩石趋于椭圆，紫灰色，山野之气浓郁。"明澈"二字却端端正正，即使过去了一千多年，楷书"明澈"依然挺拔、坚实。字，是安道壹写的吗？他能写这么多字吗？这些问题突然不重要了。面对"明澈"，似乎穿越了一千年的时光，看到了明明灭灭的生命延续，看到了明明灭灭的生命对"明澈"的执念。刻有"明澈"二字的岩石四周荒草萋萋，我拔掉了挡住视野的草叶，看着这两个让人刻骨铭心的字。不敢抚摸，一千多年的时光，安道壹的灵魂还在，彼时，他想传达的对这个世界的祝福，对人的良知的唤醒，可闻、可感。我永远记住了"明澈"，把它刻在了我的心扉。从岗山下来，依然走南闯北，把这两个字带着，有时应邀写字，就写"明澈"二字，字少，意深。

看字，看到心里才好。有的人在旅途上着意风景，看重感受，有的人则在意经历，积攒见识。我旅途的兴奋点在于字。一个字、几个字、一行字，碑刻、摩崖，都会让我如梦如幻。在天台山国清寺，一株隋代的梅树朝气蓬勃。同行者把它比喻成参禅的老僧，我却从枝权间看出一个字，一个人字。这株隋梅，栉风沐雨，还有天灾人祸，能够顽强活着，的确是一个奇迹。碑刻、摩崖，是字给它们生命，这株梅因为像字，有了另外的生命。如一个寓言，与隋梅相

隔不远的寺庙，一块匾，让我丰富的表情即刻收敛。匾上有四个字：断惑证真。见于寺庙的字，均有丰富的人生含义。可是这四个字独有的力量，如一柄坚硬的锤，敲打我的心。我看一眼隋梅，再看一眼"断惑证真"，心慌意乱。是人需要断惑证真，还是人本身需要断惑证真？人，与时俱来的困境，断惑证真的过程、目的，究竟是什么？我可以感悟，却没有答案。不会忘记"断惑证真"四个字，每每写字，尤其是一个人在书斋写字，常常写"断惑证真"，是写给自己，也是写给我生活的这个时代。

　　汉语里，字本身有说法，字与字组成的词语还有说法，我要说，这很沉重，这也很幸运。另外，荒郊野地中的石刻字，寺庙楹联、匾额上的字，一样的耐人寻味。但，对于石刻上的字，废墟上的字，我有着独特的情感，甚至偏爱。最近，屡屡往山西永济访古，在蒲州古城遗址，仿佛看见了隋代将领尧君素誓死抗击李世民军队的刀光剑影，不屈服、不投降的尧君素，就是军人人格的体现。李世民对宁死不屈的尧君素表达了一代帝王的宏阔胸襟，他巡视蒲州城，没有忘记当年的对手，亲笔拟旨：隋故鹰击郎将尧君素，虽桀犬吠尧，有乖倒戈之志，而疾风劲草，实表岁寒之心；可赠蒲州刺史，仍访子孙以闻。李世民离开蒲州不久，或者说李世民死后不久，有了安史之乱，时任平原太守的颜真卿率军抗击。一场战争，颜真卿的哥哥、侄儿战死沙场。战争结束后，颜真卿任蒲州刺史，在这里写下了《祭侄稿》祭奠牺牲的颜季明，也为书法史留下了光辉的篇章，被誉为天下第二行书。我写颜体楷书，对他的行书依然沉迷。从青年时代始临《祭侄稿》，一直临到今天。总觉得《祭侄稿》中的字，也像人一样有激动的情感，不屈的气质，顽强的品德。即使是重重的涂痕，也有生命的张力。我是因为尧君素、李世民、颜真卿来蒲州凭吊的。我所看到的蒲州，已经不是尧君素、李世民、颜真卿的蒲州，而是荒野，是废墟，是我们的先人建功立业的地方。我激动地爬上古城废墟的最高处，看到巍峨的中条山，依稀见到栖岩寺的古塔，听到了黄河的波涛。蒲州城一片荒芜，李世民的拟旨处，颜真卿书写《祭侄稿》的刺史官邸，一一化为时间的碎片，只能在想象中猜想它的繁华与炽热了。

在蒲州遗址徜徉，看到一座凋敝的鼓楼。造型优美，有浮雕，栩栩如生的飞禽依然不离不弃；有匾额，颜体字，清刚雅正，完好无损。几根木柱支撑着摇摇欲坠的鼓楼，悲壮的样子，与蒲州遗址的沧桑混为一体。黄昏时分，夕阳暖暖的光线为古楼镀上了一层橘黄，支柱的影子，像楷书的线条，横着、竖着，交织成无法识读的字。我很像一个酒鬼，来到一个历经岁月的酒窖，使出浑身之力嗅着沉香。我着迷地看着鼓楼，围着它，走着，一圈又一圈，似乎一圈又一圈地走着会找回身临蒲州城的感觉。走了几圈，在鼓楼南门停下了脚步，抬眼看着匾额上的字，轻轻的吟读和奔涌的血液，顷刻聚焦了——迎熏解愠。字，特别自信，笔笔似铁；语词，很雍容，教养深挚。这是颜真卿的字体，这是蒲州城的风雅，这是一段历史的重量。中年不容易感动，我却被这四个字感染；写毛笔字的人，总会在别人的书写中看到不足，我被这四个字震撼；觉得旅行途中所看到的字词日趋俗气，眼下看到的是一本大书——迎熏解愠。

从永济回到北京，一年逝去，新春到来。与友聚会，写字相赠，屡屡写到"迎熏解愠"。这是一个有时间分量的字词，也是有现实意义的字词，写下来，相信迎熏解愠。

故乡的土楼

◇张胜友

每当朋友问起我的故乡在哪里,我总会习惯性地面带得意地双手比划着说,"有圆圆土楼的地方",对方往往"噢噢噢"连声赞叹,可见故乡的土楼早已名满天下。

故乡的土楼原本"养在深闺人未识"。在故乡永定和整个闽西地区,民间流传着一则极为搞笑的故事:话说上世纪东西方对峙冷战的年代,美国间谍卫星掠过福建西南部上空时,骇然发现一片又一片的深山密林间掩藏着一座座硕大无朋的圆形建筑物,像地下冒出来的"蘑菇",又如同自天而降的"飞碟",或隐没于山岙,或突兀于溪畔,疏密错落,排列有序,一度被美国联邦调查局(FBI)神经质地判定为"核反应堆"或"导弹发射井"……接下来,更加荒腔走板的闹剧上演了,有神秘人士潜入这片山林,实地拍摄了一系列照片,却啼笑皆非地发现了另一片新大陆:原来这些庞然"怪"物是世界上独一无二的山区大型夯土民居建筑,客家先民披荆斩棘,垒土成楼,耕读传家,安居乐业久矣!

何谓客家?时序上溯千年,自东晋以降,北方游牧铁骑屡屡南侵,中原板荡,战祸频仍,黄河流域汉民颠沛流离,"人慌慌而游走,风飒飒以南迁",

客家先民历经多次大规模辗转徙居，择河谷，逐水草，遂于闽赣粤边界安营扎寨，并逐渐形成客家民系社会。

显然，客家是汉族的一支特殊民系。客家人自诩汉族正宗，客家话是古代汉语的活化石，客家文化传承了中华古老的汉文化。在民族学和社会学范畴中，"客家族群"系基于地城特征和文化传袭而形成的"原生性"社会群体。

俗话说"深山藏瑰宝"，这些古朴雄奇的客家土楼，被世人称誉为"东方古城堡"。有学者论述为人类建筑史上的三次革命：一曰石材，以西方哥特式教堂为代表；二曰木材，以北京紫禁城故宫为代表；三曰生土，以客家土楼为代表。据考察，永定境内现有各式客家土楼两万三千余座，其中圆土楼三百六十座。客家土楼起源于唐代，元末明初蔚然成风，有方形、圆形、八角形、交椅形和椭圆形，并随着客家人的迁徙足迹遍布闽西、赣南、粤东等地区。客家人喜好聚族而居，每座土楼都居住着十几户甚至几十户宗族人家，几十个、上百个房间环形排列，厅堂、水井、粮仓、畜舍、厕所、澡房、私塾、讲堂等一应俱全，自成体系，既有节约、坚固、防御性强等特征，又极富美感、壮观的高层民宅，可谓"一楼一世界，一户一乾坤"。

其中，被誉为"土楼王子"的振成楼，空间配置妙不可言：以一个圆心为起始，层层向外伸展，环环互为相扣，"楼中有楼"为内通廊圆形结构，"楼外有楼"呈苏州园林设计印迹，整体布局又依稀可辨古希腊建筑艺术遗风，堪称中西合璧的建筑典范。于是乎，在1985年美国洛杉矶世界建筑模型展览会上，北京的雍和宫、天坛和永定的振成楼，令金发碧眼的西洋人大开眼界、叹为观止。

振成楼大门石刻对联开宗名义："振纲立纪，成德达材"。厅堂两侧楹联颇含哲思："振作那有闲时，少时壮时老年时，时时须努力；成名原非易事，家事国事天下事，事事要关心"——几乎可视作客家人文化心理和家国情怀的权威诠释。

客家土楼大放异彩、震惊世界，是在加拿大魁北克城第三十二届世界遗产大会上。

2008年7月6日18时30分,对于全球客家人来说,无疑是一个盛大的节日。

来自全球四十一个国家的四十七个候选项目展开激烈角逐。强烈传递出客家文化信息的中国"福建土楼"建筑群光耀夺目,倾倒与会评委:东方血缘伦理关系与聚族而居传统文化的历史见证,世界上独一无二的大型生土夯筑的建筑艺术成就,具有"普遍而杰出的价值"。

最终,"福建土楼"毫无悬念地一致性地获得世界级认可,被正式列入《世界文化遗产名录》。

故乡的土楼,当之无愧地成为客家文化的符号——"圆楼"与"方楼"的言说,不正是蕴含着中国传统哲学的通融豁达、天地万物的对称与和谐么?

我想象着镜头升上高空,俯瞰故乡葱葱郁郁的大地与绿水,悠远、静谧的山林、廊桥、屋宇、田畴点缀其间,禁不住诗兴大发,赋曰:傍溪涧涓涓森列,依山崖步步登高,闻书声琅琅飘落,有农家怡乐陶陶。客自中原来兮,筚路蓝缕;万里迁徙路兮,水寒风萧。家从创业兴,耕商读而骄;文脉承孔孟,根基发舜尧……

啊,故乡的土楼,我心中永远的梦境!